忍び音
鈴木英治
Eiji Suzuki
幻冬舎

# 忍び音

装幀　多田和博
装画　村田涼平

目次

第一章 5
第二章 79
第三章 153
第四章 246
第五章 318
第六章 425

# 第一章

## 一

着物はすべて引んむきたい。

しかし、それは菜恵《なえ》が許してくれない。

部屋は暗く、明かり一つ灯《とも》っていない。これも、菜恵が素肌を見られるのをいやがるからだ。

いいではないか、と津島智之介《つしまとものすけ》は思うが、菜恵は昔から頑固だ。

板戸の向こうから忍びこんでくる暮れの厳しい寒さが、下帯一枚になっている智之介の肌を打つ。

特に背中が寒いはずだが、智之介はほとんど感じなかった。

それほど、目の前の女体にのめりこんでいる。何度も抱いているが、まったく飽きることがない。

智之介の若さもあるかもしれない。といっても、すでに二十八だ。

甘い吐息が耳をくすぐる。菜恵の耐えているようなかすかなあえぎ声が、わずかに高くなってきた。

智之介も自らの昂《たか》ぶりを抑えようがない。思わず声をあげそうになる。

しかし、ここでそんな声を発するわけにはいかない。

この部屋を含めあたりは静寂に包まれており、もし高い声をだしたら、さして広くもないこの屋敷の者に気取られかねない。

周囲を気づかうだけの余裕はあるものの、智之介はあと少しで達しそうだった。

眉根《まゆね》を寄せている表情を見る限り、菜恵も同じようだ。押し寄せる喜びに身をゆだねるのを拒むかのような顔だが、あと数瞬でやわらかな体が弓ぞりになるはずだ。

さらに激しく責めようとして、智之介はなにか物音をきいたように思った。

はっ、と気づいて動きをとめる。

「どうされたのです」

ささやきが耳に忍びこむ。心地よさの真っただなかにいたことを示す、潤んだ瞳で菜恵が見あげている。闇のなかでも、うっすらと顔に汗をかいているのがわかった。

「物音がした。門のほうだと思う」

顔をそちらに向け、菜恵が耳を澄ませる。

家臣が出迎えているらしいかすかな声が、智之介の耳に飛びこんできた。

菜恵が大きく目を見ひらく。

「帰ってきたようです」

「やはりそうか」

最後まで行き着けなかった未練がたっぷりと残ったが、智之介はその思いを払い捨てるように菜恵から体を離し、すっくと立ちあがった。

「今夜は戻らないといっていたのに……」

「帰ってきたものは仕方あるまい」

智之介は、身支度をととのえはじめた。菜恵の夫の急な戻りは考えていないことだったが、この程度のことにあわてててはいられない。

着物は小袖だけだから、身支度は楽なものだ。帯を締め、両刀を腰にこじ入れる。板敷きの上に置いてある草鞋《わらじ》を懐にしまう。

忘れ物がないか、すばやく部屋に視線を走らせた。目は闇に慣れている。

菜恵も夜具の上に起きあがり、身繕いをはじめている。

廊下を渡る足音がきこえてきた。この部屋にまっすぐ向かってくる。

「はやく」

菜恵が背後の板戸を示す。

うなずいて智之介は板戸に向かいかけたが、思い直して菜恵に近づき、すばやく口を吸った。

桜の花びらのようにやわらかく、花の香りがした。

駄目、といいながら菜恵が一瞬、目を閉じかけた。

その顔を見て智之介はまた欲望が高まるのを感じたが、すでに足音は間近に迫っている。

姿を隠さなかったら、と智之介は思った。夫はどんな顔をするだろうか。いや、菜恵はどうするのだろう。

菜恵が、はやく、という顔をし、実際にそういう仕草をした。

困らせるのは本意ではない。また来る、と口の形でいって智之介は静かに板戸をあけ、閉めた。

出たのは濡縁《ぬれえん》だ。

せまい庭に木々が茂っている。枝々が互いに語り合っているかのように風に揺れている。

寒いな、と智之介ははじめて思った。草鞋は履かず、両肩を抱き締めるようにして庭におりる。

「起きていたのか」

背後から、男の野太い声がきこえてきた。

それに対して、菜恵がなにかいっている。はっきりとき取れなかったが、少し甘えた口調に思えたのは、勘ちがいだろうか。

木々の陰に身を入れた智之介の胸は痛んだ。

どうして俺の妻でないのか。いったいどこで誤ったのか。

智之介は木々のあいだから、菜恵の部屋のほうに視線を向けた。

いつしか、板戸の隙間からかすかな光が漏れこぼれていた。

その明かりからは、穏やかで幸せな夫婦の暮らしが感じられた。菜恵の不義を覚えさせるようなものなど、なに一つとしてない。

どうして俺は菜恵の夫になれなかったのか。

また同じことを考えた。自分でもあきらめが悪いと思う。

心でため息をついてから、智之介は音を立てずに塀までのわずかな距離を歩いた。

塀に手をかける前に心を集中し、向こう側を走る道の気配を探る。

冷たい風が吹きすさび、土埃《つちぼこり》をあげている。それ以外、なんの物音もしない。人が歩く気配はまったくない。

考えてみれば、刻限も刻限だ。もう子《ね》の刻はまわっているだろう。

だが、どうしてこんな刻限に夫は帰ってきたのか。なにかあったのだろうか。

俺が考えても詮《せん》ないことだな。

塀に手をかけて一気に体を持ちあげ、塀の上に片膝立ちになった。

沼底の泥を塗りたくったような真っ黒な空が見える。月の輝きも星の瞬きもない。

そのために、智之介の影は闇夜に浮かびあがることはなかった。

ただ、風の冷たさが身にしみた。まさに身を切るようだ。

智之介は、塀の上からあらためて目の前を見おろした。

人けはなく、左右にのびる道が黒々と横たわっているだけだ。

飛びおりた。足音は立てない。

草鞋を手ばやく履く。松明《たいまつ》も持たず、急ぎ足で北に向かって歩きだす。

歩き続けるうちに風はやみ、代わって霧が出てきた。

湿っており、顔に当たるとひんやりする。智之介が進むたびに霧は揺れ、切れ端が体にまとわりついてくる。

甲府の町は静かだ。静かすぎるといっていい。

もっとも、この付近は武家屋敷ばかりで、昼間でも喧噪《けんそう》を覚えたことは一度もない。

それにしても、と智之介は思った。今年はあまり雪がない。十日ほど前にだいぶ降ったりしたが、ここしばらくのあたたかさであらかた解けてしまった。

今宵《こよい》は久しぶりの冷えこみだ。

再び空を見あげる。重い幕が貼りついているかのようだ。未明にでも雪は降りだすかもしれない。

あたたかなほうが暮らしやすいが、季節はしっかりとめぐってきてくれたほうが、居心地の悪さはない。

冬なのに春近しを思わせるようなあたたかさは、なにか不吉なことが起きる前触れではないか、と信仰心はほとんどないのに考えてしまう。

あと数日で天正二年（一五七四）も終わる。去年の四月、徳川攻めの最中に病を発した信玄が死に、勝頼が武田家の家督を継いだが、今年は勝ち戦ばかりだった。

一月二十七日に勝頼は二万の大軍をもって東美濃《みの》に出陣し、明智城をはじめとする織田方の十八城を落とした。

五月には再び二万の軍勢を率いて遠江《とおとうみ》に出張り、遠江きっての要衝である高天神城《たかてんじん》を包囲、これを六月十七日に落城させた。

前年に三河の長篠城《ながしの》を徳川家康に奪われたが、これでその借りは返したということになろうか。さすがに猛将といわれるだけのことはある。

しかし、このままずっとうまくいくとは限らない。

徳川家康は油断のならない武将だし、そのうしろ盾となっている織田信長は昨年、朝倉義景を越前一乗谷に滅ぼし、浅井久政、長政父子を近江小谷城に自害させている。信長は敵対する勢力を次々に屠《ほふ》りつつある。

その目が武田家に向けられるのは、そう遠い先のことではない。いや、もうはっきりと視野にとらえているのかもしれない。

あと三町ほどまっすぐ進めば、勝頼の暮らす躑躅ヶ崎館《つつじがさきやかた》だ。その前に智之介は道を左に折れた。右手に見えている大きな屋敷は、主だった重臣たちのものだ。

信玄の遺臣といっていい重臣たちは、今、分国から戻ってきている。新年を甲斐《かい》で越すためだ。信濃《しなの》から馬場信春、春日虎綱《かすがとらつな》（高坂昌信）、駿河《するが》からは山県昌景《やまがたまさかげ》、穴山信君《あなやまのぶきみ》（梅雪）、東美濃からは秋山虎繁《あきやまとらしげ》（信友《のぶとも》）、西上野《こうずけ》からは内藤昌秀《ないとうまさひで》（昌豊《まさとよ》）、真田信綱《さなだのぶつな》。

そのために甲府の町はふだんより人通りも多く、少しだけにぎやかになっている。

## 二

また風が吹きはじめた。霧が流され、絹の衣のように揺れる。

智之介は襟元をかき合わせ、足をはやめた。

じき屋敷だ。

なにかの気配を嗅《か》いだように思い、智之介は振り返った。

しかし闇が黒々とした壁を厚くめぐらせているなか、やや強い風が吹き渡っているだけでなんの気配もない。

勘ちがいか。

つぶやいて再び歩きだす。

今、会っていたばかりの菜恵の顔を思い浮かべた。

もう会いたくてならない。なににそんなに惹《ひ》かれるのか。

やはりあのくっきりと澄んだ目だろう。人妻だから眉を落とし、お歯黒をしているが、それでもあの目の美しさが減じることはない。

今頃、と智之介は思った。菜恵は抱かれているのだろうか。

たまらない気持ちになる。自分の妻でないのがじれったくてならない。

しかし、それは考えてもどうしようもないことだ。すべて自分のせいなのだから。

唇を噛み締めているのに気づき、智之介は力を抜いた。自然にため息が漏れる。

俺たちはどうなるのか。ずっとこのままなのか。

それとも、いつかわかれることになるのか。

一緒になる道はないのか。

無理だ。どんなにあがいたところで、菜恵は俺のものにならぬ。

一つ考えるとしたら、菜恵の夫が死ぬことだろう。

いや、と首を振った。もし仮にそんなことが起きたとしても、菜恵が俺のものになることは決してなかろう。

もし一緒になるのなら菜恵の小杉《こすぎ》屋敷に婿入りすることになるが、智之介はすでに津島家の当主の座にある。

この先、どんなことが起きようと二人が一緒になることはない。

だとしたら、どうして俺は菜恵と会い、抱いているのか。

ただ、体を欲しているだけなのか。

いや、そうではない。智之介は菜恵の笑顔を思い浮かべた。

俺はあの笑顔をいつも見ていたい。

不意に、背後から冷たい風が吹き寄せてきた。いや、風ではない。

いつしか殺気に包まれている。

背中の近くを強烈な風が舞った。

やられたか。智之介はほとんど観念しながらも、地面に膝をつくくらい姿勢を低くした。同時に体をねじる。

左の鬢《びん》のそばを鋭い物が通りすぎてゆく。耳を切り取られたのではないか、という恐怖があった。

刀が行きすぎると同時に智之介は立ちあがり、抜刀した。

生きていることが不思議だった。耳も切り取られてはいない。

そのことには安堵《あんど》したが、いったい誰が襲ってきたのか、と猛烈な怒りが頭にのぼってきた。

すばやく動いて、智之介は剣尖《けんさき》を相手に向けた。

しかし、そこには誰もいない。

気づかぬうちに背後にまわられた。

くっ、味な真似を。

心のうちでつぶやいた智之介は、刀を立てて振り向いた。

いきなり両腕を衝撃が襲い、目の前で火花が散った。袈裟《けさ》に振りおろされた刀がまともにぶつかったのだ。

腰が砕けそうになるのを必死にこらえる。刀のはやさと重さが、智之介に相手の手練《てだれ》を感じさせた。

鍔迫《つばぜ》り合いになる。智之介は腕に力をこめ、相手の顔に目を凝らしつつ、近くの気配を探った。

男がぐいぐい押してくる。智之介は腰を落とし、足に力をこめて踏んばった。

今いる場所は、町屋も点在しているが、ほとんどが武家屋敷である。

ほかに人はいない。相手は目の前の男、ただ一人。

忍び頭巾《ずきん》を思わせる覆面をしており、二つの光が見えている。

間近にある両の瞳は冷静そのもので、こんな場面でもまったく動じていないことをあらわしていた。

場数を踏んでいるのだ。戦場経験も豊富なのかもしれない。

何者だ。

智之介は声にだしたかったが、そんなことをすると、体から力が抜けて一気に突き放されてしまいそうだ。

突き放されれば、そこをつけこまれる。この男相手に、そんな隙を見せるわけにはいかない。

智之介は歯を食いしばって相手を見返し、力を全身にこめた。

男はさらに押してくる。

智之介はさらに腰を落とし、こらえようとしたが、相手のほうが力は上だ。じりじりと足が土の上を滑るように下がってゆく。

智之介は負けまいと押し返そうとした。

相手がいなすように横に体をひらいた。

そうするのではないか、と肌で感じていた智之介は引っかからなかった。

逆胴へと刀を振った。

男はぎくりとしかけたが、智之介の刀を横に弾《はじ》いてみせた。袈裟に振りおろしてきた。

こういうときは先に間合に飛びこんだほうが勝ちだ。幾多の戦場《いくさば》をめぐり、そのことを智之介は体に染みこませている。

男の袈裟《けさ》斬りが届く前に智之介は左に動き、低い体勢から再び逆胴を見舞った。

男は胸を強く押されでもしたかのように、うしろに跳びすさってよけた。

智之介はそれを許さず、一気に間合をつめた。上段から思いきり刀を落とす。

目の前の男が何者かなど関係なかった。襲ってきたから殺す。智之介にあるのは、ただそれだけだった。

男が刀を掲げて受ける。智之介の腕にまたも衝撃が伝わった。

男がかろうじて受けとめた、というのを智之介ははっきりと解した。

さらに攻勢に出ようとした。

くっ。歯を嚙み締めたような音をさせて男が体をひるがえす。刀を肩に置いて、走りだした。

智之介は追った。同じように刀を肩に置く。

しかし男の逃げ足ははやく、その上、闇は先ほどよりもっと分厚くなっている。

ほんの一町ばかり走ったところで、智之介は男を見失った。

何者だ。

足をとめ、あらためて考えてみた。

その答えが出るはずもない。

紛れもなく俺は命を狙われた。やつは本気だった。

誰なのか。智之介には、命を狙われねばならない心当たりはない。

息がやや荒い。こんなのではいかんな、と思った。戦場では、今のとはくらべものにならないほどきつい戦いを強いられる。智之介自身、一時近く同じ相手と戦い続けたことがある。

ようやく息がおさまってきた。智之介は男が消えていったほうに目を向け、戻ってこないのを確信してから刀を鞘《さや》にしまった。

深い呼吸を一つして、ゆっくりと歩きだす。

あたりは相変わらず静かなものだ。激しい争闘が行われたことなど、武家屋敷や町屋の者は誰も気づいていないのだろう。

屋敷に着いた。

門を入る前に、つけてきている者がいないか、背後を探ってみた。

人の気配などどこにもない。視線を感じることもない。

智之介は柱だけの門を入った。

「お帰りなさいませ」

真夜中なのに、郎党の杜吉《もりきち》が母屋脇に建つ小屋から出てきた。

智之介は目をみはった。

「起きていたのか」

「はい」

智之介は杜吉を見つめた。

「俺の身を案じていたのか」

まさか、と杜吉が小さく笑う。

「それがし、殿の腕はよく存じております。剛の者ぞろいのご家中《かちゅう》でも、群を抜いていらっしゃいます。仮に闇討ちをされたところで、殿をなんとかできる者など一人もおりませぬゆえ、案じてはおりませぬ」

闇討ち、というのに智之介は引っかかった。杜吉が口にしたのはたまたまにすぎないのだろうが、先ほど狙われたばかりだから、思わず凝視した。

杜吉が戸惑う。切れ長の目を見ひらき、形のいい口を半びらきにした。

「どうかされましたか」

「いや、なんでもない……。杜吉、どうしてこんな刻限まで起きていた」

杜吉が首をひねる。

「どうしてか寝つけませんでした。歳でしょうかなあ」

「歳って、まだ十九だろう」

「殿にくらべればずいぶん若いと申せましょうが、さすがに赤子の頃と同じようにはまいりません」

「十九の男が赤子のときとくらべるのがどうかしている」

智之介は玄関から母屋に入ろうとした。杜吉が立ちどまる。

智之介は振り向いた。

「どこに行っていたのか、きかんのか」

「きけば、お話しくださいますのか」

死んだ父親の昇吉《しょうきち》に似て明るい性格だが、いくばくかは心配そうな表情を隠せずにいる。

五尺八寸ほどある長身の智之介にくらべたら三寸は低いが、筋骨が隆とした体はたくましく、腕は智之介よりはるかに太い。剛力といっていい。剣の腕もかなり立つ。

智之介は杜吉の顔を見るたびに、昇吉を思いだし、せつない気持ちになる。昇吉も同じような体つきで、力があった。

「お帰りなさいませ」

式台にあがると、廊下でお絵里《えり》が手をついていた。津島屋敷で唯一の女中だ。

歳は十七。杜吉の従妹《いとこ》に当たる。

「お絵里も起きていたのか」

「殿がお出かけなのに、眠れるはずがございません」

お絵里は少し責めるような目をしているように見えた。

このあたりの少し勝ち気なところが、智之介は気に入っている。

顔が小さい割に目が大きく、頭のめぐりのよさがよく出ている。鼻はまんまるだが、低さを感じさせない。桃色の唇はいかにも健やかそうで、このおなごの顔を見ているだけで、元気を与えられる気分になる。

屋敷には、あと小平次《こへいじ》という郎党が一人いる。武田家の旗本で三十貫の所領を与えられている津島家では、杜吉とこの小平次が徒武者《かちむしゃ》ということになる。

あと屋敷にいるのは戦の際、足軽、雑兵をつとめる者たちだ。屋敷内の長屋に十二名が暮らしている。

それにしても、と智之介は自室に向かって歩きながら思った。自分としては屋敷の者が寝入ったのを見計らい、出かけたのだ。

これから菜恵のもとに通うのに、玄関から出るのはやめたほうがよさそうだった。

三

手綱を少ししごく。

雪風ははやさを増した。

耳元で風を切る音がする。顔が冷たい。じき昼だが、大気は冷えたままだ。

これほどはやく走れる馬なら、と智之介は思った。平安や鎌倉の時代の頃の、騎馬同士による一騎討ちも夢ではないだろう。

昔とはちがい、今の戦では騎馬武者といえども馬を駆って戦うことはない。戦となれば、馬をおり、槍《やり》で戦う。

馬は戦場に向かう際、武者を運んでいってくれるものにすぎない。あとは、あまり考えたくはないが、敗走する際だ。人が走るよりはやいのは確かだ。

智之介はうしろを振り返った。

杜吉が懸命についてくる。顔はすでに真っ赤で、今にも息があがりそうに見えるが、足はめまぐるしく独楽《こま》のように動いていた。父親の昇吉もはやかった。

今、智之介は小袖をまとっているにすぎない。戦場に赴く際は甲冑《かっちゅう》に身をかためているために、雪風にかかる負担も相当のものになり、走るはやさが鈍るのは事実で、杜吉がこの雪風の疾走についてこられるというのは、信じがたいものがある。

しかし、野駆けはいいな。

智之介は雪風を駆りながら、しみじみと思った。最初は小袖一枚ではさすがに肌寒かったが、今はもう暑いくらいだ。汗も出てきている。馬に乗って走るというのは、自分が考えている以上に体をつかうものなのだ。

甲府の町を出るまでは杜吉に轡《くつわ》を取らせて雪風を歩かせたが、人家が途絶え、平坦な野原に入った途端、雪風がはやく走らせろとばかりにいななきをあげた。

智之介の合図とともに杜吉が轡から手を放し、雪風は猛然と走りだしたのだ。

行く手に川が見えてきた。釜無川《かまなし》だ。

流れのそばまで来て、智之介は手綱を引いた。雪風が走り足りなそうな顔で、首をねじって智之介を見る。

「不満か」

智之介は首筋をなでてやった。

「杜吉を休ませてやらんとな」

屋敷からここまでおよそ一里半。杜吉といえども、全力で走るのは無理で、一町ほどおくれ気味になっている。

雪風が体の向きを変え、必死に走っている杜吉を見つめた。聡明そうな目をしている。この馬は人の言葉がわかる。

馬上の智之介は手ぬぐいで汗をふきながら、まわりの景色を見渡した。

じき正月だから暦としては春になるが、雪をたっぷりとかぶった甲斐の山々が、甲府のまわりを屏風のように取り囲んでいる。

今、正面に見えているのは駒ヶ岳だ。鏃《やじり》を立てたような形の岩山である。昔から修験の山として知られ、尾根には石仏などがあるときいている。

あの山の頂を、信濃との国境は走っている。山の向こうは伊那谷《いなだに》だ。谷の先の木曾《きそ》には、別の駒ヶ岳がそびえている。

駒ヶ岳という山は、この二つだけでなくほかの国にもいくつかあるときいた。

釜無川の上流の方向に目を向けると、そこだけ屏風が足りなかったようにぽっかりとひらけていて、八ヶ岳《やつがたけ》が見えた。なだらかな稜線《りょうせん》が優雅だ。

子供の頃から長いこと八ヶ岳は見ているが、八つの頂すべてを数えられたことはまだ一度もない。

南のほうへ視線を転じた。まぶしいくらいの陽射《ひざ》しの下、富士山もくっきりと眺められた。下のほうは山にさえぎられて全容は見えないが、太陽に照らされて白く輝いているのが、実に神々しい。ほかの山々をしたがえるように屹立《きつりつ》しているその姿は、孤高というものを強く感じさせた。

智之介は雪風をおりた。

杜吉が駆け寄ってきた。無念そうな顔をしている。

「申しわけないことにございます」

息も荒く頭を下げた。

「どうして謝る」

「殿についていけなかったからです」

智之介は笑った。

「一里半走って雪風に一町しかおくれないというのは、すごいことだぞ」

「でも、もしそのあいだに殿が誰かに襲われたら、とそれがしははらはらしていました」

襲われるか、と智之介は思った。昨夜の襲撃者の面影を思いだした。

あたりを見まわす。見える範囲の人影は、冬枯れの野原ですすきを刈っている百姓の夫婦者らしい二人だけだ。

野駆けに出たのには、昨夜の男があらわれないか、という期待もあった。

だが、こんなあからさまな誘いに乗るはずもなかった。

「俺をどうにかできる者など一人もおらぬのだろうが」

「それはそうなのですが……」

「飯にするか」

智之介は元気よくいった。ふだん、昼飯を食べることはまずないが、野駆けに出たときは別だ。

杜吉が破顔する。

「ありがたし。ぺこぺこです」

「あれだけ走ればそうだろうな」

杜吉が思いだしたように腰の手ぬぐいを手にし、汗をふきはじめた。

智之介は河原におりた。渇水の時季で流れは激しくない。暴れ川というのが嘘のような穏やかさだ。

智之介は手を洗い、上流から流されてきたらしい、大きな石の上に尻を置いた。

同じように手を洗い終えた杜吉が、隣の石に腰をおろした。背中にくくりつけてある平包みをひらく。

中身はお絵里の心のこもった握り飯だ。

平包みには、二つの竹皮包みが入っている。どうぞ、と杜吉が差しだしてきたのを智之介は受け取った。

竹皮包みのなかには、味噌が塗られた握り飯が四つ並んでいる。一つ一つが大きいが、このくらい食べられなくては武士ではない。

「よし、いただこうか」

はい、と杜吉がいい、智之介が食べはじめたのを見て、口にした。

味噌が香ばしくて、しょっぱいなかにほんのりと甘みがある。やはり炊いた飯はうまい。戦乱の京を逃れ、武田家に寄食している公家は米を蒸して食するそうだが、それがどういう味がするものか、智之介は知らない。あまり食べたいとも思わない。

握り飯を食べ終え、しばらく休息したあと、智之介はさらに雪風を駆った。これは自分が乗りたかったというのもあるが、むしろ雪風の望みをかなえたというほうが正しい。

雪風がようやく野原を駆けることに飽きたのは、それから二時ほどたってからだった。

智之介は雪風の轡を杜吉にまかせ、自身は甲府まで歩いて帰ってきた。

富士山が橙色《だいだいいろ》に染まりはじめているが、日が没するにはまだしばらくときがある。

昨日のこともあり、暗くなって屋敷に戻るのはできるだけ避けたかった。

あの襲撃者が一人であらわれるのなら歓迎するが、彼我の腕の差を知った以上、一人で仕掛けてくるはずがない、との思いがある。自分一人だけならまだしも、杜吉を巻き添えにはしたくない。

いくら腕が立つといっても、杜吉では昨夜の男に敵し得ない。杜吉の足なら逃げれば逃げきれるだろうが、忠実な郎党だけに智之介を見捨てるような真似は決してするまい。

あと半町ほどで屋敷というところで、侍と出会った。供を連れておらず、一人だ。

「久しいな」

声をかけてきた。

目の前に立っているのは、横目《よこめ》付《つけ》の小杉隆《たかの》之進《しん》だ。こけた頬、くぼんだ眼窩《がんか》、冷たく鋭い目、薄い唇。

いかにも横目付といった風情だが、以前はここまで険しい顔をしていなかった。

「ああ」

智之介は平静を保って返事をした。

菜恵とのことが露見したのか。

「野駆けか、いい身分だな」

どうやらちがった。ここで会ったのは偶然にすぎないのか。

「馬を責めておくのは武士としての心得だ」

智之介がいうと、隆之進がすっと目を細めた。

「顔がかたいな。どうした」

智之介はどきりとした。さすがに横目付だけのことはある。

「寒風に吹かれただけだ」

「その割に薄着だし、汗をかいているではないか」

「なにか用か」

「通りかかっただけだ。勘繰られて困ることでもあるのか」

「あるはずなかろう」

それをきいて、隆之進が唇をゆがめるようにして笑った。

智之介は胸を衝《つ》かれた。前はこんな笑いをする男ではなかった。端整な顔つきをしているだけに、この不気味さは余計こたえるものがある。

智之介のその思いに気づかぬように、隆之進が杜吉に目を向けた。

「きさまの父親も、この男に殺された。知っているか」

杜吉はなにもいわず、隆之進を見つめているだけだ。

「返事はなしか」

いい捨てるようにして隆之進が歩きだそうとする。

智之介は一瞬、昨夜の襲撃のことを口にしようか迷った。いえば、この男が忠実に仕事をするのはわかっている。

いくら智之介のことをこころよく思っていなくても、武田の直臣《じきしん》が襲われてそのままにしておくような男ではない。公私は心得ている。

「なんだ」

なにかいいたげな智之介を目ざとく見て、隆之進がきく。

智之介は首を振った。

「なんでもない」

智之介としては、もともと隆之進に頼りたくはなかった。

またきっと襲撃は行われるだろう。そのときは、相手が何人であろうと確実にとらえる気になっている。

四

歩き去る隆之進を見送った智之介は、屋敷に入った。

井戸で水を浴びて汗を流すつもりでいる。この時季、井戸の水は凍えるほど冷たいが、これも慣れで、今はさほどの冷たさは感じない。これを幼い頃からやっているおかげで、甲斐の厳しい冬にも薄着で耐えられるようになった。

「杜吉」

井戸に行く前に智之介は声をかけた。はい、と杜吉が答える。

「さっきの隆之進の言葉、気になるか」

杜吉が見返す。

「いえ」

「どうしてだ。隆之進は、俺が昇吉を殺したといったんだぞ」

「そんなことはあり得ませぬ」

杜吉がきっぱりと告げた。

「それがしは殿を信じています」

「そうか」

「しかし、殿。いつかお話しくださいますか」

「ああ、わかった。約束だ」

「ありがとうございます」

頭を下げた杜吉が見つめてきた。

「殿、久しぶりにお願いしたいのですが」

木剣での稽古のことだ。実際、智之介も無性に木剣が振りたくなっていた。

「よし杜吉、やるか」

杜吉の顔が輝く。

庭で木剣を構えて、智之介は杜吉と向き合った。

「おっ、稽古ですか」

そういって近づいてきたのは、津島家のもう一人の郎党の小平次《こへいじ》である。

歳はもう三十をすぎ、戦の経験も深い。丸顔で頭がはげあがっているために、顔つきは四十近くに見える。もともと小柄だが、さらに小さく見えるのは、少し右足を引きずっているからだ。六年前、今川家との盟約を破棄し、武田軍が駿河に押し入った際の戦でやられたのだ。しばらくは走ることもできなかったが、今は小走りくらいならこなせるようになった。

「拝見させていただきますよ。杜吉がどのくらい強くなったかも知りたいですし」

小平次が濡縁に座った。

「では、それがしのほうからいかせていただきます」

杜吉が静かに息を吐いたのがわかった。日が間もなく落ちる。あたりはだいぶ暗くなってきた。

杜吉が木剣を振りあげ、間合を縮めてきた。

さすがに素質をうかがわせるものはある。上段に構えた姿勢には隙がなく、迫力が感じられた。この前稽古したのは、十日ほど前だ。そのときより強くなっている。ひそかに一人で鍛錬を積んでいたのだろう。

間合に入ったところで、杜吉が思い切り打ちこんできた。遠慮なしの打ちこみだ。

これは、杜吉が智之介の腕を信頼しているからだ。

智之介は木剣を振るって、杜吉の木剣をはねあげた。杜吉の剣はさすがに重い。膂力《りょりょく》の強さがそのまま感じられる。

木剣を弾き返された杜吉が胴を狙ってきた。これもまともに当たれば、肋骨が粉々にされてしまいそうな勢いだ。

智之介はこれも弾いた。杜吉の体勢は崩れない。

このあたりも成長している。以前だったら、たたらを踏んでいた。十日前の稽古では少し体が浮いた。

だが、今はちがう。どっしりと腰は沈んでいる。

逆胴に木剣がきた。智之介はこれも打ち返した。

さらに顔をめがけて、木剣が落ちてきた。これも智之介は打ち払った。

杜吉の攻撃はめまぐるしく、さらに暗さが増してきたこともあって、木剣の出どころが見えにくくなっている。

あまり長引かせたくはなかった。さすがに疲れたのか、杜吉は木剣を構えて息をととのえている。

その目を見る限り、闘志は衰えていない。

「俺からいくぞ」

「どうぞ」

杜吉は水でもかぶったように顔に汗をかいているが、動揺は見られない。

なにか狙いがあるのかな、と智之介は思った。なにをしようとしているかわからないが、智之介が突っこんでくるのを待っている顔だ。

よし、乗ってやろう。

智之介は一気に間合をつめた。

この足さばきに、いつも杜吉は応じきれない。足のはやさでは智之介は杜吉に勝てないが、こういう戦いの場での足の運びには自信がある。

智之介は、木剣を袈裟に振りおろすつもりでいた。だがいきなり目の前に木剣が突きだされ、目をみはりかけた。

智之介の間合をつめるはやさを、杜吉は逆に利用したのだ。

木剣が胸に向かってまっすぐのびてきた。智之介は体を思いきりねじった。

胸をかすめるようにして、木剣が通りすぎてゆく。それがずいぶんゆっくりと動いているように見えた。

気づくと、目の前にがら空きの胴があった。智之介は体勢を低くするや、引き戻した木剣を軽く振った。

木剣は杜吉の脇腹に静かに触れた。

杜吉の顔に、やられた、という表情が刻まれ、無念そうに眉根を寄せる。

「まいりました」

あとじさって杜吉が頭を下げる。

「驚かされたぞ」

「殿が突っこんでこられるときこそ、最大の好機と狙っていました」

「一瞬、覚悟しかけた」

杜吉が目に輝きを宿した。

「まことですか」

「ああ、本当だ」

濡縁から小平次が立ちあがった。

「杜吉。殿がよけられたからよかったものの、もし当たっていたらどうするつもりだった」

詰問の口調ではない。純粋に答えをききたい顔をしている。

「小平次どのならおわかりでしょう」

「まあな。あの程度の突きでは、残念ながら殿には当たらんわな」

いい汗をかかせてもらった。杜吉に礼をいって、智之介は井戸で水を浴びた。きゅっと体が引き締まったようで、気持ちよい。

気づくと、夜が訪れていた。

母屋にあがった智之介はお絵里の給仕で夕餉《ゆうげ》にした。大根を醬油で煮たものに、大根の漬物、大根葉の味噌汁という献立だ。

智之介はさっそく茶碗を手にし、飯をかきこみはじめた。

「お絵里、今日は握り飯をすまなかったな。うまかった。お絵里はなにをつくらせても上手だな」

お絵里がうれしそうにほほえむ。

「殿にほめていただけると、天にも舞いあがるような気分です」

「それはまた大袈裟だな」

智之介はしばらく飯を食べるのに専念した。大根葉はしゃきしゃきしていて、濃いめの味噌とよく合う。

飯を二杯食べて智之介は箸を置いた。お絵里が茶碗に白湯《さゆ》を注《つ》いでくれる。

智之介は口をつけた。白湯にはほっとするあたたかさが満ちている。

「殿は、ご内儀はどうされるのですか」

お絵里が真剣な顔できいてきた。目がきらきらしており、この娘らしさが強く香る。

「どうしてそんなことをきく」

「ずっと気になっているものですから」

智之介は茶碗を膳の上に置いた。

「その気がないことはない」

「だったらどうして、おもらいにならないのですか」

「縁談自体がない。俺は家中の者に見限られているからな」

「そんなことはありません」

智之介は茶碗を傾けて空にした。

「お好きな人はいるのですか」

智之介は狼狽《ろうばい》しかけた。口中の白湯を静かに喉に流しこむ。

「お絵里、うまかった」

智之介は自室に引きあげた。

夜具が敷かれている。ごろりと横になった。

火鉢に火を入れる。やがて赤い光が、天井を薄く染めはじめた。

菜恵のことを考えた。幼い頃からの知り合いだ。一緒になるのはその頃から決まっていた。自分ではそう思っていた。

無性に会いたくなった。今から会いに行こうか。

いや、やめておこう。会ったばかりの隆之進のことが気になる。

我慢するしかない。

なにか別のことを考えねば。

なにがいいか。

戦のことがよさそうだ。じき大きな戦がはじまるのはまちがいないのだから。

勝頼が求めている相手はどこか。

徳川家か。

それとも織田家か。当主の織田信長。この男こそ、武田勝頼が最も戦いたいと思っている相手である。

勝頼は戦上手だ。それは紛れもない。戦の才だけ見れば、信玄より上かもしれない。

しかし重臣たちとは明らかにうまくいっていない。はたから見ていても、ぎくしゃくしているのがわかる。

これは、勝頼の出生が大きく関係しているのだろう。

なんといっても、諏訪頼重《すわよりしげ》の娘諏訪御寮人の産んだ子だから。

代々諏訪神社の大祝《おおほうり》の家柄である諏訪家の棟梁《とうりょう》として生まれた頼重は、信濃侵攻を企てた信玄と干戈《かんか》をまじえたものの、すぐに降伏し、甲府に連れてこられた。東光寺という臨済宗の寺に幽閉され、半月後、自刃してのけた。まだ二十七の若さだった。

これは天文十一年（一五四二）七月二十一日のことというから智之介が生まれる前のできごとで、このあたりは亡き父にきかされたのだ。

信玄が頼重の娘を側室にしたのは、諏訪御寮人が産んだ男子に諏訪家を継がせれば、諏訪の安定につながるという狙いがあったゆえといわれており、その目論見通り、勝頼が生まれ、のちに諏訪四郎勝頼と名乗ることになった。

ただ、諏訪大社の大祝だった頼重の死は武田家にたたるのではないかといわれており、その孫である勝頼に武田家中の多くの者はいい感情を抱いていない。

勝頼には、武田家累代の跡取りがつける『信』の字すらも与えられていない。武田家の棟梁の地位にいるが、実際には嫡子信勝《のぶかつ》の後見人の身分でしかない。それでは重臣たちが心からひれ伏すはずがない。

もともと重臣たちには、勝頼とは同じ格にあるという気持ちがある。さらに、自分たちは勝頼ではなく、信玄の家臣であるという気持ちをいまだに抱いている。

生前の信玄は勝頼に箔《はく》をつけるために京の足利義昭に官位と偏諱《へんき》を請うたが、織田信長の横槍《よこやり》によって果たせなかった。そのせいで勝頼はいまだに無官のままだ。

もし織田信長を打ち破ることができれば、と智之介は思った。家中の勝頼を見る目もちがってくるだろう。武田家も一つにまとまるかもしれない。

だが、それは難儀なことだ。重臣たちは、織田家とことを構えることに、さほど前向きではない。織田家を撃破する前に、勝頼としては重臣たちを説得しなければならない。

だが、重臣たちをまとめるだけの力は、今の勝頼にはまだありそうになかった。

## 五

昨日と同様、野駆けに出た。

夕暮れに帰ってきて、井戸で汗を流し、夕餉をとった。

さすがに疲れており、智之介はすぐに眠けを覚えた。夜具に横たわると、睡魔の網にあっさりとかかった。あっという間に朝がやってくるはずだった。

しかしどういうわけか、途中で目が覚めた。

今何刻だろう。

考えたがわかるはずもない。

少し寒い。重ね着をしているが、外はかなり冷えこんできているようだ。

菜恵の顔が目の前にある。

行くか。

我慢が利かなくなった。

身繕いを終えて、腰に両刀をねじこむ。立ちあがって廊下を歩いた智之介は、沓脱《くつぬ》ぎに置いてある草鞋を履いた。

玄関から出るのは避け、庭を突っ切った。糸のように細い月が空に浮かんでいる。明るさはほとんどないが、あたりを見渡すのには十分な光だった。

庭の草木が弱々しい白い光に打たれ、うっすらと見えている。風はなく、大気はそよとも動かない。

塀に歩み寄った智之介は手をかけ、乗り越えようとした。

そのとき背後に視線を感じた。振り返る。

濡縁に人影があった。

思わず目をみはりかけたが、そこに立っているのがお絵里であることに気づいた。

厠《かわや》にでも立ったのか。

それとも、俺の気配に気づいたのだろうか。

そうかもしれない。勘のいい娘だ。

お絵里は目を伏せ気味に、見つめてくる。悲しそうな風情だ。智之介がなにをしようとしているのか、解している顔。

お絵里が慕っているらしいのはわかっている。だが、智之介にはおのれの気持ちをとめようがない。

しばらくお絵里を見つめてから、腕に力をこめ、一気に塀をのぼった。もう一度お絵里を見る。

本当に行ってしまわれるのですか。そうききたげな顔をしている。

すまんな。心で謝っておいて、智之介はお絵里の視線を逃れるように塀を蹴った。

お絵里はいい娘だから、俺などよりふさわしい男はいくらでもいる。

本来なら智之介が縁談を見つけてやらなければならない。それがあるじとしてのつとめだ。

智之介はこれから会う菜恵のことを考えた。

菜恵のもとに隆之進がいないことを祈って、道をひたすら早足で歩く。

菜恵の暮らす屋敷になかなか着かないのがじれったいが、おとといの襲撃者に注意することも忘れなかった。

行きかう人はまったくない。甲府の町はひたすら闇に沈んでいる。町自体、熟睡していた。

次々に武家屋敷の影が目に入ってきては、うしろへ静かに流れてゆく。

誰もが寝静まっているなかで、女のもとに行こうとしている俺はいったい何者なんだろう。

智之介は自嘲気味に思った。ただの好き者ではないか。

小杉屋敷の前に着いた。あたりに人影は相変わらずない。

いつものように屋敷の裏手にまわり、なかの気配をうかがう。

静かなものだ。この屋敷も深い眠りについているのだ。

隆之進はいるのだろうか。昨日、会ったことを思いだす。あの酷薄そうな顔。

菜恵という女の夫になったというのに、どうして変わってしまったのか。やはり横目付という職のせいだろう。それしか考えられない。

だが、と思った。どうして隆之進のことが気になるのだろう。今までそれほど考えたことはなかった。

やはり罪の思いがあるのか。

だが、罪の思いには甘いものもある。人の妻を蹂躙《じゅうりん》している感じが、智之介にとってなんともいえず甘美だった。

塀をのぼる。庭がか弱い月明かりに照らされているのは、自分の屋敷と同じだ。

智之介はすばやく塀をおりた。草木のあいだを足音を立てぬように慎重に進んでゆく。

菜恵の部屋の前に来た。板戸が閉まっている。明かりは漏れていない。

部屋に人がいるか、気配を探る。

いる。多分、菜恵が一人。

小石を拾い、軽く放った。板戸にぶつかり、濡縁の上を転がる。

板戸がそっとあく。敷居際に菜恵が立っている。はやく、というように手招きする。

濡縁にあがる前に草鞋を脱ぎ、智之介は懐にしまった。

智之介が部屋に入ると、菜恵は板戸を閉めた。燭台《しょくだい》に明かりを灯す。

部屋が明るくなった。自分を見つめている菜恵の顔が、そこだけ浮いたように白く見える。

智之介は近づき、抱き締めた。菜恵が応《こた》えてくる。

我慢できず、菜恵の唇を吸った。胸をまさぐる。

菜恵があえぐ。その声にむしろ智之介の気持ちは冷静になった。

「隆之進は」

屋敷の者をはばかり、小さな声できいた。

菜恵が不思議そうな顔をする。ささやくような声で答えた。

「出かけています」

「こんな刻限にか」

智之介は菜恵の口をもう一度吸い、着物をはだけようとした。

「だってこのためだったのでしょう」

菜恵が口にした。怪訝《けげん》さがその口調にある。

智之介は手をとめ、菜恵を見返した。

「なんのことだ」

「あれは、あの人を留守にさせるためだったのですね」

かすかに悲しみが感じられた。菜恵の顔が先ほどのお絵里と重なる。

「なにをいっている」

「だって智之介さまに、呼びだされました。あの人は今頃、待ちぼうけということですか」

わけがわからない。智之介はとりあえず座った。菜恵が目の前に正座する。

「俺は隆之進を呼びだしてなどいない。ここまでやってくるとき、隆之進がいないことを願ってはいたが」

急に菜恵が不安そうになった。

「どういうことか話してくれ」

はい、と菜恵が答え、話しだした。

「今日の夕刻、智之介さまの使者が見えました」

「俺の使者。知った顔か」

「いえ、はじめて会うお方でした。でもそういうふうに名乗りましたから、私も疑う理由はありませんでした」

そうだろうな、と智之介は思った。菜恵が津島屋敷の奉公人すべてを知っているわけではない。

「続けてくれ」

「その使者は、文《ふみ》を私に渡しました」

「中身は読んだか」

「いえ、あの人にそのまま渡してほしいということでしたから」

「その文を隆之進にはいつ渡した」

「酉《とり》の刻くらいでした。あの人が仕事から戻ってきたときです」

「俺が野駆けから帰ってきた頃だな……」

「野駆けに出られていたのですか」

「ああ、一日中、杜吉と一緒だった。——隆之進がどこに呼びだされたか、わかるか」

「いえ、きいていません」

「隆之進はすぐに文を読んだか」

「ええ、その場で」

「どんな表情をしていた」

「なんの用事があるのかわからないという風情に見えました」

それは当然だろう。智之介に隆之進を呼びだす理由など一つもない。

「隆之進はいつ出かけた」

「ほんの半時ほど前です」

「隆之進は、俺と待ち合わせるといっていたのか」

「いえ、そういうふうには申していませんでしたけれど、智之介さまの文で呼びだされた以上、私はそう考えました」

そうか、と智之介はつぶやいた。さっき抱いたいやな予感は、黒雲となってさらに広がりを増している。

「帰る」

智之介は立ちあがった。菜恵が少し残念そうな顔をする。

「おととい、隆之進が急に戻ってきたのはどうしてだ。わけをきいたか」

「なんでも、仕事がすんなり終わったゆえと申していました」

隆之進が今どんな仕事をしているか、きいたところで菜恵は知るまい。

「また来る」

そういい置いて、智之介は板戸をあけた。

塀を乗り越え、小杉屋敷をあとにする。

何者かが俺の名を騙《かた》って、隆之進を呼びだした。

これはどういうことなのか。

頭をよぎるのは、おとといの晩、襲ってきた者のことだ。

隆之進はどういう目的で呼びだされたのか。横目付だから、そちらの関係ということも十分に考えられる。

いや、ちがう。智之介は首を振った。それならば、どうして俺の名をだす必要があるのか。

隆之進のことを思いだす。

同い歳で、二人とも十五の歳に初陣を飾った。永禄四年（一五六一）の川中島における戦いである。

あの激闘のことは、今でも頭に強烈に残っている。忘れようとしても忘れられるものではない。

あのとき、智之介は父と兄と一緒だった。信玄麾下《きか》の軍勢として、本陣にいた。

目の前で繰り広げられた戦は、まさに死闘と呼ぶべきものだった。

押し太鼓が打ち鳴らされ、法螺《ほら》貝が鳴り響き、喊声《かんせい》が天地を覆い、絶叫が大気を裂き、鉄砲が風を震わせる。一対一の組み打ちとなって地面を転がる者たち、体を槍で貫かれて膝を折る者、刀で顔を割られる者、鉄砲で撃たれ、体を独楽のようにまわして倒れる者、馬乗りになられて生きながら首を掻き切られる者、首を切り落とした瞬間、別の者に倒される者、取った首を結わえたところをうしろから槍で突かれる者。

そこかしこで、次々と命がむなしくなってゆく。

智之介にとって、目の前の光景がうつつのものとはとても思えなかった。こんなにたやすく人が死んでゆくのが、目の当たりにしているにもかかわらずどうしても信じられなかった。

越後の上杉勢はそこに武田家本陣があるのをすでに知っていて、新手《あらて》を惜しむことなく繰りだしてきた。

武田本陣はあわてることなく、敵勢を迎え撃った。

突っこんでくる上杉勢の誰もが自分を殺そうとしているように思え、智之介は膝ががくがくしていた。どうしても震えをとめることができなかった。

父と兄は微動だにすることなく、戦場の様子を見つめていた。ひたすら信玄の命《めい》を待っていた。

二人のその平静さがあったからこそ、智之介はその場から逃げださずにすんだのだ。

やがて戦況は、武田の新手が上杉勢を背後から突いたことで一気に逆転した。

ようやく好機が到来し、智之介たちは上杉勢の追撃に移ったのだ。

決してそばを離れるな。父と兄にいわれていたにもかかわらず、智之介は軍勢の渦から弾き飛ばされたように離れてしまった。

気づいたときには上杉武者と戦っていた。その武者は腰に二つの首をぶら下げていた。大兵《だいひょう》でまちがいなく剛の者だった。

智之介は槍を手に戦ったが、力の差は明らかで、次第に押されはじめた。

そこにあらわれたのが隆之進だった。助太刀《すけだち》を買って出てくれ、智之介はそのおかげで大兵を討つことができた。

智之介と隆之進はそれまで見知らぬ二人にすぎなかったが、力を合わせて戦ったことで互いを信頼する間柄になった。

それが今では、と智之介は思った。

その男の妻を盗む男に成り下がってしまった。

六

いったい誰が隆之進を呼びだしたのか。

誰が呼びだしたにしろ、このままにしてはおけない。

俺の名を騙っている以上、害意をもってのことにちがいない。隆之進を捜しださなければならない。

しかし、どこにいるのか。いつもはさして広いと思わないが、実際にこの甲府の町を捜すとなると、またちがうだろう。しかも真夜中だ。

隆之進は横目付としてこんな深更に呼びだされたことに、不審の念を抱かなかったのだろうか。待ち合わせの場所に、黙って足を向けるだろうか。

俺からの呼びだしとなれば、行くかもしれない。冷え切った仲とはいえ、隆之進には、この俺を信頼したいという気持ちがまだあるのではないか。なぜなら、俺が隆之進という男をいまだに信頼しているからだ。

隆之進を呼びだした者も、そのことを知っていて俺の名をつかったのかもしれない。

場所は、こんな夜中でも人けがまったくないところにちがいない。

いったいどこなのか。

どこでもいい。とにかく捜しださなければ。隆之進が危うい。そんな気がしてならない。

津島智之介は、吹きかう寒風を突っ切るように走りだした。

足を動かしつつ、大声で叫んでみるか、と考えた。冷たい風が強く吹いているとはいえ、これだけの静寂なら声は通るだろう。隆之進の耳に届くかもしれない。

実際に智之介は叫んでみようとした。喉は戦場で存分に鍛えられている。

口を大きくあけて、ふと気づいた。

あそこはどうだろうか。

田越《たこし》神社といってせまい境内だが、隆之進とよく木剣の打ち合いをした。お互い、戦場に身を置いているも同然に激しくやり合ったものだ。

俺の名を騙った者は、津島智之介という男のことをそれなりに調べているだろう。であるなら、俺と隆之進が一緒に剣の鍛錬をした場所くらい、知っているのではないか。待ち合わせをそういう場に選べば、隆之進はなんの疑いもはさまないのではないだろうか。

むろん、田越神社に隆之進がいるかどうかはわからない。しかし、闇雲に甲府の町を駆けずりまわるよりずっといい。

智之介は田越神社に向かって足をはやめた。

神社までは五町もない。あたりの気配に意を払いつつ、智之介は走り続けた。

神社に着いた。細い鳥居がわびしく立っている。

境内がせまいだけでなく本殿もこぢんまりとしているが、巨木に囲まれていて、神の息づかいを感じられるような荘厳な神社だ。ここで剣の稽古をするたび、神に見守られて強くなってゆく気がしたものだ。

捜すまでもなかった。一瞥《いちべつ》したところ、境内のどこにも隆之進の姿はない。

一応、本殿の裏にもまわる。木々の隙間を縫って入りこんできた風が渦巻き、木の葉を舞いあげる。

ここではなかったか。

ほかに心当たりはない。どうする、と智之介は自らに問いかけた。

よそを捜すしかない。

智之介は田越神社をあとにしようとした。

そのとき、背後に人の気配を感じた。

振り向く暇はなかった。智之介は前に身を投げだした。背中をかすめて、突風を思わせる風が吹き抜けてゆく。

頭から地面を転がり、すばやく起きあがる。これだけの動きができる。なんの傷も負っていない証《あかし》だろう。

智之介は刀を抜き、身構えた。

男が一人、立っている。忍び頭巾をしていた。この前、襲ってきた男だ。

どうやら神社の巨木の陰にでも身をひそませていたようだ。その気配に気づかなかったのは迂《う》闊《かつ》だったが、またあらわれてくれたのはありがたかった。

今度は逃がさぬ。

決意を新たにした智之介は、土に草鞋をめりこませるようにして、すり足で男に近づきはじめた。

この男は、と思った。俺を殺《や》れぬことはわかっているはずなのに、どうして再び襲ってきたのか。

そんなことを考えられるほど、智之介には余裕があった。

とらえ、すべて吐かせてやる。そうすれば、どうして俺を狙ってきたか、はっきりするだろう。

だから殺してはならぬ。智之介は自らにいいきかせた。

男は正眼に刀を構えている。その姿は、孤高の山のようで、遣い手であることを智之介に教えた。先夜戦ったときも感じたが、やはり並みではない。

それでも、俺のほうが強い。智之介は過信でなくそう思っている。

もしや、と覚《さと》った。この男が隆之進を呼びだしたのではないのか。じかに呼びだしたのではなくとも、関わっているのはまちがいない。でなければ、この神社で俺を待ち受けられるはずがない。

隆之進は無事なのか。無事でいてくれるのを祈るしかなかった。

智之介は刀を上段に移した。眼前の男を構えで圧倒する気でいる。

男の覆面のなかの顔がかすかにゆがむ。

ひるんでいる。確信した智之介は体を沈みこませるや踏みこみ、刀を思い切り振りおろした。

男が歯を食いしばってはねあげる。鉄同士《かね》が鳴る音が響き、火花が小さな稲妻のように闇を裂いた。

その火花が消える前に、智之介は刀を袈裟に振った。男が弾き返す。

また火花が散り、鉄が鳴った。智之介の刀の勢いに押されて男がうしろに下がる。

地面を蹴った智之介は一気に間合を縮め、姿勢を低くしざま刀を胴に払った。男は横に動いてかわし、刀を落としてきた。智之介にとって胴払いは餌にすぎなかった。

智之介は余裕を持って男の斬撃《ざんげき》をかわし、逆胴を見舞った。

男は体をねじりこむようにして避けたが、体勢がやや崩れた。智之介は刀を突きだした。

男は膝を曲げ、上体をそらすことで智之介の突きをよけた。

その体のやわらかさに智之介は目をみはりかけたが、すでに男は次の斬撃をよけるだけの体勢になかった。智之介はさらに一歩踏みこんで胴に振るった。

忍び頭巾の目が観念したような色を帯びた。

——殺すわけにはいかぬ。

剣尖が鈍る。男がその一瞬の隙に気づき、智之介の刀の下をかいくぐった。

智之介が刀の峰を返し、袈裟に振りおろしたときには男は背中を見せて走りだしていた。

くっ。智之介は歯を嚙み締め、刀を肩にのせて男のあとを追った。

男はこの前ほどには足がはやくない。どこか傷を負っているのか。

男との距離は、縮まるように見えてなかなか縮まらない。あと二間ほどというところまで来ても、すぐに五間ほどに引き離される。

そういうことが何度か繰り返された。翻弄《ほんろう》されているのを智之介は知った。

冷たいものが胸をよぎる。俺をどこかに導こうとしているのではないか。

このまま男の策とやらにのってやろうという気に智之介はなった。そうたやすくやられるはずはない。

男の背中が不意に遠ざかった。一気に足をはやめたのだ。

智之介は負けじと走った。必死に食らいつく。戦場では重い鎧《よろい》を身につけている。今とはくらべものにならないほどきつい。この程度で音をあげてはいられない。

町屋がかたまる辻に来た。男が右に曲がる。

智之介は十間ほどおくれている。いきなり斬《き》りつけられないように大きく角を曲がった。

闇のなか、道がまっすぐに続いているのが薄ぼんやりと見える。

男は駆けている。息づかいはきこえてこない。鍛えられている。

甲府の町はじき途切れる。やつはいったいどこまで行くつもりなのか。

やがて正面に神社がうっすらと見えてきた。野駆けの途中、前を何度か通りかかったことがあるが、境内に足を踏み入れたことはない。確か牛島神社といったはずだ。

男が鳥居をくぐり、境内へ走りこんでいった。

智之介も足を踏み入れた。

暗闇のなか、本殿の前に一人の男が立っていた。新手か、と智之介は思った。

逃げ続けていた男が、もう一人の男の前に走りこんだ。立ちどまるや、いきなり刀を振りおろした。存分に腰の落ちた、思わず目をみはるような袈裟斬りだ。

血しぶきが花でも散らせたかのように音を立てて舞い、斬られた男は、噴き出た血がとまるのを待っていたように両膝を折り、地面に倒れ伏した。まるで寿命を迎えた老木のように見えた。

――まさか。

智之介は斬られた男に駆け寄ろうとした。

斬ったほうの男が再び走りだした。智之介は追ったが、男は境内の裏の林に駆けこんでいった。

智之介もあとに続いたが、林を抜け出たときには男は消えていた。左右を見たが、姿どころか気配すらなかった。

智之介はきびすを返した。斬られた男を放っておくわけにはいかない。

境内に戻り、小さな本殿の前に立つ。

男はすでに息絶えていた。あの斬撃をまともに受けて、生きていられるはずがない。

片膝をついて、顔を見つめる。

やはり、と智之介は暗澹《あんたん》たる気持ちにとらわれた。

どうしてこんなことに。

まわりを見る。静かなもので、誰もいない。

逃げだしてしまおうか。このままでは、きっと菜恵とのことも表沙汰《おもてざた》になってしまう。

しかし、ものいわぬ死骸を見捨てるわけにはいかない。

隆之進の死顔に目を向ける。不意に訪れた死には驚いていないように見えた。面にはなんの感情もあらわれていない。

目はあけている。うつろで、どこを見ているのかわからない。この目で最後に見たのはなんだったのか。

おそらく、なんの痛みも感じなかったはずだ。なんの慰めにもならないが、それだけは隆之進のためによかった、と思った。

智之介は、悲しんでいないのに気づいた。

まさか俺は、菜恵の夫が死んだことにほっとしているのか。

隆之進は、と智之介は思った。俺のことをやはり信頼してくれていたのだろう。この神社で果たしてどのくらい待っていたのか。

おそらく一時《いっとき》近くはいたはずだ。それだけ待てたというのは、隆之進に信頼の気持ちがあったというなによりの証だろう。俺の呼びだしがなんなのか、気にかけてくれていたのだ。

まさか俺が隆之進を巻きこんでしまったのか。そのために隆之進は殺されたのか。

そうかもしれない。

いつまでもこうしてはいられなかった。横目付に知らせなければ。

智之介は立ちあがろうとした。だが、足に力が入らない。

動け。おのれに命じ、なんとか立った。少しよろける。歩きだそうとして、ふと、なにか妙な感じを覚えた。

隆之進を見続けているうちに、はっきりした。隆之進は、太刀を腰に一本差しているだけなのだ。

この前会ったときは、脇差も差していた。

どうして今日は一本なのか。このことになにか意味はあるのか。

たまたま今日、脇差を帯びていなかっただけにすぎないのか。深く考える必要はないのだろうか。

しかし、と智之介は思った。脇差を帯びていない隆之進というのを、これまで見たことはない。これがはじめてだろう。

七

しばらく待っていてくれ。

隆之進に語りかけてから、智之介は牛島神社の境内を出た。鳥居を抜けたところで立ちどまり、横目付の屋敷がどこだったか考えた。

いくつか心当たりはある。どの横目付の屋敷に行けばいいのだろう。

こういう場合、上の者に届けたほうがいいのではないか。そんな気がした。

相変わらず風は体を締めつけるように冷たい。上空でうなっている。ときがたつにつれてさらに大気は冷えてきており、智之介は寒さを感じた。

しかしこのくらいの寒さなどなんだというのだ。寒さを感じることができるのも、生きているからだ。

智之介は手のひらに息を吹きかけた。

隆之進は、二度とこんなあたたかさを感じることはない。

智之介は早足で歩き続けた。走ってもよかったが、こうして歩いているほうが、あの男が再び襲ってくるのに易《やす》いのではないか、と思っている。

智之介は気をゆるめてはいない。また出てきてくれ、と願っている。

今度は容赦なく殺す。智之介はあの男を殺せたのにとらえようとしてためらったことを思いだしている。

下を向きそうになる。あそこで殺していたら、隆之進は死ぬことはなかった。

歩きながら、隆之進の死は本当に起きたことなのか、と思った。どこか、夢のなかのできごとと思えないでもない。

いや、と心中で首を振る。そうであってくれと願っているにすぎない。

横目付頭《よこめつけがしら》の屋敷は、武家町の西のはずれにある。

智之介は、目の前に建つ、閉じられた門を見つめた。家中で恐れられるというか、煙たがられている横目付頭の屋敷だけに、智之介にも構える気持ちがある。

一つ息をついてから、門をあらためて見た。

こぢんまりとした質素なつくりだが、いかにも頑丈そうで、この屋敷のあるじの気質をあらわしているような気がした。

静かに叩く。

いかに横目付頭といえども深更だけに眠っているだろうから、しばらくは叩き続けなければならないだろうと思っていたら、ほとんど間を置くことなく門内から声がきこえた。

急報にいつでも応じられるように、門内に宿直《とのい》の者がつめているのだ。

智之介は名乗り、横目付頭に面会したい旨を告げた。即座に門があき、招き入れられた。

松明を持つ宿直の者に導かれて玄関に行くと、式台に背の高い男が立っていた。

智之介も顔だけは見たことのある男だ。横目付頭の今岡和泉守《いまおかいずみのかみ》。

宿直の者は智之介の訪問をまだ伝えてはいなかったから、起きていたのだ。門を叩く音をきいたにちがいない。

智之介は一礼し、名乗った。

智之介の名をきき、今岡の表情が微妙に変わったように感じられた。まちがいなく、智之介の噂を耳にしている。横目付頭だ、それくらいは当然だろう。

「なにかあったのかな」

意外に穏やかな声できいてきた。ただし、やや細い目に宿る光は、闇夜でもすべての景色を見通せるのではないか、と思えるほどらんらんと輝いている。宿直がかざす松明がなくとも、智之介の顔ははっきり見えているだろう。

体はやせているが、それは日頃節制し、鍛え抜いているゆえだ。顔はむしろふっくらとして丸みを帯びているが、それが決して柔和な表情に見えない。

鼻筋が通り、唇は上下ともに薄い。顎はほっそりとして女のように見えないこともないが、それが逆に意志の強固さをあらわしているように思える。

智之介は心を落ち着けて、なにが起きたかを語った。

「ほう」

今岡はかすかに眉を動かしてみせた。

「牛島神社といったな。委細はそこできく。まずはまいろう」

今岡に四名の供がつく。この者たちは横目付ではなく、今岡の家臣だろうが、いずれも暗い目をしている。松明に照らされている顔には、表情というものが感じられない。

智之介は供の一人から松明を受け取り、今岡たちを先導するように道を歩いた。

今岡和泉守は横目付頭だけに、隆之進のじかの上役に当たる。

かなりの大物といっていい。勝頼の信頼も厚いときく。今岡は頼親《よりちか》といって、勝頼から偏諱を受けている。

「津島といったな。身分は」

今岡が声をかけてきた。

智之介は、旗本ですが今はなんの役にもついておりませぬ、と答えた。

「誰の配下についている」

「今は土屋《つちや》家の寄騎にござる」

「土屋家――。平八郎どのか」

土屋平八郎は昌次《まさつぐ》といい、猛者《もさ》ぞろいの武田家のなかでも勇将として名のある武将だ。

そのことについてなにかきかれるかと思ったが、今岡はそれきり口を閉ざした。

沈黙を引きずるようにして智之介たちは牛島神社に着いた。

境内に入った家臣が松明で本殿の前を照らす。小杉隆之進の死骸《しがい》がそこだけ浮いたように、ぽっかりと見えた。

その光景を目の当たりにして智之介は、決して夢などではなかったのを思い知らされた。

ひざまずいた今岡が手刀をつくり、祈りの表情になる。それから隆之進の死骸をじっくりと見た。まるで死の理由を問いかけているかのようだ。

あまりに長いことずっとそうしていたから、本当に死者の言をきけるのではないか、と智之介が感じたとき、今岡は唐突に立ちあがった。

智之介に顔を向ける。光の加減か、豊かな頰が削ぎ落とされたように見えた。

「津島どの、どういう経緯で小杉が死ぬことになったか、もう一度詳しく語ってくれ」

承知しました、と智之介は話した。

「ほう、おぬしを襲ってきた者を追ってここに」

今はじめてきいたような目で、今岡が智之介を凝視する。一点に据えられた視線は、智之介の心を見透かそうとするかのようだ。

智之介は落ち着かない気分を味わった。まるで、自分が隆之進を手にかけたような気分になってくる。

智之介は平静な表情を保った。実際、手をくだしてなどいないのだ。

「襲ってきたのは何者かな」

「わかりませぬ」

「心当たりは」

「いえ、なにも」

「おぬし、誰かにうらみを買ったことは」

「甲府の者にあるとは思いませぬ」

「おぬし、噂があるな」

智之介は黙ってうなずいた。

「三方原《みかたがはら》で家督を継ぐために兄を見殺しにした、という噂だ。まことのことか」

「まことのことではない、と申したら、和泉守どのはお信じに」

「どうかな。ただ、そのことはここでは関係ないようだな」

話題を打ち切るようにいって、今岡が問いを変えてきた。

「どうして、こんな刻限に町をうろついていた」

なんと答えようか、智之介は迷った。殺された横目付の妻のもとに忍ぼうとしていた、などといえるはずがない。

「眠れず、町をぶらついていました」

今岡の口が冷笑するように動く。

「この寒いのにか」

今にも雪でも降りそうな寒さだ。少しは本当のことをまじえないと、うまくいい逃れができそうにない。

「実はそれがし、襲われたのははじめてではござらぬ」

「ほう」

先を続けろというように、今岡が相づちを打つ。

「そのときも同じように眠れず、町を歩きまわっていました。そこを何者かに襲われました」

「いつのことだ」

「二日前の夜にござる」

「そのことを横目付に」

「いえ、届けておりませぬ」

「どうして届けなんだ」

智之介は少し間を置いた。

「あの程度の襲撃のことを調べてくれと申しても、無駄だろうと思ったゆえ」

「勝手な思いこみよな。家中の士が襲われたとあれば、我らが動かぬということは決してあり得ぬ」

　今岡が見つめてきた。

「今宵、町をうろつきまわったのは、その何者かを誘いだすためか」

「さよう」

「目論見通り、出てきてくれたのに討ち損じたか……」

　そういわれて、またも殺し損ねた後悔が頭をもたげてきた。

「どうした」

　智之介は理由を口にした。

「そうであったか。もしとらえようと思わなければ……」

　今岡が隆之進の死骸に無念そうな視線を当てる。

　智之介は咳払いし、今岡の目を自分に向けさせた。

「和泉守どのこそ、隆之進が殺されねばならぬ理由をご存じでは」

「わしが。どうしてそう思う」

「横目付といえば、家中の悪事不正を暴き、非違を正すのがお役目」

　智之介は口を閉じた。ここまでいえば、今岡には通じるはずだ。

「小杉がなにがしかの探索にたずさわっていて、それがために殺されたといいたいのか。確かに十分に考えられることではある」

　今岡は下を向き、なにかを考えている様子だった。

　ゆっくりと顔をあげ、智之介を見た。

「津島どの。刀をあらためさせていただく」

横目付として当然の要求だ。智之介はうなずき、鞘ごと抜いて手渡した。

今岡が鮮やかな手並みで引き抜く。配下が寄せた松明の明かりで、じっくりと刀身を見つめる。

「刃こぼれらしきものがいくつかあるが、きれいなものだ」

鞘におさめて返してきた。受け取り、智之介は腰に帯びた。

脇差も差しているが、隆之進の傷が脇差によるものではないことははっきりしており、今岡は脇差まではいってこなかった。

智之介は、隆之進が脇差を帯びていないことをいおうか迷った。

「津島どの、いずれまた話はきかせてもらうことになろう。今宵はもう戻ってよい」

解き放ちということだ。しかし、智之介は去りがたかった。

「隆之進の遺骸《いがい》はどうなるのでござろう」

「我らが小杉の屋敷まで運ぶ。案ずることはない」

隆之進の遺骸を目にして菜恵は、と智之介は思った。なにを感じるだろうか。

今岡は隆之進の死の理由について心当たりがないか、菜恵に執拗にきくだろう。

菜恵はなんと答えるだろうか。不義のことを告げるだろうか。

いや、口にできるはずがない。

となると、あの忍び頭巾の男が智之介の名を騙って隆之進を呼びだしたこともいわないだろう。いや、それは菜恵が答えないにしても、今岡が小杉屋敷の者にきけば、あっさりと知れるだろう。

「なにを考えている」

顔を向けると、今岡が瞬《まばた》きのない目でじっと見ていた。

「いや、なにも」

智之介は頭を下げて、その場をあとにした。

これ以上ここにいては、今岡にすべてを覚られそうな心持ちがした。

## 八

今日、隆之進の葬儀が営まれるのは知っている。

朝から快晴だが、その分、冷えこんだ。智之介の部屋から見渡せる庭の木々も凍てついているのか、葉を散らした枝は風が吹いてもそよとも動かない。

智之介はお絵里に命じ、葬儀に出るための着物の支度をさせた。これまであまり着たことのない上等なものだ。落ち着いた藍色で、これなら大丈夫だろう。

喪服を着用する遺族を除き、葬儀に参列する際は普段着でかまわないのだが、隆之進の葬儀だ。身を清める意味でも、いいものを着て行きたかった。

あれからすでに二日がたった。隆之進の死にじかに関わったのだから、葬儀に行かずにすまされまい。智之介自身、隆之進に別れをいいたかった。

「殿、本当にお出になりますのか」

身支度を終えたとき、杜吉にきかれた。

「そのつもりだ」

杜吉がうつむき、眉を曇らせる。

「どうした。なぜそんな顔をする」

「ご存じではございませんか」

「なにを」

杜吉はいいにくそうにしている。

「どうした、はっきり申せ」

「噂が流れています」

「噂？　どんな」

思い切ったように杜吉が面をあげる。

「小杉さまを殺した犯人は、殿ではないか、という噂にございます」

さすがに驚いた。

「誰にきいた」

「誰にきいたということはございませぬ。自然に耳に入ってまいりました」

噂とはそういうものだろうが、おそらく隣家の奉公人あたりから告げられたのではないか。

「その噂、杜吉はどう思う」

「それがしは信じておりませぬ。おとといの晩、殿のお帰りはおそかった。しかしあれは横目付頭の今岡さまに小杉さまの死を届け出たものと、それがしにおきかせくださいました。もし殿が犯人であるなら、届け出ることなどせず、さっさと屋敷にお帰りになったものと。それに――」

智之介は黙って待った。

「殿は、小杉さまのことを信頼なされていました。ですので、小杉さまを害されるはずがございませぬ」

わかっていたのか。智之介は、まだ十九のこの郎党がそばにいてくれるのがこの上なくありがたかった。

「杜吉は、そんな噂があるから葬儀には行くな、というのか」

「行かれても、よいお気持ちにはならぬでしょう」

「いやな目で見られような。だが、俺は無実だ。だから、どんな目で見られても陰口を叩かれてもかまわぬ。俺は、隆之進が殺される光景を目の当たりにした。あの光景は生涯忘れぬだろう。そういう者は葬儀に出なければならぬ」

「まさか小杉さまの仇《かたき》を討たれますのか」

「俺にかけられた疑いを晴らすためにもそうすべきかもしれんが、今はなにもしないほうがいいように思える」

それにしても、俺が死骸を見つけたというのがどこから漏れたのか、そのことが気になった。

今岡和泉守だろうか。菜恵から、というのは考えられるか。今岡は死骸を誰が見つけたか、菜恵に伝えたかもしれない。

いや、そうではなく、襲ってきたあの男が故意に流したものではないか。

それが一番考えやすい。

智之介は噂のことを伝えられたことで、逆に葬儀に出る迷いがなくなった。

起床してからこれまで、どうするか心の隅のほうにためらいが残っていたのだ。

だが噂をきいたことで、出たほうがよい、と考えられるようになった。下手に屋敷に引きこもっていたのでは、噂を認めることになりかねない。

葬儀ははじまろうとしていた。

祥月寺《しょうげつじ》といい、小杉家の菩提寺《ぼだいじ》だ。菜恵の父をはじめ、小杉一族の者が眠っている。

凍えそうな寒さのなか、大勢の者が本堂に集まっている。大火鉢がいくつか置かれているようだが、この寒さではあまり効き目はないだろう。

智之介は本堂までは行かず、穏やかな笑みをたたえている本尊の顔が見えるところまで近づいた。

さすがに人目を引かざるを得なかった。人々が智之介を見て、ひそひそと話し合っている。なにが語られているのか、考えるまでもない。よく顔をだせたものだな。あやつは恥を知らぬのか。いまだにつかまらず、のうのうとしておるのか。

そばに杜吉がついてくれている。いたたまれない気持ちでいるのかもしれないが、智之介同様、平然としている。このあたりの肝の据わりようはたいしたものだ。

智之介はつま先で立ち、本堂の前のほうを眺めた。

菜恵の姿は捜すまでもない。背を向けているが、体つきでそうと知れた。

喪服を着ている。おびただしい線香が焚《た》かれ、濃い霧のような煙でかすんでいる本堂のなか、逆に喪服の白さが際立つようでよく似合っていた。

背中の表情から、ひどく憔悴《しょうすい》しているのがわかった。この二日、ほとんど寝ていないのかもしれない。

不義の罪の思いはあるのか。

ないといえば、嘘になるだろう。

やがて見事な袈裟をまとった二人の僧侶があらわれ、本尊の前に腰をおろした。

朗々とした読経がはじまった。しらべにも似た響きに境内は満たされ、荘厳という色がついた幕が音を立てておろされたように感じられた。

読経は長かった。

それに加え、ちらりちらりと見てくる人々の突き刺さるような視線は心に痛かった。

読経がようやく終わりを告げたとき、智之介は疲れ切っていた。

「戻ろう」

杜吉にいい、祥月寺を出た。

「お疲れになりましたか」

山門を出てすぐに杜吉がいった。相当くたびれた顔をしているのだろうな、と智之介は思った。

「ああ」

「それがしもです」

杜吉は、まるで遺族のようにやつれている。

「平気な顔をしていたのは最初だけか」

杜吉が苦笑する。

「それは殿も同じでしょう」

屋敷に戻った。お疲れさまでございました。お絵里たちが出迎えてくれた。

門をくぐり、式台にあがった智之介はうしろに控えている杜吉を振り返った。

「今日はどこにも出かけぬ。ゆっくりしてくれ」

「承知いたしました」

頭を下げる杜吉たちに見送られて、智之介は自室に入った。

板敷きの部屋だ。冷え切っている。出かけているあいだ、火鉢を入れておくような贅沢は自らに許していない。

智之介は床の上に横になり、腕枕をした。床から冷たさが手をのばし、体を締めつけてくる。だが、その痛いくらいの冷たさが今は気持ちを落ち着けるのに役立つ。

菜恵はこれからどうするのか。隆之進は小杉屋敷に婿に入り、そして横目付に選ばれた。新たな婿を迎えることになるのか。

いや、菜恵自身、今はまだそんなことに考えが及ばないにちがいない。

それにしても、と思う。あの男はいったい誰なのか。そして、隆之進はどうして殺されなければならなかったのか。

呼びだした者はなぜ俺の名を騙ったのか。

考えたところでわかりはしない。

こんなときだが、腹が減ってきた。とうに昼はすぎ、未《ひつじ》の刻あたりだろう。考えてみれば、朝《あさ》餉《げ》もろくに食っていない。

夕餉までまだときがあるとはいえ、なにか腹に入れておきたかった。

だが、部屋の外に出るのが億劫だった。智之介は起きあがり、あぐらをかいた。文机《ふづくえ》の前に移り、書をひらく。

兵法書の『孫子』だ。亡き信玄が好んだと伝えられている。

智之介ほどの身分の武士がこれを熟読したからといって、いきなり戦に役立つとは思えないが、読んでおいて損はない代物だ。

しかし、今は頭にまったく入らない。しばらく我慢して読み続けたが、結局は放りだすことになった。

智之介は再び仰向けになり、天井を見つめた。

どうして隆之進は殺されなければならなかったのか、そればかりを考え続けた。

答えが出ることはないままに、いつしか夜の厚い壁が張りめぐらされていた。

杜吉に酒の相手を命じた。ふだんほとんど飲まないが、今宵に限っては無性に腹に入れたかった。

「それがしでよければ、おつき合いさせていただきます」

頼むまでもなく、お絵里が手ばやく肴《さかな》を持ってきてくれた。なめ味噌に大根の漬物、それに梅干しだ。

もともとそんなに飲むことはなく、酒に強いほうではないが、酔いがまわるにつれ、一緒に隆之進と戦ったときを思いだした。

二人で力を合わせて越後の大兵を倒したときの爽快な気持ち。

もう二度と味わうことはない。隆之進の死が、とてつもなく悲しいものに感じられてきた。

杜吉とお絵里は、黙ってそんな智之介を見つめている。

九

深酒はしなかったので、ふつか酔いはない。

お絵里がつくってくれた朝餉《あさげ》は、いつもよりうまく感じられた。適度に酒が入り、よく眠れたのがよかったのかもしれない。

それでも、体にやや重さがないわけではなく、智之介は庭に出て木剣を振るった。汗を流せばすっきりするはずだった。これまでも何度も同じことを繰り返しており、よくわかっている。

最初は気合をこめての素振りだけだったが、見守っている杜吉が打ち合いたいという顔を見せたので、やるか、と声をかけた。

喜色を浮かべた杜吉が木剣を手に、智之介の前に立つ。よろしくお願いします、と一礼して木剣を構えた。

いい構えをしているな、と智之介は思った。これなら戦場に出ても、そうはたやすく討たれまい。日々、この若者は成長している。

杜吉が激しく打ちこみ、智之介はひたすら受けにまわった。

受けるより剣を振るうほうが疲れるのは当然だが、杜吉は一里を全力で走ったかのように息づかいを荒くしているにもかかわらず、決して休もうとしない。強くなりたい、という熱意にあふれている。

杜吉の木剣が体に当たったらあばらや肩の骨が折れるのは確実だし、受け損ねてもし顔や頭にきたら、下手すれば命を失いかねない。

それでも、智之介には余裕がある。ほかの者なら必死にならざるを得ないだろうが、智之介には杜吉の木剣は、花畑を舞う蝶のようにゆるやかな動きしかない。

どのくらい杜吉は打ちこみ続けたものか。おそらく半時ではきかなかっただろう。ついに崩れるように地面にへたりこんだ。

「まいりました」

息をあえがせていった。全身から湯気があがっている。

「もう終わりか」

「体がもはや動きませぬ」

「杜吉、よくがんばった。強くなっているぞ。だが、まだまだ精進が必要だな」

杜吉が見あげてきた。息の荒さに変わりはないが、少しは落ち着いてきている。

「どうすれば、殿のように強くなれるのですか」

「俺が強いか」

智之介は木剣を軽く振った。

「そんなことはないさ。俺などまだまだだ。この世には俺より強い者など、いくらでもおろう」

「では、そういう者と戦場で相まみえることになったとき、どうされるのです」

「まみえてしまった以上、戦うしかないな。戦場で生死を決めるのは、生きたいという強い思いではないかな。腕に劣る者が強い者に勝つのはそれしかなかろう」

「しかし、もしそれがしが敵方として殿と相対したとき、生への執着心で上まわったにしても勝てるとはとても思えませぬ」

智之介は笑いかけた。

「そのときは、あきらめるしかあるまい」

門のほうに人の気配がしている。

家臣の小平次が急ぎ足でやってきた。

「殿、来客にございます」

「どなたかな」

智之介には見当がついていた。門のほうから漂ってきた気配が、誰であるかを教えている。

小平次が予期した通りの名を告げた。

「客間にお通し申せ」

承知いたしました、と小平次が去ってゆく。

智之介は井戸から水を汲《く》み、手ぬぐいで体をふいた。汗が十分に取れたのを確かめてから、客間に赴いた。

客間の板戸をあけると、今岡和泉守があぐらをかいていた。

智之介は頭を下げて、今岡の向かいに腰をおろした。

「朝はやくすまぬな」

今岡が会釈気味に顎を引く。

「さしてはやくもありますまい」

智之介は応じた。白湯の入った椀が二人の前に置かれている。どうぞ、といって智之介は手に取り、喉を潤した。

智之介が今岡に会うのは、これが三度目になる。一度目は隆之進の死を届けたとき、二度目は隆之進が殺された翌朝だ。今岡がこの屋敷を訪ねてきたのだ。今岡は、前日のことについての確認をしに来ただけで、その日は長居しなかった。

今日の今岡はそのときとはちがい、瞳に険しい光を宿していた。智之介は、菜恵との仲が知れたかな、と覚悟を決めた。

「ききたいことがある」

智之介が椀を置くのを待って、今岡がいった。今朝も強烈に冷えこんだが、それ以上の冷たさを感じさせる声音だ。

「おぬし、使者をもって小杉を呼びだしたそうだな」

「それは、誰からきいたのですか」

「菜恵どのだ」

そういって今岡がじっと智之介を見た。

「菜恵どのにきかれたのなら、使者というのがどういうことか、おわかりになったはずです」

「菜恵どのはおぬしとの仲を白状した」

今岡がなんでもないことを話すように口にした。

智之介は表情を動かしかけたが、かろうじてとどまった。これははったりではないか。そんな気がした。

「なんのことです」

「とぼけずともよい。だが安心せよ。菜恵どのとの仲は、わしはほかの誰にも漏らさぬ」

今岡はきっぱりといいきった。

横目付頭の言なら、信用してもいいかもしれぬ、と智之介は思った。

「それがしは呼びだしておりませぬ」

「菜恵どのにはそういったそうだな」

今岡が皮肉な笑みを口の端につくる。

「しかし、それが果たしてまことかどうか。惚《ほ》れた女には呼びだしてないといっておき、実は、というのは十分に考えられる」

「それがしが菜恵どのを奪うために隆之進を殺したと」

「考えられぬではない。菜恵どのは、以前おぬしの許嫁《いいなずけ》だったそうだな」

それは誰もが知っていることだ。ここでいわれて、うろたえることではない。

「おぬし、小杉に菜恵どのを奪われたと考えていたのではないのか」

「そのようなことはござらぬ」

「どういう形で許嫁だった菜恵どのは、おぬしの前から去った」

智之介は今岡を見た。

「そのあたりの事情はご存じでしょう。この前、和泉守どのはそれがしの噂のことを口にされたばかりにござる」

「おぬしの口からしっかりとききたい」

「わかり申した」

智之介は一つ息を入れた。

「それがしに、臆病者という風評が立ち申した。三方原での戦いの折、兄上を見捨てて穴に隠れたという噂にござる」

「津島家の家督を継ぐために、兄を見殺しにしたというものだな。だが、そんな風評は誤解にすぎなかろう。おぬしは小杉家に婿入りすることが決まっていたのだから、今さら津島家の家督に未練はなかったはずだ。それにおぬしはすばらしく腕が立つ。これまでも幾度も戦功をあげてきている。三方原といえば、二年前の十二月二十二日のことだったな。その頃のおぬしは勇名を馳《は》せていた」

「それでも噂は立ち申した」

「どうして否定しなかった」

「否定しようが弁解しようが、無駄でしょう。一度卑怯者の汚名を受けてしまえば、人はそれを信じるものです」

「おぬしが、勇猛すぎたというのもあったかな」

今岡がぽつりとつぶやく。

「おぬしの戦場での強さは、信じがたいものだった。あの勇猛さにはやはり裏があったのだな、と思いたい者が多かったということではないのか。それは、ただのねたみにすぎぬが」

そういう考え方もできるかもしれない。だが、今さら弁解しても仕方ないことに変わりはない。

「兄上を死なせてしまったのは事実ゆえ」

「救えなかったのだな。それで縁談が破談になったのか」

兄を見殺しにしたという噂を耳にした菜恵の父の小杉健悟郎《けんごろう》は激怒し、縁談をなかったものとしたのだ。

もっとも、兄が死んだことで智之介は津島家を継ぐしかなくなった。その後、隆之進が菜恵の婿になった。

屈辱というのではないが、智之介にはいまだに悔しさはある。噂のみを信じ、健悟郎はまともに説明させてくれなかった。

その健悟郎も今は亡い。一年ほど前に、卒中でこの世を去った。

「隆之進にうらみがなかったか、とのことにござるが、和泉守どの、もう一度はっきりいっておき申す。それがしにはござらなんだ」

「そういうことになるようだな」

今岡は言葉を続けた。

「ところで、おぬしを陥れようとする者に心当たりはないか」

陥れる。智之介は一瞬、なにをきかれているのか、と戸惑った。

俺の前で隆之進を殺してみせたのは、そういうことになるのか。

だが、とすぐに思い直した。策としては稚拙すぎる。智之介の刀に血糊《ちのり》はついておらず、あっけなく無実は明かされたのだから。

智之介はそのことを今岡にいった。

「刀か。あれでわしはおぬしの無実を信じたわけではない。別の刀を用意すればよいことだからな」

「だったらどうして、すぐに解き放ったのでござろうか」

「小杉を殺した者が、わざわざ横目付頭の屋敷を訪ねてくるはずがないというのが第一、おぬしには人を殺した際の昂ぶりが感じられなかったのが第二。人を殺すことなど慣れたことかもしれぬが、戦場で手柄をあげたあとの武者というのは近寄りがたい気を放っているものだ。それなのに、おぬしからはそれが感じられなかった」

さすがによく見ているものだな、と智之介は思った。

おそらく、と今岡が続けた。

「小杉を殺した者は、あの場からおぬしが逃げだすものと期待していたのではないかな」

逃げだしたいと考えたことを智之介は思いだした。あのとき、もしそうしていたらどうなっていたのか。

深更とはいえ、逃げだすところを誰かに見られるおそれもあっただろう。

逃げていたら今頃は横目付につかまり、下手をすれば責めにかけられていたかもしれない。あのとき逃げなかったのは、正しかったのだ。

「お屋形《やかた》は、小杉殺しの犯人をとらえ、きっと磔《はりつけ》にせよとの仰せだ。小杉のことをご存じであるはずがないが、横目付が殺されたのがただごとでないのは、よくおわかりの様子だ」

しばらく智之介を見つめてから、今岡が立ちあがる。

「ではまたな」

門で智之介は、供の者に囲まれるようにしてやせた背中が遠ざかってゆくのを見送った。

自室に戻り、あぐらをかく。

あの忍び頭巾の男は、どうして俺に罪をなすりつけたかったのだろう。

まちがいなくいえるのは、あの男は、俺と菜恵との仲を知っていたということだ。

十

天井を見つめているのにも、さすがに飽きてきた。

智之介は上体を起きあがらせた。

体がなまっている。なにしろ、三日ものあいだどこにも出ずに、自室でほとんどのときをすごしたのだから。

ずっと考えていた。どうして隆之進が殺されたのか。どうして俺が犯人に仕立てあげられそうになったのか。

三日考え続けて、いずれも答えは出なかった。

あれから今岡は姿を見せない。隆之進殺しの犯人がつかまったという話もきかない。

どういうことになっているのか智之介としては知りたいが、手立てはない。疑いがかかっている者の話も伝わってこない。

襲ってきた男、あれは何者なのか。

忍び頭巾のなかに見えていた両の瞳。あの瞳に見覚えがないか、それも必死に考えた。

俺はあの男を知らぬ。それが結論だった。一度も会ったことはない。

厩《うまや》からいななきがきこえてきた。

主人がずっと屋敷に閉じこもったままだから、雪風もどこにも出ていない。走りたくてならず、催促しているのだ。

行くか。智之介は部屋を出て庭におりた。

智之介を見た雪風が棹立《さおだ》ちになるような勢いで、いななく。

「怒っているのか」

雪風の前に立ち、語りかけた。獣くささが濃く漂っている。子供の頃から馬と一緒にすごしてきて、このにおいは味噌汁を嗅ぐのと変わりはない。

たてがみをさする。雪風はそれで怒りをおさめてくれた。首をのばし、智之介に甘える仕草をする。

智之介は長い顔を抱きしめ、鼻面を軽く叩いた。

そばに杜吉が来ていた。

「殿、野駆けに」

「これ以上放っておくと、雪風が出ていってしまいかねぬ」

杜吉が微笑する。

「そうかもしれませぬ。飼い葉をやるたびに、それがし噛まれそうになりましたゆえ。お供、つかまつります」

鞍をのせた杜吉が手綱を引いて門を抜け、雪風が道に出た。智之介はまたがり、手綱を手にした。

「行きますぞ」

杜吉が轡を取る。

雪風が早足で歩きだす。今すぐにでも走りだしたそうだが、あたりには行きかう人が多く、ここで駆けるわけにはいかないのを解している。

まだ我慢だ、というように智之介はやさしく首筋をなでた。

町はずれまで来て、人通りがなくなった。

「いいぞ、杜吉」

杜吉が轡から手を放す。

智之介が腹を蹴るまでもなかった。雪風は猛然と走りだした。

やはりすばらしい。このはやさは他馬ではなかなかだせるものではない。

武田武者は馬上巧者と他国に知られているらしいが、おそらくこういう馬が少なくないことが伝わっているのではないか。

智之介自身、雪風とともに敵陣に乗りこみ、敵勢を蹴散らすことができたらどんなにおもしろかろうと思うが、今は鉄砲という厄介なものがある。

馬上にいては狙い撃ちの的だ。馬の背にしがみつくようにして面を伏せたところで、馬を撃たれれば敵陣にたどりつくことはできない。

今は、馬上の巧者といっても馬をおりて戦うのが当たり前になっている。

いつものように笛吹川まで行き、そこからとんぼ返りで甲府に戻ってきた。雪風はまだ走り足りなそうだったし、智之介も久しぶりに目にした雄大な光景をもっと楽しみたかったが、暗くならないうちに帰ったほうがよい、と判断したのだ。

あの男に襲われるのなど怖くないし、むしろ出てきてくれたほうがいいとは思っているものの、夜のとばりがおりると、なにが起きても不思議はない。

雪風もそんなあるじの気持ちが伝わったか、駄々をこねるようなことはなかった。

夕暮れ前に屋敷に戻り、雪風を厩につないだ。

「また行こうな」

雪風に語りかけてから、智之介は杜吉とともに母屋に向かった。

「疲れたか」

「いえ、さほどでも」

「今から稽古ができるか」

「むろんです。やっていただけますか」

太陽が西の山の端《は》に没するまで、半時近くあった。その間、智之介は杜吉を相手に木剣を振った。

稽古を終えたあと、下帯一枚になって井戸の水を頭からかぶった。全身が凍えるほどだったが、爽快さのほうがはるかに強い。やはり外に出て汗をかくのはいいものだ。

杜吉も同じように水を浴び、うおーと獣のような声をあげた。

「寒いか」

「そんなことはありませぬ。もうあたたかくなってきています」

杜吉のいう通りで、水をかぶった直後は歯の根が合わないほどだが、体はすぐにあたたかくなる。どうしてそういうふうになるのかは知らないが、体が熱を逃さないようにしているのはなんとなく解せる。

その後、お絵里が供してくれた夕餉を智之介は食した。

夕餉のあと自室に引っこんだ。燭台を灯し、火鉢に火を入れた。

火鉢に手をかざしてから、書見でもしようと燭台を文机の上に置いた。

しかし、どうせ頭に入らないだろう。燭台を吹き消し、夜具に横たわる。

部屋は暗くなったが、火鉢の火でぼんやりとした明るさは保たれている。

考えごとをするのには、ちょうどよい明るさだ。

襲ってきたあの男のことを思いだす。

男の顔はすぐに脳裏から消え去り、代わって菜恵の顔が浮かんできた。

会いたい。智之介は欲望が高まるのを感じた。

隆之進の話もききたかった。

夜更けをじりじりする思いで待ち、智之介は部屋を抜けだした。


小杉屋敷の塀を乗り越える前に、あたりの気配を確かめる。

誰もつけてきてはいない。

塀を越え、菜恵の寝所の前に来た。明かりはついている。

小石を投げつけると、しばらく間を置いてから板戸があいた。

菜恵は憔悴しきっている。目の下にくまができていた。やせたようで、背も小さく縮んだように見える。

「大丈夫か」

知らず声が出た。すでに欲望は失せている。

「入ってください」

ささやくように菜恵がいった。智之介はうなずき、草鞋を脱いだ。部屋にあがると、菜恵が静かに板戸を閉めた。

夜具は敷かれていない。智之介の前に菜恵が正座した。

眼窩がくぼんでいるが、目には強い光が宿っている。横目付頭の今岡と同じような光に見えた。なにか決意しているのか。

その決意がなんなのか、智之介は考えるまでもなかった。

「お願いがあります」

居ずまいを正して菜恵がいう。

智之介は黙ってきく姿勢を取った。

「主人を殺した犯人を見つけだしてほしいのです」

やはりな、と智之介は思った。

「実をいえば俺も同じ気持ちだ」

小さな声だが、断固たる思いをにじませて口にした。

「俺も犯人捜しをしたいと考えている」

三日のあいだ、考え続けて得た答えはこれだった。頭で考えてあの男が誰かわからないのなら、体を動かして捜しだすべきだ。

「さようでしたか」

菜恵の顔にわずかながらも生気が戻る。それを見て、智之介は心が和んだ。

菜恵、と呼びかける。

「俺たちの仲を知っている者に、心当たりはあるか」

菜恵が虚を衝かれた表情になる。

「そういう人がいるのですか」

「いないと考えるのは不自然だ」

どうしてそういうふうに考えるように至ったか、智之介は話した。

「さようでしたか。あの使いは、あなたを罠《わな》にはめようとしてのことでしたか」

「俺たちの仲を知らぬ限り、あのような手はつかえぬ」

菜恵がむずかしい表情になる。

「私にはわかりません」

申しわけなげにいった。

「誰かに、俺たちのことを話したことはないのだな」

「もちろんです」

声が少し高くなった。もしこの屋敷内で起きている者がいるとしたら、今のはきかれたかもしれない。

「いえ、今岡さまにはお話しいたしました」

「そうか」

潮どきだった。智之介は立ち、板戸をあけた。ではな、と手をあげ、外に出た。草鞋を履く。

庭を突っ切った智之介は塀の向こう側の道の気配を嗅ぎ、誰もいないのを確かめた。再び塀を越える。

　ひっそりと道が目の前にのびている。

道へ飛びおり、智之介は歩きだした。寒風が体に巻きついてくる。かまわず背筋を伸ばして、歩を進めた。

# 第二章

## 一

鐘が鳴らされはじめた。

除夜の鐘だ。じき天正二年も終わり、天正三年（一五七五）がはじまる。

夜のはやい甲府でも大晦日だけは、終夜、酒盛りをしている屋敷が多い。それは町屋も同じはずだ。

智之介の屋敷でも、杜吉や小平次、お絵里だけでなく、戦で雑兵をつとめることになる十二名の男を広間に集めた。

燭台が二つ灯され、広間は夕暮れほどの明るさに保たれている。門には、すでに門松が飾られている。

肴は黒豆、家つ芋（里芋）、田螺《たにし》、栗などだ。それが皿に盛られ、目の前に置かれている。正月以外、目にすることはないご馳走だ。すべてお絵里がつくったものである。ほかにも、なめ味噌の皿がある。

十五人の男は円座になっている。智之介の斜めうしろにお絵里が控えている。

鶴首徳利が五本ばかり、板敷きの上に並んでいた。いずれもすでに空だ。

智之介はそれほど飲まないが、家臣たちは酒に強い。

「殿、ご存じでございますか」

杜吉が酔眼を向けてきた。若いだけに飲みすぎたのか、赤いのを通り越して顔はやや青みを帯びている。

「なにをだ」

「白鳥でございます」

智之介が白鳥を知っているのを杜吉が知らないはずがなく、これはなにか別のことをきいているのだ。

智之介は覚った。空の鶴首徳利に手をのばす。

「こいつのことだな」

智之介が手にした鶴首徳利は土の色がはっきりとわかる無骨なものだが、白い色をした鶴首徳利もあって、それに酒が入っているものを白鳥と呼ぶのだ。

白い鳥は古来より吉兆とされていることもあり、白鳥は正月などの祝い事の席にはぴったりだろう。贈り物などにも珍重されている。

「支度できなかった。それに、濁り酒というのもすまなく思っている」

白鳥には、清み酒が入れられることになっている。

「いえ、それがしは別に殿を責めているわけではございませぬ」

杜吉が一気に盃を空にした。

「白鳥というものはこれまで目にしたことがござらぬゆえ、あれば目の保養になったでしょうなあ、と思っただけにございます」

「杜吉、責めているではないか」

小平次がとがめる。

「もう酒はよせ」

「いや、小平次どの。せめてあと一杯だけ」

杜吉が手酌で盃に注いだ。

「こら、手酌など不作法をしおって」

小平次がこめかみに青筋を立てる。

「まあ、よいではないか。今日くらい無礼講でよかろう」

智之介がなだめるようにいうと、小平次が顔をしかめた。

「殿は甘《あも》うござる。礼講があってこその無礼講。杜吉はいつも無礼講にござるぞ」

「そのほうが楽しいではないか」

「殿がそうおっしゃるのなら、それがし、もうとめはいたしませぬ」

結局、十五人で一斗樽を二つ、空にして酒宴は終わった。眠い目をこすりながらお絵里が片づけをはじめた頃には、空は白々と明けはじめていた。

今年は、と智之介は思った。どんな年になるのだろう。

菜恵との仲はどうなるのだろう。隆之進が死んだばかりの今、そんなことを思った自らの心の卑しさに、智之介は唾《つば》を吐きかけたくなった。

武田家はどうなるのだろう。

旧年のごとく、今年も連戦連勝ということになるのだろうか。

だが、そんなにうまくいくものではないことを、智之介は肌で感じている。物事がうまく進みすぎるときは、必ず落とし穴があるものだ。

正月はあっという間にすぎ去った。

躑躅ヶ崎館では一日、二日と正月の酒宴が重臣たちの伺候のもと行われ、特に二日には御乗馬始《はじめ》の儀が執り行われた。重臣たちが手綱や沓などを勝頼に贈呈するのだ。この儀は、室町幕府の礼法にのっとったものとされている。

室町幕府では正月休みが終わるのは十一日頃とされているらしいが、武田家の場合、五日すぎから日常の暮らしを取り戻しはじめる。

正月気分がようやく去った六日、智之介は隆之進殺しの探索をはじめた。

朝はやく起床し、自室で着替えをすませ、両刀を腰にこじ入れる。

正月のあいだも正直いえば、探索に取りかかりたかった。じりじりするような思いで、ときがすぎるのを待っていたのだ。

それにしても、と思う。どこから手をつければいいものなのか。正月の最中も思い悩んでいたのだが、今に至ってもいい考えは浮かんでこない。

横目付頭の今岡和泉守の調べは、相当進んでいるだろう。あの男が正月を休んでいたはずがない。

あの男が探索をしていたのなら、自分も動けばよかった。だが、それは横目付だからこそできることだろう。

正月が明け、日常が戻りつつある今、もはやいいわけは利かない。

隆之進を殺した犯人は、と智之介は廊下を歩きつつ思った。隆之進を殺さなければならない理由があったはずだ。

隆之進を殺したあと、犯人が必要になる。そのために俺に罪を着せようとしたのだ。妻の不義がもとで隆之進を殺した、と今岡たちに思わせたかったのだ。

だが、いったい誰が俺たちの仲を知っているというのか。菜恵は、今岡を除いては誰にも話していないといった。

杜吉やお絵里など屋敷の者は知っているかもしれない。それでも、この屋敷の者が他者に漏らすとは思えない。

しかし、杜吉たちが知っているかもしれないということは、ほかにも知っている者がいても不思議はないのを意味する。

隆之進を殺したかった者がいるとして、どういう理由が考えられるだろうか。智之介はあらためて思いをめぐらせてみた。

隆之進に秘密を握られていた。

隆之進にうらみを抱いていた。

隆之進の口封じをしたかった。

隆之進に金を借りていた。

隆之進に金を貸していたが、返さないので業《ごう》を煮やした。

もっとあるのだろうが、今思いつけるのはこれくらいだった。

横目付だった隆之進に、親しい友人はまずいなかろう。隆之進の同僚にたずねたところで、答えるはずがない。隆之進の実家の家族には、すでに横目付がきいているだろう。

きけるとするなら、やはり菜恵だけだ。

そういえば、と智之介は思いだした。菜恵は、隆之進がここしばらく夜おそくまで帰ってこないことが多かった、といっていた。

これは仕事と考えていいのか。隆之進に女がいたということはないだろうか。

これも調べなければならない。調べるすべがあるかどうか心許《こころもと》ないが、手をこまねいているわけにはいかない。

あの日、と智之介は隆之進が目の前で殺された晩のことを思いだし、気づいた。俺が菜恵のもとに行くとわかっていなければ、ああして隆之進を誘いだし、俺を田越神社で待ち受けることはできなかったはずだ。

どうすれば、俺が菜恵のもとに行くとわかるのか。

あの晩俺は、なぜ菜恵のもとに行こうと考えたのか。

菜恵を抱きたかったからだ。それ以外の理由はない。

その俺の気持ちをどうやって知ることができるというのか。

いや、と智之介は心中でかぶりを振った。俺の気持ちなど、知る必要などないのではないか。

俺は二日か三日に一度は菜恵のもとを訪れている。

特に、と思った。野駆けをしたあとは必ずといっていいのではないか。野原を駆けめぐったあと、気持ちの昂りをそのまま柔肌にぶつけたくなるのだ。

むろん、野駆けのあと行かない日もある。実際、隆之進が殺された前の日は野駆けに出て、菜恵のもとを訪れなかった。

その翌日も杜吉とともに野駆けに出た。

この俺を罠にかけようとした者は、と智之介は気づいた。あの日、俺が必ず菜恵のもとに赴くのを確信していたのだろう。

しかし、野駆けのあと菜恵のもとを訪れるという、そんな俺の習慣をどうして知ることができるのか。

屋敷を張られていたのか。

それしか考えられない。

そんな気配にはまったく気づかなかった。迂闊でしかない。

だが、この俺に気づかせないなど、張っていた者はよほどの手練だったということか。

何者が張っていたのか。襲ってきたあの忍び頭巾の男か。

かもしれないが、なんとなくそうではないような気がした。あの男以外にもほかの者がいるということではないか。

二

玄関で草鞋を履いた智之介は、杜吉を呼んだ。小屋から杜吉が出てくる。

「お出かけですか」

「ききたいことがある」

はい、といって杜吉が見つめてきた。

「ここ最近、屋敷に怪しい者の出入りがないか。あるいは、怪しい者が目を光らせてはいないか」

杜吉が目をみはる。

「そういう者がいるのでございますか」

「わからぬ。いるかもしれぬというところだ。考えてみてくれ」

「承知いたしました」

杜吉が真剣な表情で考えこむ。

「いえ、それがしに心当たりはありません」

「怪しいことでなくともよい。最近、妙だなと感じたことはないか」

杜吉は長いこと首をひねっていた。

「いえ、それがしには」

「そうか」

「殿、それがなにか」

杜吉が気がかりそうにきく。

「うむ、ちょっとな」

もう一人の郎党の小平次にも、同じことを問うた。答えは杜吉と同じだった。

智之介は台所に行き、お絵里にもたずねた。

お絵里はしばらく下を向いていた。そんなことをきかれた驚きを隠せずにいたが、一所懸命に考えている。智之介の役に立ちたいという思いが表情にあらわれている。そのけなげさに智之介は胸を打たれた。

お絵里が顔をあげた。

「一つ変わったことがあるとするなら、新しい青物売りの男の人が来るようになったことでしょうか」

青物売りか、と思った。この屋敷を張れるかどうかは別として、武家屋敷がまとまっている町に怪しまれずに来られるのはまずまちがいない。

「その青物売りはいつから来はじめた」

「半月ほど前でしょうか。前に来ていた人は最近、見えません。どうしているのか、ちょっと心配しています」

その新しい青物売りが屋敷を張っていたのか。一度当たってみるのも無駄にはなるまい。

「その新しい青物売りの名は」

「それが存じないのです。きかなかったわけではないのですが、なんとなく言葉を濁されてしまった気はします」

怪しいな、と智之介は思った。歳の頃は三十前後とのことだ。

「その人は、あくまでも私の感じなのですけれど、あまり青物について知らないのではないか、という気がしてなりません」

「どうしてだ」

「自分の売っている青物に対して愛情が感じられないのです。自分のつくったものなら、慈しむ気持ちがあってもおかしくないし、どういう食べ方がいいと勧めてくれたりするのですけど、そういうことが一切ありません」

馴染《なじ》みの青物売りが来なくなったのは、なにかあったからだろうか。

「前に来ていた青物売りの名は」

「竜三《たつぞう》さんといいます」

甲府の近くの村に住んでいるという。お絵里は村を知っていた。

智之介は、杜吉に雪風を門の外に引きださせた。雪風がうれしそうに首を振って、鼻を鳴らす。

智之介は雪風にまたがった。杜吉に轡をまかせ、道を歩きだす。

太陽は頭上にあるが、風が冷たく、足先がしびれるような感じだ。杜吉も何度も手のひらに息を吹きかけている。風に吹かれている木々も、じっと立ちすくんでこの寒さがはやく消えてくれるのを待つ風情に見える。

正月の六日だが、町を行きかう人はいつもより多い。分国を支配している武将たちがまだ帰国していないからだ。帰国するのは、月も半ばをすぎてからではないか。もちろん徳川や織田になんらかの動きがあれば、急いで帰ることになろうが、今のところなにもないのだろう。

今、戦いをはじめる鍵を握っているのは武田家のほうだ。徳川や織田は息をひそめて、武田がどう動いてくるか、じっと見守っている。武田が動かない限り、戦は生まれようがない。

そういう意味でいえば、武田の重臣たちには余裕があるといえるのかもしれない。

甲府の町の外に出た。視野が急にひらけ、たっぷりと雪をかぶった富士山が背中の側に見えはじめた。

雪風が、さあ走らせろとばかりに小さくいななく。

「今日は野駆けではないんだ」

智之介は首筋を叩いて教えた。

「殿」

それまで黙りこくっていた杜吉が首をひねって呼びかけてきた。

「それがしの父のことは覚えていらっしゃいますか」

「むろん」

「父の死についてお話しくださいませぬか」

「よかろう」

智之介は即答した。杜吉の父の昇吉の死に関しては、いずれ話すつもりでいたから、ちょうどいい機会に思えた。

「偽りはまじえぬ。すべて本当のことゆえ、心してきいてほしい」

智之介は話しはじめた。

「三年前の十二月二十二日、遠州三方原で徳川勢との戦いがあったのは杜吉も承知の通りだ。あの戦に加わっていたのは兄上、俺、昇吉だった」

あとは津島屋敷に奉公する十二名の足軽、雑兵。小平次は駿河攻めで受けた足の傷が治りきらず、甲府に居残りだった。

智之介たちは山県昌景隊の寄騎として戦に参加していた。

二万五千もの大軍を率いて遠州に侵攻した信玄は最初、浜松城をうかがう姿勢を見せたが、有玉という場所で西へ向きを変え、三方原への道をゆっくりと進みはじめた。

三方原の祝田《ほうだ》坂という場所で進軍はとまり、そこで全軍がくるりと振り返った。どうしてこんなところで立ちどまるのか、最初、誰もが不審の念を覚えた。智之介もその一人だった。

だが、浜松城に籠城《ろんじょう》していたはずの徳川勢が眼前に姿をあらわすにつれ、その疑念は消えた。

信玄はものの見事に徳川勢をおびき寄せたのだ。しかも、こちらは坂の上に位置している。お屋形には神が宿っているのではないか、と智之介は思ったほどだ。その思いは、全軍に通ずるはずのものだった。

徳川勢の正確な数は知れなかったが、一万いるかどうかに智之介には見えた。追撃してきたつもりだったのが、坂上で待ち構えられていることに気づき、明らかに狼狽していた。

その機を逃す信玄ではなく、すぐに采配は振られ、戦いがはじまった。

まず小山田信茂《おやまだのぶしげ》勢が正面の徳川勢につぶてを投じ、敵がややひるんだところを一気に攻めかかった。

小山田勢の相手は石川数正《いしかわかずまさ》隊だった。石川隊も善戦して、しばらくは互角の戦いを続けた。

智之介たちが属していた山県勢も戦場に投入され、それがきっかけとなって、兵力にまさる武田勢は卵を拳《こぶし》で砕くように徳川勢を粉砕した。

闇が戦場を覆い尽くしはじめたなか、徳川勢は敗走を開始した。

戦いのはじまりは夕暮れ間近だったが、智之介たちが追撃にかかったときにはすでに夜となり、敵と味方の見わけがつきにくくなっていた。

ただ、敵もひたすら逃げていたわけではない。主君である家康を逃がそうと、必死に戦う者も多かった。

そういう者と智之介たちは戦い、昇吉は討たれたのだ。

「救いたかったが、俺は救えなかった」

智之介は杜吉にいった。雪風も黙って話に耳を傾けている風情だ。

「臆《おく》されたわけではないのですね」

智之介がそういう男でないのを百も承知の上で、あえてたずねた、という感じだ。

「むろん。俺はあのとき自分の世話をするのが精一杯だった」

智之介たちに向かって逆襲に転じてきた敵は、まとまった兵を擁していた。智之介たちは松明をともして道を駆けていたのだが、その松明めがけて敵は襲いかかってきたのだ。

智之介の兄の乗馬の轡を取り、先頭を走っていたのが昇吉だった。

いきなり横合いから突きだされた槍を見事にかわしてみせたのだが、そのあと兄と昇吉は数名の敵に囲まれた。

智之介の兄は智一郎《ともいちろう》といい、武田家中では剛勇の士として知られており、不意打ちを食らったからといってあわてるようなことはなかった。すぐさま下馬し、手槍《てやり》を持って戦いはじめた。

智之介も雪風からおりて三人の敵を穂先にかけ、昇吉のもとに駆け寄った。

だが、そのときは遅かった。地面に横たわった昇吉は息絶えようとしていた。

「昇吉には、せがれを頼みますといわれた」

杜吉は本来なら戦に出るはずだった。出られなかったのは、昇吉と行った稽古において、木剣で腕をしたたか打たれたからだ。なぜ昇吉があんなことをしたのか今考えてみると、理由があったとしか思えない。

「そういうことでしたか」

杜吉が再び振り向いた。横顔はますます昇吉に似てきている。

「父はそれがしの身代わりになったと考えてよろしいのですね」

「その通りだ」

「しかし殿。父は、それがしが戦場に出るのはまだはやいと思っていたのでしょうか」

「俺はそう思う。無駄死にさせたくなかったのだろうな」

多分、昇吉には予感があったのではないか。こたびの戦で自分が死ぬという予感だ。父子が二人とも戦場で倒れるのは避けたかったにちがいない。

その予感を事前に話してくれていたら、昇吉にもっとなにかしてやれたのではないか、と思える。死なせることはなかったのではないか、と今でも智之介は考えてしまうのだ。

しばらく無言で歩き進んだ。

雪風が鼻面を振って軽くいななないたのをきっかけにしたように杜吉が口をひらいた。

「智一郎さまのことも、お話しくださいますか」

「よかろう」

馬上で智之介はうなずいた。

「杜吉はわかってくれているだろうが、兄のときも俺は臆したわけではない」

昇吉が討たれたあとも、智之介たちはひるむことなく、なお浜松に向かって駆け続けた。しかし再び逆襲を受けて、闇のなかで一気に乱戦になった。不意に横からあらわれた敵に、智一郎が馬から引きずりおろされたのを智之介は目にした。智一郎は組み討ちの形になった。兄の危急を知って助けたかったが、智之介も五人の敵と戦っていた。そのうちの二人を殺したところで敵が逃げ去り、智之介は智一郎のもとに駆けつけようとした。

しかし足が大木の根っこに引っかかった。そこには腐った根による大きな穴ができており、智之介はその穴に落ちてしまったのだ。

深さは半間ほどにすぎず、気を失っていたのはほんの数瞬だったのかもしれないが、智之介が目を覚ましたときには兄は討たれ、首を失っていた。

「そういうことだったのですか。それにしても殿、どこから殿が兄上を見殺しにしたという噂が出たのですか」

「それは俺も知りたい」

「どうして噂を否定されぬのです」

「否定したところでどうにもならぬ。誰もがただのいいわけとしか取らぬ」

智之介は言葉を切った。

「それに俺は望んでしまったんだ」

「望んだ。なにをです」

「わからぬか。兄の死だ。俺はやはり津島家の当主の座がほしかった」

杜吉が深くうなずく。

「殿、まだうかがいたいことがあるのですが、よろしいですか」

「なんでもきいてくれ」

「三方原の戦いがあったとき、法性院さまは二万五千もの大軍を引き連れていかれましたが、あのとき本当に上洛《じょうらく》のご意志はあったのですか」

法性院機山というのが信玄の諡《おくりな》だ。

元亀三年（一五七二）十月三日、武田信玄は二万五千の軍勢を率いて甲府を発《た》った。二万五千もの大軍の目的は、智之介たちにも明らかにされなかった。

信玄や武田の重臣たちは室町幕府第十五代将軍足利義昭や、朝倉義景、浅井長政ら上方《かみがた》で織田信長と戦っている者たちに向けて、上洛を声高に喧伝《けんでん》していたが、上方まで出向ける状態にないことは、武田家中の誰の目にもはっきりと映っていた。

甲府を出立した際、上方まで行き着けるだけの兵糧は持っていなかったし、仮に荷駄隊が上方まで兵糧を運ぼうとしても徳川勢に背後を脅かされ、尾張にたどりつくことすらできなかったのではあるまいか。

「法性院さまの目的は、徳川家康に痛撃を加え、遠江を手に入れることだったはずで、あわよくば三河も領有することにあったのではないかな」

杜吉が静かにうなずく。

「さらにいえば、織田信長との決戦をお望みになっていたのだろう。それはむろん、上方においてではない」

「でしたら、どこだったのですか」

「法性院さまがお選びになったのは、三河の野田城だと思う」

三方原で徳川勢に完勝したあと武田軍は三河に進み、翌年の元亀四年(一五七三)一月十一日に野田城を囲んだ。その二年前の元亀二年の四月末、山県昌景と小笠原信嶺《おがさわらのぶみね》たちは野田城に攻め寄せ、これを落城させたが、同年十二月に野田城は再び城主菅沼定盈《すがぬまさだみつ》に奪い返されていた。

「法性院さまは野田城をおとりに用い、織田勢を誘っておられたのだ。だから、たかが四百程度の兵が籠《こ》もった小城の攻略に一月《ひとつき》ものときをおかけになった」

野田城の南は広々とした土地が広がっている。上方まで出向いてゆくのは無理だが、ここに織田勢を援軍として来させ、主力同士の戦いを挑もうとしていたのではないか、と智之介はにらんでいる。

家康に信長への援軍を依頼させるためには、一度、家康の軍を完膚なきまでに破っておく必要があった。そのための三方原の戦いであったのだ。

「しかし信長はあらわれず、結局、二月十日に野田城は我が軍の手に落ちた」

その後、それまで病気がちだった信玄の病は重くなり、四月に入って軍を返さざるを得なくなった。十二日、信濃の駒場《こまば》という場所でついに信玄は死去したのである。

三

ひなびている。名を青戸村といった。

戸数は三十ほどか。まわりはほとんど畑だ。水田ではない。もともと甲斐国は米があまりとれない。

子供の声がする。北側の低い木々がかたまっているほうからで、姿は見えない。木々のかたまりの向こうには、広々とした野原がなだらかな斜面を見せて連なっていた。

戦乱が続く世でも、子供たちの明るい声には変わりはなく、気持ちをほっとさせてくれるものがある。それは杜吉も同じようで、柔和な横顔を見せている。

智之介は雪風をおり、徒歩で村に足を踏み入れた。

この村を知行地《ちぎょう》としている者がいるだろうから、武士が姿を見せるのは珍しいことではないだろうが、村人たちは少し警戒している様子だ。女たちは小さな子供を抱えあげ、身を隠すように家に入っていった。戸が次々に閉められる。

「歓迎されてはいませんね」

杜吉が苦笑気味にいう。

「そのようだ」

「この村はなにかされたことがあるのかもしれませんね」

「かもしれん」

他国者なら知らず、甲斐国内で乱暴狼藉《ろうぜき》をはたらく武田武者がいるとは思えないのだが、甲斐国も信玄の父である信虎《のぶとら》が統一を果たすまでは荒れに荒れていた。その頃、この村は深い傷を刻みつけられたのかもしれない。信虎が甲斐を統一したのは六十年ほど前だ。そんなに遠い昔ではない。

智之介はまず村長《むらおさ》の屋敷に向かった。村人にきく必要はなかった。正面に見えている一際高い屋根を持つ屋敷がそうだろう。

門は、智之介の屋敷のものよりははるかに立派だった。来る者を拒まずといわんばかりに、あけ放たれている。

いちはやく注進に及んだ村人がいたのか、村長らしい年寄りが母屋の外に出てきていた。

智之介は杜吉に雪風の手綱をまかせ、一人、歩いていった。年寄りも歩み寄ってきた。

「村長どのか」

智之介は声をかけた。

「さようにございます。秀左衛門《ひでざえもん》と申します」

名乗り返した智之介は身分を告げた。

「ご家中のお侍が、こんな辺鄙《へんぴ》な村までどのようなご用にございますか」

「竜三に会いに来た」

「ほう、竜三に。どのようなご用件にございますか」

「ききたいことがあってな。家を教えてもらえるかな」

ききたいことというのを秀左衛門は知りたげだったが、智之介に別段害意がないのをすばやく読み取ったようで、深く一礼した。

「ご案内いたします」

先に立って歩きだした。歳は七十近いように見えるが、足腰はまだまだしっかりしている。これまで、数多くの戦に出たのではないか。そんなことを思わせる物腰だ。

「村長自らか。痛み入る」

智之介は秀左衛門のうしろにつき、ついてくるように杜吉をうながした。雪風が杜吉を鼻面で押すようにして動きはじめた。

「かわいい馬ですな」

秀左衛門が鼻のしわを深めて笑う。

村をまっすぐ突っ切る道を進んだ村長は不意に左に折れた。あぜ道も同然の道を歩いてゆく。その方向に小さな家が建っていた。

秀左衛門はその家の前で立ちどまり、なかに向かって声を発した。すぐに応えがあり、一人の年寄りが戸をあけて外に出てきた。家のなかを見た限りでは、土間で藁《わら》打ちでもしていた様子だった。

「こちらが竜三にございます」

秀左衛門がていねいに紹介する。

「竜三、こちらの津島さまがおききになりたいことがあるそうだ。ちゃんとお答え申しあげるのだぞ」

「承知しました」

竜三が律儀にいい、小腰をかがめた。

「では、ごゆっくり」

秀左衛門は心得顔でその場を離れていった。智之介は、造作をかけた、と礼をいい、竜三に向き直る。

「忙しいところをすまぬな」

ていねいな口調でねぎらった。

「いえ、とんでもないことにございます」

竜三はあわてたように深々と頭を下げた。竜三も秀左衛門と同様、もう七十近い年寄りだ。軍役の厳しい武田家といっても、この歳ならもう戦に出ることはない。百姓らしく真っ黒な顔をしているが、背筋も曲がっておらず、いかにも元気そうだ。

ただし、竜三は智之介のほうをまっすぐ見ようとしない。ややおびえたような表情をしている。なにかあるな、と智之介は思った。同じことを杜吉も感じたようだ。

「竜三、我が屋敷に青物を売りに来てくれていたそうだな」

「は、はい」

「それが急に来なくなったそうだが、なにか理由があるのか」

「いえ、理由というほどのことでは。もう歳ですので、行商が難儀に思えてきただけにございます」

「元気そうに見えるが」

竜三は恥じ入るように体を縮めてみせた。

「いえ、もうそこいら中、がたがたにございます」

智之介は家のほうに視線を流した。家人らしい者たちが入口に顔を並べ、心配そうに見ている。

「こちらで話そう」

智之介は腕を引くようにして、家人の視野に入らないところまで竜三を連れていった。そこは欅《けやき》の大木の陰だ。

「正直なところを話してほしい」

智之介は真摯《しんし》にいった。

「どんなことをきかされても、おぬしを害するような真似は決してせぬ」

竜三はしばらく黙っていた。まるで言葉を忘れたかのようにじっと智之介の顔を見ていたが、決意したように首を縦に動かした。

「承知いたしました。お話しいたします」

それでもまだためらいがあるかのように、一度ため息をついた。

「あるお人からお金をいただきました。手前などにとり、一生目にすることはない大金にございます」

「金をもらってなにをした」

詰問の口調にならないように心がける。

「はい。手前の得意先のなかで、津島さまのお屋敷があるあたりをわけてほしいといわれました」

「譲ったのだな」

「歳でございますので、得意先を減らそうと思っておりました。ですので、手前にとって渡りに船にございました。津島さまのお屋敷のあたりの得意先というと、さほどございませんで、あとは二軒しか」

「金をくれたのは誰かな」

「はい、油売りの行商人でございます」

「油売りが青物のことをいってきたのか」

「さようにございます」

「名は」

「元助《もとすけ》さんといいます。油屋に奉公している人にございます。この村にもよく来たことがあり、顔見知りでございます」

「最近、元助はこの村に来ているか」

いえ、と竜三は首を振った。

「ここしばらくは、とんと顔は見せておりません」

その油屋は甲府にあるとのことだ。場所と名をきいた智之介は竜三に礼をいって雪風にまたがった。

「杜吉、行くぞ」

馬腹を蹴って走らせようとしたとき、不意に背後に視線を感じた。

はっとして振り返る。数名の村人が感情のない顔で見ていた。智之介が見返すと、おびえた表情になった。

智之介は険しい目をしているおのれに気づいた。全身から力を抜き、視線の主《ぬし》を捜す。

だが、それらしい者はあたりにはいない。

勘ちがいか。いや、そんなことはあるまい。

気になる。

「どうかされましたか」

杜吉が見あげている。

「いや、なんでもない。行こう」

智之介は雪風を軽く走らせた。甲府へ戻る途中、つけている者がいないか背後をさりげなく探ってみたが、そういう者の気配はなかった。

甲府に入る。宮前町という町を目指した。

「ここだな」

智之介は雪風をおり、手綱を杜吉に預けた。一軒の商家の前に立つ。

目の前に建つのは岡田屋という油屋だ。行商だけでなく小売りもしているようで、油を求めている町人の姿が目についた。

この店が隆之進の死に関わっているかもしれぬ。智之介には構える気持ちがあった。

一つ息をつき、気持ちを落ち着けてから店に入った。ぷんと油のにおいがまとわりつく。

「ご用でございましょうか」

手代と思える男が寄ってきた。微笑を浮かべ、いかにも商売に慣れた風情に見える。

智之介は手代を見据えた。

「元助はいるか」

手代が眉を曇らせる。

「それがおりません」

「行商に出ているのか」

「いえ」

手代はいいよどんだ。

「どうした、なにかあったのか」

「あのお侍、元助にどういうご用でございましょう」

「ききたいことがある」

「どういうことにございましょう」

「それはいえぬ」

手代はむずかしい顔で口を閉じた。

「少々お待ちいただけますか」

奥に去っていった。

油のにおいを嗅いでいるのにも飽き、いったん外に出ようかと智之介が考えたとき、白髪まじりの男を連れて手代が戻ってきた。

男は岡田屋の主人だった。巌蔵《いわぞう》と名乗る。

「元助のことをおたずねだそうにございますね。あの、お侍は元助とどういうご関係でございますか」

ややしわがれた声できいてきた。

「一面識もない。話をききたいだけだ」

顔をしかめていた巌蔵が目をあげ、智之介を控えめに見つめる。

「実は元助ですが、二日前に行商へ出たきり戻っていないのです」

「どういうことかな」

「手前どもも心当たりを捜してみたのですが、どこへ行ったのか、まったく見つからないのでございます」

元助はいずれ智之介がここにやってくるのを知って、自ら姿を消したのか。それとも口封じをされたのだろうか。

「元助は古くからの奉公人か」

「古いといえば古いでしょうか。もともとは駿河の者にございます。今川のお家が滅びたあと、甲府にやってきました」

「駿河の出なのか。妻や子は」

「おりません。独り者にございました」

巌蔵が言葉を続ける。

「ですので、故郷が恋しくなって今頃はあちらにいるのかもしれません」

元助が駿河の者というのには驚いたが、甲斐と駿河にはもともと人の往き来が昔から繁くあり、甲斐の者が駿河に出てゆくのは珍しいことではない。今川義元《よしもと》に最も重用されていた商人である友野氏は、もともと甲斐の出ときいている。

「元助は、友野家の紹介でこちらにやってきたのでございます」

それが六年ほど前のことだという。

駿河の商人が、今度の隆之進の一件に関わっているのだろうか。

だからといって甲斐を離れ、駿河に行くわけにもいかない。

「元助というのはどんな男だ」

「はい、あまり口数は多くなく、いつも黙って人の話をきいている感じにございました。商売のほうはきき上手のほうがよろしいのでしょうか、かなりの売上を誇っておりました」

「元助はどんな者とつき合いがあった」

「いえ、それが手前どもはほとんど存じないのでございます」

巌蔵が申しわけなさそうに答える。

「夜になれば奉公人の常で外に出ることはございませんでしたし、行商中は一人ですから、なにをしていたのかもよくは……」

奉公人は、私用での他出はかたく禁じられている。

「それでも、友人や知り合いの一人や二人いただろう」

「それはその通りにございますが、存じている者はすべて当たりました。でも、元助の行方を知っている者は誰一人としておりませんでした」

「そうか。だが俺もじかに話をきいてみたい。友人、知人を、つき合いのあった取引先と合わせて教えてもらえるか」

「承知いたしました」

智之介は杜吉を呼び、矢立硯《やたてすずり》を受け取った。

巌蔵が口にする名を、次々に紙に書きとめてゆく。そのなかに二つ、知っている屋敷の名が出てきた。

「忙しいところ、すまなかった」

智之介は岡田屋を離れた。雪風には乗らず、道を歩きはじめる。

また視線が戻ってきた。智之介はさりげなく振り向いたが、こちらを見ている者など一人もいなかった。

青戸村で覚えたのと同じ視線だ。

どこにいる。

あたりには侍や町人、百姓がせわしげに行きかっている。岡田屋の者も、とうに店に引っこんでいる。視線の主を見つけることはまたもできなかった。

## 四

元助というのは何者なのか。

この男が竜三の代わりに屋敷にやってきて、俺を張っていたのか。

そうとしか考えられない。だが、駿河の者がどうして俺の屋敷を張るのか。

元助というのは、今川家に関係している者なのか。

永禄十一年（一五六八）十二月、駿河を武田の領土とするために信玄が侵攻したとき、智之介は今川武者を数多く殺した。今までで一番の激闘として頭に残っているのは、その戦いでの相手だった。一時以上ものあいだ戦い続けたのだから。

駿府の今川館に攻め入った際のことだが、相手は大兵でもないにもかかわらず、驚くほど強かった。

智之介はかろうじて勝ちを制したが、相手を討ち取ったときは息も絶え絶えで、首を取ろうとしたところに別の今川武者に来られ、その場を逃げださざるを得なかった。

討ち取ったあの武者は、今川家でも相当名のある者だったはずだ。

あの武者に関係した者が俺を討とうとしているのだろうか。しかし戦で殺した者の縁者に、命を狙われるのはたまらない。

それに、あの武者を討った者としてこの俺を捜しだせるものなのか。

こういうふうに考えると、あの武者の縁者というのは無理があるかもしれない。

とにかく今は、元助の知り合いを訪ねることが先だった。

元助の友人、知人というのは、わずかに二人しかいなかった。

一人は岡田屋の隣に建つ酒屋の奉公人だ。智之介はさっそく会った。

行商先が重なっている上に歳が近いこともあって、元助とは商売の途中、よく話をしたという。

だが、元助の行方についてはまったく心当たりがないとのことだった。

もう一人は、以前岡田屋に奉公していた者で、今は別の油屋にいる男だった。その男にも話をきいたが、酒屋の奉公人と同じ答えしか返ってこなかった。

こうなれば、取引先を当たるしかない。

元助の得意先は甲府の町屋やまわりの村々だけでなく、裕福そうな商家もいくつかあった。それだけでなく、武家にも得意先をいくつか持っていた。

雪風の手綱を杜吉にまかせ、智之介はそういうところを次々に当たっていった。

しかし、元助の行方を示唆するなんの手がかりも得られなかった。

得意先のなかで最後に残ったのは、智之介が知っている二つの屋敷だった。

そのうちの一つは菜恵のいる小杉屋敷だ。菜恵は、元助についてなにか知っているだろうか。

もう一つは、森岡《もりおか》茂兵衛《もへえ》という使番《つかいばん》をつとめる男が当主の森岡屋敷である。茂兵衛は二十八だから、智之介と同い歳だ。

かつては友人だった。いや、今も友人といえるかもしれない。

すでに夕暮れが近づいている。真っ赤に燃えあがる太陽が山の端にかかり、町並みは橙色に染めあげられて、道を行きかう人たちの顔も赤い。うしろを歩く杜吉と雪風も同様だ。

智之介は立ちどまった。

「杜吉、雪風と一緒に屋敷に帰ってくれ」

「殿はどうされるのです」

「寄るところがある」

おなごのところですか、と杜吉がいいたげにしたのがわかった。

「友のところだ」

杜吉を安心させるようにいった。

「承知いたしました。しかし殿、できるだけはやくお戻りください」

杜吉、雪風と辻でわかれ、智之介は一人、道を歩いた。

森岡茂兵衛は今日出仕していたかもしれないが、もう屋敷に戻ってきているのではないか。

智之介は一軒の屋敷の前で足をとめた。ずいぶんと久しぶりだ。

訪《おとな》いを入れると、門内から森岡家の家臣らしい者の応えがあった。智之介は名乗り、茂兵衛に会いたい旨を告げた。

「少々お待ちくださいませ」

家臣の足音が遠ざかり、母屋のほうに向かって話しかけている声がかすかにきこえてきた。

茂兵衛と知り合ったのはかなり前のことだ。幼なじみといっていい。出会いは寺だった。智之介は幼い頃、澄連寺《ちょうれんじ》という臨済宗の寺で学問を習った。同じ寺に茂兵衛も来ていたのだ。

学問だけでなく、境内において木剣で打ち合ったこともあった。剣の腕に関しては、あの頃から智之介のほうが上ではあったが、素質は茂兵衛も決して負けていない、と住職の紹貞《しょうてい》和尚も明言したほどだ。実際に茂兵衛は戦場での勇猛ぶりと冷静さを認められ、信玄時代に武田本陣の使番に抜擢《ばってき》された。

智之介も、母衣《ほろ》をふくらませて戦場を馬で疾駆する茂兵衛の姿を何度か目にしたことがある。信玄から代が移った今も、勝頼の信頼は厚いときいている。

足音が戻ってきた。門が無造作にひらかれる。

顔を見せたのは茂兵衛だった。予期しておらず、智之介は少し驚いた。

「珍しい男が顔を見せるものだな」

応対に冷ややかさはない。なつかしげな色が表情に見えている。

茂兵衛に最後に会ったのは、いつだったか。思いだせないが、少なくとも一年は会っていなかった。

茂兵衛は端整な顔をしている。鼻が高く、ややつり気味の目が長いまつげのあいだで鋭く光っている。口元は常に引き締められ、余計な言葉は発しない。やせているように見えるが、筋骨はたくましく、組み討ちになった際の膂力の強さを、智之介はよく知っている。

「なに用だ」

「台所の者に会わせてもらいたい」

「台所の者。どうして」

「元助という男を捜している」

「そんな男はここにはおらぬぞ」

「知っている。台所の者に話をききたいだけだ」

「その元助というのは何者だ」

「油売りだ」

「どうして油売りを捜している」

「話をききたいからだ」

茂兵衛が見つめてきた。

「ここで話していても、埒《らち》があかぬようだな。よかろう。入れ」

智之介は足を踏み入れた。

森岡屋敷はそれほど広くはない。智之介の屋敷とたいして変わりはない。茂兵衛は五十貫ほどの知行を武田家よりいただいている。

「それにしても智之介、久しいな。どうして訪ねてこなかった。この屋敷の敷居が高かったか。俺が三方原での噂を信じているとでも思っているのか」

茂兵衛が笑い飛ばす口調でいった。これは智之介にとって、意外だった。だが考えてみれば、茂兵衛もほかの者と同じ気持ちでいる、となんとなく考えてしまったのは事実だ。茂兵衛にすまない気持ちになった。

「台所の者なら誰でもよいのか。と申しても二人しかおらぬが」

智之介は台所でその二人に会った。二人とも若いおなごで、頬が健やかそうに光り輝いている。夕餉の支度を忙しそうにしていた。あたりには、米の炊ける香ばしいにおいが立ちこめている。味噌汁のにおいも鼻先をかすめてゆき、空腹の智之介はそそられるものがあった。

二人に智之介を紹介した茂兵衛は、気を利かせたのか台所を出て庭の木々のそばに立った。夕暮れの気配がさらに濃くなったなか、その姿は妙に似合っている。

智之介はさっそく元助という男のことをきいた。二人は、存じています、と声をそろえた。

「岡田屋の手代さんです」

「どんな男かな」

二人とも困った顔を見せた。

「元助さんのことはあまり知りません」

一人が眉根を寄せていった。

「元助さん、口数が多くありませんから。注文の油を持ってくると、そそくさと帰ってしまいますし」

「いつもそんな感じなのか」

「親しく口をきいたことはありません。妙になれなれしく口をきいてくる人よりはずっといいですけど」

そうか、と智之介はうなずいた。

「元助と親しい者を知らぬか」

「存じません」

二人は同じ答えを返してきた。

これ以上、きいたところでなんの意味もなさないだろう。

「忙しいところをすまなかった」

智之介は二人の女中に礼をいって、台所を離れた。茂兵衛が寄ってきた。

「ききたいことはきけたか」

「ああ」

茂兵衛がかすかに笑みを見せた。

「収穫はなかったようだな」

智之介は門のところまで来た。茂兵衛に軽く頭を下げて、森岡屋敷をあとにしようとした。

「噂は本当なのか」

智之介は顔だけを振り向かせ、茂兵衛を見返した。

「なんの噂だ」

「わかっておろう。おぬしが隆之進を殺したという噂だ」

「どうかな」

「本当なら、こうして自由にうろつけるはずがないか。はなから俺は信じておらぬが、智之介、その元助という男を調べているのはどうしてだ。隆之進が殺されたことに関係しているのか。自らの潔白を明らかにするために調べているのか」

それには答えず智之介は門を出た。日は完全に暮れた。風が強くなっている。

松明の用意はない。屋敷までこの暗さと寒さのなか、歩いてゆくしかなかった。

森岡屋敷からたいした距離ではない。せいぜい三町程度だ。

屋敷まであと一町ほどというとき、背後に人の気配を感じた。静かに近づいてくる。松明の燃える音がしている。

智之介は用心のために腰の刀に手を置いた。

「待て。剣呑《けんのん》な真似はするな」

この声は横目付頭の今岡和泉守だ。

智之介は立ちどまり、振り返った。今岡はいつものように数名の家臣を連れている。二人が松明を掲げていた。

「いろいろ調べまわっているようだな」

智之介は目の前の横目付頭を凝視した。青戸村と岡田屋の前で感じた視線はこの男だったのか。

「なんだ、ずいぶんと怖い目をするではないか」

おどけるような口調にきこえるが、今岡の瞳は冷静で、氷を思わせるものがあった。

「それがしが動きまわっていることを、どうしてご存じでござるか」

「わしを誰だと思っている」

「それがしが今日なにをしていたか、和泉守さまには筒抜けにござろうか」

「さて、どうだろうかな」

「青戸村にも岡田屋にも、人を張りつけてあるのですかな」

「それはおぬしが今日、訪ねていったところか。いや、そこまではしておらぬ」

今岡が見つめてくる。

「嘘をいったところでなんになる。——なにかあったのだな。話せ」

隠すほどのことではない、と判断し、智之介は語った。

「ほう、その二つの場所で視線を感じたか。何者とも確かめられなかったのだな」

「ええ」

「わかった。わしのほうで調べてみよう。なにかつかめたら、必ず伝えよう。それで、今日一日動きまわって、なにか得られたのか」

「いえ、なにも」

「当然だ。おぬしにすぐにつかめるのなら、わしらはなんのためにいる、ということになる」

「おとめになりますか」

今岡はかぶりを振った。

「わしはおぬしの働きだろうとなんだろうと、小杉殺しの犯人がつかまればよい、と思っている」

　隆之進がいったいどんな仕事をしていたのか、智之介は知りたかった。その思いを今岡にぶつけてみた。

　予期してはいたが、返事はなかった。今岡が家臣をうながし、歩きだす。

　二つの松明が遠ざかってゆくのを、智之介は黙って見送るしかなかった。

## 五

　白湯を喫した。

「お絵里、うまかった」

　智之介は、お絵里の心尽くしの夕餉を終えた。

「お粗末さまでした」

「粗末なんてとんでもないぞ。本当にうまかった」

　お絵里がほほえむ。燭台の炎にほのかに照らされたその顔は美しく見えた。

　智之介は正面から見ていられず、白湯を飲み干すや碗を静かに置いた。立ちあがり、自室に引きあげようとした。

　門のほうで人の声がした。来客のようだ。杜吉が応対している。

　殿、と声がきこえた。今行く、と答えて智之介は玄関に向かった。

　そこにいたのは、先ほど会ったばかりの森岡茂兵衛だ。気がかりそうな顔をしているのが、杜吉が持つ燭台の明かりでわかる。

「どうした」

智之介は式台から声をかけた。

「ちょっとな」

茂兵衛が杜吉を気にして、言葉を濁す。

「あがるか」

智之介は茂兵衛を座敷に招き入れた。茂兵衛が畳に座りこむ。

「飲むか」

智之介は盃を傾ける仕草をした。

「いただこう」

智之介は立ちあがり、お絵里に酒を頼んだ。

すぐにお絵里が鶴首徳利と盃を持ってきた。肴は焼味噌だ。

「すまぬ」

智之介は受け取り、畳に置いた。お絵里はじっと茂兵衛を見ている。

「どうした」

お絵里が目を伏せる。なんとなく去りがたい様子に見える。

「なんでもありません」

お絵里が下がり、板戸を閉めた。

智之介は茂兵衛の前に腰をおろし、鶴首徳利をつかんだ。茂兵衛の盃に注ぐ。茂兵衛が注ぎ返してきた。

智之介は盃に口をつけた。じんわりとした甘みがすっぱさとともに口中に広がってゆく。生き返る気持ちになる。

「うまいな」

茂兵衛がぽつりといった。智之介は酒を注いだ。すまぬな、と茂兵衛が飲み干す。

茂兵衛は酒が強い。底なしとまではいわないが、智之介よりはるかに上だ。

「智之介、いったいなにを調べている」

数杯の盃を重ねてから、茂兵衛がたずねてきた。

「隆之進の死に関することだな」

どう答えればいいものか智之介は迷った。

「ふむ、だんまりか」

茂兵衛が皮肉にきこえる口調でいい、再び盃を干した。智之介は酒を注ごうとした。

「よい」

茂兵衛が手を振って、盃を置いた。目をあげ、智之介を見つめる。

「本当に隆之進を殺したのか」

智之介は小さく笑った。

「なにを笑う」

「俺が殺すはずがない」

「そうだな。さっきもいったが、俺には智之介がそんな男でないのはわかっている」

茂兵衛が深く顎を引いた。

「おぬしは、不仲になったあとも隆之進を信頼していた。多分、隆之進も同じだっただろう」

わかっていたのか、と智之介は思った。茂兵衛に対して勝頼の信頼が厚いのも当然だろう。

「三方原でなにがあった」

茂兵衛がさらにきいてきた。

「噂通りのことさ」

智之介はさらりと答えた。

「津島家の家督を継ぐために兄を見殺しにし、穴に隠れていた。俺が信じると思うか」

茂兵衛が盃を手にし、突きだす。

「注いでくれ」

智之介は鶴首徳利を傾けた。燭台の明かりが揺れ、酒をすする茂兵衛の顔を淡く映しだす。しばらく会っていなかったこともあるのか、少し老けたように思えた。もっとも、それは自分も同じだろう。

茂兵衛が智之介の視線を感じたように顔をあげた。

「話がある」

「俺がどうして動いているのか、それをききに来たわけではなかったのか」

「まあな」

茂兵衛が手にしていた盃を再び置いた。

「妻を迎えろ」

「なに」

いきなりいわれて驚いたものの、縁談の相手が誰か、智之介には予感がある。二年前にも同じような話がもたらされた。そのときも茂兵衛を通じてのものだった。

「こたびの噂のことも、三方原での噂のことも、先方はむろん存じている。だが、信じておらぬことはおぬしも存じておろう」

茂兵衛に橋渡しを頼んだのは、浅村浦太郎《あさむらうらたろう》でまちがいあるまい。

浦太郎とは元亀二年（一五七一）の春、武田信玄が遠州高天神城を攻めたときに知り合った。

まるで、つい先日、戦いがあったかのようにあのときの場面が脳裏に鮮やかに描きだされる。

高天神城は「高天神城を制する者、遠州も制す」といわれるほどの要衝だ。今川家滅亡の地となった遠州掛川《かけがわ》からほぼ南へ三里ほどに位置している。

鶴翁山《かくおうざん》と呼ばれる山自体は四十丈ばかりの高さでしかないが、切り立つ断崖に深く落ちこむ谷という天険に恵まれ、まさに難攻不落、東海一の山城と呼ぶにふさわしい威容を誇っている。米が豊かに実る城東郡を治むるに格好の地であり、晴れた日には信濃まで眺めることができる。

今川家の滅亡後、徳川家の支配していた遠州経略を目指した信玄は、二万五千の大軍で高天神城を囲み、力攻めにした。

だが城主の小笠原長忠《ながただ》（信興）は二十四歳の若さといえども勇将として知られ、麾下の二千も戦に慣れた者たちだった。

信玄は山県昌景と内藤昌秀に命じて攻撃させたが、城方の逆襲に遭い、一日で囲みを解いて撤兵したのだ。そのときの戦いで、武田勢は多くの死傷者をだした。

智之介はそのとき、兄の智一郎と一緒だった。この戦いの際も山県昌景の寄騎として戦に加わっていたのだ。

智之介たちは林ヶ谷口と呼ばれる追手口を目指し、馬をおりて徒歩《かち》で城へ攻めかかった。

だがすぐに頭上からおびただしい鉄砲玉や矢を浴びせられ、いきなり数十名の死者をだした。

それでも遮二無二《しゃにむに》林ヶ谷口を目指したが、矢玉はさらに勢いを増して智之介たちに降り注いできた。

折り重なるように味方が倒れてゆく。絶叫が耳に飛びこみ、血しぶきが鎧や面頬《めんぽお》に降りかかる。鉄砲が吐きだすもうもうとした煙の向こうに追手口は見えたが、まだ半町以上も先だった。智之介にはなすすべがないように思えたが、味方は押し太鼓の響きに押されるように愚直に前へと進んだ。

だが、敵の矢玉は増える一方で、そばにいる武者たちが鎧や兜を撃ち抜かれて地面に倒れ伏してゆくのを目の当たりにして、智之介は次に骸《むくろ》となるのは自分だろうと予感せざるを得なかった。

おそらく三、四百名の死傷者をだしたあと、さすがにこれ以上の犠牲をだすわけにいかないとさとった本陣からは押し太鼓に代わり、引きあげの法螺貝が吹き鳴らされはじめた。

戻るぞ。兄の一声で智之介たちは即座に体をひるがえした。味方は次々に味方の陣に向かって走りはじめており、すでに大水のような奔流となっていた。

味方は押し合いへし合いしていたが、城方はそれを見逃さなかった。門をひらいて背後から襲いかかってきたのだ。

智之介のうしろで悲鳴が相次ぎ、味方が続けざまに討たれてゆく。それがわかっても、智之介にはどうすることもできない。ただ流れに乗って、その場を脱することしか考えられなかった。

助けてくれっ。必死に駆けていると、そんな声が耳に飛びこんできた。自分の命だけを考えたら放っておくしかなかったが、智之介はどうしてか振り返った。

それを見た敵の足軽が、智之介に槍を突きだしてきた。智之介はかわし、自分の槍を真上から叩きつけた。頭を強打された足軽はもんどり打って視野から消えた。

智之介は、声の主を捜した。すぐそばに、敵に馬乗りになられた武田武者がいた。今にも首を切り取られんとしている。

智之介は徳川武者を背中から突き殺し、味方を抱き起こした。恩に着る。武田武者は礼をいったが、そんな場合ではなかった。まわりは敵味方が入り乱れ、乱戦になろうとしていた。

この渦に巻きこまれたら、命を失うのは明白だった。

救いだした武田武者の背を押すように一緒に走りだし、命からがら帰陣することができた。

「高天神城では、おぬしがいなかったら死んでいたことを浅村どのは知っている。あれだけ勇猛な津島智之介という武者が、家督目当てに兄を見殺しにするはずがないとも申されている」

茂兵衛は見つめてきた。駿河で見た海のように深い目の色をしている。

「俺も同感だ。おぬしはそんな卑怯な男ではない」

## 六

智之介は目覚めた。

昨夜の酒は残っていない。

いい目覚めとは決していえないが、たっぷりと睡眠をとったこともあり、少なくとも体の疲れは抜けていた。

刻限は卯《う》の刻をすぎたあたりだろう。板戸の下の隙間から、かすかな光が忍びこんできている。

智之介は夜具から上体を起こした。上にかけていた着物がずり落ちる。

今朝も冷えている。外では氷が張っているのではないか。暦の上では春だが、この甲斐の地に本当の春がやってくるのは、まだまだ先のことだ。あと半月以上は待たなければならない。

火鉢に火を入れたくなるが、智之介は我慢した。炭は高価だ、できるだけ節約しなければならない。

台所のほうから、器の触れ合う音やまな板を叩く小気味いい音がする。お絵里が一所懸命、朝餉の支度をしているのだ。手際はすばらしいから、じきできあがるだろう。

寝床から立ちあがり、智之介は手ばやく着替えをすませた。

さて、今日はどうするか。

あらためて考えてみたものの、すでに昨夜、就寝前に決めていた。

廊下を渡る音がきこえてきた。智之介は板戸をあけ、廊下に出た。

お絵里が近づいてくる。

「おはようございます」

笑顔で挨拶する。見ていて、心が晴れ晴れする明るい笑みだ。

「おはよう。朝餉ができたか」

「はい、支度がととのいました」

「すぐ行く」

うなずいたお絵里が廊下を戻ってゆく。

智之介は部屋に入り、両刀を帯びた。それから台所脇の部屋に向かう。

家臣たちはすでに集まり、智之介を待っていた。七人が二列になって座っている。一番手前にいるのは、杜吉と小平次だ。

「待たせた」

智之介は膳の前に腰をおろした。

「よし、いただこう」

智之介は箸と茶碗を手にした。

ほかの者もいっせいに食べはじめる。他家において当主が家臣と食事をともにしているのか智之介は知らないが、津島家では昔からずっとこうしている。

目の前に並んでいるのは、戦場で生死をともにする者たちだ。一緒に食事をすることが即座に絆を深めることにつながるわけもないが、しないよりはるかにましだろう。いつの当主がはじめたか知らないが、いいことだと心から思う。

膳の上に並んでいるのは、ほかほかと湯気をあげる飯のほかに梅干し、大根の漬物、大根葉の味噌汁だ。

大根や大根葉は最近目立つ献立だが、お絵里の腕がいいこともあり、決して飽きることはない。麦が混ざった飯の甘みこそがなによりの馳走である。

誰もがうれしげによく食べている。それだけで、智之介の気持ちは満たされる。

食事を終え、白湯を喫した智之介は刀を手に立ちあがった。食後すぐに動かないほうがいいのは知っているが、気が急《せ》いている。

式台から玄関におりる。厩の雪風がその気配に気づき、野駆けに出るのか、ときくようにいななく。

雪風のもとに歩み寄った智之介は、甘えて押しつけてくる鼻面をやさしくなでた。

「すまんな、ちょっと出てくる」

雪風が悲しげに首を振る。

「そんな顔をせんでくれ。すぐに野駆けに行くゆえ。約束だ」

智之介は雪風の顔を軽く叩いてから、その場を離れた。杜吉に供を命じ、門を出る。

「今日はどちらに」

先に立った杜吉がたずねる。

「小杉屋敷だ。――杜吉、なんの用件かききたい顔だな」

「それはもう」

「菜恵どのに隆之進のことについて、少し話をうかがうつもりでいる」

冷たい風が足元の土と着物の裾を五、六度巻きあげた頃、小杉屋敷に着いた。

門のそばで智之介は立ちどまった。小杉屋敷は横目付ということもあるのか、津島屋敷のような柱だけの門ではなく、小づくりながらもしっかりとした腕木門《うでぎもん》だ。ただし、くぐり戸はない。

考えてみれば、と智之介は閉じられた門を見つめて思った。こうして門から入るのは久しぶりなのではないか。

杜吉が訪いを入れる。小杉家の家臣が門越しに用件をきいてきた。

杜吉に代わって前に立った智之介は名乗り、菜恵に会いたい旨を告げた。

隆之進を殺したという噂を知っているらしい家臣は少し間を置いたあと、しばらくお待ちください、といった。足音が遠ざかってゆく。

さして間をあけることなく戻ってきた家臣は、どうぞお入りください、と門をあけた。

ここで待っているよう杜吉に命じてから、智之介は門をくぐった。

母屋の座敷に通された。畳が敷かれている部屋で、庭に面した板戸は、すべてあけ放たれていた。それほど風は吹きこんではこないが、さすがに冷えている。

菜恵は正座し、智之介を待っていた。

相変わらずやつれたままだが、顔色がわずかによくなっている。つややかな張りのある美しさが戻ってこようとしていた。

欲望が喉元《のどもと》をせりあがってくるのを感じたが、智之介はその気持ちを押し殺した。

敷居のところで一礼して座敷に入り、刀を鞘ごと腰から抜いて自分の右側に置いた。静かに菜恵の前に腰をおろす。

一礼し、できるだけ大きな声で話した。

「今日はおききしたいことがあり、まかり越し申した」

「どのようなことでしょう」

菜恵の声はかたく、表情もやわらかとはいえない。

「隆之進どのがなにを調べていたのか、それがしは知りたい。隆之進どのは横目付としてなにかつかんだことがあり、それがために殺されたのではないか、とそれがしは考えており申す」

智之介は膝を進ませ、声を低めた。

「隆之進の死に、この俺が絡んできている。それがなぜなのかを知るためにも、どうしても教えてほしい」

菜恵は気圧《けお》されたように、身を引き気味にした。

「仕事については、なにもいわないお方でした。ですので、私はなにも知りませぬ」

智之介は声をもとに戻した。

「菜恵どの、隆之進どのとこれまで一緒に暮らしていて、妙に感じたことや、おかしいと思ったようなことに心当たりはござらぬか」

「妙なことですか」

「なんでもかまわぬ。隆之進のことでなにか気づいたことがあれば、お話し願いたい」

菜恵はうつむき、しばらく畳を見つめていた。必死に思いだしているようで、眉間《みけん》にかすかなしわが寄っている。

あっ。小さな声が形のよい唇から漏れ、菜恵がすばやく顔をあげた。

「一つあります」

確信のある声でいった。智之介はうなずくことで続きをうながした。

「寝言です」

菜恵が隆之進と寝床を並べて眠っている場面が脳裏に描きだされ、すでに隆之進は死んでしまっているにもかかわらず、智之介のなかで妬心《としん》が動いた。

「みの、と申していました」

みの、と智之介は思った。蓑《みの》だろうか。それとも美濃国のことか。そうではなく、美濃守《みののかみ》だろうか。

もし美濃守なら、一人、思い浮かぶ人物がいる。

馬場美濃守信春。譜代家老衆の一人で、武田家中では重臣中の重臣といっていい。

みの、というのは馬場美濃守のことを指すのだろうか。

「隆之進どのはよく寝言を」

菜恵がかぶりを振る。

「たまに口にしていましたけれど、ほとんどきき取ることはできませんでした。はっきりと耳に届いたのはそれがはじめてです」

そういうことか、と智之介は心中でうなずいた。寝言に出るくらいだから、隆之進の頭にはよほどそのことが強く残っていたのだろう。

みの、という言葉でほかに考えられることはあるだろうか。

浮かぶものはなかった。というより、美濃守で頭のすべてが占められてしまっている。

馬場信春に会いたい。だが、会いに行ったところで会える相手ではない。

だが、かなりの収穫があったのは紛れもない事実だ。思い切って会いに来てよかった、と智之介は思った。

「造作《ぞうさ》をかけ申した。菜恵どの、これにて失礼いたす」

菜恵に向かって頭を下げてから、智之介は刀を手に立ちあがった。

菜恵が見あげている。なにかいいたげに見えたが、それも一瞬で、表情を隠すように叩頭《こうとう》した。

次はいつ忍んできてくれるのか。菜恵はそういいたかったのだろうか。

しかしこの場で問いただすことなどできず、智之介は小杉屋敷を出た。

「待たせた」

杜吉に声をかけて、道を歩きだす。

さらに勢いを増した寒風は、甲府の町を吹き渡っている。梢《こずえ》や板戸などが激しく音を鳴らしている。

「智之介」

音の群れを突き破って、背後から声がかかる。振り返ると、足早に近づいてきた者がいた。

「茂兵衛」

昨夜会ったばかりなのに、またもこんなところで顔を合わせるとは。茂兵衛は二人の供を連れている。

「館《やかた》に出仕せずともいいのか」

智之介はきいた。

「今日は遅れる旨、すでに知らせてある」

「そうか」

杜吉を気にしたらしい茂兵衛が智之介の腕を取り、三間ばかり離れた場所に連れていった。道脇に小さな祠《ほこら》が建っている。

「智之介、菜恵どのに会ってきたのか」

声をひそめてきく。

「見ていたのか」

茂兵衛がわずかに顔をしかめる。

「おぬしの屋敷を訪ねた。すでに出かけたときいて、どこにまわったのか考えて、ここまでやってきたのだ。智之介、おぬしまだ菜恵どののことを忘れられぬのか」

茂兵衛は、菜恵が智之介の許嫁だったことを知っている。

「そんなことはない」

「それならば、縁談を受けるのだな」

昨日は明確な返事はせず、言葉を濁す形で智之介は茂兵衛に帰ってもらっていた。

「返事をききに来たのか」

「ちがう。なにを動いているのか、あらためてききたくてな。それとも智之介、まただんまりか」

茂兵衛の鋭い目がまともに据えられる。

「昨日も申したが、おぬしは隆之進の死について調べているのだな」

「だったら、どうだという」

「ついてこい」

茂兵衛がきびすを返し、歩きだした。どこへ、ときくのはたやすかったが、智之介は黙ってしたがった。

連れていかれたのは、牛島神社だった。

隆之進が殺された瞬間がよみがえる。あのときは夜だったが、脳裏に刻まれた光景は鮮やかで、隆之進が斬られたときの苦悶《くもん》の表情まではっきりと見えた。

「智之介、ここで隆之進が殺されるところを見たそうだな」

「ああ」

智之介は言葉少なに答えた。

そうか、といってしばらく茂兵衛は下を向いていた。

「いい男を紹介してやる。その者に話をきけば、ある程度のことはわかるだろう」

「何者だ」

茂兵衛は、唇をゆがめるような笑顔を見せた。横目付となった隆之進に通ずるような笑みで、智之介は目をみはった。

「どうした」

智之介の表情の変化に目ざとく気づいて、茂兵衛が問う。

「それより、その男というのは誰だ」

茂兵衛はそっけないと思える口調で答えた。

「会えばわかる」

## 七

少し空腹を覚えた。

智之介は腹をなでさすった。

考えてみれば、夕餉を食べたのはもう二刻以上も前だ。出かける前になにか腹に入れたいが、お絵里はとうに就寝している。ここは我慢するしかない。

智之介は、火鉢に手をのばした。炭が赤々と燃えていて、じんわりと手のひらに伝わるあたたかみが、生き返るような心持ちにさせてくれる。

今宵も冷えている。外を舞う風は強く、先ほどから板戸が小刻みに震えては音を立てていた。板戸をものともせず這い寄ってくる冷気は、火鉢の近く以外のすべてを支配の下に置いている。

背筋に冷たさを感じた智之介は、寝床の上に横たわった。寝床といっても、板敷きの上にござが敷いてあるにすぎない。

火鉢の炭に照らされて、天井がかすかに赤くなっている。

子供の頃から天井を見るたびに、魔物に見おろされているような気分になったものだが、長じた今もそれは変わらない。天井のしみや木目《もくめ》が、何者かの目や姿に見えたりしている。

もっとも、この天井は子供の頃から慣れ親しんだものではない。この部屋は、三方原での合戦で亡くなった兄の智一郎がつかっていたものだからだ。

智之介が移って、まだ二年ばかりにすぎない。

兄との思い出はあまりない。嫡男と部屋住《へやずみ》では、はなから父や家臣たちの扱いがちがうのだ。やさしい兄ではあったが、一緒に遊んだ覚えもほとんどない。

そんななかで唯一、よく覚えているのは兄弟二人して父から乗馬を教えてもらっているときのことだ。あれは智之介が八つくらいの頃だろう。

甲府郊外の草原を馬場代わりに、父は乗馬の技を伝えるために智之介たちを鍛えた。智之介が子供の頃、すでに馬上で戦うことは廃《すた》れて久しかったが、馬の上手であることが悪うはずがなく、父は馬に関することを徹底して教えこんだ。

厳しい鍛練を積んだおかげで智之介は乗馬の技に自信を持つことができたと思っているが、もちろん急に腕があがったわけではない。一度ならず、乗馬が暴走したことがあり、そのなかで最も怖かったのは最初に暴走を味わった日のことだ。

雨あがりで、水たまりに映った燕《つばめ》の影に驚いたらしい馬が手綱を引くいとまを与えず、いきなり走りはじめたのだ。

小さかった智之介に馬を押さえこめる膂力も技もなく、ただひたすら手綱を握りしめ、馬の背にしがみついているしかすべはなかった。

どのくらい走ったものか、ときの流れは永遠に感じられるほどだったが、不意に智之介は背中に重みを覚えた。

しばらくして、それまで激しく揺れていた体が静かになったのを知った。風を切る音もしなくなっている。

おそるおそる顔をあげると、全身汗びっしょりの馬は立ちどまり、盛んに前足で土をかいていた。今にもまた走りだすのではないか、と怖くてならなかったが、自分のではない別の腕が手綱をがっちりと引いているのが目に入った。

「大丈夫か」

うしろから声をかけてくれたのは、智一郎だった。馬を寄せて、乗り移ってくれたのだ。

「はい」

自分ではしっかり答えたつもりだったが、声はわなないていた。

「よくがんばった」

智一郎はやさしく肩を叩いてくれた。

「振り落とされずに馬の背にい続けたところなど、さすがに武田武者だけのことはある」

武田武者、と兄に呼ばれたことに智之介はひどく感動したものだ。

無口だったが、心のうちでは弟のことをよく考えてくれていた兄だった。

三方原で死なせたことが、とんでもないしくじりだったように、今も感じられてならない。


目が覚めた。

寒かった。天井は見えていない。火鉢の炭が尽きたのだ。兄のことを考えていて、まどろんだようである。

今、何時だろうか。

まだ子の刻までは半時近くあるのではないだろうか。

よし、行くか。

勢いをつけて立ちあがり、刀架の刀を手に取って腰に差した。脇差も同じようにする。すでに目は闇に慣れている。

板戸を静かにあけ、廊下を一瞥する。

廊下を歩き、沓脱ぎのところに出た。草鞋を履く。

風が上空でうなり、庭の木々は激しく揺れている。耳がちぎれるのではないか、と心配したくなるほど大気は冷たい。本当に刃《やいば》をはらんでいるかのようだ。

智之介は庭を突っ切り、突き当たった塀を乗り越えた。道に飛びおりる。

この前の忍びと思える者が見張っていないか、あたりの気配を探る。なにも感じない。

安堵したわけではないが、智之介は一つ息をついた。目の前に暗い町が広がっている。

強い風に加え、手がかじかんでいる。苦労ののち、ようやく松明に火がついた。

道を歩きだす。本当は駆けたいくらいだ。なにしろ体は冷え切っている。縄で締めつけてくるような冷たい大気から、できるだけはやく逃れたかった。

実際に小走りで駆けた。

闇の壁は分厚く、松明一つでは足元を見るのが精一杯だ。

この暗さは、と智之介は思った。どこか武田家の行く末を暗示してはいないだろうか。

今、勝頼は連戦連勝だが、いずれ鼻っ柱を折られる日がくるような気がしてならない。

いや、そんなことを考えるな。

不吉なことを考えるよりも、いいことを脳裏に描いたほうがいい。

だが、楽しいことはろくに思い浮かばなかった。そのことに智之介は気づいて、これまでの人生を無為にすごしてきたような思いにとらわれた。戦に出て、多くの者を屠ってきただけではないのか。

いや、そんなことはない。俺は必死に生きてきた。人生に楽しさを求めた覚えはない。戦に出て人を殺すのは、武者の宿命といえるものだ。俺はつとめは確実に果たしてきた。

駆けつつ智之介は思ったが、紛れもなく戦に明け暮れた暮らしだった。自分には戦以外なにもない、ということを認めるのがいやだった。その思いを振り払うように、智之介はさらに足をはやめた。

行きかう人などまったくないままにやってきたのは、昼間来たばかりの牛島神社だ。隆之進の冥福《めいふく》を祈り、必ず犯人を見つけてみせると心で決意を告げてから、智之介は鳥居をくぐった。

せまい境内には誰もいない。それは見まわってみるまでもなかった。松明を消す。

小さな本殿の前に立ち、鳥居を見つめた。風が相変わらず吹き渡っているだけで、境内に入ってくる者などいない。

長いこと風雨にさらされて、古ぼけて丸みを帯びた二体の狛犬《こまいぬ》が向き合っている。

鐘の音が、吹き渡る風の隙間を縫うように耳に届いた。子の刻の鐘だ。

間に合ったことに安堵した。

鐘の音がきこえてから四半時ほどたった。

だが、誰もあらわれない。

おかしいな。だが、茂兵衛が嘘をつくはずがない。きっとあらわれるのだろう。ここは待つしかなかった。

こんなところに一人でいると、また刺客があらわれるのではないか、と思ってしまう。もし襲ってきたら、智之介は今度こそ確実にとらえる腹づもりでいる。一切、緊張をゆるめることはなかった。

風がやんできた。空からうなりも消えている。木々も静かになり、同時に冷気もゆるんだように思えた。

その瞬間を待っていたかのように、一人の男の姿が道先に見えた。一瞬、物の怪《もののけ》ではないか、と思えたくらい唐突なあらわれ方だった。

松明も持たず、暗闇のなかゆっくりと近づいてくる。明らかに警戒している。

両刀を帯びているから侍とわかるだけで、顔は見えない。深く頭巾をしているのだ。

亀の歩みのように道を進み、鳥居をくぐって智之介の前に音もなくやってきた。

腰はそこそこ沈み、見た目には遣えそうな雰囲気はあるが、戦場往来の猛者という感じではない。

男は、右側の狛犬の陰に身を置いた。顔だけでなく、姿を見せたくないという意志のあらわれのように感じた。

「津島どのか」

かすれた声で低くきいてきた。

「そうだ。津島智之介だ。おぬしは」

しかし男は名乗りはせず、頭巾を取ることもなかった。

「これから申すことは決して他言なきよう願いたい」

男はわずかに間を置いた。

「もし、このことを今岡さまに知られたら……」

おびえらしいものが声に出た。

「おぬし、横目付なのか」

男は答えない。いい男に会わせてやる、と茂兵衛にいわれたが、それが横目付であるかどうかまで説明はなかった。

男が咳払いした。頭巾のせいで、ややくぐもったものになった。

「小杉隆之進は、とある重臣のことを調べていた」

いきなり本題に入ったので、智之介は驚いた。足を半歩だけ踏みだす。

「重臣というと、どなたかな」

「それは知らぬ」

智之介が出た分、男は下がった。

「馬場美濃守どのでは」

「知らぬ」

智之介は男をのぞきこむようにし、頭巾のなかの二つの瞳をじっと見た。男が顔をそむける。

智之介はこれまで会ったことがあるか脳裏で探ってみたが、瞳だけではわからなかった。

「どうしてこのようなことを話す気に」

男がうつむいた。頭巾の口のところが小さく動く。

「借りがあるのでな」

「森岡茂兵衛にか」

これにも男は答えない。

二人のあいだに沈黙がおりて、男が居心地悪そうに身じろぎした。このまま帰られてはまずい、と感じた智之介は口をひらいた。

「隆之進が調べていた重臣は、美濃守どのなのか。それだけでも教えてもらいたい」

男はしばらく智之介を見つめていたが、いきなりきびすを返した。

「では、これで」

男は狛犬の陰を静かに出た。

「隆之進が調べていたのは、馬場さまと考えてよいのだな」

智之介は背中に呼びかけた。男が振り返る。

「知らぬ」

八

いい捨てた男が鳥居をくぐり、境内を出てゆく。

隆之進が調べていたのが馬場美濃守信春だとして、隆之進はあの老将のなにを知りたかったのか。

闇の向こうに消えようとしている男のうしろ姿を目で追いながら、智之介は考えた。

わからない。美濃守はまだ信濃には戻っていないはずだ。

男のほうから地面を滑るような音がした。智之介はまた風が吹きはじめたのかと思った。

いや、ちがう。あれは足音だ。しかも気配を消そうとしている。

智之介は刀に手を置いた。もうほとんど見えなくなりつつある男の影に、薄ぼんやりとした別の影が近づいてゆく。

――あの刺客だ。

直感した智之介は、逃げろっ、と怒鳴った。同時に走りだす。

だが闇を裂いて光の筋が走り、肉が断たれる音が耳に届いた。

その直後、男は骨を抜かれでもしたように地面に背中から倒れこんだ。

抜刀した智之介は一気に距離をつめ、刺客に斬りかかった。

もはや、とらえようなどと思わない。殺すことしか頭になかった。

だが、あまりに頭に血がのぼったせいで、剣尖が鈍ったかもしれない。

刺客にかわされた。智之介の体勢はかすかに崩れ、反撃に出てくるのではないかと思ったが、刺客はあっさりと身を返した。闇に向かって駆けはじめた。やり合ったところで、智之介に勝てる腕ではないのを熟知している。

くそっ。討ちそこねたことに毒づいたものの、智之介は間髪を容《い》れず追った。

あの刺客は本気で逃げている。智之介をどこかに引き寄せようという気など、まるでない走り方だ。

刺客は町屋が建てこむ角を曲がってゆく。ふつうなら待ち伏せを恐れて大きく曲がるところだが、智之介は一気に角に突っこんでいった。

いきなり剣気に体を包まれた。背筋の毛が逆立つような感じを味わう。

待ち受けられていた。気づくと、眼前に光る物が迫っていた。

智之介は刀をあげた。腕に衝撃があり、火花が散った。

横合いに気配を感じた。胴に忍び刀が振られる。

智之介は刀を振るい、忍び刀を打ち落とすようにした。

逆側から刀が突きだされた。智之介は体をひらいてかわし、刀を逆胴に振り抜いた。なんの手《て》応《ごた》えもない。忍びはうしろにはね跳んでいた。

二人いた。

両側から同時に突進してきた。片手で刀を振った智之介は、右側の忍びの顔面に刃を浴びせようとした。

ぎりぎりで忍びはよけてみせた。左側の忍びは間合に入るや、刀を突きだしてきた。

こういうとき自らを救うのは、勘でしかない。智之介はどこに忍び刀が突きだされたかわからなかったが、このあたりだろうという思いとともに背中を反らせた。

着物をかすめたのがわかった。ほつれができたかもしれないが、痛みはない。

智之介はすぐさま刀を横に振った。忍びは体をかがめてそれを避けた。

反対側からまた攻撃がきた。気配でそれを察した智之介は振り向くことなく、刀を右手一本で振りおろした。

鉄の鳴る音がした。忍びが、忍び刀で弾きあげたのだ。

刀を引き戻した智之介は目の前の忍びに向けて、刀を落としていった。

これも忍びは受けとめたが、斬撃の強烈さに体勢を崩した。

智之介はさらに刀を振るおうとした。これを仮に受けとめられたとしても、次の斬撃で両断される忍びの体を、目の当たりにしたように脳裏に描くことができた。

だがその前に、背後の忍びが邪魔をした。跳びあがり、宙から刀を振るってきたのだ。

智之介は舌打ちをしたかったが、即座にその忍びに向き直った。鳥を矢で撃ち落とすような気持ちで刀を見舞った。

忍びは智之介の刀をすり抜けるように宙で体をまわして、背後に降り立った。むっ。さすがに人ではない技を見たように智之介は思った。

智之介が体を振り向かせたときには、二人は並んで立ち、忍び刀の切っ先を智之介に向けていた。すぐに跳びかかってくる感じはない。

智之介は息を入れた。わずかだが、疲れを覚えている。喉が痛いくらいに渇いていた。水がほしかったが、ここで望んでも得られるものではない。

二人の忍びも、疲れを感じているのかもしれない。命知らずといっても、真剣で戦うのは、かんなで削るように神経をすり減らしているにちがいないのだ。

忍び頭巾からのぞいている二人の目には、さほどの殺気は宿っていない。むしろ、右側の忍びには気弱げな色が浮かんでいた。

逃げるのか、と智之介は思ったが、それはそう思わせたい忍びの策だったようだ。再び二手にわかれ、突っこんできた。ここでなんとしても智之介を始末しようとしている。

望むところだった。

智之介は前に踏みだし、忍び刀を打ち返した。躊躇《ちゅうちょ》のない斬撃で、智之介は刀の威力で二人を粉砕するつもりでいる。

次々に刀を振るって、二人に反撃に出るいとまを与えなかった。二人は必死に動きまわって智之介の隙を捜そうとするが、智之介は忍びの動きを読んで、先を制するように刀を落としていった。

すでに忍びのやり方に慣れている。二人の動きは、掌中にしているかのようにはっきりとつかめていた。

この程度の腕の二人なら、やられるはずがないとの確信がある。

智之介は、一人を町屋の壁に背中がつくところまで追いこんだ。町屋の者たちは外で激しい争闘が行われているのを感じ取っているかもしれないが、誰一人として出てくる者はいない。嵐がすぎ去るのを、身を縮めて待っているのかもしれない。

智之介は、忍びめがけて刀を振りおろそうとした。背後から、もう一人の忍びがそうはさせじと近づいてきた。

智之介は振り向き、振りあげた刀をその忍びに浴びせた。はなからこれが狙いだった。

忍びは仲間がやられそうになると、必ず助けに入る。そのとき、やや隙ができるのを智之介は覚っていた。

必殺の斬撃だったが、忍びは忍び刀で受けようとした。智之介はかまわず刀を思い切り振るった。

体の重みをすべて乗せた刀は、崖を転がり落ちる大岩をまともに受けたも同然の威力を秘めているはずで、実際に忍びの体は一気に半分になるくらいにまで縮んだ。

だがそれは膝をうまくつかって、斬撃の威力を逃がしたものだった。智之介には豆腐でも切ったような手応えしか残らなかった。

智之介が刀を引き戻し、さらに刀を振るおうとしたときには、忍びは三間ほどをへだてて立っていた。

町屋の壁に追いつめた忍びも、すでに同じような距離を置いている。

今度こそまちがいなく逃げる。智之介がそう感じた瞬間、二人は背中を見せて駆けだした。別々の方向に遠ざかってゆく。

忍び装束はあっという間に闇に包みこまれ、智之介の視野から消え失せた。

追いかける気力はなかった。あったとしても、忍びの足に追いつけるはずがない。

またも逃した。智之介は吐息を漏らした。一人を殺し、もう一人をとらえる。これ以上ない絶好の機会だった。

何者なのか。

もはやそれを考える気にもなれない。とにかくしくじった。このところへま続きだ。

智之介は二人が戻ってこないのを確かめてから、刀を鞘におさめた。さすがに手がこわばっている。大気は冷え切っているのに、汗が体中からわきだしている。目には見えないが、体から湯気があがっているのではないか。

智之介は、横目付らしい男が殺された牛島神社のほうに戻った。

死骸はものの見事に袈裟に斬られている。おびただしい血に、破れた着物の端がどっぷりと浸《つ》かっていた。

仰向けに横たわった死骸は、右手をあげ加減だ。まるでなにかをつかもうとしたように見える。もしかしたら、と智之介は思った。この男には、天に向かってゆく自らの魂が見えたのかもしれない。

路上に置いておくのも忍びない気がして、智之介は死骸を引きずり、境内に入れた。

そうしておいてから、隆之進のときと同じように横目付頭の今岡和泉守の屋敷に向かった。

今岡屋敷に訪いを入れる。門内の宿直《とのい》の家臣が応じ、智之介は玄関に足を踏み入れた。

玄関に燭台が灯され、はかなさを感じさせる明るさを付近に投げかけている。燭台の炎がそっと揺れ、式台に一つの人影があらわれた。

「津島か」

声が発せられる。

「こんな深更になに用だ。とても歓迎すべき用とはいえぬ顔つきだな」

智之介は用件を告げた。途端に今岡の顔がゆがむ。

「殺されたのは、まこと横目付なのか」

「正直、わかり申さぬ」

「ふむ、正体は明かさなかったと申したな」

智之介は今岡とその家臣四名を引き連れるようにして、牛島神社に向かった。今岡の家臣の二人は板戸を一枚運んでいる。

「まてここか」

今岡が鳥居を見あげてつぶやく。死骸を見つけ、足早に近づいた。

家臣が松明を寄せる。今岡は手刀をつくって一礼してから、頭巾をはいだ。

じっと視線を落とす。目を上から下まで動かし、何度も確かめる表情だ。

「まちがいない、我が配下だ」

顔をあげて、智之介を見る。

「この男からなにをきいた」

「その配下の名は」

「名など必要か」

今岡の目は相変わらず冷たく、感情の揺れというものを感じさせない。

智之介は腹を決めた。ここは自分が思っていることすべてを話してやろうという気になった。

それで、今岡がどういう顔をするか、確かめればいい。

「馬場美濃守さまのことにござる。美濃守さまのことを隆之進は調べていた、と」

だが、今岡の表情は石のように動かなかった。能面でもつけているかのようだ。

「嘘だな」

「どうして嘘と」

「わしの配下は決してそのようなことを口にはせぬ」

鍛えあげている自信がその口調からうかがえた。

今岡の視線が智之介に据えられる。思わず目をそむけたくなるような迫力だ。

「誰の紹介でこの男に会った」

智之介は腹に力を入れた。

「いう必要がござろうか」

智之介から目を離した今岡が、家臣たちに遺骸を運びだすように命じた。死骸が板戸に乗せられ、持ちあげられた。

今岡が家臣の一人に耳打ちする。家臣はうなずき、板戸を持つ二人の家臣に、ついてこいとばかりに手を振った。死骸は牛島神社からあっさりと消えた。

「遺骸はどこに」

智之介はたずねた。

「遺族のもとだ」

この刻限に死骸を目の当たりにする遺族たち。

「遺族がかわいそうと思うか」

「むろん」

今岡が土を踏みしめて近づいてきた。

「そう思うなら、紹介した者を教えろ」

智之介に迷いはなかった。ここで下手に答え、茂兵衛に迷惑をかけるわけにはいかない。

「申すわけにはまいらぬ」

「森岡茂兵衛だな」

ずばりといわれて、智之介はたじろぎかけた。

「図星か」

今岡がかすかな笑みを見せる。

「行くぞ」

いうやさっさと歩きだした。

九

松明を手にした配下が今岡の前に立ち、道を先導するように歩く。

智之介は、影になっている今岡の背中を見つめ、黙って続いた。

今岡はどこに向かおうとしているのか。

考えるまでもない。

深夜、いきなりの横目付頭の来訪に、茂兵衛はどんな顔をするだろうか。驚くのはまちがいないが、この俺が今岡に話したと思うだろうか。

「和泉守どの」

智之介は今岡に呼びかけた。

「なにかな」

今岡が振り向くことなくいう。

「今、武田家中でなにが起きているのか、話していただけぬか」

だが、今岡はなにも口にしない。智之介の問いがなかったかのように、そのまま足早に歩き続けている。

予期できたことにすぎず、智之介に落胆はない。

「和泉守どの、どうしてそれがしに紹介したのが森岡茂兵衛だと考えたのでござろうか」

今岡が今度は振り向く。ただし、足をとめることはなかった。

「あの男は今夕、我らの詰所近くにやってきた。あの男はおぬしと面識がある。それだけの話だ」

森岡屋敷に着いた。

もちろん、門は閉め切られている。智之介は気配を探ってみた。配下を含め、起きている者など一人もいないようだ。

配下がくぐり戸を叩き、屋敷内に向かって訪いを入れる。声は、近所をはばかって少し低めだ。それではいかん、といわんばかりに今岡が配下を下がらせ、拳でくぐり戸に激しい音をさせた。今が昼間であるかのような、遠慮のない叩き方だ。

しばらくして屋敷内から応えがあり、門の向こう側に人が立った気配が伝わった。

「どちらさまでしょう」

茂兵衛の家臣のようだ。警戒している様子が声にありありと出ている。

今岡が身分を告げ、名乗る。

「横目付頭さまにございますか。少々、お待ちください」

きしむ音をさせて門がひらき、茂兵衛の家臣が顔をのぞかせる。智之介も何度か会ったことのある歳のいった家臣だ。

配下が松明で、今岡の顔がよく見えるようにする。

「お入りください」

今岡が足を踏み入れる。智之介は今岡の家臣に、続くようにうながされた。

門内はせまい庭になっていた。両側から迫る木々の先に、玄関がある。すでに燭台らしい明かりが灯されていた。

式台に人影が立っていた。茂兵衛のようだ。

今岡が、ためらいのない歩調で近づいてゆく。智之介には少し躊躇があったが、ここで立ちどまるわけにはいかない。

茂兵衛はやはり驚きを隠せずにいる。眉根を寄せているから、少し腹を立ててもいるようだ。こんな深更の来訪を怒っているのか、それとも横目付頭とともにあらわれた智之介に立腹しているのか。

とうに眠っていたはずだが、茂兵衛はすでに着替えを終えている。

「ご用件は」

今の冷えこみ同様、冷たさを感じさせる声音で今岡に問う。

今岡が茂兵衛を見据えているのが、背後からでもはっきりとわかる。茂兵衛は無表情に見返していた。

「話をききたい」

「どのような」

「この男を連れてきていることから、見当はつくと思うが」

茂兵衛の目が智之介に向けられる。

「わかり申した。おあがりくだされ」

今岡の家臣はその場で待ち、今岡と智之介だけが森岡屋敷で唯一畳を敷いてある客間に招き入れられた。

客間は冷え切っており、すぐに火鉢に火が入れられる。

茂兵衛は、智之介たちの正面に正座した。

すぐにたずねはじめるのかと思ったが、今岡はなにもいわず、はじめて目にしたかのように熱心に畳を見つめている。

やがて炭が赤々と燃えはじめた。かすかだが、部屋のなかにわだかまっていた冷気が溶けだしてゆく。

それを今岡も感じ取ったのか、静かに口をひらく。

「おぬし、この津島智之介に横目付を紹介したな」

茂兵衛が、どうしてしゃべったというような目で智之介を見る。

「勘ちがいするな」

今岡が茂兵衛に鋭くいう。

「この男はなにも話しておらぬ。おぬしの動きが目立ちすぎた」

「さようにござるか」

茂兵衛の口調がやわらぐ。

「おぬしを訪ねてきたのは、あの横目付が先ほど殺されたからだ。津島の目の前でのことだ」

茂兵衛が腰を浮かせた。

「まことにござるか。——いや、嘘であるはずがない……」

力なく腰を戻す。

「どういうことにござろう。犯人はつかまったのでござるか」

「まだだ。その手がかりを得るために、やってきた」

「わかり申した」

茂兵衛はなんでもきいてくれ、という顔つきになった。先ほど見せていた怒りは消えている。

「おぬし、どうやって横目付と知り合った」

ここでも今岡は、あの横目付の名をださなかった。徹底している。

茂兵衛が視線を落とす。

「もう二ヶ月以上も前のことにござる。ある日、財布をそれがしが落とし、すぐに気づいて道を戻っていったところ、あのお方が拾いあげたのが見え申した。声をかけようとした途端、あのお方は懐に財布をしまい入れ、人目を避けるように歩きだしたのでござる。驚いたそれがしは呼びとめ、財布を返すように申した。最初はとぼけてござったが、問いつめたところ観念し、あのお方は返してきてござる。妻と子が病にかかっていて、薬代が必要とのことにござった」

「おぬし、金をやったのか」

「あのお方は、それはいけぬ、と申したが」

「おぬし、あの男の身分をきいたのか」

「きき申さなんだ」

「では、やつがいつ横目付であると知れた」

「館で今岡どのと一緒にいるのを見かけ、ああ、そうであったか、と」

館というのは、勝頼が住まう躑躅ヶ崎館のことだ。

「その後、あの男に会ったのか」

「いや、一度も」

「財布を知らぬ顔で取ろうとしたことで、あの男を脅したりしたことは」

茂兵衛が大きく目を見ひらいた。

「あるわけがない」

「だが、津島に紹介したのは、借りを返させる気持ちがあったのであろう」

「それは、確かに。ただし、智之介に紹介したのは、隆之進の死についての調べが進むのを祈ってのことにすぎ申さぬ」

今岡は、しばらく茂兵衛の顔を見つめていた。茂兵衛は今度は見返さず、横に視線を遊ばせている。

「造作をかけた」

今岡が腰をあげた。茂兵衛が横目付頭を見あげる。

「あのお方の妻子はどうなり申した」

「二人ともとうに本復しておる。おぬしの金子《きんす》がきいたか」

今岡が座敷を出てゆく。智之介は茂兵衛に一礼してから敷居を越えた。

今岡とともに森岡屋敷を出た。

今岡が二人の家臣に首をしゃくる。家臣が松明を掲げて先導をはじめた。

智之介は今岡に肩を並べた。仏像のようにじっと前を向いている横顔に語りかける。

「隆之進は、美濃守どののことを調べていたと考えてよろしいのでござるな」

しかし相変わらず今岡は無言だ。智之介のほうを見ようともしない。

「美濃守どのに、なにか疑いがあるのでござろうか」

「あるはずなかろう」

今岡がいきなりいったが、言葉にどこか力が欠けていたように感じられた。

今岡が足をとめ、智之介に向き直る。

「よいか、つまらぬことを考えるでないぞ」

父親が子にいいきかせるような口調だ。

「津島、手を引け。これ以上、かきまわすでない。わかったか」

いくらいわれても、承伏できるものではなかった。

智之介の心を知ってか今岡はいまいましげな顔つきになったが、再び歩きだした。

智之介がついてゆこうとすると、来るな、と一言だけいった。瞳に宿された光の激しさに、智之介は立ちどまらざるを得なかった。

配下を連れた今岡は、智之介の視野からあっという間に去っていった。

智之介は指先で頰を軽くかいた。風が吹き寄せてきて、足元に冷えを感じた。

あたりは真の闇だ。空に月はなく、星も瞬いていない。厚い雲が重く垂れこめている。

なんとなくいやな予感を覚えた智之介は刀の鯉口《こいぐち》を切り、あたりの気配に十分な注意を払いつつ、屋敷に向かって歩きだした。

なにごともなく、屋敷に着いた。

塀を越えて母屋にあがる。屋敷内は静かなものだ。すべての者が寝入っている。杜吉も小平次もお絵里も、眠りの海をたゆたっているのだろう。

智之介は沓脱ぎで草鞋を脱ぎ、廊下にあがった。足を忍ばせて自室に戻る。

しばらくじっとあたりの気配をうかがったが、起きだしてきた者はいない。誰も智之介に気づいていない。そのことには、心からほっとした。

部屋は冷え切っている。智之介は夜具に身を横たえた。目をつむったが、眠気はまったくない。目をあけた。闇のなか、天井からいくつもの物の怪が見おろしているように見えるのは、いつものことだ。

どうして隆之進は、と智之介は考えた。馬場美濃守のことを調べていたのか。このところ屋敷への帰りがおそくなっていたというのと関係あるのだろうか。

横目付が重臣中の重臣を調べる。いったいどんな理由があれば、そういうことになるものなのか。

智之介は唇を軽く嚙んだ。考えたくはないが、脳裏に浮かびあがるのは謀反の二文字だ。

謀反といえば、思いだされるのは馬場信春と並び称される重臣である山県昌景の兄飯富兵部少輔虎昌《おぶひようぶしようゆうとらまさ》だ。

信玄の嫡男だった武田義信《よしのぶ》が駿河侵攻策に反抗して父を排そうとしたとき、飯富兵部は義信に力を貸した。

義信の正室は駿河を領していた今川義元の娘で、今川との盟約を重んじていた義信は父に対して反旗をひるがえそうとしたのだ。

しかし、兵部の弟の飯富源四郎《げんしろう》が兄の謀反を知り、信玄に注進したことで義信はとらわれ、兵部は切腹して果てた。義信も幽閉先の東光寺で腹を切ってのけている。

飯富源四郎は飯富家ではなく、山県家を継いで山県昌景となった。

この相続劇は、飯富の家督ほしさに源四郎が注進したのではないことを家中に知らしめたかったからではないか、と智之介は思っている。

信玄自身、もともと父の信虎を駿河に追放し、自らの力で家督の座を奪い取っている。

そういう謀反の血というものが、武田家中には流れているのかもしれない。

馬場美濃守が謀反を考えているとしたら、勝頼を討つか幽閉するか、あるいは他国に逐《お》うことを画しているのだろう。

勝頼の跡を誰と考えているのか。

武田家の正式な跡取りである勝頼の嫡男信勝か。それとも穴山信君か。

信君は信玄の甥である。母は武田信虎の娘で、信玄の姉に当たる。妻は信玄の娘だ。武田家にとって重要な一族であるのは確かだが、実際のところ、信君の弟の穴山信邦《のぶくに》は武田義信の謀反の際、義信の側につき、自害に追いこまれている。

信君にはいろいろと噂がある。勝頼と馬が合わないのは事実だろう。今は駿河を山県昌景とともにまかされているが、それだけで満足するたまではないように思える。

いや、そのようなことはまだ考えることではない。謀反のことすらまだ本当のことなのか、はっきりしていないのだから。

いま考えるべきことは、隆之進のことだ。

隆之進が殺されたのは、謀反の確証を握ったからだろうか。

思いはどうしてもそこに戻ってしまう。

ほかになにか理由があって、隆之進は馬場美濃守を調べていたのだろうか。

だが、謀反以外で横目付が重臣中の重臣を調べることなどあり得るだろうか。

調べていたのは、今岡の命であるのはまちがいなかろう。

まさか、と智之介は思った。馬場美濃守だけでなく、ほかにも謀反に加わろうとしている重臣がいるのではないか。

智之介は気づいた。今夜殺されたあの横目付は、ほかの重臣を調べていて口封じをされたのではないだろうか。

# 第三章

## 一

智之介は闇をにらみつけた。身じろぎすると、下に敷いてあるござがこすれるような音を立てた。

隆之進に続いて、あの名も知れない横目付が殺された。

二人とも口封じなのか。

だが智之介には信じられない。横目付は勝頼の目となって働いている。その者たちを殺すということは、勝頼に対する挑戦以外のなにものでもなかろう。

もし謀反を考えている者がいるとして、果たしてそこまであからさまにやるだろうか。

横目付を二人も殺された以上、横目付頭の今岡和泉守は黙っていまい。勝頼に報告し、犯人を徹底して捜しだして、追いつめるにちがいない。

となれば、謀反の芽など摘み取られてしまうのではないか。謀反というものが、沼の底を這うように深く静かにことを進めないといけないものであるのは、智之介にもわかる。

だから、どうしてここまでやってしまったのか、という疑問が残る。

だが、あまりに隆之進たちの探索が執拗でしかも的を射ており、このまま放っておけば確実に謀反の証拠を握られると考えた場合、横目付だろうと殺すのにためらいはあるまい。

証拠を握られ、捕縛されるなら先んじて手を打ったほうがよい。謀反を考える者なら、そのくらいしてのけたところでなんらおかしくはない。

つまり、と智之介は思った。隆之進やあの殺された横目付は、あまりに有能すぎたということになろうか。きっと、謀反を考えている者たちが牙をむかざるを得ないほど、深く入りこんでしまったのだろう。

智之介はそっと息をついた。白いものが煙のように立ちのぼってゆく。

いつまでもこうして考えていても仕方なかった。ときは、夜の腕にがっちりと抱えこまれて凍りついてしまったかのようだ。先ほどからまったく流れたような気がしない。

智之介は目を閉じた。寒気が体を鞭《むち》のように締めつけてくる。寒さはますます厳しくなっている。

この分では、明日も相当冷えこむだろう。


小鳥たちが鳴きかわしている。やはりかなり冷えこんだが、鳥たちには関係ないようだ。まるで夜が明けたことがうれしくてならないという鳴き方だ。

智之介は上体を起こした。この寒さは頭をしゃきっとさせてくれる効用もある。

さて、どうするか。

智之介は思ったが、すでになにをすべきかわかっていた。

馬場美濃守のことを調べるのだ。

だが、どうやって調べればよいか。

それが一番の難題だ。いや、やはりどうあがいても自分が筆頭の重臣を調べることなどできるはずもない。それならば、せめて人となりでも知ることができないか。

人物を知る手立てがないことはない。それほど詳しく知ることはできないかもしれないが、少なくとも逸話くらいはきけよう。

台所からは、いつものようにまな板を叩く音がきこえてくる。この寒いなかでも額に汗して朝餉の支度をしているお絵里の姿が見えるようだ。

智之介は立ちあがり、板戸をあけた。

明るい陽が射しこんできた。低くのぼった太陽は、生垣の向こうに建つ隣の屋敷の屋根を避けるようにして顔をのぞかせている。つややかな光を放つその姿は、つい数日前とは異なる明るさを誇示している。春の訪れがそう遠くないことを知っているのか、冬の衣を控えめながらも取り去ろうとしていた。

庭の木々は寒気に縛られてかたいままだが、いずれ芽もふくらんでくるだろう。

それにしても、馬場美濃守信春のことをあらためて考えると、謀反というのはどうにも考えにくい。

確かに、勝頼との仲がうまくいっているとはいいがたい。だが、それは馬場信春だけのことではない。

むろん、謀反というのは考えすぎかもしれない。

だが、ほかに横目付が重臣を調べることなどあり得るだろうか。

謀反の証拠をつかんだから、隆之進は殺されたのではないのか。

朝餉を食べ終えたのち、やや高くなってきた太陽の光を横顔に浴びて智之介は屋敷を出た。供は杜吉である。雪風に乗って行ってもよかったが、近所なので歩くことにした。

穏やかな陽射しを浴びて霜が溶け、道はぬかるんでいる。水たまりがいくつかできていた。真冬ならこういうふうに溶けることはなく、いつまでも霜柱は立ったままだ。

氷の柱を踏み潰す感触も心地よかった。このことにも、春近しを智之介は感じた。

「だいぶあたたかくなってきましたね」

前を歩く杜吉がうれしげにいう。

「そうだな」

「これでいきなり春がくるということはないでしょうけど、陽射しが明るくなってくるというのはうきうきします」

「本当の春がやってくるまで、まだ一月近くはあるだろうが」

「そうですね。桜が咲くまでそのくらいでしょうか」

霜柱を踏み続けていた智之介は、一軒の屋敷の前で足をとめた。門柱だけが両側に立っているのは智之介の屋敷と同じだ。母屋が正面に見えている。

杜吉が訪いを入れる。家臣が母屋脇に建つ小屋から姿をあらわした。

智之介は名乗り、当主の浦太郎に会いたい旨を告げた。

「少々お待ちください」

家臣が母屋に入ってゆく。

間を置くことなく馳せ戻ってきた。戦場でのきびきびとした身ごなしがわかる動きだ。よく鍛えられている。

庭のほうにまわりこむように案内された智之介は、母屋の濡縁に座った。沓脱ぎで草鞋を脱ぎ、家臣が持ってきたたらいの水で足を洗った。ぬかるんだ道のせいで、水はすぐに汚くなった。

手ぬぐいを借り、智之介は足をふいて座敷にあがった。これで畳を汚すことはない。杜吉は座敷にあがることなく、沓脱ぎのそばに控えた。

馬のいななきがきこえた。ほとんどやってきたことのない客の気配に、気を荒立てているのかもしれない。雪風の例を持ちだすまでもなく、馬というのは驚くほど敏《さと》い生き物だ。

## 二

座敷は六畳間で、畳は古いが掃除が行き届き、正座していて気持ちよい。家臣が白湯の入った二つの椀を持ってきて、智之介の目の前と少し離れたところに置いた。

「お待たせした」

家臣と入れちがうように浅村浦太郎がやってきて、智之介の前に腰をおろした。

「よくいらした」

浦太郎は満面の笑みだ。顔は長細いが、頰が豊かで、人のよげな柔和な目はいつも笑っているように見える。体はそれほど大きくはなく、むしろ小柄といっていいが、胸の筋骨は相当のもので、着物を前に張りださせている。

「津島どの、今日、見えたのは縁談を受けるおつもりゆえかな」

期待のこもった目をしている。

「いえ、その件はもう少々お待ちください。返事は森岡どのを通じていたすのが筋でしょうし」

「それはその通りにござるな」

にこにこして智之介を見つめている。

「津島どの、会ってみなさるか」

智之介が返答に迷っていると、浦太郎が両手を三度ばかり打ち鳴らした。

廊下を渡る静かな足音が、閉めきられた板戸を抜けてきこえてきた。その足音が途絶えるや衣《きぬ》擦《ず》れの音がかすかに響き、失礼いたします、という声が智之介の耳に届いた。やわらかな感じのかわいらしい声だ。

「入りなさい」

浦太郎がいうと、板戸が音もなく横に滑った。女が敷居際で両手をそろえていた。長い髪が扇のように広がっている。髪はつやがあり、庭側から射しこむ陽の照り返しを浴びて濡れたように輝いている。

「失礼いたします」

女はもう一度いって一礼すると、座敷に慎《つつ》ましやかに入ってきた。浦太郎の横に裾をそろえて正座する。

背丈は父親に似ておらず、かなり高いほうだろう。すらりとしていて、すっとのびた背筋がとても美しい。

「娘の佐予《さよ》にござる」

紹介されて、佐予という娘は深く頭を下げた。その仕草にたおやかさが香る。

顔をあげ、智之介を見つめる。父親に似て穏やかな瞳をしている。鳶《とび》色の瞳の奥に聡明さを宿す光があり、智之介は見とれた。

肌は上質のおしろいをまんべんなく塗ったように白く、つややかだ。鼻筋が通り、唇は娘らしい桃色に染められている。健やかに育ってきたのがよくわかる。

「津島智之介にござる」

智之介は丁重に名乗った。言葉がつっかえそうになるのを、なんとか抑えこんだ。

「あの節はお世話になりました」

佐予が智之介にいい、それをきいた浦太郎は面食らった顔になった。

「佐予、津島どのを存じているのか」

「はい」

浦太郎がどういうことかなと問いたげに、智之介に顔を向けてきた。

「父上、そのような怖いお顔をなさらないでください」

佐予が笑ってたしなめる。

「いや、あまりに意外だったのでな」

「前にお話ししたではございませぬか」

「そうだったかな」

佐予が智之介を見る。これから先はお願いします、と目でいっている。智之介はかすかなうなずきを返した。

「お互い、まだ幼い頃の話です」

智之介は浦太郎に告げた。

「もう十五年ほど前になりますか」

「十四年です」

佐予が笑みを浮かべて口にする。

「さようか」

智之介は一つ笑ってから続けた。

「十四年前、それがしは暴れ馬から佐予どのを救いました。そのとき足をくじいて歩けなくなった佐予どのをおぶり、こちらまで送り申した」

「おお、そうであった」

浦太郎が手のひらと拳を打ち合わせた。

「思いだした。十四年か、もうあれからそんなにたつのか」

感極まったようにいって、まじまじと智之介を見てきた。

「でも、あのとき津島どのは屋敷の者には黙って帰られたようだが。娘もどこの誰ということを存じなんだ」

「礼をいわれるほどのことでもないゆえ、名乗りませんでした」

「奥ゆかしいことよな」

浦太郎が身を乗りだす。

「でも、どうして津島どのが佐予を救うことになったのかな」

智之介はそのときの光景を思いだそうとした。目の前にたやすく引き寄せられたことがうれしかった。

「それがしはあの頃から一人でいることが好きで、甲府の外に出ていました。多分、草原で木剣を振りまわしていたのでしょう。どうしてあんな寂しい野原に佐予どのが一人でいたのか、それがしはおんぶをしながらききました」

それを受けて、佐予がいう。

「あのときは、隣の屋敷の子と一緒だったのです。花を摘みに来ていました。でも花を摘んでいろんな場所へ動いてゆくうちに、気づいたらいつの間にかその子の姿は見えなくなり、捜していたら急に馬がまっすぐ突っこんできたのです」

「その暴れ馬は、野駆けをしていた主人を振り落としたものだったようです。それがしは暴れ馬の怖さを、その頃から十分に存じていました。ですので、実際は怖くてならなかった。でも、勇気を振りしぼって馬が横を駆け抜けるところを手綱を取って鞍に乗り、なんとか馬を佐予どのから避けさせることができたのです。それでも馬は、佐予どのぎりぎりを通り抜けていきました。今考えても、冷や汗ものです」

「ふむ、そのようなことがあったのか」

浦太郎が感心したようにいった。

佐予が軽くにらむ。

「父上、本当にお話しいたしましたよ」

「そうであったか」

少し照れたように浦太郎が額を手のひらで叩く。壁にはね返る小気味いい音がした。

この縁談はもしかすると、と智之介は思った。俺が浅村どのを高天神城で救ったからだけではないのかもしれない。

佐予の目には、智之介の妻になることを望んでいるとしか思えない色がある。

つまりこの娘は、あの幼いときの出会いから俺のことをずっと想っていてくれたということなのか。

そのことを考えたら、ほんわかとした明かりが胸に灯った気がした。佐予は十四年前もかわいい顔立ちをしていた。肌も白かった。それは今も変わらないが、成長してさらにきれいになっている。

しかし俺のような男が、この美しい娘を妻にしてもいいのか。

無理に決まっている。この娘は俺のことをなにも知らない。もし菜恵との不義を知ったら、いったいどんな顔をするだろう。

俺にはこの娘を妻にすることは、決してできぬ。

「顔見せはこのくらいでよいかな」

智之介がなにか話すために来たことを思いだしたらしい浦太郎がいって、佐予を見る。

佐予がうなずいた。

「では、これにて失礼させていただきます。津島さま、またいらしてください。お待ち申しております」

三つ指をつくように深く頭を下げてから、佐予が下がっていった。

「津島どの、白湯を飲まぬか」

浦太郎が椀を持ちあげ、口に持ってゆく。

「すっかり冷めてしまっているが」

「いただきます」

智之介は喫した。わずかにあたたかみを残している白湯にはやわらかさがあり、渇いた喉にはありがたかった。

人心地がついた智之介は、椀を静かに置いた。

「おききしたいことがあります」

「わしが答えられることなら、なんなりと」

「馬場美濃守さまのことです。人となりをおききしたいのです」

浅村浦太郎は寄騎として馬場信春に今は仕えている。

「美濃守さまのことを。津島どの、どうしてそのようなことを知りたいのかな」

「小杉隆之進のことをご存じですか」

智之介はきき返した。

「うむ、斬られたそうだな。犯人は津島どのという噂が流れた。むろんわしは信じておらぬ。娘も同じよ」

「かたじけない」

「まさか、その件に我が殿が関係しているのではないかと」

少しむずかしい顔をつくったが、浦太郎は軽く顎を引き、話しはじめた。

「我が殿は津島どのもよく存じているだろうが、まず猛将といってよかろう。槍を遣わせたら、勇将ぞろいの家中の侍大将のなかでも右に出る人はおるまい。それに、正義の心がとにかく強い。不正は決して許さぬ心の強さをお持ちだ」

だとしたら、謀反など考えることはないだろうか。

「以前、こんなことがあった。台所の者が、出入りの商人から賄《まいない》を受け取っていた。よその家でもそのくらいのことは当たり前のことかもしれぬが、そのことを耳にされた我が殿は賄をもらっていた二人の首を刎《は》ねられた。それで家中の空気はさらに引き締まったものよ。不正をはたらこうとする輩《やから》は、一人もいなくなった」

浦太郎が咳払いする。

「誤解をせんでほしいのだが、我が殿は厳しいだけではない。家臣には常に情けの心を持って接しておられる」

さようですか、と智之介はいった。

「美濃守さまは、お屋形のことをどうお考えでしょう」

「お屋形というのは、勝頼さまのことを申しているのかな」

「はい」

浦太郎は思案の表情になった。

「今、お屋形のお立場があまり堅固といえぬのは、津島どのも存じておろう。ゆえに我が殿は、支えてやりたいとお考えになっているはず」

きっぱりといった。

「先ほど家中の空気がさらに引き締まったといわれましたが、美濃守さまのご家中は、今どのような感じにございますか」

浦太郎が見つめてきた。この温厚な男が紛れもなく戦国の世を生きているのを実感させる、鋭い目だ。

「我が家中に勝頼さまに対する不満が渦巻いているとでも。いや、そのような空気は一切ない。おかしなことは起きておらぬし、起きるような気配もない。なにより勝頼さまに率いられている今、我らは戦えば勝つという状況だけに、家中の雰囲気はこの上ないものよ」

考えてみれば、と智之介は思った。もし浦太郎が謀反の気配を察していたら、縁談など持ちこめるはずがなかった。

## 三

浅村屋敷をあとにして、智之介は杜吉とともに屋敷へ戻りはじめた。

陽射しにさらされて、ぬかるんだ泥から湯気があがっている。智之介は足を取られないように気をつけて道を歩いた。かといって、あたりに目を配るのは忘れない。油断して、あの忍びに隙を見せたくはない。もしつけこまれたら、体勢を崩しやすいこんな道ではなにが起きるかわからない。

「殿、浅村さまのお屋敷でなにかよいことがあったのでございますか」

杜吉にきかれた。

「どうしてそう思う」

智之介はきき返しながら、今はあの忍びのことを考えていて、浮ついた顔はしていなかったはずだと思った。

「なにか表情が明るくいらっしゃいますので」

「そうか。浅村どのと話ができて、楽しかったからだろう」

杜吉がうれしそうに笑う。

「ほかにもいいことがあったのではございませぬか。しかしそれがし、これ以上はおききいたしませぬ」

浅村屋敷へ向かったときとくらべ、甲府の町は明らかににぎやかさを増していた。往来を行く者の姿は多くなっている。侍や蜆《しじみ》などを売る者がかなり目につく。蔬菜《そさい》を売りに来る百姓の姿も目立つ。

智之介は、青戸村の竜三を思いだした。あの年老いた百姓は、大金と引き換えに行商の得意先を売り渡した。

それを買い取ったのは元助という男。油を商う岡田屋の者によれば、もともとは駿河の出とのことだった。

元助が帰ってきたり、つなぎがあったりしたら必ず使いをくれるように岡田屋の者には依頼してあるが、その後、なにもいってこない。ということは、元助の消息は今も知れないということなのだろう。

襲ってくる者はおろか、ひそかな視線を当ててくる者もおらず、智之介は屋敷に帰り着いた。

「殿、これからどうされます」

門のところで杜吉にきかれた。

「まだ決めておらぬ。なにか用事があったら呼ぶゆえ、それまで休んでいてくれ」

「承知いたしました」

杜吉の顔に残念そうな色がほの見える。智之介はそれがなんなのか、瞬時に覚った。

「稽古をしたいのか」

「はい、できますれば」

智之介に迷いはない。よかろう、と即座にいった。

杜吉が子犬のように小躍りして、敷地内に駆けこんでいった。

智之介は庭のほうにまわった。杜吉が二本の木剣を手にやってきた。

智之介は一本を受け取り、片手で軽く振った。

よろしくお願いします。大きな声でいって一礼した杜吉は木剣を構えるや、気合とともに突っこんできた。

智之介の構えがととのう前に、なんとか懐に入りこんでやろう、と考えての攻撃だ。

だが、これまで数え切れないほどの戦を経験している智之介には、なんの脅威にもならなかった。たやすく打ち返し、杜吉が体勢を崩したところに躊躇なく木剣を打ちこんでいった。

杜吉は智之介の木剣から目を離さず、かろうじてこれを横に払った。智之介は胴に木剣を振った。

杜吉は受けとめたが、そのときには智之介は木剣を下から振りあげていた。杜吉が気づき、必死に木剣を戻そうとする。

だが智之介のほうがはるかにはやかった。もし木剣が杜吉の顔をとらえていたら、顎の骨は粉々に砕け、杜吉は一生、物を嚙むことのできない暮らしに追いこまれていただろう。

智之介の木剣は、杜吉の顎にかすかに触れてとまった。

槍で串刺しにされたかのように杜吉が体をかたくしている。顔には汗がびっしりと浮いて、息をするのも忘れている。

智之介は木剣を引き、うしろに下がった。

きつく巻かれていた綱が解《ほど》けたかのように、杜吉が体をよろけさせる。息をどっと吐く。

「びっくりしました。今まで殿は、本気をだされていなかったのですね」

「そんなことはない。今のはたまたまだ」

実際に、自分でも信じられないほど、体が切れていた。これまでいろいろあったことで体にたまった鬱屈《うっくつ》が一気にほとばしったような感じだった。

合戦の際には冷静に戦わなければならないが、怒りや恐怖が体をとんでもなく切れるものにし、剣を鋭くすることがあるらしいのはこれまでの経験からなんとなく知っている。今のも、それと同じなのかもしれなかった。

四半時ほどで杜吉との稽古を切りあげた。ふだんの杜吉なら物足りなそうな顔をしかねない短さだが、今日は中身をみっちりと濃いものにした。稽古が終わった途端、杜吉がへたりこんだのがその証だった。

智之介は井戸で汗を流し、お絵里が持ってきてくれた手ぬぐいで体をふいた。

笑みとともに手ぬぐいをお絵里に返して、母屋にあがる。廊下を進み、自室の板戸をあけた。

むっ。智之介は足をとめた。

部屋がひどく荒らされていた。文机が倒され、引出しが転がっていた。火鉢がひっくり返り、灰が敷板の上に散らばっていた。

なんだ、これは。

智之介は刀の鯉口を切って、あらためて見渡した。

誰もいない。天井裏にひそんでいるような気配も感じない。

智之介は静かに敷居を越えた。忍びこんだ何者かは、なにかを捜していたようだ。

物をしまえるようなものは文机しかない。引出しにしまわれていたのは筆や硯《すずり》くらいのもので、ほかにはなにもない。

どうやら盗まれている物は一つもないようだ。

いつ入られたのか。決まっている。浅村屋敷を訪れていたときだ。

智之介は廊下を引き返し、お絵里や杜吉、小平次たちを呼んだ。十二名の足軽、雑兵も母屋にあがらせて、部屋を見せた。

部屋を目の当たりにして、誰もが息をのみ、かたまった。

その顔を見る限り、誰一人として侵入されたことに気づかなかった様子だ。明るい時分にここまで堂々とやるとは、紛れもなく手練によるものだろう。小平次にすらまったく気配を感じさせることなく荒らしたのだ。

あの忍びだろうか。おそらくそうなのだろう。

それにしても、いったいなにを捜していたのか。

「杜吉。横目付頭の今岡和泉守どのを呼んできてくれ。屋敷ではなく、躑躅ヶ崎館にいるはずだ」

承知いたしました。杜吉が走り去った。

お絵里が部屋を片づけようとする。

「いや、いい」

智之介はとめた。

「なにか証拠となるものを落としているかもしれん。横目付に見つけてもらおう」

わかりました、といってお絵里が部屋を出た。

いったいなにを捜していたのか。

智之介は、もう一度先ほどの問いを心にぶつけてみた。

心当たりはない。あるとするなら、隆之進に関することだろう。

そんなことを考えているうちに、数名の家臣を連れて今岡がやってきた。

智之介は玄関で出迎えた。

「どれ、荒らされた部屋というのを見せてもらおうか」

「おあがりくだされ」

智之介は、今岡たちを先導するように廊下に進んだ。

「ほう」

敷居際に立ち、まずは部屋を見渡した今岡が声を漏らした。

「手はつけておらぬな」

「むろん」

今岡が失礼するといって、部屋に入りこんだ。かがみこみ、文机を調べはじめた。

「殿」

杜吉がささやきかけてきた。智之介は顔を向けた。

「今、和泉守さまは屋敷のまわりを一周されました」

「なんのために」

智之介はささやき返した。

「わかりませぬ。怪しい者がいるかどうか調べたのかもしれませんが、そのような者はとうに姿を消しておりましょう」

その通りだな、と智之介は心のなかでうなずいた。今岡がなんのためにそんなことをしたのか、首をかしげざるを得ない。

ときをたっぷりとかけて調べた今岡が部屋を出てきた。

なにも見つからなかったのは智之介にも知れたが、あれだけ執拗に調べ尽くすというのは、今岡の横目付頭としての資質を新たに確かめたような気分だ。

「誰がやったか心当たりは」

今岡がきいてきた。

「ござらぬ」

首を横に振って智之介は答えた。

「このようなことをされることについてはどうかな」

「それもござらぬ。しかし……」

「しかし、なにかな」

「賊は、隆之進に関するなにかを捜していたのではござらぬか」

「とは」

こちらがいいたいことはすでに解しているはずなのに、今岡は智之介の口から引きだそうとしている。

それに乗るのは業腹だったが、いわずにはすまされない。

「それがしは隆之進と親しくしていた。殺される前、隆之進がそれがしになにかを託したと賊は考えたのでは」

「なにかとは、たとえば」

「動かぬ証拠にござる」

「なんの証拠かな」

「こちらに来てくだされ」

智之介は今岡を、自室から少し離れた濡縁に連れだした。

陽が真上から射しこみ、木々の緑を鮮やかに照らしている。緑の濃さは、新緑の季節を感じさせるものがある。風がやや強くなってきているようで、枝はざわついていた。

「今、家中では謀反が起ころうとしているのでござろうか」

思い切って今岡にぶつけてみた。

これにも今岡はなにも答えない。顔色一つ変えず、智之介を見つめている。

まあいい、と智之介は内心でつぶやいた。これからも自分で調べを進めることに変わりはない。

「もし仮に隆之進が証拠を握ったとして、どうしてわしに渡さなかったのか」

不意に今岡がいい、唇をゆがめるようにして笑った。

「わしのことが信用できなかったということかな」

智之介は返す言葉がない。

「津島、まだおのれで調べる気なのか」

智之介は今岡を凝視した。それで、今の問いの答えにしたつもりだった。

今岡が顎を引いた。

「おぬしの部屋が荒らされたこの一件は調べてみる。誰が忍びこんだか知れたら、必ず伝えよう」

今岡にしては、本音を吐露する真摯な口調でいったように思えた。

屋敷を出ていった。智之介は門のところで今岡たちを見送った。

今岡はああいうふうにいったが、誰が忍びこんだか果たしてわかるものなのか。望み薄だろう。

しかし、屋敷に入りこまれたのは気分が悪い。忍んできた者は、智之介がいないのを見計らったのだろう。

またも見張られていた、ということになろうか。今岡が屋敷のまわりを一周したというのは、杜吉のいうように、張っている者がいないか、確かめたということなのだろう。

お絵里にいい、部屋を片づけてもらった。智之介も手伝った。

片づけていると、不思議に無心になれた。隆之進のことも菜恵のことも侵入者のことも今岡のことも忘れていられた。

ただ、脳裏からすべての思いを消すのは無理だった。

脳裏に描かれているのは、ただ一人、佐予だった。

## 四

少し眠い。昨日のことが頭にあり、熟睡できなかった。

朝餉を終え、智之介は屋敷の門を出た。

厚い雲がどんよりと垂れこめている。

白や灰、黒などが複雑に混ざり合っている雲で、北から冷たい風が吹きつけてきているにもかかわらず、一向に立ち去ろうとしない。どっしりと腰を落ち着けて、甲府の町を暗く覆っている。

そのために、すでに日がのぼって一時はたっているのに、まだ夜明け頃の明るさでしかない。

いま太陽がどこにあるのか、その位置はさっぱりつかめない。

「松明が必要ですね」

前を行く杜吉が笑っていう。

「まったくだな」

「それに寒い」

杜吉が襟元をかき合わせる。

「本当だな。春はそうたやすくやってきてくれぬな」

昨日とは異なり、道は凍りついているかのようにかたくなっている。草鞋が沈みこむようなことは一切ない。

智之介は一軒の屋敷の前で立ちどまった。

杜吉が訪いを入れる。横顔はしもやけにでもなってしまったかのように、赤い。自分はもっと赤みを帯びているかもしれない。

智之介は家臣によってなかに入れられた。濡縁の沓脱ぎで草鞋を脱ぎ、座敷にあがる。杜吉が沓脱ぎのそばで控えるのは、昨日、浅村屋敷を訪れたときと同じだ。

火鉢が持ってこられ、智之介は冷え切った手をあたためた。それで人心地ついた。

だされた白湯をすすっていると、板戸の向こうに人の気配が静かに立った。失礼いたします、と声がかかり、板戸があく。

菜恵が両手をついている。薄化粧をしていて、そのはかなげな感じが美しく見えた。だが、胸は熱くなってこない。

菜恵が前に進んできて、正座する。

「おききになったのですか」

いきなりいわれ、智之介はわずかに面食らった。

「なんのことかな」

「では、別のことで見えたのですか」

「なにかあったのか」

はい、と菜恵がいった。

「実は昨日、あの人の部屋が荒らされたのです」

まことか、といおうとして智之介はとどまった。

「見せてくれるか」

「はい」

菜恵が立ち、廊下を進む。智之介はうしろにつきしたがう形になった。菜恵のうしろ姿を見ても、やはり欲情することはない。ほんの半月ほど前までは考えられなかったことだ。

隆之進の部屋は廊下を突き当たった右手である。この部屋に来るのもずいぶん久しぶりだ。智之介は流れた年月の長さを思った。

菜恵が板戸を横に滑らせる。

「どうぞ」

そういって体をずらす。いいにおいがしたが、智之介は顔色一つ変えずに敷居を越えた。

ほとんど家財らしいものはなく、そのあたりは智之介の部屋と変わらない。文机が置かれ、箪《たん》笥《す》が一つあるだけだ。

「火鉢も置いてありましたけれど、割られてしまいました。灰がひどく散っていて……」

声が震えた。智之介が振り向くと、菜恵は悔しげに唇を嚙み締めていた。

「あの人が亡くなってから、この部屋に入ることはあまりなかったのです」

その気持ちはわかるような気がする。

「それが昨日は風を入れようと思い立ち、板戸をあけたところ、ひどいことになっていました」

文机はひっくり返り、箪笥はすべての引出しが抜きだされていた。箪笥自体も壁から動かされていたそうだ。

「入りこんだ者は、なにかを捜していたようです。箪笥を動かしたのも、裏になにかないか確かめたのでしょう」

智之介はうなずいた。

「奪われたものは」

甲府の空に垂れこめた雲のように、暗い顔で菜恵が首を横に振る。

「それがはっきりしないのです。もともと私がこの部屋になにがあったのか、よく知らなかったということもあるのですけど……」

「賊が入ったのはいつだ」

「はっきりとわかりません。ただ、風を入れようとしたのは辰《たつ》の刻の頃でした」

俺が浅村屋敷を訪れた頃ではないか。となると、と智之介は思った。この部屋からはなにも奪われてはいないのだろう。なにもなかったから、賊は智之介の部屋にやってきたにちがいないのだ。

「横目付には」

「もちろん届けました。横目付頭の今岡さま自ら見えて、お調べに。でも、四半時ほどいらしただけでお引きあげになりました」

昨日、今岡は隆之進の部屋のことは口にしなかった。横目付頭だから当然のことだが、表情にすら一切あらわしていなかった。

それ以上隆之進の部屋にいても仕方なく、智之介と菜恵は客間に戻った。

部屋の真んなかで対座する。火鉢の炭は勢いよく燃えていて、座敷はほっとするあたたかさに包まれていた。

「ききたいことがある」

智之介は冷めた白湯を一口だけ喫した。

「隆之進のことだ。なにか書き残したものがないか」

「書き残したもの」

「文でも書きつけのようなものでもよい」

「今岡さまにも同じことをきかれました」

そうだろうな、と思った。智之介は、昨日自分の部屋にも忍びこんできた者があったことを告げた。

菜恵が目をみはる。

「その者たちは、ここで見つからなかったものを、俺の部屋で見つけようとしていたようだ。むろんなにも見つからなかったはずだ」

「そうだったのですか」

菜恵が考えこむ。

「なにもありません」

「もっと考えてもらえぬか」

「そういわれても……」

菜恵は困った顔をしたが、うつむくようにして思案しはじめた。

「書き残したものでなくともよい。書き残したものがないか、きいてくる者はなかったか」

菜恵が顔をあげた。

「いえ、そういうことをきいてきた人もおりません」

そうか、と智之介は思った。ここで手がかりを得られるのなら、今岡もとうに手に入れているはずだ。なにも得られなかったから、智之介の部屋が荒らされたときいて、あそこまで徹底して調べたのだろう。

「あの人には女の人がいたのではないか、と思えるのです」

菜恵がぽつりといった。

智之介は一瞬、ききちがえたのか、と感じた。だが、紛れもなく菜恵は隆之進にほかの女がいたのではないか、と口にした。

「寝言の『みの』は、おなごの名ではないかと思うのです」

智之介は菜恵を見つめた。軽い驚きがある。そういうふうに考えたことは一度もなかった。

「どうしてそう思う」

智之介は冷静な口調でただした。

「あの人は私のことを大事に想っていてくれました。でも、一緒になってから一向に心をひらこうとしない私に、落ち着かないものを感じていたにちがいありません」

「だから、よそに女をつくったというのか」

「はい」

菜恵が潤んだ瞳で見つめてきた。

智之介は見つめ返した。だが視線が妖《あや》しく絡み合いはしなかった。

智之介の気持ちを覚ったのか、菜恵の瞳が悲しげなものになった。小さく首を振ったあと、決意したようにいう。

「三方原における智之介さまの噂を流したのは、おそらくあの人でしょう」

なんだと。智之介は虚を衝かれた。噂というのは、智之介が兄の智一郎を家督目当てに見殺しにしたというものだ。

「どうしてそう思う」

先ほどと同じ言葉を口にした。

「あの人は、私を智之介さまから奪いたいと思っていたのではないでしょうか。あの噂を耳にした父上は激怒され、智之介さまとの縁談を破談にしました。そして、智之介さまの次に父上が目をつけられていたあの人に縁談はめぐっていったのですから」

げんこつで頭を思い切り殴られたような気分だ。まさか隆之進がそんな策を弄《ろう》したなど考えたことは一度もない。なんだかんだいっても、隆之進が自分を信頼してくれているとの思いは揺るぎないものだったのだ。

だが、菜恵はそうではなかったのだといっている。

信じられない。智之介はほとんど呆然《ぼうぜん》とした。心が波立っている。

本当なのか。本当に噂の出どころは隆之進なのか。

わからない。智之介としては、そうでないことを信じるしかなかった。

「智之介さま、三方原で本当はどのようなことが起きたのですか」

菜恵が静かにきいてきた。

思いが一瞬、あの場に飛んだ。そのことで、智之介は逆に落ち着きを取り戻した。ただし、あそこで起きたことを菜恵に伝える気はない。

「それはいずれ」

「さようですか。……承知いたしました」

智之介は軽く咳払いした。白湯の残りを飲み干す。

「おかわりをお持ちいたしましょうか」

「いや、よい。――みのという女のことだが、菜恵どのには心当たりがあるのか」

「いえ」

智之介はなんとしてもその女を捜しだすとの決意をかためた。隆之進が心を許した女とするなら、なにか知っているにちがいない。

あるいは、賊が捜し求めたものが、みのという女のもとにあるかもしれない。

智之介は菜恵にたずねた。

「みのという女性《にょしょう》のことを、今岡どのに話したのか」

「いえ。思いついたのは、今朝のことですから」

「横目付には、できたら話さずにいてもらいたい」

「どうしてでございますか」

「俺一人で、隆之進のことは解き明かしたいのだ」

菜恵が深くうなずく。

「承知いたしました。これからもあの人のために、犯人捜しをしてくださるのですね。ありがたいことでございます。みのという女性のことは、智之介さまと私とのあいだの秘密にいたしましょう」

菜恵が嫣然と微笑する。

智之介は見とれるよりむしろ、なにか怖いものを感じた。

# 五

「隆之進に手を合わせたいのだが」

智之介は菜恵に申し出た。

「でしたら、こちらに」

案内されたのは隣の間だ。どんよりとした曇り空というのは関係なく、もともと光がろくに射しこまないために部屋は陰気な感じがした。それでも菜恵が板戸をあけ放つと、油皿に火を入れずとも、十分な光が流れこんだ。

智之介は敷居を越えた。うっすらと漂う香のにおいに、全身が包まれるような心地になった。

壁際に文机が置かれ、その上に位牌《いはい》と香炉がのっている。

智之介は位牌の前に正座して抹香に火をつけ、手のひらをそっと合わせた。瞑目《めいもく》する。友だった男の面影を目の前に引き寄せる。

隆之進、と心で語りかけた。おぬしはいったいなにを調べていたのだ。みの、というのは馬場美濃守どのではなく、本当におぬしの想い女のことなのか。みのという女は、今どこにいるんだ。

もとより、答えが返ってくるはずはない。

智之介は静かに目をあけた。抹香のにおいが濃くなっている。隆之進の葬儀のときも、同じにおいがしていた。

抹香には悲しみをやわらげる効能があり、だからこそ葬儀で用いられるようになったのではないだろうか。

隆之進が殺されたときを思いだした。一刀のもとに斬られ、押し潰されたかのように体を地面に横たえた。

どうして隆之進は、あれだけ無慈悲な殺され方をしなければならなかったのか。殺され方に慈悲があるはずもないのは骨の髄から知っているが、隆之進は自分があの場で死の衣に包まれることなどまったく予期していなかったように見えた。

みのという女に会えば、それに対する答えが得られるのだろうか。

そういえば、隆之進の遺骸を目の当たりにしたとき、不審に思ったことがあったはずだが、あれはなんだっただろうか。

どうしてか思いだせない。じれる。なにかとても大事なことだったように思えてならない。

こういうときは焦っても仕方ない。そのうちきっと思いだすだろう。

智之介はすっくと立ちあがった。その途端、頭にひらめいた。

そうだ、隆之進は脇差を帯びていなかったのだ。そのことがなにか関係しているのだろうか。

「かたじけない」

隆之進は菜恵にいった。菜恵が娘のように小首をかしげる。

「どうしてお礼をおっしゃるのです」

「いや、手を合わせたら不思議と気持ちが落ち着いたものでな。ことがうまく運ぶのではないか、という気になった」

「さようですか。でも、お礼を申すのは私のほうです。こうして智之介さまがいらしてくれて、あの人も喜んでいるでしょうから」

どうだろうか、と智之介は思った。もし菜恵のいう通り、三方原でのことを噂として流したのが隆之進だとしたら、俺がやってきたことを喜んでいるはずがない。

いや、たわけたことを考えるな。

智之介は自らを叱りつけた。隆之進がそんな噂を流すはずがないではないか。菜恵の勘ちがいにすぎぬ。

「いかがされました」

不意に黙りこんだ智之介を気にして、菜恵がきく。

「果たしてどうだろうかと思ってな」

「とおっしゃいますと」

まわりに誰もいないことを確かめた智之介は、声をひそめた。

「先ほどの問いの答えだ。隆之進が喜んでいるとはとても思えぬ。俺たちの仲は、あの世にいる隆之進にはもはやはっきりと見えているだろうからな」

今度は菜恵が口を閉ざした。

座敷を通り抜け、智之介は濡縁に腰をおろした。

「待たせたな」

沓脱ぎのそばに控えている杜吉に声をかけてから、草鞋を履く。

相変わらず空は暗い雲に覆われ、あたりは夜明けくらいの明るさしかない。むろん手元が見えないほどではないが、じき巳《み》の刻近くになるはずなのに、こんなに暗いのも珍しい。

風も強く吹き渡り、庭の木々を激しく揺らしている。草木は冬が舞い戻ってきたかのような寒さに、ただひたすら耐えている。

菜恵が追うように濡縁に出てきた。

「またいらしてください」

草鞋を履き終え、智之介は振り向いた。菜恵は潤んだような瞳をしている。その顔は、情をかわした直後に通ずるものがあった。

菜恵は、また忍んできてください、といっているのか。だが、智之介にもはやその気はなかった。

「承知した。また隆之進の位牌に手を合わせにまいる」

智之介は杜吉をうながして、門を出た。

「相変わらずきれいなお方ですね」

歩きだして杜吉がいった。

「うむ、そうだな」

「気のないご返事でございますね」

「そうかな」

菜恵に対して、もはや欲情を覚えないのは事実だ。それは、佐予という娘があらわれたからではなく、隆之進の死がこたえているからだ。

佐予どのか、と智之介は思った。すばらしい娘だ。

智之介は、佐予の面影を引き寄せようとしてやめた。どうせ自分の妻になることはない娘だ。考えることに意味はない。

「殿、今どちらに向かわれているのでございますか」

杜吉に問われた。

みのという娘のことが気になっているが、どこに行けばいいのか、智之介にはわかっていない。

なんとなく歩を進めているにすぎない。

ふと智之介は立ちどまった。急にまわりが明るくなったからだ。

雲の切れ目から、小さな太陽が顔をのぞかせていた。雲は薄くなりつつある。ようやく甲府の上空を去る気になったのかもしれない。

光の筋となって降り注ぐ陽射しはやわらかで、智之介はまるで上質な着物をまとわせてもらったような心持ちになった。思わぬ贈り物をもらったに等しく、気持ちが晴れやかになった。

風も徐々におさまってきている。近くの木々もほっとしたかのように静かになってきている。甲府の町に、春らしさが満ちはじめていた。

これは、隆之進の位牌に手を合わせたからかもしれない。信心深くはないといっても、先祖や父、母、友人、知り合いの霊は大切にしたほうがいいのはよく知っている。いつも手厚く祈っていれば、返ってくるものが必ずあるものだ、と亡き父からいわれたが、そのことを智之介は力むことなく守り続けている。

それにしても、どうするか。智之介は再び考えた。みの、という女を捜すにはどんな手立てを取ればいいか。

「杜吉、おぬし、みのという娘に心当たりはないか」

期待せずにいってみた。唐突にきかれて、杜吉が戸惑う。

「いえ、存じません。どなたなのですか」

「それがさっぱりわからんのだ。とりあえず住みかを突きとめなければならぬ」

「小杉さまと関係のある女性《にょしょう》なのですか」

「はっきりとはわからぬ。今のところは、かもしれぬ、という程度だ」

「なにを生業《なりわい》にしているのですか」

「それもわからぬ。これは他言無用だが、隆之進の想い女かもしれぬとのことだ」

さすがに目をみはったが、杜吉はすぐに拳で手のひらを打つ仕草をした。

「小杉さまの死に関し、そのみのという女性がなにか知っているのではないか、ということでございますね」

「それもある」

「ほかにもなにかあるのでございますか」

智之介は答えようとしたが、杜吉はほんの一瞬、考えこんだにすぎなかった。

「昨日、殿の部屋に忍びこんだ賊が捜していた物を預かっているのではないか、ということでございますね」

「そうだ。さらにいえば、隆之進の部屋も荒らされていたそうだ」

「えっ、まことでございますか」

「ああ、やはり昨日のことだそうだ」

杜吉が決意を秘めた顔になる。

「なんとか、そのみのという女性を捜しだしましょう」

だが、やはりどうやってみのという女を見つけだせばいいものか。甲府に住んでいるのか。それとも近在か。

あの堅物の隆之進がいったいどこで知り合ったのか。

菜恵がまったく心当たりがないということは、小杉屋敷に出入りしている者ではないということになるのか。

隆之進は横目付として、外によく出ていたはずだ。そういうときに知り合ったのか。それが一番考えやすいが、横目付とわりない仲になる機会を持てるのはどんな女なのか。春をひさぐ女か。甲府にもそういう女がいる場所がないわけではない。

だが、隆之進には考えにくい。金で欲望を満たすような男ではないのだ。

となると、知行地か。だが、智之介もそうだが、隆之進も給米取りだ。知行地は持っていない。

再び脇差のことを思いだした。

牛島神社で隆之進は斬られた。地面に倒れ伏し、ぴくりとも動かなかったが、そのとき隆之進は脇差を帯びていなかった。

どうしてか。なくしたのか。隆之進は几帳面《きちょうめん》だ。仮になくしたとしても、すぐに代わりを帯びたはずだ。

あの日、隆之進はどうして脇差を差していなかったのか。なくしたのでないとしたら、誰かにやったのだろうか。

だとして、どうしてやったのか。やった相手はみのなのか。

脇差か、と考えて、智之介は思いついたことがあった。

もし脇差の目釘《めくぎ》のあたりに、文をしまい入れていたとしたら。

きっとそうだ。隆之進は脇差に文を入れ、みのという女に託したのではないか。

しかし、どうして脇差に仕込んだのか。その疑問が智之介には残る。文であるなら、そのまま渡せばいいのではないか。

そうか、と気づいた。みのという女には、文がしこまれていることを伝えずに脇差を渡したのかもしれない。

脇差を渡したとなると、みのという女は武家だろうか。

もちろん、隆之進が文をみのという女に託したかどうか定かではない。だが、もしそうだとしたら、隆之進は今岡和泉守を信用していなかったことになる。

それはどうしてか。あの男がこたびのことに深く関係しているからか。

それとも、そこまで濃い疑いではなく、ただ、誰が敵で味方かわからなかったということなのか。いずれにせよ、隆之進には今岡が味方であるという確信が持てなかったということになるのではないか。

とにかく、と智之介は思った。隆之進の身辺を徹底して調べ、みのという女を捜しださなければならない。

六

智之介はきびすを返し、小杉屋敷に戻った。訪いを入れると、小杉家の家臣が出てきた。

先ほど応対した家臣とはちがう男だが、智之介が菜恵と会っていたのは知っている様子で、また来たのかという表情をした。この男も、智之介が隆之進を殺したという噂を信じているのだろう。

「隆之進どのについて、少し話をうかがいたいのだが、よろしいか」

智之介はできるだけ丁重にいった。

「それがしにですか」

「その通りにござる」

「ここでですか」

智之介たちがいるのは、門のところだ。

「おぬしがよければ」

「はい、それは別にかまいませぬ。——殿のことについてといわれましたが、どのようなことでしょう」

家臣に警戒している様子はない。むしろ、どんなことをきかれるのか、興味がある顔つきだ。だが、表情はやはりかたいままだ。心をひらいてくれそうにはなかった。

「隆之進どのと親しかった方を教えてくださらぬか」

智之介はさっそくきいた。

「それがしにはわかりかねます」

一所懸命に考える顔をしたものの、答えはすぐに返ってきた。

「では、このところ、よく会っていた方を教えてくださらぬか」

「それも存じませぬ」

「隆之進どのの趣味は、なんであっただろうか。同好の方がいらしたら、教えてくださらぬか」

ききながら、隆之進の趣味すら知らなかったことに、智之介は情けなさを覚えた。いくら付き合いが途絶えていたにしろ、これでは友とはいえまい。

「いえ、それもそれがしには」

智之介の気持ちに気づくことなく、家臣はあっさりと答えた。

ほかの家臣にきいても同じだろう。智之介はあきらめ、小杉屋敷の門を離れた。

また菜恵に会って話をきくのも考えないではなかったが、おそらく先ほど以上の話はきけないはずだ。

だとしたら、隆之進のことについて話をきくのには誰がいいか。

一つの場所が思い浮かぶ。

行くか。心に決めて智之介は歩きだした。

「どちらに行かれるのですか」

杜吉は小杉家の家臣とのやりとりをそばで見ていただけに、さすがに気がかりそうな顔だ。

智之介はにっこりと笑った。

「案ずるな。取って食われるようなところではない」

歩いているうちに、陽射しはさらに明るくなった。空の半分以上は、もう晴れている。雲は北のほうに追いやられ、黒々とした厚みを見せているだけだ。

陽射しに誘われたのか、行きかう人が多くなった町なかを四町ほど歩いた智之介が次に足をとめたのは、一軒の武家屋敷だ。

「原西《はらにし》さまのお屋敷ですね」

どこか杜吉はなつかしげだ。

原西家は隆之進の実家だ。隆之進はこの家から小杉家に婿入りしたのである。

原西屋敷の広さは、智之介の屋敷と似たようなものだ。柱だけの門があり、そこから敷地内が見渡せた。

正面に母屋が建ち、その向かいに納屋と厩が並んでいる。裏のほうで鶏を飼っているらしく、甲高い鳴き声がきこえてきた。それに合わせるように馬がいななく。替えの馬も合わせ、三頭ほどはいるようだ。

智之介は門を入り、母屋に向かって声をかけた。それに応じて、原西家の家臣が出てきた。

「右馬助《うめのすけ》どのは、いらっしゃるか。お会いしたい」

ていねいに名乗ってから智之介はいった。

右馬助は隆之進の弟である。もともとこの家は長兄が家を継いでいたが、隆之進が小杉家に養子に出た二ヶ月後、急な病を得てあっけなく逝ってしまった。そのために、三男だった右馬助が跡を継いだのだ。

ここでも家臣に胡散《うさん》臭げな目で見られた。智之介はできるだけ気にしないようにした。気にするそぶりを見せると、杜吉が気に病むだろう。

智之介は、座敷のほうにまわるよう家臣にいわれた。沓脱ぎで草鞋を脱いだ。濡縁に腰かけて手ぬぐいを借り、足をふく。さして汚れていないが、しっかりとふいてみせるのは礼儀だ。

畳が敷かれた座敷に座る。杜吉はこれまでと同じく、濡縁のそばに控えた。

男の奉公人が白湯を持ってきた。杜吉にも椀を手渡す。杜吉が礼をいった。

下がってゆく奉公人と入れちがうように廊下を渡る足音がきこえ、それが板戸の前でとまった。

「失礼いたす」

板戸があき、がっしりとした体つきの男が入ってきた。智之介の前に来て正座し、一礼した。人のよげな笑みを頬にたたえている。

「よくお越しくださいました。ずいぶんとお久しぶりですね」

響きのよい、快活な声でいう。

右馬助は兄に似て端整な顔立ちをしているが、柔和な目と、やや厚めの唇が情け深さを感じさせる。隆之進とは二つ離れているにすぎないが、五つはちがうのではないかと思わせる、少し幼い顔をしている。

その顔を見る限り、右馬助は智之介に悪い感情は抱いていないように思えた。実際、隆之進と川中島の合戦で知り合った智之介が頻繁にこの屋敷を訪れるようになったとき、右馬助は智之介によくなついていた。そのときと同じ瞳をしているように感じた。

原西家は今、智之介の津島家と同様に主家の役目にはついていない。右馬助も日頃、鍛錬に精だしているのだろう。それがこのたくましい体にあらわれているのではないか。

勝頼の強さに心酔し、なんとしても力になりたいと考えているという噂を智之介は耳にしたことがある。

「して、今日はどのようなご用件でございましょう」

右馬助のほうから切りだす。智之介はうなずき、小さく咳払いした。

「それがしに隆之進殺しの疑いがかかっているのは、ご存じか」

右馬助は微苦笑のような表情になった。

「疑いというより、噂にございましょう。疑いがかかっているのなら、智之介どのはこうして自由に動きまわることはできますまい」

笑いを消し、まじめな顔つきになった。

「それがしは信じておりませぬ。智之介どのと兄の親密さを知る者からすれば、あのような噂は笑止にござる」

信じてくれる者がこの世にいるというのは、これ以上の喜びはない。智之介は自然にこうべを垂れていた。

「智之介どの、顔をあげてくだされ」

右馬助があわてていう。

「右馬助どのはそれがしを信じるといってくださるが、そうでない者は少なくない。それがしとしては、どうしてこんな噂が流れたのか、どうしても知りたい。むろん疑いを晴らすだけでなく、どうして隆之進が殺されたのか、そのことも調べたいと考えている」

きっぱりとした口調で告げた。

「横目付頭の今岡和泉守さまたちが動いているとのことですが、智之介どのは横目付を信じていないのでござるか」

「そういうわけではない。ただ、おのれでも調べてみたい気持ちが強い」

右馬助が顎を深く引く。

「わかりました。お役に立てることがあれば、なんなりとおきくだされ」

「かたじけない」

智之介は一つ頭を下げてから、問いをはじめた。先ほど、隆之進の屋敷の家臣にしたのと同じものだ。

右馬助がすまなそうに首を振る。

「いえ、それがし、最近の兄のことは知っているわけではござらぬ」

そうだろうな、と智之介は思った。隆之進が小杉家に婿に入ってすでに三年近い。そのあいだ、あまり会う機会もなかったにちがいない。

「みの、という名の女性に心当たりは」

「みのどの、にござるか。いえ、ござらぬ。――その女性が兄となにか関わりが」

「それは正直、わからぬ」

「さようですか。智之介どの」

静かに呼びかけてきた。

「一つだけ最近の兄に関して、ちらと耳にしたことがござる」

「ほう、なんでござろうか」

智之介は思わず身を乗りだした。

「どうやら差料《さしりょう》に凝っていたという話なのです」

「刀に」

脇差となにか関係あるのだろうか。

「兄に似つかわしくないと思いませぬか」

確かに、と思った。戦国の世に生きる武者だけにまるで興味がないということはなかったが、隆之進は刀剣の類に熱意を示すことはほとんどなかった。智之介はできるだけいい物を手に入れたいと常に思っているが、隆之進にはそういう気持ちはあまりなかったように見えた。

「凝りはじめたのはいつからかな」

「わかりませぬが、そんなに昔のことではないようです。せいぜい、ここ半年ほどのことではないかと思えるのですが」

「隆之進が凝っていたというのは、刀商や武具屋などと深いつき合いがあったということにござるかな」

「深いつき合いかどうかわかりませんが、とにかくいい刀をほしがっていたようです」

「それは戦のために」

「だと思うのですが、噂によると名刀を所持したがっていたようです」

「手に入れたのでござろうか」

右馬助が首をひねる。

「さあ、そこまではきいておりませぬ」

「刀商や武具屋は、城下の者と考えてかまわぬのであろうか。どういう者とつき合いがあったかご存じでござるか」

「いえ、それも知り申さぬ」

「さようか」

智之介は、なにかきくべきことがあるか自問した。

「右馬助どのは、隆之進から脇差を預かってはおらぬか」

「脇差ですか。いえ」

右馬助が興味深げな顔になる。

「兄の脇差を預かっている者がいるのですか」

「いや、それもまだわからぬ」

智之介は引きあげることにした。もはや、ほかにきくべきことは思い浮かばなかった。

「お忙しいところ、造作をかけた」

「いえ、なにほどのこともござらぬ」

立ちあがろうとする智之介を制するように、右馬助がじっと見てきた。

「智之介どの、我らは今年も戦に明け暮れることになりましょうか」

智之介は座り直した。

「まちがいなくそうなろう」

少し暗い顔になった。

「相手は織田、徳川にござろうか。勝てましょうか」

「我らが一丸となれば、まず負けるような相手ではあるまい」

智之介は確信を持っていった。武田家臣団が一つにまとまれば、恐れる相手などこの世に一つもない。

だが、残念ながら今の勝頼ではそれがむずかしい。智之介の頭のなかで、謀反の二文字が消えないのもそのためだ。

「一丸となれば、でござるか」

うつむいていた右馬助が顔をあげた。

「となると、今のままでは勝てぬと智之介どのはいわれるのですか」

「そうは申しておらぬ」

智之介はやんわりといった。

「去年、お屋形はすべての戦をお勝ちになった。一丸となれば、我らは盤石ということにござるよ」

「一丸になりさえすれば盤石……」

右馬助がつぶやいた。

「では、これで」

智之介は席を立った。右馬助が門のところまで見送りに来てくれた。

「智之介どの、またおいでくだされ。久しぶりに話ができ、とても楽しゅうござった」

「それがしも楽しかった。お言葉に甘えて、またまいらせていただく」

一礼した智之介は、杜吉をしたがえて歩きはじめた。

すべての雲は北に遠ざかり、空は青一色になっている。どことなく靄《もや》っているが、それは春らしさそのものをあらわしており、ひばりの声も耳に心地よく届く。

「殿、次はどちらに」

杜吉にきかれ、智之介は話した。

「ほう、刀商や武具屋ですか。では、まずは立花《たちばな》屋にまいりますか」

智之介がひいきにしている武具屋である。智之介自身、知り合いの武具屋から話をきくのが筋だと考えていた。

智之介は道を北に取った。

風が吹き寄せ、着物の裾をまくりあげる。半月ほど前なら凍えるほどの寒さだったが、今はむしろあたたかさを感じ取れる。

七

立花屋は、甲府のやや南に位置する若松町にある。

武具といえば大名家の命運を握るといっても大袈裟でないだけに、立花屋も武田家から許しを得て店をひらいている。

鉄砲は扱っておらず、御用商人といえるほどの大きな店ではないが、物を集める動きのよさには定評があり、智之介にとって、望んだ刀剣の類をすばやく入手してくれる、頼れる店だ。

それにしても、どうして俺は隆之進が懇意にしていた武具屋を知らぬのか。

隆之進がこれまであまり刀剣の類に興味を示さなかったといっても、いい物を見抜く目は確実に持っていた。刀剣に興味がなかったというより、いい物を購《あがな》うだけの金がなかったといってよいのではないか。

智之介自身、名刀といえるようなものをこれまで所持したことはない。命を懸ける戦場に行く以上、いい刀を持つに越したことはないが、やはり先立つものがないし、戦場で本当に必要なのは一本の名刀ではなく五、六本の刀だ。刀は刃こぼれするし、折れる。そういうとき命を救ってくれるのは、換えの刀だ。

にもかかわらず、どうして急に隆之進は名刀を欲するようになったのか。女なのか。みの、という女が関係しているのか。

わかりそうでわからない、そんなもどかしさがあり、心が少しいらつく。

いらついたところで仕方ない。心を落ち着けるために深く息をし、空を見あげた。

晴れたはいいが、風がさらに強くなってきていた。あたたかだから心地よいが、土埃を巻きあげ、それが目に入りこんでくるのには閉口する。

智之介は目を閉じて下を向き、風が一瞬凪《な》いだのを見計らって、立花屋に足を踏み入れた。

暗い土間で、見えにくかったが、すぐに目は慣れた。客はおらず、土間はひっそりしていた。

「いらっしゃいませ」

土間から一段あがったところに小さな板敷きの間があり、油皿に明かりが灯されている。三坪ほどの広さの土間に並べられている鎧や刀、槍の類がほんのりと照らしだされていた。

「これは津島さま、いらっしゃいませ」

目ざとく誰がやってきたか見て取ったあるじの彦右衛門《ひこえもん》が上からおりてきて、挨拶する。うしろに控える杜吉にも、ていねいに黙礼を送った。

彦右衛門は常に柔和な表情を崩さない。細められた目がどこか人なつこく、気を惹くものがあって、彦右衛門と話していると気持ちがやわらぐ。

もともとは武士だったという噂もあり、長年いくつもの戦場を渡り歩いたという話もきくが、真偽は定かではない。

顔には傷一つなく、そこだけを見ていると戦の経験などないように思えるが、本物の戦の達人というのは戦場ではほとんど傷を負わないともいわれている。目の前の初老の男は、そういう伝説のなかで語られる一人なのかもしれない。

彦右衛門が小腰をかがめる。

「ご無沙汰いたしております」

「いわれてみればそうだな。こちらに来るのは一月ぶりほどか」

智之介は快活にいった。

「武士が武具屋に無沙汰をしてはまずいな」

「いえ、こちらこそお屋敷にうかがわず、失礼いたしました」

「いや、そのようなことはよい。ほしい物があれば、俺のほうから頼みにまいる。おぬしは忙しかろう」

「いえ、そのようなことはございませぬ。今もこの通りで、退屈しておりました。なにしろ今日、手前が人に会うのは津島さまがはじめてでございますから」

彦右衛門がちらりと入口のほうに視線を向けた。

「あたたかくなって、ようございましたな。風が出てきたようですが」

智之介に目を戻す。

「して津島さま、今日はなにかご入り用でございますか」

「いや、そういうわけではない。ちと話をききたくてまいった」

彦右衛門が真剣な顔になる。

「話をおききになりたいといいますと、武具に関することで」

「いや、そうではない」

こうして話していると、ただの商人にしか見えない。やはりもとは武士だったというのはただの噂にすぎないのだろうか。

「津島さまのお顔を拝見するに、なにやら重大なことのようにございますね。こちらにお座りください」

彦右衛門が、壁際に置かれている縁台を土間のまんなかに引っぱりだした。

「ほかならぬ津島さまですから、おあがりくださいといいたいところですが、今、奥の間がまるで片づいていないものですから……申しわけなく存じます」

「いや、これで十分だ」

智之介は縁台に腰をおろした。そばに杜吉が控え、智之介の正面に彦右衛門が控えめに立った。

「おぬし、小杉隆之進という男を知っているか」

土間に風が吹きこみ、油皿の明かりが揺らめいた。そのせいではないだろうが、彦右衛門の表情に微妙な影が見えた。

「ええ、存じています」

静かな声音で答えた。

「隆之進はこの店によく来ていたのか」

「最近、見えるようになりました」

「ほう、そうか。どうして隆之進はやってくるようになった。名刀の類を探していたのか」

「おっしゃる通りです。ただ、手前の店ではさほどいい刀を用意できるわけではありません。戦に行って激しく戦えば、駄目になってしまう以上、名刀を持っていてもあまり意味はないように思えますから」

名刀を腰に帯びているのは、自ら刀を取って戦う必要のない大将ぐらいのものだろう。

「隆之進は、どうして名刀を欲しているのか理由をいったか」

「いえ、手前もおききしましたが、言葉を濁されました」

理由はいいたくなかったということなのだろう。

「おぬし、刀剣の買い取りもしているな」

「はい」

「隆之進から脇差を買い取ってはおらぬか。もしくは預かっておらぬか」

彦右衛門がかぶりを振る。

「いえ、そのようなことはございません。津島さま、小杉さまは脇差をどこかにお売りになったのですか」

「いや、それがよくわからぬ」

「津島さまは、その脇差の行方を捜されているのでございますか」

「いや、そういうわけでもない」

彦右衛門が咳払いする。

「失礼いたしました。手前のような者がいらぬ口だしをしまして」

智之介は一つ間を置いた。

「おぬし、隆之進が出入りしていた武具屋を知っているか」

「はい、二つばかり存じております」

彦右衛門があっさりと答える。

「小杉さまはそちらの二軒に足を運ばれてから、うちに見えたとおっしゃっていました」

彦右衛門が二つの武具屋の名を口にした。いずれも智之介は知っていた。

「手間を取らせた」

彦右衛門に礼をいって、智之介は立ちあがった。

「津島さま、またお越しください。手前がお屋敷を訪《おとの》うてもよろしゅうございますが」

彦右衛門は軽くもみ手をしている。前身こそはっきりしないとはいえ、この男は骨の髄から商人だ。今年、織田家、徳川家との大戦《おおいくさ》があるのが、すでに肌でわかっているのだ。抜け目なく商売しようとしている。

智之介はうなずいた。

「うむ。いろいろと入り用になろう。そのときはよろしく頼む」

彦右衛門の顔に憂いの色がほの見えた。

「どうした」

「今年、大戦があるのは津島さまも感じておられると思います。それは、いつ頃だと考えていらっしゃいますか」

智之介は顔をしかめた。

「俺にはわからぬ。ただの猪武者《いのししむしや》ゆえ」

彦右衛門がまじめな顔で首を振る。

「そのようなことをおっしゃいますな。津島さまが若さに似合わず、さまざまなことがお見えになるお方であるのは、手前、よく存じております。もうだいたいの目途《めど》をつけていらっしゃるのではありませんか」

智之介は苦笑を頰に刻んだ。

「買いかぶりだ。俺にはなにも見えておらぬ。おぬしこそ、とうにいつ戦になるか、わかっているのであろう」

「さて、どうでしょうか」

「狸だな。だが、俺がとぼけても仕方ないな。おぬしも同じだろうが、俺は田植えが終わった頃と思っている。いや、それしか考えられぬ」

「場所はどちらでしょう」

「それは本当にわからぬ。遠江か三河か、そのいずれかであろうが」

「相手は徳川さまということですな。織田の軍勢は出てまいりましょうか」

「どうかな。織田勢が出てこぬと、徳川勢も出てこぬな。徳川だけでは、我が武田に敵せぬことは徳川どのもよくわかっていよう」

「お屋形さまは、織田勢を引っぱりだしたいと願っておられましょうね」

「そいつはまちがいあるまい。織田信長公とじかにやり合うのが我が武田家の宿願だから」

「宿願――まさにその通りでございましょうね。しかしなにか手を打たねば、御家を恐れる織田は決して戦場に姿をあらわしませんでしょう。そのための策を、お屋形さまは練っておられるのでしょうか」

「おそらくは。戦場が遠江にしろ三河にしろ、無策では織田どのを引っぱりだすことはできぬ。お屋形は懸命に考えていらっしゃるであろう」

彦右衛門が笑みを見せる。

「わかりました。いろいろと教えてくださり、津島さま、ありがとうございました」

彦右衛門が深々と頭を下げる。

「おぬし、織田どのを戦場に引っぱりだす策を思いついているのではないか」

彦右衛門があわてたように手を振る。

「滅相もない」

「――そうか。では、これでな」

智之介は杜吉をうながして、外に出た。いきなり風が吹きつけてきた。まともに土埃が顔に当たり、痛いくらいだ。

空は晴れ渡り、明るい陽射しが降り注いでいる。ただ、この風の強さのためか、町を歩く者の姿はあまりない。

智之介は、彦右衛門からきいた二軒の武具屋を立て続けに訪問した。

一軒目はなにも収穫はなかったが、二軒目で、これは、という話をきくことができた。その武具屋は辰巳《たつみ》屋といった。

「そうだったのか。隆之進はこちらを贔屓《ひいき》にしていたのか」

「はい、よく足をお運びいただきました」

収穫というのは、隆之進はこの店に来たとき、大寛斎光重《たいかんさいみつしげ》という刀鍛冶《かたなかじ》の刀の出来をきいていったということだ。

辰巳屋のあるじによると、大寛斎というのは甲府から少しはずれた村に住む刀工で、腕はいいが、打つ本数があまりに少ないためにほとんど知られていないとのことだ。

「隆之進はその刀工のなにをきいていった。知りたいことがあったのか」

「大寛斎さんの打つ刀が名刀といわれるに値するかどうか、ということを気にしておられました」

「実際にどうだ」

「すべてがということはございませんが、ほとんどの刀は名刀といっても差し支えない出来だと、手前は思っております」

とにかく隆之進のことを一つ知り得た。智之介は大寛斎の住む村の名をきいてから、いったん屋敷に戻った。

杜吉に雪風を引きださせる。雪風が雄叫《おたけ》びのようにいななく。

甲府の町を出るまではいつものように杜吉が轡を持ち、雪風を抑えた。

もっとも、そんなことをせずとも雪風は走りださない。

甲府の町並みが切れると同時に、再び雪風がいなないた。

「いいぞ、杜吉」

杜吉が轡から手を放した。尻に鞭でも入れられたかのように雪風が走りだす。

相変わらずはやい。向かい風がまともにぶつかってくるが、雪風のはやさが減じることはない。

# 八

走りはじめて半里ほど行ったとき、誰かに見られている気がしてならず、気分が落ち着かなくなった。

智之介は振り向き、うしろを追ってきているはずの杜吉を見た。

足を必死に動かして、ほんの五間ほどうしろを駆けている。顔は真っ赤だが、息の荒さはさほどではなく、走りっぷりにはまだ余裕がありそうだ。

智之介は、杜吉のうしろのほうで、この俺を見つめている者がいないか、雪風の背で揺られながら捜してみた。

最初はわからなかった。だが道ではなく、林や茂みなどを選ぶようにして走っているらしい一つの影に気づいた。

一町半ほど離れている。幾多もの戦場を往来してきている智之介でなければ、そうは見つけられない距離だろう。

あれは、と智之介は目を凝らした。忍びではないか。動きからしてそうとしか思えない。忍び装束ではなく、百姓のような格好をしている。ほっかむりを深くしていた。

仲間らしい影は見えないが、念のために注意深く視線を動かしてみた。

ほかには誰もいない。智之介は確信した。視野に入ったり出たりを繰り返しているあの忍びは、単独で動いているようだ。

あの男の目的は、この俺の行き先を突きとめることではないだろうか。

とらえ、隆之進殺しをはじめとして、これまでのことすべてを吐かせる。

前を向いた智之介は、道がこんもりとした丘の先に消えているのを見た。

丘には木々がまばらに生え、風に左右に揺れている。その向こうに立ちはだかるように、甲府を取り囲む山々の姿が見えている。

あの丘ならいいだろう。

智之介は馬腹を強く蹴った。雪風はむしろうれしげにはやさをあげた。風を切る音がさらに増し、大気が耳のなかで渦巻く。

丘を駆けあがり、道がくだりになったところで智之介は手綱を引いた。雪風はどうしてこんなところでとめるのかといわんばかりに、いななきをあげた。

「殿、どうされました」

追いついた杜吉が胸を上下させつつ、眉を曇らせる。

智之介は雪風をおりた。

自ら手綱を引いて雪風を茂みのなかに隠し、杜吉に身をひそめているように命じた。

「殿、どうしてこのようなことをされるのですか」

手綱を預けられた杜吉がささやくような声をだす。

「何者かがつけてきている」

杜吉が目をみはる。

「といいますと」

智之介はこれまで杜吉に、忍びと思える者に二度襲われたことを話していなかったのを今さらながら思いだした。

「杜吉に秘密にする気はなかったのだが」

智之介はこれまでの顚末《てんまつ》を手短に話した。

「えっ」

杜吉が甲高い声をだし、あわてて口を押さえる。

「そのようなことがあったのですか」

「そうだ。話さず、すまなかった」

「いえ、それはかまいませぬ。殿はそれがしに心配をかけたくなかったのでございましょうから」

智之介は気持ちが通じ、ほっとした。

「しかし殿、いったい何者なのです」

「それはいまだにわからぬ」

智之介は、唇に人さし指を当てた。来るぞと静かにいい、腰の刀に手を置いた。鯉口を切る。

丘を越え、茂みを選んで駆けくだってくる男の姿が見えた。急激に近づいてくる。

ただし、ほっかむりからのぞく目には、智之介の姿を見失った戸惑いの色があるように見えた。

「いいか、動くなよ」

杜吉にいい置いて智之介は茂みを突き破り、男の前に立ちはだかった。

男は、手綱を引かれた馬のようにその場で立ちどまった。一瞬、驚いたような仕草を見せたが、腰を落とすや腰の忍び刀を引き抜いた。

「おとなしくすれば、殺しはせぬ」

智之介は真摯に語りかけた。殺す気がないのはまことのことだ。

二間ばかりの距離を置いているにすぎないが、男はじっと智之介の顔を見ている。態度は落ち着いており、ひるみやおびえの色はまったくない。

「それともやるか。俺の腕を知らぬわけではなかろう」

「知っているさ」

男が低い声で答えた。ほとんど唇を動かさなかった。

「ほう、忍びの声をまともにきいたのははじめてだ。化生《けしょう》の者というが、人と変わらぬ声なのだな」

男は鈍く光る両眼で智之介を見つめている。

「よかろう、やり合うというのだな」

「むろん。そのために来たのだから」

男がいい、さらに腰を落とした。今にも跳躍しそうだ。

智之介は刀を引き抜いた。

「ほう、俺を殺しに来たのか。何度もしくじっているというのに懲りぬな」

智之介は刀を正眼に構え、ほんの気持ち前に出た。

「生かしてとらえたいところだが、きさまら忍びは生きてとらえられることはないとの話もきく。だから本意ではないが、殺す」

男が顔をあげた。ほっかむりのあいだから表情が垣間見えた。色黒の顔だ。唇をゆがめるような笑みを見せる。

「笑うとはずいぶん余裕があるな」

「当然よ」

智之介は背後に気配を感じた。

「殿っ」

杜吉が叫ぶ。

智之介は体をひるがえしざま、刀を横に払った。手応えはなかった。影が目の前を横切っていった。

智之介は、その影に刀を振りおろそうとしてとどまった。ほかにもまだいくつかの影があるのがわかったからだ。

数えてみると、忍び刀を構えた者が四名いた。智之介を取り囲んでいる。いずれも百姓の格好をしていた。

智之介は顔をしかめかけた。つけていた男はわざと気配をあらわにしたのだ。この場で包囲し、智之介を消そうという算段だったのだ。

智之介はちらりと杜吉のほうに視線を動かした。

「出るなよ」

あるじの危機を見ていられず茂みを出てこようとした杜吉を制した。

「じっとしていろ」

「しかし――」

「いいんだ。そこにいろ」

杜吉は強くなってきているが、まだこの者たちの敵ではない。じっとしているほうが智之介としては戦いやすい。

杜吉がそのことを解したか、いななく雪風を抑えるようにして、茂みに引っこんだ。智之介としては本当は逃げろといいたいところだが、杜吉はあるじを見捨てるような真似はしない。

正面の男が斬りかかってきた。刀が風を切る音だけがきこえた。智之介は打ち返そうとしたが、すぐに体を低くして忍び刀をかいくぐり、横に走った。はなから左にいた忍びを的にしていた。刀を袈裟に振る。忍びはうしろにはね跳ぶようにして刀を避けた。智之介はかまわず追い、刀を胴に払った。これも忍びはよけた。

智之介はさらに追い、刀を振りおろした。忍びは横に動いてかわした。

うしろから気配が近づいてきた。標的にされた仲間を助けようとしている。

智之介は地面を踏みしめ、一気に体をまわした。渾身《こんしん》の力をこめて刀を薙《な》ぐ。

忍びは跳躍して避けたが、かすかに智之介に手応えが残ったのは、忍びの足に傷をつけたからのようだ。

「引くぞ」

着地した忍びが驚いたようにいった。忍びとは思えぬふつうの声音だ。動転しているように見えた。

この男は、と智之介は思った。俺と対するのは、はじめてだったのか。標的の腕は知らされていたのかもしれないが、予期した以上だったのではないだろうか。

「もうやめるのか」

ほかの忍びが口にする。四人の忍びは、智之介とは四間ほど距離を置いている。

「そうだ。わしたちにこの男は無理だ」

命知らずの化生の者とは思えないやりとりだが、この口調はどこかできいたような言葉に感じられる。智之介は油断なく刀を構えたまま、忍びたちの声に耳を澄ませた。

甲斐や信濃の言葉ではない。遠江や三河のほうできいたのではないのか。

いや、わからない。どこか上方が混じってはいないか。

この者たちは伊賀者ではないのか。伊賀者といえば、徳川家康がつかっているとの噂を耳にしたことがある。

こいつらは、と智之介は四人をにらみつけて思った。徳川に雇われて甲府にやってきているのか。

伊賀者は金さえ払えば誰にでもしっぽを振るということもきいたことがある。だから、智之介の腕を目の当たりにして、怖《お》じ気《け》づいたのか。命あっての物種というのは、忍びにも当てはまるものなのか。

隆之進を殺したのはこいつらなのだろうか。

智之介はなんとしてもとらえたかったが、その思いを察したように四人はうなずき合い、体をひるがえした。駿馬《しゅんめ》の勢いで丘を駆けあがり、遠ざかってゆく。あっという間に丘の向こう側に消え失せた。

嘆声を漏らしたくなるほどのすばやさだ。

「殿、お怪我はありませんか」

雪風を引いて、杜吉が茂みから出てきた。顔色は青白いが、さすがにほっとした表情をしている。

「ああ、どこもやられておらぬ」

智之介は額に浮いた汗をぬぐい、刀を鞘におさめた。

「殿、今の連中、上方の言葉を話しているように思いましたが」

智之介は忠実な家臣の顔を見つめた。

「杜吉もそう思ったか」

伊賀者かもしれぬ、という考えを述べた。

どうして甲府に伊賀者が姿をあらわすのか杜吉にはまったくわからないようで、呆然としている。

この表情は俺の心を映す鏡だ。

だが、とすぐに思い、忍びたちが消え去った丘の頂へ視線を向けた。

なぜ伊賀者が甲府に入りこんだのか、それも合わせ、きっと暴いてやる。

## 九

一つ息をついてから智之介は雪風にまたがった。

長い首をほんの少しだけ傾けて、雪風が智之介を見る。馬はうしろが見える。雪風は智之介の合図を待っている。はやく走りたくてならないのだ。

智之介はうなずき、馬腹を蹴った。一気にはやさをあげようとした雪風の手綱を軽く引き、ゆっくり行くように意志を伝える。

一瞬戸惑ったようだが、雪風はすぐ命にしたがった。

雪風をはやく走らせるのはたやすいが、杜吉を引き離すわけにはいかない。先ほどのやつらはもう戻ってこないとは思うが、油断はできない。今度は杜吉が的にされるかもしれないのだ。

智之介は手綱を軽く握りつつ、前方を眺めた。

甲府を取り囲む山々がくっきりと見えている。まだたくさんの雪を残しているが、そこから流れ落ちてきているような涼やかな風がやわらかで心地よい。

それにしても、と智之介は雪風の背に揺られながら思った。伊賀者らしい者どもに襲われたことを、横目付頭の今岡和泉守に告げるべきだろうか。

甲府に戻ったら話すべきだろう。いや、必ず話さなければならない。

もっとも、伊賀者をはじめとした他国者が甲斐に入りこんでいることなど、今岡はとうに承知しているはずだ。戦が近い今、忍びなどを敵国に紛れこませ、軍勢の動きや諸将の様子、城下の情勢や民の考えなどを探らせるのは当然のことにすぎない。

今、いったい他国からどれだけの人数が甲府に入ってきているのだろう。織田家や徳川家だけでなく、相模北条家《さがみほうじょう》、越後上杉家なども間者《かんじゃ》を送りこんでいるだろう。

そういう者たちが繰り広げている謀略の渦に巻きこまれ、隆之進やもう一人の名も知らぬ横目付は犠牲になったのだろうか。

考えてみれば、馬場美濃守が謀反を企てているのではないか、という思いは、その謀略に踊らされた結果ではないだろうか。

浅村浦太郎のいうように、馬場美濃守が勝頼を支えてやりたいと考えているのは紛れもないことだろう。勝頼の旗のもと、戦えば勝つという状況は、武田家中をまとめるにすばらしい力をもたらしている。

浦太郎のことを思いだしたら、娘の佐予の顔が脳裏に浮かんだ。くっきりとした目鼻立ちに白い肌。

美しいだけでなく、心ばえもすぐれた女性《にょしょう》だった。

頬に自然に笑みが浮かぶ。浅村屋敷で会ったとき、胸に灯ったほんわかとした明かりを思い起こした。

佐予という女性は、俺の気持ちをこれだけ明るいものにしてくれる。妻にできたらどんなにすばらしいだろう。

だが、それは望めることではない。

未練はたっぷりだが、菜恵のことなど自分がこれまでしてきたことを考えれば、佐予への想いはきっぱりと捨てるしかない。

ほかの男のもとに嫁いでくれたらむしろ気持ちが楽になるかもしれないが、佐予がほかの男に抱かれている光景を思い描いたら、苦いものが喉をせりあがってきた。

これ以上、佐予のことを思っていると気分が落ちこみそうだ。智之介は再び馬場美濃守のことを考えることにした。

馬場美濃守どのとしては、勝ち続けているというこの状況がずっと続くことを祈っているだろうし、この状況を保つために力を惜しむことはあるまい。

戦に勝ち続けるということは、猛《たけ》き大将として勝頼を家中に認めさせる最大の力となり得る。

もしきたるべき戦いで織田勢を完膚なきまでに打ち破り、信長を討ち取るほどの大勝利をおさめたら、勝頼を信玄の後継者と認めぬ者はもはやいなくなるだろう。

もし信長の首を取り損ねたとしても、立ち直れないほどの打撃を与えたら、大将としての勝頼への信頼は揺るぎないものになろう。

勝頼が武田の棟梁として家中の者すべてに認められたら、武田家はさらに強くなる。おそらく日本で敵する大名家はいなくなる。信玄の宿敵だった越後の上杉謙信でさえ、対決を避けるかもしれない。

それこそ、織田信長や徳川家康が最も望まぬ形にちがいない。そういう情勢を阻止するために、伊賀者どもは暗躍しているのだろうか。

智之介の心のうちを、黒雲がゆっくりとよぎっていった。武田家の棟梁の座を狙う者にとっても、勝頼のもとで武田家が強くなるのは望ましくないにちがいない。

もしや、と智之介は思った。武田家中に内通者がいるのではないか。その者は織田家か徳川家、いずれかに心を寄せているのではないか。

そのことを今岡和泉守もわかっているからこそ、なにも話さないのではないのか。

もちろん横目付頭という要職にある以上、口がかたいのは当然だが、今岡の面に常に刻みこまれている重苦しい表情は内通者がいるかもしれないという微妙さがあるからではないか。

しかも、きっと重臣のなかの誰かなのだ。

今岡はそれが誰かすでに目星をつけているのだろうか。


刀工の大寛斎が住む村は小諏訪《こずわ》村といった。

村の入口は深い森になっており、そのなかを獣道が木々を縫うように走っている。密に生い茂る梢のせいで森は暗かったが、雪風は迷うことなく道を進んでゆく。まかせておけばいいので、智之介としては楽だった。

背後を振り返って見た。うしろを杜吉が黙ってついてきているだけで、ほかの者の気配はない。仮に、先ほどのやつらがまた襲いかかってきても撃退できる自信はあるものの、さすがにほっとする。

いきなり明るい陽射しが降り注いできたのは、森を抜けたからだ。まぶしさに智之介は目をしばたたいた。

平坦な土地のなかをまっすぐにのびた道に沿って、数軒の百姓家が寄り集まっている。右手に小川が流れ、その流れの形に合わせるように家々が軒を連ねている。戸数は全部で三十ほどだろう。

「ここがお目当ての小諏訪村ですか」

雪風の轡を取って杜吉がいう。

「もっとさびれた村かと思いましたけど、意外に人はいるようですね」

「そうだな」

智之介は雪風を静かにおり、手綱を杜吉に預けた。あたりを見まわす。

畑に出ている百姓衆の姿が散見できる。畑に植えられているのは桑のようだ。

桑の実は、確かちょうど今頃とれるのではなかっただろうか。どこからか子供の楽しそうな声がきこえている。右手のやや小高くなっている林の向こう側で遊んでいるようだ。

「のどかですね」

うむ、と智之介は答えた。

「杜吉、鍛冶《かじ》の音はきこえるか」

杜吉が耳を澄ませる。

「ええ、鉄を叩いているらしい鎚《つち》の音がきこえます」

智之介の耳も、その音をすでにとらえている。かすかな音にすぎないが、どの方向から発されているか、はっきりとわかっていた。

「よし、杜吉、行こう。いや、その前に村長に挨拶しておいたほうがいいな」

丘というほどの高さではないが、なだらかな曲線を描いて土地がやや小高くなり、村を一望できると思える場所に、一際立派な家が建っている。まわりを取り囲む屋敷林は杉の大木のみだが、まさに天を衝くかのようだ。

あの屋敷が村長のものであるのは一目瞭然だ。智之介は歩きだした。雪風の手綱を引いて杜吉がついてくる。

途中、家の外で農具の修理をしている男が智之介を見て、驚いたように立ちあがった。智之介は軽く会釈して道を進んだ。

右手から子供の一団があらわれ、智之介たちのうしろにくっついた。七、八名で、いずれも貧しい身なりをしているが、黒々とした目は生き生きと輝いている。

首を振って雪風はわずかに警戒したようだが、子供たちに害意がないのを見て取ったようで、すぐに落ち着きを取り戻した。

「あれが村長の屋敷だな」

智之介は、先頭にいる最も年長らしい男の子に確めた。

いきなり話しかけられてびっくりしたようだが、男の子はそうだよ、と首をうなずかせた。

十

村長の屋敷は冠木門《かぶき》だった。武士の屋敷に用いられることが多い門だが、この屋敷の主はもともと武士なのだろう。今も武士かもしれない。

智之介は杜吉に門の外で待っているように命じた。子供たちは少し離れたところで立ちどまり、じっと智之介たちを見ている。

智之介は一人、門を入った。

たくさんの鶏が広い敷地内にいて、地面の餌をつついていた。出払っているのか、庭は無人だった。智之介を闖入者《ちんにゅうしゃ》と見たか、けたたましい鳴き声をあげてわらわらと駆けはじめた。

右手に納屋があり、四頭の牛が飼われていた。その隣には厩があり、三頭の馬が首をそろえて智之介を見ている。つぶらな瞳がかわいい。厩の脇の小さな建物は、厠だろう。

智之介は、興味深げについてきた一羽の鶏をしたがえるようにして母屋に近づいていった。訪いを入れる前になかから人が出てきた。年寄りだが、足腰はいかにもしっかりしていて、目にも力がある。頭も眉も真っ白で、輪郭は四角かった。こざっぱりとした着物を身につけているが、それはかなり上質なものに見えた。

智之介がやってきたことに気づき、いちはやく出てきたものらしかった。

「村長どのか」

「はい、手前がこの小諏訪村をまかされている者にございます。昌右衛門《まさえもん》と申します」

智之介は名乗り返した。昌右衛門が遠慮がちに首をひねる。

「津島さま、これまでお会いしたことはございましょうか」

「これがはじめてだ」

昌右衛門がほっとしたように笑う。

「さようにございましたか。お会いしていたのにお顔を忘れているのでないことがわかり、胸をなでおろしました」

昌右衛門が表情を引き締める。

「して、今日はどのようなご用で、わざわざこのような辺鄙な村にいらしたのでございますか」

智之介はわけを語った。

「ということでな、刀鍛冶の大寛斎光重どのに会う前に、村長どのに話を通しておいたほうがよかろうと思って足を運ばせてもらったんだ」

「大寛斎さんに。さようでしたか」

「この村で暮らしているな。会わせてもらえるか」

「ようございますとも。でも津島さま、どうして大寛斎さんに会いたいとお考えになったのです」

智之介は一つ間を置いた。

「村長どのは、小杉隆之進という男を知っているか」

昌右衛門が悲しげな陰を表情に刻む。

「はい、存じております。横目付さまでいらっしゃいました。この村にもよくいらしていただきました。つい先日、亡くなったのも存じております」

やはり隆之進はこの村に来ていたのだ。

「俺が殺したという噂を知っているか」

智之介はずばりといった。えっ、と昌右衛門が口をあけた。

「……いえ、存じませんでした」

「実際、そのような噂が甲府を流れたんだ」

「さようでしたか」

「俺は無実を晴らそうと考えて、いろいろ動いている」

実際には、無実を晴らすなどどうでもよかったが、武田家で今なにが起きているかを明かしたいという本当のわけをここでいうのもためらわれた。

「村長どの、この村にはおみのという女性がいるか」

「はい、おります」

「もしや大寛斎どののところか」

智之介は勢いこんでさらに問いを重ねた。

「はい、よくご存じで」

智之介は大きく息をついた。

「津島さまは、おみのに用事がございますのか」

「うむ、話をききたい。むろん大寛斎どのにも。村長どの、連れていってもらえるか」

あらためて申し出る。

「もちろんでございますとも。では、まいりましょうか」

一礼して昌右衛門が歩きだした。

冠木門を出る。智之介は、そこで待っていた杜吉を昌右衛門に紹介した。

智之介は昌右衛門のあとについた。

杜吉が雪風を引く。そのうしろを子供たちがぞろぞろとついてくる。

「あそこでございます」

二町ばかり小川沿いを歩いたとき、昌右衛門がいった。指さす先に、一軒の家が見えている。家の屋根から黒い煙があがり、鎚の音が耳に打ちこまれる感じで響いてきた。さほど大きな家ではない。

家の前に昌右衛門が立ち、閉めきられた戸に向かって声をかけた。

「大寛斎さん」

親しげな呼び方だ。

鎚音がやみ、静かに戸があいた。小柄な男が顔を見せる。細い目に宿る眼光は鋭く、頬は削げたようになっている。両肩の筋骨がすばらしく盛りあがり、肌は赤黒く焼けている。

ただし、名工と呼ばれるにしてはやや若すぎるような気がした。

「常之助《じょうのすけ》さん、親父どのはいるかな」

「これは村長」

常之助と呼ばれた男は外に出てきて、深々と腰を折った。

「こちらのお侍は津島さまといわれる。甲府からいらした」

昌右衛門にいわれ、智之介は名乗った。常之助は名乗り返してきたが、甲府の武士がどんな用件で来たのかという、いぶかしげな色が見えている。

「津島さまは、親父どのとおみのさんにききたいことがあって、ここまでまいられた」

「父と妹に。さようでしたか。お入りになりますか」

常之助が智之介にきく。

「よろしいのかな」

「もちろんです。どうぞ、お入りください」

杜吉にここで待っているようにいってから智之介は戸口をくぐった。

「失礼しますよ」

昌右衛門が背後に続く。

土間になっていた。真夏のように暑い。火が燃え盛っている。じっとしていても汗が出てきそうだ。

常之助以外にもう一人、男がいた。ふいごのそばに座っている。おみのらしい女の姿はない。もっとも、こういう場は女人禁制だろう。

「大寛斎さん」

村長に呼ばれた男が立ちあがり、歩み寄ってきた。こちらもせがれと同様小柄だが、体からにじみ出る迫力は段ちがいだ。細面で、目はどんぐりのような形をしている。瞳には穏やかな海を思わせるものがあり、いかにも思慮深そうだ。

「これは村長」

落ち着きのある声でいって一礼する。

村長が、智之介がやってきた理由を手短に告げてくれた。

「おみののことですか」

智之介をにらみつけるようにしてきた。

「会いたいのだが」

智之介は静かな口調で申し出た。

「ここにはおりませぬ」

はっきりといった。口調には、このまま背をそむけかねない素っ気なさがあった。

「それはどういうことかな」

智之介はただした。

「言葉通りの意味です」

「おみのどのは出かけているのか」

「いえ、ここにはとうに住んでおりませぬ」

「本当ですか」

横から昌右衛門が、驚きの色を顔に貼りつけてきく。

「ええ、本当です」

「いつからいないのですか。ほんの二日ばかり前、姿を見かけたような気がするのだが」

「ええ、その通りですよ。娘は昨日からここにはおりませぬ」

「今、どこに」

智之介はすかさずきいた。

「さあ」

大寛斎は明らかにしらを切った。

なにか理由があり、目の前の刀鍛冶はおみのの居どころを隠したがっているようだ。無理に問いただしたところで、明かすことがないのを智之介は覚った。

「大寛斎さん、おみのさんになにかあったのですか」

昌右衛門が心配そうにいう。

「いえ、なにもありませんよ」

「だったら、居どころを教えてくれてもいいのではないのですか」

「ほかならぬ村長には教えてもかまいませんが……」

大寛斎が智之介を見つめる。

郵　便　は　が　き

お手数ですが、
50円切手を
おはりください。

151-0051

東京都渋谷区千駄ヶ谷4-9-7

(株) 幻　冬　舎

『忍び音』係行

| | | |
|---|---|---|
| ご住所　〒□□□-□□□□<br><br>Tel. (　　-　　-　　)<br>Fax. (　　-　　-　　) | | |
| お名前 | ご職業 | 男 |
| | 生年月日　　年　月　日 | 女 |
| eメールアドレス： | | |
| 購読している新聞 | 購読している雑誌 | お好きな作家 |

◎本書をお買い上げいただき、誠にありがとうございました。
質問にお答えいただけたら幸いです。

◆『忍び音』をお求めになった動機は？
① 書店で見て ② 新聞で見て ③ 雑誌で見て
④ 案内書を見て ⑤ 知人にすすめられて
⑥ プレゼントされて ⑦ その他（ ）

◆著者へのメッセージ、または本書のご感想をお書きください。

今後、弊社のご案内をお送りしてもよろしいですか。

（ はい・いいえ ）

ご記入いただきました個人情報については、許可なく他の目的で使用することはありません。

ご協力ありがとうございました。

「津島さまにはいけぬと」

大寛斎は答えなかったが、表情はそういうことだと告げていた。

よそ者に身内の居場所を教えるわけにはいかないという気持ちはよくわかる。だが、おみのをどこかに隠したというのは、大寛斎自身、娘に危険が迫っていることを知っているからだろう。

そして、この俺をおみのに危害を加える者として見ているにちがいない。

となれば、誤解を解けばいいだけの話だ。

「それがしがここにまいったのは――」

長くなったが、これまでのできごとをすべて話した。隠し事は一切せず、嘘もまじえなかった。

「それがしは横目付だった隆之進の仇を討ちたい。それだけでなく、今、武田家中でいったいなにが進んでいるのか、なにが行われているのか、それを是非とも探りだしたい。そのために娘御にききたいことがある」

智之介は言葉を切り、大寛斎を見た。

大寛斎は見つめ返してきた。瞳の色がさらに深くなっている。この目で何振りもの名刀をものしてきたのだ。

大寛斎がふっと瞳から力を抜いた。智之介は体が軽くなったのを感じた。まるで背中にのしかかっていた大岩が一瞬で失せたような鮮やかさだ。

「わかりました。津島さまは信用できるお方のようだ。――こちらにどうぞ」

戸口をあけた大寛斎が、先に立って家を出た。草が踏みにじられた一筋の道を、家の裏手にまわりこむようにして歩いてゆく。

道は林に入った。陽射しがさえぎられて暗くなったが、林はすぐに途切れた。

藪《やぶ》に隠されるようにひっそりと小屋が建っていた。薪《まき》や鍛冶のための用具をしまい入れるのにちょうどよい大きさだ。

「ここにおみのどのが」

智之介は大寛斎にきいた。しかし、小屋に人の気配は漂っていない。

うなずいて大寛斎が小屋に向かって声をかける。

「おみの、あけるよ」

返事はない。

「おかしいな」

大寛斎が戸を横に滑らせる。なかは暗い。

大寛斎が小屋に足を踏み入れた。あっ、という悲鳴のような声を発する。

「どうした、大寛斎どの」

智之介はなかに入った。小屋はせまい土間があるだけだが、そこに藍色の小袖を着ている人がうつぶせに倒れていた。

「おみの」

大寛斎が娘を抱きかかえる。おびただしい血が着物を染めている。首が力なく折れ、口の端からだらりと血の筋が垂れた。もはや息がないのははっきりしていた。

「おみの、おみの、しっかりしろ」

大寛斎は娘の体を揺さぶった。

「大寛斎さん、おみのちゃんがかわいそうだよ」

声もなく呆然としていた昌右衛門が、見ていられないとばかりにいった。

「村長……」

大寛斎が顔をあげた。涙が顔を濡らしている。

「いったいどうしてこんなことに」

視線が横に動き、智之介にぶつけられる。

智之介としてはなにもいえない。見えない敵が、まさかここまでやるとは思っていなかった。

だが、こういう事態は予期しておかなければいけなかったのかもしれない。とにかく動くのがおそすぎたのだ。

智之介は土間にひざまずいた。合掌してから目をあける。

「失礼する」

おみのに触れた。冷え切り、体はかたくなっている。殺されてから半日ほどは経過しているのはまちがいない。

「娘御に最後に会ったのはいつかな」

智之介は大寛斎に静かにきいた。もう少し気持ちが落ち着くまで待つべきとは思ったが、きくのがおそくなれば、それだけ犠牲となる者が増えてゆくような気がしてならなかった。

「今日の朝餉です」

大寛斎は言葉を、震える口の奥から押しだすような答え方をした。

おそらく朝餉を終えてから、さほど間を置かずに殺されたのだろう。おみのの胸には、刺し傷が一つあるだけだ。賊は確実に急所を突いている。

「大寛斎どの」

智之介は呼びかけた。

「どうして娘御をこの小屋にかくまった」

「娘がおびえていたからです」

大寛斎は、意外にしっかりした口調で答えた。

「おびえていた。理由をきいたのかな」

「もちろんです。しかし、娘はなにも話しませんでした」

「娘御は、ずっとおぬしたちと一緒に暮らしていたのか」

大寛斎はかぶりを振った。

「いえ、離れて暮らしていました」

「おみのどのはどこにいた」

「甲府です。側女《そばめ》として……」

「側女。誰の」

「小杉さまです」

そういって、大寛斎がおみのの死骸に目を落とした。

「小杉屋敷にいたわけではないな」

「はい、別に家を与えられていました」

「どこだ」

「小杉さまのお屋敷から半里ほど離れていました。甲府のはずれです」

「どうしておみのどのは隆之進の側女になったのだ。きっかけは」

大寛斎が目をあげた。

「一年ほど前でしょうか、野駆けに見えた小杉さまが娘を見初《みそ》められたのです。娘も小杉さまをにくからず思ったようです。小杉さまは、ご内儀とうまくいっていないご様子でした」

そうだったのか、と智之介は思った。隆之進におみのという側女がいたことは、きっと菜恵も知らないにちがいない。隆之進の心は菜恵からとうに離れていたのか。

「おみのどのがここに帰ってきたのはいつのことだ」

「小杉さまが亡くなってすぐです。おみのが住んでいた家は小杉さまが町の者に借りていたものですから、出ざるを得ませんでした」

そうか、と智之介はいった。

「おみのどのは、隆之進からなにか預かっておらぬか。たとえば、脇差だ」

「はい、預かっていました」

「それはどこにある」

「娘が肌身離さず持っていました」

大寛斎は娘の体を土間にそっと横たえ、あたりに視線を這わせた。

「どこにもありません。おかしいな」

顔をあげ、智之介を見た。

「あの脇差がなにか」

智之介は自分の考えを述べた。

「あの脇差に小杉さまの文がしまわれていたといわれるのですか。その文にはなにが書かれていたのですか」

「それを俺も知りたい」

「娘を殺した賊は、その脇差を奪っていったのですか」

「そういうことだろう。はなから脇差にしまわれていた文が目的だったのだと思う」

「文が……」

大寛斎がつぶやくようにいう。

「津島さま、武田家のご家中でいったいなにが起きているのですか」

「それこそ俺が最も知りたいことだ」

智之介はなおもたずねた。

「隆之進は最近、名刀を集めることに力を注いでいたようだ。その理由を知っているか」

「はい、存じています」

「教えてくれるか」

大寛斎の代わりに語ったのはせがれの常之助だった。

「小杉さまは手前のために、名刀を幾振りか見せてくれたのです。父を真似るのが刀鍛冶として上達する一番の早道でしょうが、手前はほかの刀も見たかったのです。その気持ちを汲《く》んでくださり、小杉さまはこれまで四振りの名刀と呼ばれる刀をお持ちくださいました」

「手前は小杉さまに、そのようなことをする必要はありませんと強くいったのです」

大寛斎が、常之助の言葉を引き取るように続けた。

「でも、小杉さまはせがれのことをとても気に入ってくださっていました。いずれ父をもしのぐ刀工になるのではないか、とまでおっしゃってくださいましたし。小杉さまは名刀を手に入れ、手前の目の届かぬところでせがれに見せるということを、続けられていました。手前は見て見ぬふりをしました。せがれのためになるのなら、と」

いい終えて、大寛斎が力なく首《こうべ》を落とした。

# 十一

日暮れが近い。

風からあたたかさは消え、冷気をはらんだ大気は鐙《あぶみ》に乗った足先を冬のような寒さでがんじがらめにしようとしている。

屏風のような山々の上のほうはまだ明るさを残しているが、智之介がいるあたりは急速に暗くなりつつある。

智之介の気持ちが移ってしまったのか、雪風には元気がない。下を向いて、とぼとぼと歩いている。

馬は乗り手の気分に敏感だ。今、智之介は敗北の思いに打ちひしがれている。

轡を取る杜吉にも智之介の気持ちは伝わっているようで、背中が少し曲がり、うつむき加減だ。なにかを考えている風情だが、先ほどからまったく口をきかない。

それは智之介も同じだ。今は言葉を発する気にならなかった。

智之介は鞍壺《くらつぼ》に拳を叩きつけそうになって、思いとどまった。

自分を痛めつけるものとしてはむしろ心地よいものかもしれないが、そんなことをして雪風と杜吉を驚かせたくはない。

宙でとまった拳を智之介は見つめた。

しくじりだ。

それ以外になにがあろう。

つまりは俺が派手に動きすぎたことに因があるのだ。

——おみのという女を捜している。

まるで喧伝するかのように、そのことを声高にいいすぎたのだ。

そのために、得体の知れぬ者どもに先手を打たれてしまった。

俺という男はいったい何者なのだろう。行くところ行くところ、死骸があらわれる。

小杉隆之進からはじまり、いまだに名も知らない横目付、そして今日のおみの。

それにしても、隆之進がおみのに渡したはずの脇差に隠された文にはなにが記されているのだろう。

どうしても手に入れたい。だが、敵の手に渡ってしまった。

もう燃やされてしまっただろう。

隆之進は、控えを取っていないだろうか。

取ってあるなら、しまわれているのは小杉屋敷か。

菜恵に心当たりはあるだろうか。冷え切っていたとはいえ、隆之進は夫だった男だ。菜恵にしてもなにかしら感ずるものはあったはずだ。

だが、文のことなど菜恵は口にしたことはない。ということは、残念ながら隆之進は控えなど取っていないのだ。

取る必要もあるまい。隆之進はこの世で最も信頼できる者に脇差を託したのだろうから。

隆之進が一番に信頼を寄せていた者は、おみのだったのだ。菜恵ではない。

むろん俺でもない。

もっとも、おみのに得体の知れぬ者どもが牙をむくとは、隆之進も思わなかったにちがいない。

おみののもとにあれば、安心であると考えていたのだ。

それを俺は暴き立ててしまった。

騒ぎ立てるような真似をせず、もっと静かにやっていれば、隆之進がおみのに託した脇差は手に入ったはずなのだ。

雪風が智之介のことを気にするそぶりで振り向いた。まともに目が合う。

雪風の瞳は、つぶらといういい方が最もふさわしい。澄み切っており、どこを探しても濁りというものがない。

すべてを見通せそうにすら思える。自分にもそんな瞳がほしかった。

いや、そうではない。雪風の目に見えているのは、励ましなのではないか。それとも、しっかりしろと叱っているのか。

どちらでもいい。雪風の気持ちに応えなければならない。そうしなければ、雪風はあるじとして自分を認めてくれないだろう。

俺はやってみせる。負けてなどなるものか。

おみののためにも前を向き、この甲府で、そして武田家中で今なにが起きているのか、見極めなければならない。

その気持ちが伝わったのか、雪風が一つ首を振って前を向いた。

杜吉が代わって振り向き、智之介の表情を確かめるような顔つきをした。あるじに生気が戻っているのを見て取ったようで、明るい声をだした。

「松明をつけますか」

すでにかなり暗くなっている。なにも見えない闇ではないが、つけたほうが道を行くのにいいのは確かだ。

それに、伊賀者らしい男たちのことも気になる。忍びの者どもの襲撃がまたあるとは思えないが、松明のない暗さのなかではやつらのほうに分がある。

「つけてくれ」

「承知しました」

杜吉は立ちどまり、背負っていた松明に火をつけた。

あたりが、そこだけぽっかりと穴があいたかのように明るくなる。

松明を手にした杜吉が歩みだす。

再び動きはじめた雪風の背で、智之介はあらためて考えはじめた。

雪風は相変わらずゆっくり歩いているが、その揺れが考えをまとめるのには最適に思えた。

おみののもとに脇差はなかった。おみのを殺した者は脇差に隆之進の文がしこまれていたことを、知っていたのだ。はなから脇差が目的だったのだ。

——待てよ。

智之介は顎に手を当てた。

脇差を奪うのに、どうしておみのの命まで取る必要があったのか。

おみのは女だ。いくら誰にも見せたくない文がしこまれている脇差といえども、そこまでやる必要があったのか。脇差を渡すのを拒んだくらいで、いくら人を殺すのに一切のためらいがない連中といえども、殺すことはないのではないか。

おみのが脇差の中身に気づき、すでに目を通していると考えたのか。

そうかもしれない。

あるいは、そうでないかもしれない。

もしそうでないとしたら、おみのはどうして殺されたのか。

賊の顔を見知っていたからか。

これが最も考えやすい。

ほかにはないか。

風がゆったりと通りすぎてゆく。春らしい穏やかな風で、桜を思わせるかぐわしいにおいを含んでいるようにさえ感じられたが、今の智之介に味わっている余裕などあるはずがなかった。

甲府が近づいてきた。町並みが闇の向こうに見えはじめている。

武田の本拠といっても、相変わらず小さな町だ。この町を武田信玄はこよなく愛した。

もちろん自分だってそうだ。今の武田家はいくつもの国に軍勢を配している。そういう軍勢に組みこまれ、この町を離れることがあったとしても、脳裏から消え去ることは決してあるまい。

智之介は雪風の背から、徐々に近づいてくる町並みを眺め続けた。

お屋形は、とふと思った。この町をお父上のように愛しているのだろうか。

甲府には東光寺がある。この寺は庭の見事さで名があるが、勝頼の祖父諏訪頼重が信玄に誅殺《ちゅうさつ》された寺だ。信玄に謀反を企てた兄の義信が殺された寺でもある。

お屋形は、どんなお気持ちでこの町の主人として暮らしているのだろうか。

いや、今はそれについてはよい。

智之介はおみののことに考えを戻した。

すぐに思いついたことがあった。

おみのだけが知っていることがあった、というのは考えられないか。おみのの口を割らせる必要があり、そのことをききだした賊どもは、それを他者に知られたくなく、おみのの口を永遠に封じた。

考えすぎか。

道は甲府に入った。智之介は杜吉に、とまるように命じた。

さて、どうするか。

揺れがおさまった馬上で智之介は、おみのの死を横目付頭の今岡和泉守に知らせるべきか、迷った。もちろん、知らせるべきであるのはわかっている。

だが、どこか億劫だった。知らせたところで、今岡から得られるものなどなに一つとしてないのだ。

それに、こちらから知らせずとも、間を置くことなく今岡のもとにおみのの死の知らせは入るにちがいない。

「屋敷に帰ろう」

智之介は杜吉にいった。杜吉が承知いたしましたといって、軽く手綱を引く。

屋敷に帰り着いたときは、夜のとばりがおりきっていた。

門を入り、智之介がおりると杜吉が雪風を厩につなぎに行った。

智之介は玄関に向かった。家臣の小平次が小走りに寄ってきた。

「お帰りなさいませ。ずいぶんおそうございましたな」

「すまん、心配かけたか」

小平次が目を細めて笑う。

「とんでもない。殿をこの世からなんとかできる者は、この国にはおりますまい」

「他国にはいるかな」

小平次が無念そうに首を振る。

「日本は広うございますからな、いくら殿がお強いと申しても、その上をいく者はさすがにおりましょう」

小平次が怪訝そうに見る。

「殿、なにかございましたか。お顔が若干、暗うございますな」

「小平次、その話はあとだ。その前に客人があるのではないか」

「ああ、そうでございました」

小平次が拳で手のひらを叩く。

「でも殿、どうしてお客人とおわかりになったのでございますか」

智之介は、暗さがずっしりと居座っている式台の下を指さした。

草鞋がそろえて置いてある。草鞋などどれも似たようなものだが、それは小平次がつくってくれるものでは明らかにない。

「ほう、草鞋のちがいが見え申すか。さすがに殿」

客人は、奥の座敷で智之介の帰りを待っているとのことだ。誰が来ているか小平次にきいてから、智之介は足早に座敷に向かった。

「失礼する」

声をかけておいてから、板戸をあけた。

油皿が置いてあり、忍びやかな明るさを座敷にもたらしている。油皿からやや離れたところであぐらをかいているのは、友の森岡茂兵衛だ。信玄に見いだされ、今も勝頼のそばで使番をつとめているだけあって、さすがに聡明そうな表情をしている。

智之介は茂兵衛の正面に腰をおろした。

「だいぶ待ったのか」

「いや、せいぜい四半時だ。たいしたことはない」

智之介は、茂兵衛の前に置かれている椀を見た。白湯が入っている。もっとも、もう冷めてしまっているようだ。

「そいつは替えさせよう」

「いや、いい。俺はこのくらいのほうが好きだ」

茂兵衛は椀を取りあげ、一気に喉に流しこんだ。

「うまい」

顔をほころばせて、大きく息をついた。畳の上に静かに椀を置く。

「智之介、どこへ行っていた」

茂兵衛がきいてきた。気がかりそうな色が面にあらわれている。

茂兵衛は、智之介がなにをしたいか知っている。ごまかす気は智之介にはない。

「小諏訪村だ」

「きいたことがあるな。あそこには、名のある刀匠がいると耳にしたことがある。名は確か……」

「大寛斎どのだ」

「そうだ。さほど数は打たぬが、名工として知られているときいた」

茂兵衛が智之介を見つめる。

「刀を打ってもらうよう、依頼しに行ったわけではないな。隆之進のことか。手がかりはつかめたのか」

いや、と智之介は首を振り、なにがあったか語った。

「なんだと」

茂兵衛が形のよい眉を寄せる。

「娘御が殺されていただと。どうしてそのおみのという娘は殺された」

脇差のことを告げるか、智之介は考えた。茂兵衛は、今回の一件にまだ深入りしていない。下手に知り、命を狙われるようなことがあってはならない。

「茂兵衛、まだなにもわかっておらんのだ」

茂兵衛の目に宿る光が増す。

「なにかあるようだが、今のところは俺にも話せぬということのようだな。わかった、智之介、いずれ話してくれ。ただ、あまりに待たせるのはなしだぞ。気が短いのは知っておろう」

うむ、と智之介はうなずいた。

「だが茂兵衛、なに用だ。俺が今日一日なにをしていたか、ききに来たわけではあるまい」

「そいつか」

茂兵衛が白い歯をこぼす。暗い明かりをはね返す光が見えた。

「会いに行ったそうだな」

誰に、とは智之介はきき返さなかった。

「佐予どのに会いに行ったわけではない。浅村浦太郎どのに話をききに行ったのだ」

「なにをききに行ったのか知りたいが、それもあとまわしだな。つまりそのときに佐予どのに会ったわけだな。どうだ、よい娘であろう」

「ああ」

佐予がいい娘なのは確かだが、この縁談は断るしかないと思っている。智之介の言葉は自然、短いものになった。

「なんだ、ずいぶんと素っ気ないではないか」

「いや、そういうわけではない」

茂兵衛が鋭い光を瞳にたたえた。

「よもや断るつもりではあるまいな」

智之介は、そのつもりだと即答しようとした。だが、心のなかで、なにかが待てと命じてきた。いや、命じたのは智之介の心そのものだ。ここで断ってしまえば、佐予はほかの誰かのもとに嫁ぐだろう。

この俺をずっと想って他家に嫁ぐことはないなどと考えるのは、思いあがりにすぎない。

「いや、断る気はない」

「では、進めていいのだな」

智之介は右手をあげた。

「それは待ってくれ」

「どうしてだ」

茂兵衛が体を乗りだし気味に問う。

智之介は理由を思い描こうとした。

「我が武田家は、大戦が近い。そのあとにしたいのだ」

口から出た言葉はこれだった。

うむ、と茂兵衛がうなるような声をだし、腕を組んだ。

「そいつはもっともだな」

その顔が、今度の大戦についてなにか知っているように見えた。

「茂兵衛、詳しく知っているのか」

「こたびの大戦に関してか」

茂兵衛が、勘ちがいするなといわんばかりの表情をつくる。

「俺は一介の使番にすぎん。詳しく知る立場などにはない」

「だが、俺などとはくらべものにならぬくらい、耳に入ることは多かろう。どうだ、わかっていることを話さぬか」

「智之介、虫がいいな。おのれのことはろくに話さぬくせに、俺には話せというのか」

智之介は、まいったな、と思った。これでは今岡を責めることはできない。

「ならば、きかんでおこう」

智之介がいうと、茂兵衛がそれでは駄目だといった。

「智之介、おぬしは昔からあきらめがよすぎる。戦においては、生への執着が相手よりまさっているから常に勝っていると見えることもあるが、それは逆だな」

智之介は見つめた。

「おぬしははなから命を捨ててかかっているから、無類の強さを誇っているんだ。死を覚悟した者を避けるというのは戦う者にとっては常道だが、おぬしはほかの者とは明らかに心構えがちがっている」

そうだろうか。智之介は戸惑った。命を捨てて戦っていると思ったことはない。常に相手を上まわる強さを持ちたいと考えて戦いに臨んでいる。

ただ、命を惜しいと思ったこともない。

茂兵衛は、そのことをいっているのだろうか。戦場を馬で疾駆しつつ、俺の戦いぶりをじっと見ていたのだろうか。

茂兵衛が咳払いした。

「智之介、知っているだけのことは話そう。ただし、他言無用ぞ」

「むろん」

表情を引き締めた智之介を見て、茂兵衛が深く顎を引いた。

「智之介、お屋形は三河攻めを決意されたようだ」

やはりそうか。

智之介は顔を突きだすようにした。

「三河となると、まずは徳川を叩き潰す気でおられるのか」

「おそらくな。お屋形は三方原の再現を願っておられるのだろう。徳川勢を完膚なきまでに破っておいてから、援軍の織田勢を打ち破る心づもりでおられるはずだ」

「おとりは、また三河野田城か」

三方原で徳川勢を叩きのめした信玄が、織田勢の援軍を誘うために一月にわたって包囲した小城だ。城の南側が決戦にふさわしい、広々とした野になっている。

「そいつはまだわからぬ。ただ、織田勢を誘うおつもりなら、去年、徳川家康に奪回されてそのままになっている長篠城をおとりとしたほうが、策としては自然であろう。長篠城は野田城ほど遠くないし。それに、信長は野田城を見捨てておる。もし今度、長篠城を見捨てたら、家康の心は離れかねんぞ」

「その通りだな」

智之介はうなずいた。大名にとって城というのがどれだけ大事なものか、信長も大名の一人である以上、よくわかっているだろう。

茂兵衛が続ける。

「仮におとりにせずとも、長篠城は重要だ。あの城を再び武田家が手にした場合、長篠城のそばを流れる豊川《とよがわ》沿いにくだってゆけば、徳川の本拠である浜松と家康の生地岡崎を結ぶ筋を、真っ二つに断ちきることができる。こいつは家康にとって大きすぎよう。もし長篠城を信長が救いに来なかったら、家康は本当にこちらに寝返るかもしれんぞ」

さすがに、それは家康を甘く見すぎている感じがなきにしもあらずだが、信長が必ず長篠城の援軍にやってくるだろうことは、智之介も確信できた。

胸が高鳴る。その思いを抑えこむように、智之介は冷静にたずねた。

「となると、長篠城が織田勢との決戦の場になるか。あのあたりの地勢にはさほど詳しくないが、四つに組んで戦えるような場所があるのか」

「ない」

茂兵衛が断言する。

「あのあたりは錯綜した地形だ。とても大軍同士がぶつかり合えるような土地ではない」

「ならば、どうする」

「智之介、その前にききたい。長篠城を我らが囲む。すると、家康はどうする」

「むろん、軍勢を催そう。だが自軍だけでは足りぬ。織田家に援軍を依頼しような。徳川勢のみでは、三方原の傷が癒えていないこともあり、我らの包囲を破ることはできまい」

「そういうことだ。となると、我らの相手は織田、徳川二つの軍勢が組み合わさったものということになる。織田信長は岐阜から長駆、長篠城に駆けつけることになろう」

それで、智之介には勝頼が用いようとしている策がわかった。だがあえて口にせず、茂兵衛がいうにまかせた。

「ふむ、わかったようだな。そうだ、お屋形は長篠城へ救援にやってくる織田勢の横腹を衝こうと考えておられるようだ」

智之介は膝を打った。

「それなら勝てる」

「智之介もそう思うか」

「うむ。考えてみれば、駿河、遠江、三河の太守だった今川義元を信長が桶狭間《おけはざま》の地で打ち破ったときも、大高城と鳴海《なるみ》城の救援にやってきた今川勢を着陣前に襲ったものではないか」

「そうだ。織田勢は桶狭間の今川勢と同じような大軍をもって、長々とのびた隊形で長篠の近くまでやってこよう。長篠の地は三河の奥深くに位置している。そこまでようやくやってきて、疲れ切ってもいるはずの織田勢に一気に襲いかかるのだ。織田勢は右往左往し、ただ我らに討たれるだけになろう」

いつしか茂兵衛の声はうわずっている。いつも平静なこの男にしては珍しいことだ。

「智之介、信長の首を取るのも決して夢ではないぞ。お屋形は、桶狭間とはまったく逆のことを信長に味わわせてやろうとお考えになっているのだ」

智之介は血がたぎるような思いを抱いた。

やはり勝頼は猛将だ。こんなことをうつつのものにできる武将は、ほかに越後の上杉謙信くらいではないだろうか。

この策が成就すれば、まちがいなく武田は勝利し、勝頼は武田の棟梁として揺るぎない地位を得ることになろう。

# 第四章

## 一

松明を灯し、森岡茂兵衛の姿が闇のなか、遠ざかってゆく。

すでに茂兵衛の姿は、夜に溶けている。松明がつくる明るさの輪が、揺らめきつつ小さくなってゆく。

一人で来たのか。

智之介は思った。茂兵衛は供を連れずにやってきたのだ。

使番をつとめるほどの者にしては、珍しいことだ。

だが、いつも戦場を単騎で疾駆している。一人で動くことに慣れているのだろう。

やつらしいな。

やがて、松明の火が見えなくなった。

智之介は屋敷に戻った。

お絵里が夕餉の支度をしている音がきこえている。まな板を叩く音が心地よい。

なにを食べさせてくれるのだろうか。

楽しみだが、智之介はさほど腹は空いていないのに気づいた。

茂兵衛から勝頼の策をきかされて、気分は高揚しているのだが、体のほうは疲れ切っており、食べることより休むことのほうを求めているようだ。

自室に戻り、刀架に刀を置いた。

智之介は、明かりもつけずに板敷きの上に横になった。

背中が、ひんやりとする。春がきたといっても、まだ浅いことをはっきりと知らしめる。

腕枕をし、暗い天井を見つめた。

見慣れた天井だが、見る方向によるのか、まるで見覚えのない紋様になっているように感じる。

長い一日だった。

知らず吐息を漏らしていた。

おみのの死顔がよみがえる。

紛れもなく俺のせいだ。だが、この思いは封印しておくしかない。でなければ、前に進めない。

智之介は起きあがった。今度は足先に冷たさを覚えた。手をのばし、静かにさする。

あたたかくなったところで、手をとめた。

おみのを殺し、脇差を奪っていった者。

いったい何者なのか。襲ってきた伊賀の忍びと思える者たちか。

伊賀者はただ依頼されただけなのか。

そうなのだろう。

伊賀者は金で雇われ、動くときいている。

だから、この俺にかなわぬと覚ったとき、さっさと引いていったのだ。

依頼者は誰なのか。

伊賀者をとらえ、吐かせればいいのか。

しかし、やつらは二度と襲ってはこないだろう。わしたちにこの男は無理だ、と一人が口にしていた。

あんな言葉を吐いておいて、さらなる襲撃があるとはとても思えない。

いや、待てよ。

智之介は腕組みした。

俺を油断させて、ということは考えられないだろうか。

十分に考えられる。

常に身辺に気を配り、もしやつらが襲ってきたら、その機を逃さぬようにしなければならぬ。

しかし、化生の者と呼ばれる伊賀者が果たして吐くものなのか。

伊賀者は人を殺すのに手段を問わないともきいている。毒を飼っての謀殺を、特に得手としていると耳にしたこともある。

この屋敷に忍び入り、食事に毒を入れられたら避けようがない。

もしそうなったら、智之介は素直に受け入れるつもりになっている。

つまり、その程度の寿命だったということだ。

それにしても、隆之進がおみのに託した文には、なにが記されていたのか。

智之介は、どんな手立てをつかっても、持ち去られた隆之進の文を見つけだしたい気持ちに駆られている。

だが、奪われてしまった以上、すでに焼かれてしまったかもしれない。

となると、もはや探索を続けることに意味はないのだろうか。

そんなことは決してない。文に記されているはずのことは、隆之進が探索を重ねた上につかんだことだからだ。

ならば、俺にもできる。

隆之進だって、もともと横目付ではなかった。その隆之進が、単身で探りだしたのだ。

この俺にやれぬはずがない。


いつしか横になり、まどろんでいたようだ。

板戸越しに呼ぶ声で、智之介は目覚めた。

これではいかんな。

油断はしないといいきかせたのに、まったくできていない。

呼んでいるのはお絵里だ。

「夕餉ができたのか」

「はい。いらしていただけますか」

「わかった、すぐ行く」

やわらかな足音が廊下を遠ざかってゆく。

智之介は起きあがった。のびをする。

立ちあがり、刀を手にする。部屋を出て、廊下を歩きだした。

台所横の部屋には、屋敷の者全員が集まっていた。

「待たせた」

智之介は自分の席に腰をおろした。皆の顔を見渡す。

体の具合が悪そうな者はいないようだ。それにはほっとする。いるとするなら、この俺だろう。まだ疲れは取れたとはいえない。顔色だっていいとはいえないはずだ。

「では、いただこう」

智之介は箸を取り、飯が入っている碗を持ちあげた。

食い気がないのは先ほどと同じだ。だが、給仕のためにお絵里がそばにいる。心配はかけたくなく、智之介は漬物をおかずに飯をかっこんだ。

「うまいな」

お絵里が顔をほころばせる。

智之介は、椎茸の吸い物を手にした。

椎茸のだしがよくきいていて、美味だ。智之介はそのことをお絵里にいった。

「ありがとうございます」

お絵里が笑みを見せて、軽く頭を下げる。

夕餉を終え、智之介は自室に向かった。

誰もひそんでなどいないことを、はっきりと感じ取ってから板戸をあけた。

ござを敷き、再び横たわる。薄い掛け物で体を覆う。

自らの体の熱が掛け物にじんわりと伝わり、ぬくもってきた。

そのあたたかさに誘われるように目を閉じた。


唐突に目が覚めた。

掛け物は体にかかったままだが、少し寒さを覚えた。

大気が冷えている感じはしない。

では、誰かが入りこんできたのを肌が教えたのか。

智之介は、枕元に置いた刀に手をのばしかけて、やめた。

部屋のなかは明るくなりつつある。板戸の隙間から、光がいくつもの条《すじ》となって射しこんでいる。

誰もいない。考えすぎだ。

智之介は掛け物を払いのけて、立ちあがった。刀を手にする。

板戸をあけて、廊下に出た。濡縁に向かった。

濡縁に立つと、まばゆい朝陽が庭に降り注いでいた。つややかな光は、屋敷全体を包みこんでいる。

屋敷の者は全員が目覚めているようだ。台所からはお絵里が朝餉の支度をしている音がきこえてくるし、雪風に飼い葉を与えている杜吉の声も耳に届く。

薪を割っている者もいるし、表側の庭や玄関のほうを箒で掃いている者もいる。

つまり、屋敷で最後まで寝ていたのはこの俺ということだ。

寝すぎたくらいだ。だが、おかげで疲れはすっかり抜けている。

体だけでなく、心のほうも重しが取れたような感じだ。

これなら、今日はうまくゆくのではないか。

そんな思いを抱いた。

裸足《はだし》で庭におり、刀を抜いた。心を集中させ、正眼に構える。

戦においては、とにかく刀を振りおろすはやさで勝負は決まるといわれている。

その考えは正しいと思っている。敵の刀よりはやければ、まず負けることはない。

だが、技の精妙さを身につけて悪いことは決してない。

鎧を着た相手を刀で殺すことはできないから、隙間を狙うことが多いが、一撃で敵を屠るだけの技を持つようになれば、家臣のみならず、味方も殺される者が少なくなるのではないか、という思いがある。

智之介一人の力では、戦を勝ちに結びつけることなどまずできはしないが、戦というのは、一人一人の力が合わさることで勝利につながる。

だから、俺はもっと強くならなければならぬ。

しばらく刀を振りおろし続けた。

半時ほどでやめた。お絵里が呼びに来たのだ。

汗をふいて、智之介はさっぱりした。これなら朝餉はうまいにちがいない。

二

お絵里が腕を振るった朝餉は、いつものように美味だった。

智之介は体に力がみなぎるのを感じた。

やはり今日はうまくゆく。

自室に戻り、着替えをした。両刀を腰に帯びると、体に一本の心が通ったような気がし、智之介は気力が横溢しているのをはっきりと覚えた。

よし、行くぞ。必ず文を探しだしてやる。

智之介は部屋を出て、廊下を歩いた。杜吉が玄関で待っていた。

「引きだしますか」

雪風のことをきいている。

「頼む」

「殿、今日はどちらに」

「昨日と同じだ」

「では、小諏訪村へ」

「そうだ」

もう一度、大寛斎やせがれの常之助など家族に、おみののことをきいたほうがいいのではないか、という思いがある。

いま思えば、昨日はおみのの亡骸《なきがら》を目の当たりにして、気が動転していたのではないか。今日なら、昨日とはまたちがうことをきけるのではないか。

厩に向かった杜吉を待ちつつ、智之介は空を見あげた。

つややかな光が満ちている。

冷気はまだいたるところに滞っているが、あたたかさも漂うようになっている。

智之介は背筋をのばし、鼻から大きく息を吸った。どこか花の香りを感じさせる大気が、体にしみこんでゆく。

「お待たせしました」

杜吉が雪風を引っぱってきた。雪風はいななきもせず、じっと智之介を見ている。はやく乗るように瞳がうながしていた。

智之介は雪風の首筋をなで、鐙に足をかけた。

馬上の人となった智之介は、杜吉とともに再び小諏訪村への道を取った。

途中、忍びなど襲ってくる者がいないか、気を配りながらの道行きだったが、なにごともなく小諏訪村に到着した。

村ではおみのの葬儀が行われていた。村人総出と思われる野辺送りの最中だった。

その光景を目の当たりにして、智之介には、おのれのしくじりでおみのを殺した気分が舞い戻ってきた。

野辺送りが終わるのをひたすら待った。

夕暮れ近くになって、大寛斎やせがれの常之助に会うことができた。

しかし、ろくに話はきけなかった。悲しみに暮れている大寛斎たちに遠慮なく問いただせるだけの図太さは智之介にはないし、仮に話をきいたところで、手がかりにつながりそうな糸口を見つけることはできそうになかった。

二人ともなにも知らないのだ。ただ、巻きこまれたにすぎない。

智之介は、無力の自分を感じた。最近、こんなふうに思うことが多い。

今朝、刀を振るったときの高揚した気分など心のどこを探しても見つからなかった。

葬儀の邪魔をしたような気持ちにもなっている。

重い足を引きずり、野辺送りの先頭に立っていた村長の昌右衛門のもとに行った。

「すまぬことをした」

「津島さま、なにを謝られるのでございますか」

昌右衛門が驚いてきく。

智之介はわけを口にした。

「滅相もない」

昌右衛門が顔の前で手を振った。

「邪魔などというようなことは、決してございません。おみのも、津島さまにいらしていただき、喜んでいると手前は思いますよ」

その言葉で少しは心が慰められたが、気持ちの霧が晴れることはない。

「しかし津島さま、まいりました」

昌右衛門がやや疲れた顔で、鬢のあたりを指でかいた。

「どうかされたのかな」

智之介がきくと、昌右衛門は力なく首を振った。

「このようなことを津島さまに申していいのか……」

昌右衛門が言葉を途切れさせた。智之介は目の前の村長にどういうことがあったのか想像がついたが、黙って待った。

「津島さまは今、御家でお役につかれているのですか」

「いや、旗本であるのは昨日、申した通りだが、役というものにはついておらぬ」

「さようですか。でしたら、横目付さまとはなんの関係もございませんね」

やはりそうだったか、と智之介は思った。

「友だった小杉隆之進のことは調べてはいるが、俺は横目付とはなんの関わりもない」

力強い口調を心がける。

それが功を奏したか、昌右衛門がほっとした顔を見せた。

「実を申しますと、今朝、横目付頭さまがいらしたのです」

「今岡どのだな」

「はい、さようでございます」

「村長どのは、もしや俺がおみのどのの死を横目付に告げたのではないかと疑っているかもしれぬが、俺ではない」

「それはよくわかっております。手前は、甲府の探索方のお方に使者を走らせました。それで見えたものと思いましたが、やはり疲れるものにございますね」

「今岡どの自らきいてきたのかな」

「さようでございます」

昌右衛門はげんなりした顔つきになっている。

今岡になにをきかれたか、智之介は知りたかった。きけば、自分からいいだしたことでもあり、昌右衛門はしゃべってくれるかもしれない。だが、今岡には口どめされているにちがいない。

村長のもとに、また今岡が話をききにやってくるかもしれない。

そのとき、自分のことで気まずい思いをさせるのは本意ではない。智之介は昌右衛門に向かって頭を下げた。

「では、これで」

昌右衛門は、なにもきかずともよろしいのですか、といいたげだ。

智之介はやや離れたところで見守っていた杜吉に合図した。

杜吉が雪風を引っぱってきた。

昌右衛門にあらためて会釈を送ると、智之介は雪風にまたがった。

「戻ろう」

「承知いたしました」

杜吉が前に立ち、雪風を引いた。智之介たちは甲府への道を歩きだした。

「残念でしたね」

小諏訪村が背後に遠ざかってから、杜吉が振り返っていった。

「仕方あるまい。なにかつかめるのではないか、と期待した俺が甘かった」

「しかし、殿らしかった」

杜吉が、雪風の鼻面をいとおしむように軽く叩いた。

「大寛斎さんたちに、無理に話をきかなかったことにございます」

智之介は吐息とともにうなずいた。

「せっかく小諏訪村まで足を運び、葬儀が終わるのを待ったのだから、それではいかんと思っているのだが、俺には無理だな。今岡どのなら、きっとしてのけたのだろうが」

智之介は言葉を切った。

「今日、おみのどのの葬儀が行われるというのは、はなからわかっていなければならなかったんだ。俺は相変わらずうつけ者だ」

杜吉が顎をあげた。

「そのようなことはございません。殿は、思いやりの心が深いお方にございますよ」

力強くいう。雪風が同意をあらわすように鼻を鳴らした。

杜吉や雪風は、自分のことをやさしい男であるといってくれている。

性格だけを考えれば、確かにそうかもしれない。

しかし、気働きができるとはとてもいえない。それができていれば、大寛斎たちの前に再び姿をあらわすという愚を犯さずにすんだ。

大寛斎や常之助は、智之介の顔を見ただけで、悲しみを新たにしたにちがいない。

しくじりだな。

智之介は最近、何度も感じていることをまたも思った。

日はだいぶのびたといっても、すでに暗くなりかかっている。

昨日の伊賀者らしい忍びたちの襲撃に思いがいった。闇こそがやつらの住みかだろう。

杜吉が暗くなりきる前に、いちはやく松明をつけた。

なにごともなく智之介たちは甲府の町に着いた。

日はすっかり落ち、肌寒い風が吹きはじめている。まだ冬は去りきっていない。

やがて屋敷が見えてきた。

おや、と杜吉がいった。

そのときには、智之介も気づいていた。

誰かが門のところにいる。

「どなたでしょう。こんな刻限に」

杜吉がいぶかしげな声をだす。

智之介は馬上で目を凝らした。あっ、と声を漏らす。

「女性でしょうか」

杜吉が、智之介の声に気づかなかったようにいった。

「二人のようにございます」

二人のうち、一人は供のようだ。

誰がそこにいるのか、確信した智之介は杜吉に雪風を急がせた。胸の高まりを抑えて、地に降り立つ。

近づく馬蹄《ばてい》の音から、女性は智之介が帰ってきたことを覚ったようだ。

「ああ、殿」

門のなかからお絵里が出てきた。

「こちらの佐予さまが、殿のお帰りをずっとお待ちでございました。もちろんお座敷にお通しいたしましました」

「ずっとというと」

智之介はお絵里にたずねた。

「一時ほどにございます」

「そんなに」

ちょうど帰るところだったのだろう。智之介は佐予に視線を当てた。

夜が張りめぐらせた幕のなかに立つ姿はどこかはかなげだが、瞳の輝きは隠せない。黒々とした瞳なのに、なぜこんなに光るのか。

「どうされた」

智之介は佐予にただした。

「なにか急用でも」

佐予が静かにかぶりを振る。

「いえ、別段そのようなことはございませぬ」

もしや、会いに来てくれたのだろうか。俺の顔を見たいと思ってくれたのだろうか。

胸にあたたかな灯がともったような気分になった。

「もうお帰りか」

「はい、暗くなってしまいましたので」

「送ってゆこう」

「しかし――」

「いいのだ」

智之介は杜吉に雪風を厩に入れさせ、そののち供につくように命じた。

浅村屋敷は近い。ほとんど会話をかわすことはなかったが、智之介の胸にともったあたたかな灯は、消えることはなかった。

浅村屋敷の門をくぐる際、すばやく佐予が振り向いた。

「お会いできて、とてもうれしゅうございました」

佐予が供の女中をうながし、消えてゆく。

風が舞い、智之介の鼻先に甘い香りが漂った。

吹き渡っている風は冷たいが、智之介は穏やかな春風に身をまかせているような心地よさを感じている。

# 三

お絵里がちらちら見ている。

むろん智之介には、お絵里のききたいことはわかっている。

智之介の佐予への気持ちだろう。

しかし、智之介にいうつもりはない。それでなくとも、いつもと同じく、杜吉や小平次など十四名の家臣が居並んでいるのだ。決して口にできることではない。

それに、お絵里は聡《さと》い。とうに智之介の気持ちは察しているにちがいない。

お絵里はいまだに自分のことを慕っているらしい。

美形だし、性格も素直だ。妻にするのなら、これほどいい女性はそういないだろう。

だが、佐予への想いを智之介はとめることができない。あの娘を妻にしたい。誰にも渡したくない。

はじめて佐予に会った直後、妻にすることはあきらめた。自分にはふさわしくないと。

だが、今、そんな思いは心のどこを探してもない。

佐予を妻にするために乗り越えなければならぬことは多いだろうが、きっと成し遂げてみせるという気力に満ちている。

さっき会ったばかりなのに、もう顔を見たくてならない。

この想いは、一時、菜恵に抱いたものと似ている。

だが、智之介が菜恵のことを考えることはもうほとんどない。夫だった隆之進の死に関することと以外、菜恵はもはやただの他人にすぎない。

冷たい男だな。

智之介は自らのことを思った。

「どうかされましたか」

お絵里が頭をかしげ、きいてきた。

唐突にきかれた感じがし、智之介は戸惑いを押し隠してお絵里を見つめた。

お絵里が見つめ返してくる。まつげの一本一本が濃く、くっきりと澄んだ目は濡れたように光っている。

「なにがだ」

智之介は平静な調子で問うた。

「いえ、箸を先ほどからおとめになっているものですから」

智之介は手にしている二本の細い棒に視線を転じた。

「まことだな」

智之介は苦笑することでごまかそうとしたが、聡明なお絵里を相手にそんなことをしても意味はない。佐予のことを思っていたことは、とうにわかっているだろう。

家臣たちも、どうされたのだろうという顔で智之介を見ている。杜吉一人だけが、智之介の思いを読んだような表情をしていた。

「ちょっと考えごとをしていた」

誰にいうともなくいって、智之介はあらためて箸を動かしはじめた。


夕餉を終えて、智之介は自室に戻った。

燭台に明かりを灯す。淡い光に照らされ、部屋に泥のようによどんでいた闇は、壁際に押しやられた。

刀を刀架に置き、智之介は文机の前に腰をおろした。

書見でもしようかと思ったが、気が乗らなかった。

智之介は夜具としているござの上に横たわった。

床の感触が背中に伝わってきた。

なじんだ感触だが、今日はいつも以上にかたかった。

体より、むしろ気持ちのほうが疲れているのにちがいないが、この体の重さはどうだろう。

主君である武田勝頼の考え通りに進めば、三河長篠城をめぐって、織田や徳川との戦は間近に迫っていることになる。

こんなことで、敵と渡り合えるのか。

織田の武士や兵は上方の者がほとんどで、戦には弱いときく。実際、三方原の戦いでは武田勢は徳川家の援軍としてやってきていた平手《ひらて》汎秀《ひろひで》や佐久間《さくま》信盛《のぶもり》の軍勢三千を蹴散らした。

佐久間勢などは、ほとんど戦わずして逃げている。

戦いにおいて織田勢に引けを取ることはないだろうが、厄介なのは徳川家康率いる三河勢だろう。

剽悍《ひょうかん》だ。三河勢には、自分たちと同じ土のにおいを感じる。そのあたりが強さの源にちがいない。

今、もし三河勢とやり合ったら、後れを取りかねない。

後れを取るというのは、すなわち死を意味する。

死にたくない。

智之介は強烈に思った。

なにか門のほうで人の声がしている。誰かが訪ねてきたのかもしれない。小平次が応対に出たようだ。

起きあがり、智之介は耳をそばだてた。

小平次の低い声が漏れきこえてくる。やはり来客にちがいない。

だが、もう戌《いぬ》の刻近いのではないか。いったい誰が来たのだろう。

智之介の頭に浮かんだのは、横目付頭の今岡和泉守だ。

あの男なら、こんな刻限に訪ねてきてもなんらおかしくない。

廊下を渡る足音がきこえた。

「殿」

板戸越しに呼びかけてきたのは、小平次だ。

智之介は立ちあがり、板戸をあけた。

「客か。どなただ」

廊下に膝をついている小平次が意外な名をあげた。

まことか、と問おうとして、智之介はとどまった。本当のことに決まっている。

「一人か」

「いえ、供の武士を一人、連れていらっしゃいます」

「用件をきいたか」

「はい。しかし殿にお会いしたいとしか、おっしゃいません」

智之介は小平次にいった。

「客間に案内してくれ。冷えてきたから、火鉢に火を入れるのを忘れるな」

「承知いたしました」

小平次が廊下を去る。

来客は菜恵だ。智之介はどうしてやってきたのか、理由を考えた。

隆之進殺しのことで、なにか思いだしたことがあるのか。

それとも、探索が進んでいるか、確かめに来たのか。

智之介は部屋を出て、廊下を進んだ。

客間の前に出る。

廊下に菜恵の甘い香りが漂っている。一瞬、胸がうずき、智之介は驚いた。

まだこんな感情が残っているとは。

「失礼する」

智之介は声をかけ、板戸を横に滑らせた。

燭台の炎がゆらりと動き、壁に映っている菜恵の影が大きく揺れた。

菜恵の供は、この部屋まではついてきていない。玄関のほうにいるのだろう。

智之介は一礼してから、菜恵の前に正座した。板戸を閉めるつもりはない。小平次が火を入れた火鉢の炭は赤くなりつつあるが、まださほど熱くはなっていない。

「お久しゅうございます」

菜恵が深々と頭を下げる。

「いや、会ったのはこのあいだだが」

「さようでしょうか」

顔をあげた菜恵が小首をかしげる。

「津島さまは、私のことなど忘れてしまわれたから、最後に会ったのがいつかなど、もうどうでもよろしくなっているのでしょう」

そんなことはあり得ぬ、と智之介はいいたかったが、菜恵の言葉は真実を衝いている。

「どうしてなにもおっしゃらないのでございますか」

智之介は息をのみ、咳払いした。

「それで、用件は」

菜恵が笑う。

「用がないと、こちらにうかがってはいけないのですか」

「いけぬということはない。だが、菜恵どのにはなにか用事があるのではないか」

笑みを消し、菜恵がじっと見ている。

「はい、ございます」

長い沈黙ののち、ようやくいった。

「我が夫のことにございます。私は、夫を殺した者を捜しだしてほしいと津島さまにお願いしました。あれから日がたちましたが、進展があったのか、知りたくてならず、おそい刻限でご迷惑になるのを承知で、こうしてまかり越しました」

智之介は腕組みをした。どこまでいえばいいものなのか。

「白湯を召しあがるか」

「いえ、けっこうでございます」

間髪容れず、菜恵が答える。

智之介は、すべて語ることを決意した。なにも隠すことなく、ありのままを話したほうがいい。

智之介は、菜恵が教えてくれたおみのという女が本当におり、隆之進の妾《めかけ》であったこと、そして死骸で見つかったことを告げた。

それをきいた菜恵の顔に、驚きの色がくっきりとあらわれた。まるで深く彫りこまれたかのようだ。

「それで津島さまは、そのおみのどのが持っていた文をこれから探すおつもりなのでございますね」

「そうだ」

「どこを当たられますか」

「まずは、おみのが住んでいた家のあたりを当たろうと思っている」

「さようでございますか」

菜恵が深い考えごとをするかのように、目を閉じて下を向いた。

なにか手がかりになりそうなことを思いだしたのか。

智之介は期待を持って、菜恵を凝視した。

「わかりました」

やがて目をあけていった。

「そのおみのどのが殺されてしまったことはとても残念に思います。かわいそうでなりません。我が夫と縁があった人の死は、こたえます」

菜恵が再び小さくなり、童女のように見えた。

「津島さま、たいへんでございましょうが、これからもよろしくお願いいたします」

畳に額をつけ、懇願するようにいった。

「うむ、力の限り、がんばってみようと思っている。必ず隆之進を殺した犯人をつかまえよう」

よろしくお願いいたします、ともう一度いって菜恵が腰をあげた。

もう帰るのか、と智之介は意外な感に打たれた。もっと長居する気で来たと考えていた。

菜恵は玄関で供の武士に声をかけ、松明に火をつけるように命じた。

智之介はあたりが静かになっているのを知った。夜が深まるにつれ、風がなくなったのだ。庭の木もこの静寂に感謝して眠りについていているように思えた。

「では、これで失礼いたします」

菜恵が智之介に向かって腰を折る。

「うむ、気をつけてお帰りなされよ」

武者が先導し、菜恵が歩きだす。

松明の火が徐々に小さくなる。うつむき加減に歩を進めている菜恵の姿が夜の壁に吸いこまれるように、はかなくなってゆく。

闇が似合うな。

智之介は菜恵を見つめて、そんなことを思った。

菜恵が角を曲がり、視野からゆっくりと消えてゆく。

智之介はほっと息をついたが、額に脂汗が浮いているのに気づいた。

今の対面に、気疲れしたのだ。こんなことは、菜恵とははじめてだった。

# 四

和やかな雰囲気の朝餉のあと、智之介は杜吉に供を命じた。

「雪風にお乗りになりますか」

玄関先で杜吉にきかれて、智之介はかぶりを振った。

「いや、今日は乗らぬ」

その声がきこえたように、厩から雪風のいななきが届いた。

「怒っていますぞ」

「本当だな」

智之介は厩に向かった。

あるじの姿を見つけて、雪風が前足を大きくあげた。

「小躍りしていますね」

背後から杜吉が楽しげにいう。

「よほど走りたいのでしょう」

智之介は雪風の長い首をなでた。

「すまんな、今日は連れてゆけぬのだ。またすぐに遠駆けに出よう」

静かな口調でいいきかせると、雪風がこくりと首を縦に動かした。

「相変わらずこやつは人の言葉がよくわかりますなあ」

「まったくだ」

智之介は雪風の鼻面を軽く叩いてから、その場をあとにした。

杜吉がついてくる。

「殿、今日はどちらに行かれるのですか」

智之介は告げた。

「甲府のおみのどのの家の近くを当たられるのですか。小杉さまが借りられていた家のことでございますね」

「そうだ。家も見てみたいと思っている」

杜吉が声を低める。

「場所は、わかっておられるのでございますか」

智之介は深く顎を引いた。

「大寛斎どのからきいてある」

甲斐きっての刀工。刀匠といったほうがいいか。娘の死骸を見つけたときの驚きと無念そうな顔が思いだされる。

しわ深い顔をしていたが、しわがさらに濃くなったように感じられた。

智之介は、おみのの死顔も思いだした。

誰が殺したのか、いまだにわからないが、必ず仇は討ってやる。

おみのに語りかけるようにつぶやいた。

智之介は、黙って待っている杜吉に目を向けた。

「よし、行こう」

はい、と杜吉が前に出た。

智之介は行き先を伝えた。

夜のあいだやんでいた風が、太陽がのぼるとともに吹きはじめた。

「寒い」

杜吉がつぶやき、襟元をつぼめる。

「寒がりだな」

杜吉が振り向く。笑っている。

「殿ほどではございませぬ」

「そうか。俺は寒がりか」

「甲斐国一の寒がりではございませぬか」

「甲斐一とはな」

智之介はいって空を見あげた。

「なんでも一番というのは悪くない」

「ものはいいようにございますな」

一陣の風が吹き、砂埃を智之介たちに叩きつけてきた。

「痛い」

杜吉がぼやく。

「いちいちうるさい男だな。このくらいで痛がっていては、戦場ではどうにもならぬぞ」

また杜吉が振り返る。

「戦場ではまったくちがうというのは、殿はよくご存じのはず」

智之介は笑いを漏らした。

「そんなにむきにならぬでもよい。杜吉の勇猛さはわかっている」

ただ、若さゆえに戦場で突っ走ってしまう危うさもある。

よく見ていてやらねばな。

智之介には、そんな思いがある。

もっとも、近くに迫ってきている今度の大戦では、家臣の誰一人として死なせたくはない。すべての者に生きて、甲府に戻ってきてほしい。

だが、それを望むのは無理か。

武田家がどれだけ動員するのか。

織田家が相手なら、二万近くを三河に持ってゆくのではないか。

織田家と徳川家が合わさった軍勢が、果たしてどれだけの数になるものなのか。

織田家の動員力は、すさまじいと耳にしている。金に飽かせて、多数の兵を集めているともきく。

とにかく、これまで自分が経験したことのないような戦になるのはまちがいなかろう。


春日居町は甲府の南のほうにある。だが、甲府自体さして広くもない町で、智之介たちはほんの四半時ほどで着いた。

「このあたりですね」

杜吉が見まわしていう。

「殿、おみのどのの家がどこだったのか、詳しい場所をご存じなのですか」

「井上家という宿屋《や》の裏手だそうだ」

杜吉が目で探す。

「ああ、あれでございましょうか」

智之介は、杜吉が指さしたほうを眺めた。

半町ほど先に、それらしい建物がある。早立ちをしなかったらしい旅人が二人、道に出てきたのが見えた。

「そのようだな。行こう」

智之介は杜吉とともに歩きだした。

宿屋を通りすぎたところに、左に入る路地があった。

「ここを折れるのですね」

「そうだろう」

智之介は路地に身を進ませようとした。

だが、その前に立ちはだかる者があった。陽射しがさえぎられる。

智之介は刀に手を置きかけたが、すぐに離した。

横目付頭の今岡和泉守だった。

冷たい視線が智之介をとらえている。

智之介は、背筋が冷たくなるのを感じたが、その思いを外にだすことはなかった。

居心地の悪い沈黙のなか、智之介は今岡がしゃべりだすのをひたすら待った。

## 五

今岡和泉守が足を一歩だした。

目の鋭さが増している。横目付頭にふさわしい、まさに激しい炎を噴かんばかりの色が、瞳にある。

見つめていると、おのが体に火がつくのではないか、と思えるほどの迫力だ。智之介は息をのんだ。別に悪いことをしているわけではないのに、胸が痛くなってきた。今岡とはこれまで何度も会っているのに、はじめて見る目つきに感じられる。

なにがあったのか。どうして、こんな目をしているのか。

今岡の背後には、配下の横目付らしい者が六名いる。油でも落としたかのようにぎらついた目を、頭にならって智之介と杜吉に向けている。

「どこに行くつもりだ」

今岡が問う。意図して凄みを利かせたのか、ずいぶんと低い声だ。

「おわかりではないのか」

静かに深い呼吸をし、智之介は平静な声音で返した。

「わからぬ。教えてもらえるか」

今岡は明らかにとぼけている。

だからといって、こちらもとぼけたところで仕方ない。駆け引きではどう考えても、今岡のほうが上だ。

智之介は告げた。

今岡がにらみつけてきた。

「この件に関し、手をだささぬようにいったのを忘れたか」

「忘れてはおり申さぬ」

今岡がぎろりと目を動かす。

「それならば、なにをいまだに勝手に動いておる」

智之介は腹に力をこめた。刀を抜くときのようにやや腰を落とす。

「それがしは今岡どのの配下ではござらぬ。今岡どのには勝手に動いているようにお見えなのかもしれぬが、それがしはそれがしなりに考えをもって動いてござる」

「それで、ここまでのこのこやってきたというわけか」

今岡が冷ややかにいう。

首を振り返らせ、路地をのぞきこんだ。

「ふむ、おみのの家を調べるか」

視線を転じ、智之介の顔に目を向ける。

「だが津島、どうやって調べるつもりでいる。まさか、家捜しする気でいるわけではあるまい」

おみのが住んでいた家に人がいるのなら、その人に許しをもらうつもりでいた。空き家なら、持ち主に断る気でいた。

智之介はそのことを今岡にいった。

「なるほどな」

今岡が小馬鹿にしたような軽い相づちを打つ。

「今、家は空き家よ。ついてこい」

今岡がいい、きびすを返す。二人の配下が、智之介と杜吉のうしろにまわる。

路地を五間ほど進んで、今岡が足をとめた。

「ここだ」

目の前にあらわれた家を、智之介は見あげた。

どこにでもある町屋といっていい。立派な門がついているわけではなく、間口もせまい。路地に入口がそのまま面している。

ただ、奥行きがけっこうあるようで、四部屋ほどの広さはあるのではないかと思えた。屋根は甲府では最もふつうの茅葺《かやぶ》きだ。

ここに、と智之介は思った。隆之進はおみのを住まわせていたのだ。

ふと智之介は思いだした。隆之進の帰りが遅くなっていると、菜恵がよくいっていたことを。もしや仕事ではなく、この家に寄っていたから隆之進はなかなか小杉屋敷に戻らなかったのではないか。

智之介は今岡に視線を当てた。それを待っていたかのように今岡が智之介を見つめた。

「おぬしが文のことを探しているのは、すでに存じておる」

「さようにござるか」

さりげなさを装って、智之介は答えた。これも小諏訪村あたりから、漏れたのだろう。

「その文に、なにが記されていると思っている」

きかれて智之介はどう答えるべきか考えた。

「ごまかしは許さぬ」

目を細めた今岡が機先を制するようにいった。口調には、刀の切っ先を思わせる鋭さがある。

目の前の横目付頭を見つめ返す。

この男を果たして信じていいものなのか。武田家のために身を粉にして働いているという熱意は確かに伝わってくるが、それを疑うことなく受け入れてしまっていいものか。

なにかを背後に隠し持っているかのような、胡散臭さが感じられてならない。それがなんなのか、智之介にはわからず、苛立《いらだ》たしさのもとになっている。

今岡はなにかを知っている。それはまちがいない。

隆之進の死に関することか。それとも、今、武田家を覆っているすべてのことに答えを見つけているのか。

どうだろう。もしそうなら、こんなにしつこく姿を見せることはないのではないか。

今岡自身、探索にあまり進みや広がりがないから、智之介の前に繁くやってくるのではないだろうか。

智之介としては、今岡が知っていることを残らず話さない限り、この男のことを信ずる気には、ならない。

今岡が信じがたいからといって、ほかに信頼すべき者がいるかどうか。

森岡茂兵衛はどうだろうか。

あの男は友垣だ。信用できる。

いや、茂兵衛といえども、今の状況では信ずべきではないのかもしれない。

誰でも疑わなくてはならないのは、人として寂しいことだが、生きている世が世だ。

だまされた者が負け、この世からあっという間に取り除かれる。

今、本当に信じられるのは、杜吉をはじめとする屋敷の者や佐予くらいではなかろうか。

「どうした」

今岡が心のいらいらを外に吐きだすように、とがった声できく。

「なにか」

智之介は問い返した。

「なにかではない。文のことだ。なにが書かれているかとたずねたが、まだ返事がない」

そうだったな、と智之介は思った。

「今岡どののほうこそ、すでに見当がおつきなのではござらぬか」

「わしがだと」

今岡があきれたような声をだす。

「文のことは知ったばかりだ。どうして見当がつくという」

「文のことを知った今岡どのがなにも考えぬとは、思えぬからにござる」

今岡が唇を引きつり気味にした。笑みをこぼしたようだ。

「おぬしの考えはどうだ」

「さっぱりにござる。隆之進が一人、調べを進め、得たことが記されているものと思いますが」

「そうであろうな」

今岡がうなずきを見せる。

智之介はおみのが暮らしていた家を見あげた。

「もうこの家は調べたのでござるか」

「むろん」

今岡が素っ気なく答える。

「なにか出ましたか」

「なにも」

「文は出ませんでしたか」

今岡が智之介に顔を向けてきた。

「出たら、おぬしに見せるつもりでいた」

本当だろうか。智之介はいぶかしんだ。これまでの今岡の動きや性格からして、隆之進がつかんだ最も重要といえる秘密を、そうやすやすと漏らすわけがないのではあるまいか。

今岡が家に向けて、顎をしゃくる。

「入ってみるか」

「よろしいのでござるか」

今岡がにやりと笑う。

「わしの許しが必要なのか」

智之介の返事を待たず、今岡が配下に目をやる。配下が顎を引き、戸口に立った。

戸があけられ、なかの暗さが智之介の瞳に映りこんだ。霧のように湿り気を帯びた風が、外気に誘われるように這いだしてくる。

かすかにかび臭さが感じられ、住人がいなくなってから、ほとんど風が入れられていなかったのがわかった。

「どうした、入らぬのか」

今岡の頬に、薄笑いが浮かんでいる。

「むろん、入らせていただく」

智之介は気負っていった。

今岡が敷居を越えて、足を踏み入れる。杜吉に一緒に来るように命じておいてから、智之介は続いた。

土間だ。今岡の配下が灯し皿に明かりを灯す。

土間が明るくなり、右手に台所が連なっているのが見えた。

沓脱ぎで草鞋を脱ぎ、最初の間にあがる。そこは板敷きの間だ。

そのあと今岡に先導されるように、智之介は家のなかをめぐった。

外から眺めたとき感じたように、やはりこの家には四つの部屋があった。町屋としてはかなり広い。

「この家の持ち主は誰にござろう」

智之介は今岡にたずねた。

「とある商家だ」

今岡が静かに答える。どこか、この話題には触れられたくないという感じが漂った。

「どこの商家でござろうか」

智之介は食い下がった。

今岡が、かすかにむっとした表情を見せる。

「辰巳屋だ」

隆之進が懇意にしていた武具屋だ。小諏訪村のことを智之介に教えてくれたが、さすがにこの家のことまでは告げてくれなかった。

当然のことだろう。智之介がきかなかったからだ。

しかし、どうして今岡は辰巳屋のことをいいよどんだのか。

そうか、と智之介は首領した。今岡はきっと恥じたのだろう。

辰巳屋から隆之進の脇差のことをききだしたのは、この俺だ。小諏訪村のことも同じだ。素人の俺に後れを取ったことに対し、今岡は決まり悪く感じているのではあるまいか。

もうそのことには触れぬことにし、智之介は文を探した。

押入や戸棚、欄間、床の間、台所などをくまなく当たってみた。一時近くかけて探してみたが、結局、なにも見つからなかった。この家にはなにもない。

智之介としては、そう結論づけざるを得なかった。

「ご苦労だったな」

土間に戻り、智之介は杜吉をねぎらった。

「いえ」

杜吉が智之介を気遣うように見ている。

「お疲れではございませんか」

智之介は小さく息をついた。

「杜吉の前で虚勢を張っても仕方ないな。ああ、疲れた。これだけ探して、なにも収穫がないというのは……」

杜吉をうながして家を出た。

四半時ほど前に先に出ていた今岡が、待ちかねたように寄ってきた。

「どうだった」

おわかりでござろう、と智之介はいいたかった。なにも出てこないのを承知していたからこそ、今岡は先に出ていたのだ。

「疲れたようだな」

智之介は胸を張った。

「いえ、さして」

「無理するな」

今岡が笑い、肩を叩いてきた。まるで友垣に対する仕草だ。

今岡がこんなことをするとは夢にも思わなかったから、智之介は少なからず驚いた。杜吉も同じようだ。

「この家の家捜しをしたとき、わしは疲れた。配下も同じよ。今のおぬしは、あのときの配下と同じ顔をしておる」

今岡が腕を組む。何者も寄せつけない石垣をつくったように見えた。

「これからどうする」

智之介の答えを待たず、今岡が笑った。

「いわずともわかっておる。文の探索を続行するというのだろう」

笑みを消し、真顔になる。

「もはや、とめはせぬ。とめたところで無駄であるのは、十分にわかったゆえ。津島、存分にやってみろ」

今岡が口の端をゆがめるようにしていう。

「ただし、わしのほうが先に文にたどりついてみせるがな」

戸締まりをさせた今岡が、配下をしたがえて路地を去ってゆく。

智之介は黙って見送った。

「これからどうされますか」

杜吉がきく。

「今朝、話したように近所の者を当たってみるつもりだ」

「文のことでなにかつかめましょうか」

「それが一番よい。だが、文のことでなくともよい」

智之介はいいきった。

「俺は、おみのや隆之進のことで、なにか知ることができれば、それでよいと思っている。そういう一つ一つの重なりが、きっと俺たちを文のもとに導いてくれよう」

智之介は今岡たちと反対の方角に歩きはじめた。

六

一年ばかり前、野駆けしていた小杉隆之進は、小諏訪村に住んでいたおみのを見初め、妾とした。ここ春日居町に住まわせ、妻の菜恵とうまくいっていなかったこともあり、足繁《あししげ》く通った。

おみのという女は、と智之介は思った。一年もこの町に住んでいれば、きっと知り合いもできただろう。

まず東隣の家に訪いを入れた。せまい家だ。せいぜい二つの部屋がある程度ではなかろうか。

赤子の泣き声がしている。

「はい」

戸を引き、顔をのぞかせたのは、色の黒い女だ。歳は三十くらいか、鼻が丸く、眉を落としている。

赤子を抱いている。きこえていた泣き声はこの子が発していたようだが、今は泣きやみ、濡れて黒々とした瞳で智之介をじっと見ていた。

いずれ俺も子を持つことになるのだろうか。

それはいつのことか。母親は佐予だろうか。そうであってほしいが、果たしてどうだろうか。

「なにかご用でございますか」

女の声がきこえた。

智之介ははっとして目をあけた。いつしか目を閉じていた自分に気づく。

「ああ、すまぬ」

智之介は笑みを浮かべ、ていねいな口調を心がけて名乗った。

女が腰をかがめ、頭を下げた。上目遣いで智之介を見る。

「ご家中のお侍が、どんなご用でございましょう」

「ききたいことがある」

智之介はいい、続けた。

「その前におぬし、名はなんと」

「はい、くまと申します」

「そうか、よい名だな」

丸い鼻に、どこか、子熊を思わせる愛嬌めいたものがある。子熊など滅多に見られるものではないが、幼い時分、父に山に連れていってもらったとき、智之介は目にしたことがある。母熊が近くにいることを察した父は足早にその場を離れたが、子熊はころころしてかわいかった。

「隣に、おみのどのというおなごが住んでいた。存じているか」

「はい」

もちろん、という文字が刻みこまれたような表情で女が答える。

「ここ最近、顔を見ていませんが」

「おみのだが……」

智之介はいいよどんだ。

「つい先日、殺された」

「ええっ」

あまりの驚きに、おくまはのけぞりそうになった。頰を紅潮させ、口を貝のように大きくあけている。

「大丈夫か」

智之介は手をのばし、支えようとした。うしろから杜吉も同じ仕草をする。

「ありがとうございます。もったいないことでございます」

おくまがあわてて体を戻した。赤子が泣きだしそうになる。

「よしよし」

それに気づいたおくまがあやすと、すぐに安心したように目を閉じた。

智之介も安堵した。

赤子が寝入ったのを確かめて、おくまが智之介に視線を当ててきた。

「おみのさん、いったい誰に殺されたんでございますか」

「俺たちはそれを調べている」

「じゃあ、お侍は探索方のお方なんですか」

おくまが驚きからやや立ち直りを見せて、きく。

「そうだ」

これは、杜吉が答えた。

「さようでしたか」

おくまが納得した顔つきになる。なんでもきいてください、という表情をしている。

智之介はそれに甘えることにした。

「おぬし、おみのと親しかったか」

「いえ、さほどでも」

「どうしてかな」

おくまは困ったような顔を見せた。

「越してきてすぐ、幼なじみのように仲よくなる人もいますけど、おみのさん、口数が少ないこともあって、あまり話をしなかったものですから」

おみのとおくまは、十年たってもきっと親しくなることはなかったのではあるまいか。馬が合わないという理由もあったのかもしれないが、おくまにとっておみのは、通りすがりに感じられていたのではないだろうか。

「おみのがどうして隣の家に住んでいたか、わけは知っているか」

智之介は問いを重ねた。

「はい」

「おみのが囲われていたことは知っているのだな。誰が囲っていたかはどうだ」

「お侍であるのは、存じていました。でも、あのお方がどなたかまでは……」

「おぬし、武士の姿を見たことはあったのだな」

「はい」

「武士はよく見かけたか」

おくまが眉根にしわを寄せ、考えこむ。

「いえ、さほどでも」

低い声で答える。

「お姿を見かけたのは、ほんの二、三度でなかったかと」

「見かけたのは、夜か」

「はい、さようです」

「何時頃かな」

「戌の刻頃だったと思います」

おくまが唾をのみこみ、言葉を継ぐ。

「この子が夜泣きして、外に出たときにお姿をお見かけしたのです。あのお侍は松明の火をお消しになって、いつもなかへとお入りになっていました」

そうか、と智之介はいった。間を置く。それを待っていたかのように風が吹きすぎ、近くの梢を揺らしていった。風に一時の冷たさはなく、春を強く感じさせるやさしさとあたたかさだけがある。

「武士が誰か、知らぬといったな。実をいえば、その武士も殺された」

「えっ」

おみのの死をきかされたときよりも、驚きは少ないようだ。

「そちらも誰に殺されたか、わかっておらぬ」

おくまが遠慮がちにうなずく。

智之介は、文のことをきくべきかどうか迷ったが、ここまで来て口にするのをためらうことではないと判断した。

「おみのから、ある文について耳にしたことはないか」

おくまが不思議そうになる。

「文といわれますと」

智之介は顎に指先を当てた。

「俺たちにも、それがなにかはわからぬ。どのような文であれ、おぬし、おみのが所持していた文に心当たりはないか」

おくまが赤子を気にして振り向く。ぐっすりと眠っているのを認めてから、考えはじめた。

「いえ、一度もなかったように思います」

顔を静かにあげたおくまが、智之介をまっすぐ見つめていった。

よくよく考えて口にした言葉だけに、おくまの記憶に誤りがないことは、はっきりと伝わってきた。

智之介は、ほかになにかきくべきことがないか、思案した。

「おみのと親しくしていた者を知っているか。もしくは、心当たりはないか」

「いえ、申しわけないことにございますが、存じません」

迷いのない口調だ。

「これで終わりだ。忙しいところ、すまなかった」

さすがにおくまがほっとする。

「お役に立ちましたか」

「十分だ」

智之介は赤子を見つめた。

「名はなんと」

「たつ、と申します」

「おたつか。おぬしの子だ、よい子に育つであろうな」

智之介は杜吉をうながし、おくまの家を辞した。

「次は反対側ですか」

杜吉がうしろから問う。

「そうだ」

智之介は、おみのの家の西隣に向かった。

こちらはおくまの家より、少し広さを感じさせる。

訪いを入れると、出てきたのはやはり女房だった。こちらもおくまと同様、赤子をおんぶしている。ただ、おくまよりも十近くは若いように見えた。

「ええ、おみのさんとは親しくさせてもらっていますよ」

まさ、と名乗った女は元気よく答えた。

「おみのさんがどうかしましたか。ここ最近、会っていないんですけど」

智之介は、おみのが殺されたと告げた。

「えええっ」

おまさは、おくま以上に驚いた。本当によろけてしまい、智之介と杜吉が横から支えなければならなかった。

赤ん坊が泣きだす。おまさがそのことで逆に落ち着きを取り戻した。

よしよしとあやす。赤子は笑みを浮かべ、眠りに落ちていった。

おまさが平静になったところを見計らって智之介は、おみのを殺した犯人を捜している旨を伝えた。

「さようでしたか」

おまさは涙ぐんでいる。目尻のしずくを指でていねいにぬぐった。

「なんでもおききください。知っている限りのことは、お話しします」

「かたじけない」

智之介は軽く頭を下げた。前置きはせず、さっそく本題に入った。

「文ですか」

智之介にきかれて、おまさが下を向き、じっと考えはじめた。視線は、そばを流れる汚れた水に向けられている。そこからは、鼻を衝くにおいが立ちのぼっている。

やがてそっと顎をあげた。

「覚えはございません。おみのさんとは歳が近いこともあって、いろいろと話しましたけれど、文のことが話題になったことは一度もございませんでした」

智之介はすぐに次の問いを発した。

「おぬし、おみのと親しい者を知らぬか」

おまさが鼻先に指を当て、思いだそうとする。

「一人、思い浮かぶのは、為吉《ためきち》さんでしょうか」

「何者だ」

「蜆売りです」

「おみのの家によく来ていたのか」

「ええ。為吉さんは、このあたりをよくまわっています。私はあまり買わないんですけれど、おみのさんは蜆が好きで、よく買っていました。ほぼ毎日といって、よかったんじゃないでしょうか。二人で話しこんでは、よく笑い合っていました」

おまさが再び悲しげな顔になる。

「そういえば、為吉さんもおみのさんがどうしたのか、とても心配していました。もしかしたら為吉さん、おみのさんに……」

そのあとの言葉をおまさはのみこんだ。なんといいたかったのか、智之介にも見当はついた。

「おぬし、おみのが囲われていたのは存じていたのだな」

「はい」

「囲っていた男の名をきいたことは」

「いえ、それはありませんでした」

「先ほどおぬしはおみのといろいろ話したといったが、その男のことを話したこともあったのか」

智之介は、詰問の口調にならないように心がけてたずねた。

「……はい」

おまさが言葉少なに答える。

「どんなことを話した」

「……食事の好みや、お酒が好きかとか、なにをしている人なのか、どこで知り合ったのか。そんなことです」

「そのようなことをおみのは話したのか」

「なにをしている人なのかは話してくれませんでしたけど、話せることはだいたい」

智之介は腕組みし、空を見あげた。細切れの雲が風にあおられて北に流れてゆく。なにか大きな鳥が二羽、風の流れに逆らうように南に向かおうとして、必死に翼を羽ばたかせている。

「おみのだが、男とうまくいっていたと思うか」

「はい、それはもう」

おまさが大きく顎を引く。

「その男の人のことを語るとき、おみのさん、瞳を輝かせていましたから」

二人が仲むつまじかったのは、わざわざきかずともわかっていたことだが、智之介は耳にしたかった。

「では、おみのがその為吉という蜆売りに心を移したというようなことは、ないのだな」

「はい。おみのさんが為吉さんと仲がよかったのは、弟をかわいがるのと似たような気持ちだったと思います」

智之介は、為吉に会うにはどこに行けばよいか、たずねた。

おまさが腕をあげ、南の方角を指さした。

「あの森にいます」

こんもりとした樹木のかたまりが、二町ほど先に見えている。そんなに広い森ではないようだが、一杯に葉を茂らせた枝を広げた大木がそろい、鬱蒼《うっそう》としているのがわかる。

「あそこは神社かな」

「はい、玉宮神社といいます」

生まれたときから甲府に住んでいるが、これまで耳にしたことはない。せまい町だが、この町のすべてを知っているわけではない。

「為吉という男は、玉宮神社の供御人《くごにん》か」

「はい、さようにございます」

供御人というのは、朝廷や神社に食料や飲料などを献ずる者をいうが、今は座をつくり、特に河川の魚介を独り占めにする形でとって神社に献じ、残りを市場に持ってゆくことで、相当の利をあげているときいている。

力のある寺社の庇護《ひご》を受けられることから、多くの百姓たちが次々に供御人になっているとの話もきく。

玉宮神社も、智之介が知らなかっただけで、甲府ではかなりの力を持つ神社なのかもしれない。おまさに礼をいって、智之介はその場をあとにした。杜吉を引き連れ、玉宮神社に足を運ぶ。

参道を入って鳥居の前に立ったとき、杜吉が嘆声を漏らした。

「広い……」

智之介も同感だ。先ほどおまさの家から見たときより、境内はずっと広大に感じられる。陽射しは樹木にさえぎられて薄暗く、荘厳さはあるが、奥行きがあって、どこかのびやかさが感じられた。

大気は冷涼で、気持ちも体も引き締まる。

一町ほど先に門が見えており、その先に本殿があるようだ。

鳥居をくぐった右手に樹木の切れ目があり、かなり大きな建物が見えた。

「社務所でしょうか」

多分そうだろう、といって智之介は足を進めた。

社務所は神社全般の事務を取り扱っている場所だ。施物《せもつ》など金銭、物品の納入を担当しているところでもある。座にも関係があるにちがいない。

訪いを入れるまでもなく、智之介たちの気配を感じて出てきた神官がいた。

智之介は武田家中の者であるのを告げてから、名乗った。為吉がどこにいるか、きく。

「津島さま、為吉になにかご用でございますか」

神官が笑みを浮かべて問い返す。目には鋭さを宿している。為吉が座の者ということで、必ず庇護しなければならぬという思いがあらわれているのだ。

智之介はおみのの死を伝えた。

「津島さまは、そのおみのさんを殺した犯人を捜していらっしゃるのですか」

「さよう」

「それで為吉がおみのさんと親しかったことから、話をききたいといわれるのですね」

神官が瞳を光らせる。

「為吉がおみのさんを殺したと、疑っておられるのですか」

智之介は笑って手を振った。

「それはござらぬ。おみのに関して、話をききたいという言葉に、偽りはござらぬ」

神官がじっと見る。頭上を一羽の鳥がさえずりながら飛んでゆく。それを合図にしたかのように神官が深くうなずいた。

「よろしいでしょう。手前が為吉のもとに案内いたします」

「ありがたし」

「では、こちらに」

神官が身をひるがえし、歩きだす。

「こちらのお方、何者でしょう」

うしろから杜吉がささやきかけてきた。

「まさか、宮司《ぐうじ》さんではないでしょうね」

神官が首だけを振り向かせた。

「そのまさかでございますよ」

にっと人のよさそうな笑顔になる。

「というのは偽りでございます。手前は社務所の差配を司っております明斎《みょうさい》と申します。どうぞ、お見知りおきを」

こちらこそ、と杜吉が恐縮して頭を下げた。

明斎に連れていかれたのは、玉宮神社の裏手だ。入口に筵《むしろ》が下げられた小屋がいくつも立ち並んでいる。

明斎は一軒の小屋の前に立ち、筵をやや乱暴にあげた。

「為吉、いるか」

「はい」

なかから声がして、一人の男が出てきた。

「ああ、明斎さん」

眠っていたのか、少しまぶしげな目をしている。

明斎が智之介と杜吉を紹介し、言葉を続けた。

「おみのさんという女性を存じているな。そのおみのさんのことで、話をききたいといらした」

「はあ、おみのさんのことで」

為吉が智之介に視線を流してきた。

「いいか、きかれたことにはすべてしっかりとお答えするのだぞ」

「はい、承知いたしました」

「では、手前はこれで」

智之介たちに一礼し、明斎が大股で歩きだす。

智之介は背中に礼をいった。明斎が首だけを振り返らせ、にっと笑った。

明斎の姿が見えなくなってから、智之介は為吉に向き直った。

「おみのと親しかったそうだな」

「はあ」

「おみのは死んだ。殺されたんだ」

「げえ」

喉を押し潰されたような声をだした。

「ま、まことですか」

惚れていたというのは、どうやら本当だったようだな、と智之介は思った。

智之介はいつどこで殺されたかを教えた。

「小諏訪村で……」

為吉が顔をあげ、智之介を見つめた。目に燃えるような憎しみの色がある。

「俺が殺したのではないぞ」

為吉がはっとし、あわてて小腰をかがめる。

「これは失礼いたしました」

「かまわぬ」

智之介はいい、すぐに本題に入った。

「文ですか」

為吉が首をひねる。

「いえ、預かってはいませんし、見たこともありません」

「そうか」

「おみのさんから預かった物といえば、脇差ですよ」

「まことか」

智之介の勢いに、為吉が身を引き気味にうなずく。

「奉納してほしいということで、つい先日、おみのさんがこちらに見えたんです」

そういえば、と智之介は思いだした。おみのを訪ねて小諏訪村を訪れた際、村長が二日ばかり前、おみのの姿を見かけたような気がするといっていた。あの日、おみのは脇差をここまで持ってきたのではなかろうか。

「その脇差はもう奉納したのか」

「いえ、まだです」

「では」

「ええ、ここにあります。今日、奉納するつもりでおりました」

「見せてもらえるか」

「はい、それはかまいませんが」

為吉の目に警戒の色がある。

「持ってゆくようなことはせぬ。安心してくれ」

「……はい、承知いたしました」

小屋のなかに入りこんだ為吉は、すぐに智之介たちのもとに戻ってきた。

「これです」

# 七

風を切って大股に近づいてくる今岡との距離は、およそ五間。思案のときは、わずかながらも残されている。

智之介は、手中の紙片にあらためて目を落とした。視線を横に流してゆく。

山県昌景、内藤昌秀、土屋昌次、真田信綱、三枝守友《さえぐさもりとも》、馬場信春、原昌胤《はらまさたね》、小山田信茂、多田《ただ》常昌《つねまさ》、春日虎綱、秋山虎繁。

名が記されているのは、この十一人だ。譜代や外様、他国衆とそろっているが、いずれも、武田家を支える中心といっていい者ばかりである。武田家を屋敷にたとえるなら、柱や梁《はり》に当たる者たちだ。山県昌景や馬場信春は、大黒柱といっても過言ではない。

紙片には、ほかのことはなにも書かれていない。

ちがう、そうではない。

智之介は、下にうっすらとした線が引いてある名があることに気づいた。

原昌胤から秋山虎繁までの最後の五名がそうだ。最初の六名には、そのような線は引かれていない。

この人名の羅列は、そして、下に引かれた線はいったいなにを意味するのか。

いや、その前にこれは隆之進の手跡なのか。

まずまちがいないのではないだろうか。少なくとも、脳裏にある隆之進の文字とはそっくりだ。

これは隆之進の手跡だ。

玉宮神社の鳥居の下で智之介は断定し、考えを進めることにした。

隆之進はこの紙片で、なにを伝えようとしているのか。

謀反を画している者の一覧なのか。もしこれだけの者たちが勝頼を引きずりおろそうと考えているのなら、成功は疑いなしだろう。一気に武田の棟梁の首はすげかえられることになる。

だが、これだけの者が集まって、誰を担ごうとしているのか。それほどの器量を認められた者が、武田家に果たしているだろうか。

勝頼との不仲を噂される穴山信君か。それとも、誰かほかの者か。

智之介には心当たりがない。やはり、今の武田家には勝頼こそふさわしいのではないだろうか。

これまで何度か顔は見かけている。そのために明瞭に面影を脳裏に描くことができた。

勝頼の戦における勇猛さは、信玄を神のように考えている者にとって、虫酸《むしず》が走る類のものかもしれない。なにしろ信玄は、まさに静かなること林のごとく陣の床几《しょうぎ》に一人座して、采配を振るうのみで自在に軍勢を動かしたからだ。

今の勝頼に、それを求めるのは無理だろうし、信玄こそ大将の鑑《かがみ》であると信じている者には、勝頼は一介の猪武者にしか思えないはずだ。

だが、全軍の先頭を切って突っこんでゆくような勝頼の姿勢はすばらしいと思う。武田家中において、あれで鼓舞、鼓吹されない者はただ一人もいないのではないか。

もともと信玄にしたところで、神のごとき采配ぶりが若いうちからできていたはずがない。負け戦もあったときく。そういう苦い経験を積み重ねて、深い思慮を働かせるようになり、いつしか名将と呼ばれるようになったはずだ。

今の勝頼ほどの若さなら、信玄のように采配で軍勢を自由自在に動かすことより、一番乗りや一番槍を目指すくらいの猛将ぶりのほうがよほど好ましい。

勝頼は生来、物静かだときく。勇猛果敢なのは戦のときだけだ。いずれ采配だけで軍勢を動かし、戦を支配する日もやってくるだろう。今は、そのときを楽しみにすべきではないか。

自分がこういうふうに考えている以上、同じ思いを抱く家中の者は少なくないだろう。

諏訪御寮人が母親ということで、御家に仇なす者と片寄ったものの見方をする者が多いが、勝頼自身、ひじょうにすぐれた武将であるのはまちがいない。

智之介は、ちらりと今岡に視線を向けた。

これまでいろいろと考えたのに、まだ距離があることに軽く驚いた。すでに二間ほどまで近づいているが、意外にゆっくりと足を運んできている。

どういう風の吹きまわしなのか。いつも早足で歩いている男にしては、珍しいこともあるものだ。

とにかく、今の智之介にはありがたいことだった。

再び紙片を見つめる。

それとも、これは織田、徳川への内通者の一覧だろうか。

いや、あり得ぬ。

智之介は強く思った。

いくら勝頼に不満があるからといって、これだけの者が一気に武田家を見限ることなどあり得ない。

もしかすると、と智之介は思った。これに記されている者のなかに、謀反を考えている者、あるいは敵に通じようとしている者がいるのかもしれない。

それはおそらく一人か二人なのだろう。武田家のあまたの重臣のなかで、そういう疑いがある者を、隆之進は十一人までしぼったということなのか。

「津島」

今岡に呼ばれた。智之介は静かに顔をあげ、目を向けた。

「なにか」

「とぼけるな」

一尺ほどまで近づいてきた今岡が目を怒らせ、吠えるようにいった。この冷静な男にしては、そうあることではない。

「なにを見つけた」

今岡の抜き身のようにぎらりとした光を放つ視線は、智之介の手にある紙片に当てられている。

「それはなんだ」

手のひらをぐいっとのばしてきた。こういえば当然、差しだすと信じて疑わない動きだ。有無をいわせぬものがある。

智之介は無言で手渡した。うしろで一歩踏みだした杜吉が、よいのですか、といいたげにした。かまわぬ、と智之介は背中で答えた。杜吉がゆっくりと下がる。厳しい目を今岡に浴びせているようだ。

今岡は、杜吉のことなど歯牙《しが》にもかけぬという表情で、紙片を顔の前に持っていった。瞳が横にすっと動く。二度、三度と読み返している。

「これは」

紙片から目を離し、智之介を見つめてきいてきた。

智之介は包み隠すことなく、すべてを語った。

ふむ、と今岡がうなるようにいった。

「執拗に調べたものよな。ついにこのような文にたどりついたか」

智之介は今岡を見据えるようにした。今岡が感情のない目をあげる。

「なにかききたいことがあるのか」

「そこに名のある重臣たちは、いったいなにをしたのでござろう」

今岡があっさりと首を振る。

「わしにはわからぬ」

智之介は目を細め、眼光を鋭くした。

「津島、そのような顔は似合わぬぞ」

今岡が軽口をいったが、智之介は無視した。

「その一片の紙のために、隆之進は殺されたのでござろうか」

今岡が口元を引き締め、表情を厳しいものに変えた。

「いえ、わかっておられるのでしょう。内通か謀反か、とにかく隆之進はそういうことをしでかしかねない者が重臣のなかにいることを知り、徹底して探索した。そして、うるさく思った者に消された」

「それもわからぬ」

智之介は、下に線が引いてある五人の名を指さした。

「さて、それはどうかな」

「その五人が、特に怪しいと隆之進が疑った方たちではござらぬか」

「隆之進は十一人から五人にしぼった。その五人のうちの誰をまず選んで調べはじめたかわからぬが、とにかくいきなり当たりを引いてしまった。それゆえ、虫けらのように斬殺《ざんさつ》された」

「津島、相変わらず先走っているのではないか」

今岡が冷たく見ている。見くだしたような視線だ。

「さようでござろうか」

智之介は平静に言葉を返した。

「いいか、津島」

手をかざし、今岡が紙片をひらひらさせる。すでに、自分のものであるかのように振る舞っている。

「これだけでは正直、さっぱりわからぬ」

かもしれぬ、と一瞬思ったが、今岡は横目付頭という要職にあり、隆之進の上司だった男だ。さっぱり、というのはあり得ないのではないか。

「それがしは伊賀者と思える者に命を狙われ申した」

智之介は今岡から目を離すことなく、口にした。

今岡が深くうなずく。

「それは前にきいた。だが、おぬしを襲ったのが本当に伊賀者なのかどうか」

「それがしが忍びらしい者に襲われたのは事実にござる」

智之介は冷静に言葉を継いだ。

「ふむ、それはわしも疑ってはおらぬ」

智之介は軽く顎を引いた。

「この杜吉を含め、それがしどもはやつらの襲撃をかろうじて切り抜けることができ申したが、その後、訪れた小諏訪村でおみのどのの遺骸を目の当たりにすることになり申した。おみのどの、隆之進のほかにも、今岡どのの配下の横目付が一人、犠牲になっており申す。それがしの目の前で斬り殺されたにもかかわらず、いまだに名を存ぜぬお方だが、あのお方も隆之進と同様、それと同じような紙片を手に、いろいろと探りを入れていたのでござるまいか」

智之介は小さく息をついた。

「それについては、今岡どのはどうお考えにござろう」

今岡が考えをまとめるように上を向き、顎をひとなでした。

「わしがこの紙片を目にするのは、今がはじめてだ」

「では、隆之進ともう一人の配下のお方がなにをしていたか、ご存じではなかったと」

それについて、今岡はなにも返してこなかった。

「隆之進ともう一人のお方は、今岡どのの許しを得ることもなく、談合することもなく、勝手に探索をしていたと、いわれるのでござるか」

「そこまでは申しておらぬ」

「しかし、今岡どのになにも告げていなかったのは事実でござろう」

今岡はしかめ面をした。しばらく黙って智之介を見ていた。

「ああ」

小さく息をつくように認めた。

「隆之進ともう一人のお方は、今岡どのを一切信用、信頼していなかったのではござらぬか」

智之介は思い切っていった。

「津島、それは言葉がすぎよう」

今岡がたしなめるようにいう。うしろに控えている配下たちも、智之介の言葉に色めき立った。

それを覚った今岡が、両手を広げて抑える。

「いいか、津島」

我が子にやさしく教えこむような口調でいった。

「横目付頭と申しても、配下のすべてを把握しているわけではない」

「それはいいわけにござるか」

智之介が冷笑気味にいうと、今岡が苦笑を頬に浮かべた。

「津島、おぬし、いつからそんなに口が悪くなった。配下たちが、おぬしを引っ立てたくてならなくなっておるぞ」

できるものならやればよい。

智之介は、今岡の五名の配下に視線を流していった。いずれも今岡と同じように感情をなくしたとしか思えない目をしているが、ときおり瞳に宿らせる光は、厳寒時のつららを思わせる鋭利さがある。

「よいか、津島。横目付というのはそれぞれ、おのが仕事を持っておる。今、なにを調べているか、そのことをいちいちわしに報告してくることはない。すべての証拠があがってから、報告に来る者がほとんどだ」

こんな説明では智之介は納得がいかない。

「だから、今岡どのは隆之進たちがなにを調べていたか、ご存じないといわれるか」

智之介は唾をのみこんだ。いつからか、喉がひどく渇いている。

次に智之介がなにをいうのか、見当がついたはずだが、今岡はしっかりとうなずいてみせた。

「重臣の謀反、裏切り、内通という重大事にござるのに、隆之進たちから、なにも報告があがってこなかったといわれるのか」

「事実だから仕方あるまい」

今岡が顔を寄せてきた。ほんの二寸ほどのところに、今岡の目がある。配下とはくらべものにならない眼光が宿っている。燃えたぎる炎のようだ。

「それにな、津島。この紙に記された重臣の方々が、謀反や内通を企んでいると本当に思うか」

智之介はどきりとした。その通りだ。勝頼とはしっくりいっていないかもしれないが、今、謀反などを起こせば、身の破滅なのは火を見るより明らかだろう。

敵に内通するにしても、今は武田家が織田家や徳川家に対し、優位に立っている。いくら勝頼が憎いといっても、そこまでするものかどうか。

紙片の面々が武田家に対し、なにかするとは思えない。勝頼に不満はあるだろうし、諸手をあげて力を貸すという気はないのかもしれないが、主家を裏切るようなことはまずないのではないか。

それは勝頼のためでなく、むしろ今は亡き信玄に忠誠を誓っているゆえだろう。今岡が紙片を折りたたんだ。懐にしまい入れる。

智之介はなにもいわず、ただじっと見ていた。

しかしあの紙片のために、隆之進やおみのは命を落としたのではないか。ちがうのだろうか。おみのを殺した者が欲しているのは、この紙片ではなかったのだろうか。

「今岡どの、ききたいことがござる」

「まだあるのか」

今岡が、唇の端をゆがめたような笑いを浮かべる。

「当ててみせようか。名の下に引かれた線のことだな」

このあたりはさすがだった。

「正直、わしにもよくはわからぬが、どうやら……」

今岡が言葉を切る。智之介は顔を見つめたままじっと待った。

「探索が終わったお方を指しているのではあるまいか」

「それならば、名の上に×を書けばよいのでは」

今岡が、ちょっと来いとでもいうように、手招いた。配下たちはその場にとどまったままだ。戸惑ったが、もう一度同じ仕草をされて智之介はしたがった。杜吉にはそこを動かぬように命じた。

「よいか、津島」

家と家のあいだのせまい路地に入りこんだ今岡が、耳のうちへと静かに言葉を吹きこむ。

「これは内密にしてもらわねば困る」

「むろん」

智之介ははっきりと答えた。

「わしが、小杉たちがなにを調べていたのか、知らぬのは事実よ。だがいろいろなところで小杉たちの姿を見たのもまた事実だ」

いろいろなところ、と智之介は思った。

「原、小山田、多田、春日、秋山という方々の屋敷そばで、小杉たちの姿を目の当たりにしている。わしだけではない、この者たちもだ」

今岡が配下たちを小さく指し示した。

「線が引かれていない屋敷のほうでは、隆之進たちの姿は見ておらぬ。これは探索がまだだったということを、あらわしてはおらぬか」

なるほど、と智之介は思った。もし線の引かれた五人が潔白だとして、残りの六人に裏切り者がいるのか。

しかし、山県昌景、馬場信春、内藤昌秀、土屋昌次、真田信綱、三枝守友のなかに武田家を、勝頼を裏切る者がいるとは思えなかった。

だが、もしこの六人が無実であり、隆之進たちが調べに入っていなかったとしたら、どうして隆之進は死なねばならなかったのか。

智之介にはわからないことばかりだった。

# 八

天正三年（一五七五）二月二十八日に、三河長篠城の城主が奥平貞昌《おくだいらさだまさ》になったという知らせが、甲府にもたらされた。

二月二十八日といえば、と津島智之介は思った。すでに十二日も前のことだ。暦は三月十日になっている。

実際にはずっとはやく勝頼や武田の重臣たちのもとにその知らせは入っていたのだろうが、智之介など下の者たちが知るのは、日がたってから、ということなのだろう。

あたたかで、体をのびやかにしてくれる風が流れこんでくる。桜がようやく終わりを迎えそうな時季だから初夏というにはあまりにはやいが、風はかぐわしい花の香りをはらんでいて、もう一つ先の季節を感じさせるものがある。

智之介は自室であぐらをかき、板戸をあけ放って、せまい庭を眺めている。

もうじき昼になろうかという刻限だが、今日はなにもする気がない。

少し疲れを覚えていた。体よりも、気持ちのほうだ。

あぐらをかいているのにも飽いて、智之介は横になった。

寝返りを打つ。庭が目に飛びこんできた。

木々が揺れている。いかにも気持ちよさそうで、唄でも歌いだしそうな仕草に思える。あたたかくなったのが、うれしくてならないのだろう。

風に吹かれるように再び体の向きを変え、智之介は腕枕をした。

奥平貞昌といえば、と思いだす。作手《つくで》奥平家の当主である。弱冠二十一歳と伝わっている、若き武将だ。

若いといっても、武田軍の長篠城への来寇《らいこう》をすでに予期しているはずの徳川家康が城主に据えた男だ、凡庸であるはずがない。紛れもなく勇将なのだろう。

作手奥平家は長篠菅沼家、田峰《たみね》菅沼家と並んで、三河国の設楽郡《したらごおり》の山間《やまあい》の地に蟠踞《ばんきょ》する武将として、名を知られている。

この三氏は距離が近く、菅沼両家が同族ということもあって一揆《いっき》を張っており、どんなときでも常に進退をともにすることを誓い合っているといわれていた。

だから、徳川の麾下だったときも、武田の傘下に入った際も、三氏は必ず一緒の動きを見せていた。

しかし、天正元年（一五七三）八月、貞昌の父である奥平貞能《さだよし》が信玄の死を知って武田から離反して徳川家についたことで、長年続いてきた三氏の一揆はあっさりと反故《ほご》になった。

長篠、田峰の両菅沼氏は、信玄亡きあとも武田に忠誠を誓っている。今度の長篠城攻めにも、まちがいなく加わってくるだろう。もしかすると、勝頼から先鋒《せんぽう》をいい渡されるかもしれない。

そうなれば、一揆を張っていた三氏が相討つ形になる。ほとんど同族といっていい間柄だ、そのためにむしろ、戦いは激しいものになるのではないか。

しかし、それは勝頼にとって、ふりにすぎない。

長篠城は、織田信長、徳川家康を引きつけるためのおとりの城なのだから。

おとりであるという意図を気づかせないためには、攻城戦はすさまじいものになったほうがいい。

だが、きたるべき決戦に備え、主力は温存しなければならない。

そうであるなら、味方についてまだ日が浅い両菅沼氏は、真っ向から城を攻めることをやはり命じられるにちがいない。

勝頼がいくらやさしい性格であるといっても、こと戦となれば話は別だろう。同族同士、骨肉相食《は》むのが哀れ、という思いが胸にきざすことはあっても、実際に両菅沼氏が陣の後方で戦を見守るなどということは、まずあるまい。

智之介は目を閉じた。やや眠気を覚えている。

いい気持ちだ。風に吹かれて、このままどろむのもよいのではないか。

佐予の夢が見られたら、どんなにいいだろう。

だが、それはまさに夢で終わるかもしれない。

自分には、見たい夢を自在に見るという力はないのだ。

すぐには眠りに引きこまれなかった。智之介はうとうとした。

あの一片の文は今、どこにあるのだろう。

勝頼の手元にまだあるのか。それとも、横目付頭の今岡和泉守のところだろうか。

そんなことは、もはやどうでもいいことだった。

隆之進の文を、玉宮神社の供御人である為吉という男の小屋から智之介が見つけだした直後、今岡が自分のものとばかりに持っていった。

別れ際、必ずつなぎをすると今岡はいったが、その後、二日のあいだ音沙汰がなかった。

今岡からの使者がやってきたのは、三日目の朝だった。

使者は今岡の口上として、次の内容のことを伝えた。

本日午《うま》の刻に、我が屋敷へ足を運ぶように。その際、必ず正装のこと。

智之介は、正装の意味をたずねた。使者の答えは、躑躅ヶ崎館にまいられるからにござろう、というものだった。

どうして武田家の本拠に行くのだろうか。

もしやお屋形に対面できるのだろうか。

智之介の心は弾んだ。これまで遠目にしか見たことはないお屋形の姿。鼻の高さや黒目の大きさがはっきりとわかるところまで、近づけるかもしれない。

もっとも、勝頼をじっくりと見ることができるほど、顔をあげることはできないのではないか。せいぜい、軽く目を動かすほどしか許されないような気がする。

それにしても、勝頼に会って、なにを話すのか。

あの隆之進の文に関することだろう。ほかに考えられない。

なんにしても、これは、今岡のお膳立てといっていいものにちがいない。今岡は勝頼のお気に入りといわれている。

今岡の使者が帰ったあと、智之介はお絵里を呼び、着替えの手伝いをさせた。

久しぶりに智之介が晴れやかな格好をしたのがうれしいのか、お絵里がにこにこする。

昼前に智之介は杜吉を連れて、今岡屋敷に向かった。杜吉にも、正装している武士の供にふさわしいなりをさせている。

「来たか」

今岡自ら玄関で出迎えた。珍しく笑みを見せている。

どうしてこんなに機嫌がいいのか、智之介はいぶかしんだ。

「上機嫌のようだな」

今岡にいわれ、智之介はえっ、と思った。

「お屋形に会えるのが、そんなにうれしいのか。おぬしは、お屋形のことを認めている男ゆえに、さもあらんというところか」

「いつ躑躅ヶ崎に行くのでござろう」

今岡が笑いかけてきた。

「気が急くか。未の刻に着くようにここを出る。躑躅ヶ崎はすぐだが、少し余裕を見て、はやく来てもらった」

そのほうがいい。心を落ち着かせる時間をもらえる。

すでに、智之介の胸は痛いくらいにどきどきしてきた。

勝頼は雲の上の人で、智之介にとっては神に近い。その人に会えるのである、昂ぶるなというほうが無理だ。

今岡もすでに正装に身を包んでいる。躑躅ヶ崎館に行き慣れていることもあるのか、着こなしは智之介よりはるかに鮮やかだ。

「まあ、入れ」

今岡にいわれ、智之介はあがりこんだ。杜吉には、玄関そばの供用の部屋で待つようにいった。

座敷に通され、智之介は正座した。板戸が半分あいた部屋には、庭からあたたかな風が吹きこんでくる。

「いい日和よな。春暖の候とは、よくいったものよ」

正面に座った今岡が庭を眺めて、つぶやいた。穏やかな風を浴びている横顔は、ずいぶん涼やかに見える。

なにがこうまで今岡を機嫌よくさせているのか。

「喉が渇いておらぬか」

不意に今岡にいわれ、智之介は小さくうなずいた。今岡が家臣を呼び、白湯を供した。

「では、ありがたく」

智之介は大ぶりの茶碗に静かに口を近づけた。

そんなに熱くはなく、白湯は気持ちをなごませた。

「うまいのう」

今岡が目を細めていう。

「本当なら、上方ではやっているという茶道とやらを披露したいが、残念ながらわしには心得がない。もともと、茶もないしな」

その後、智之介たちのあいだには沈黙が割って入った。

「津島、ではまいるか」

今岡がいい、すっくと立ちあがった。智之介も今岡にならった。

今岡には四人の供がついた。そのあとを智之介は杜吉を連れて続いた。

躑躅ヶ崎館の大手門をくぐり、なかに入った。

智之介は、この館に足を踏み入れるのは久しぶりである。信玄のときは、四角い地形のまわりを一重の堀に囲まれているだけの構えにすぎなかったが、勝頼の代になり、西曲輪《くるわ》や北曲輪の二つがつくられて、躑躅ヶ崎館は城に近い規模と備えになった。

今も槌音《つちおと》が絶えることはない。

今岡にしたがう形で、智之介は前に進んでいった。

三角の切妻屋根を持つ主殿が目の前に建っている。屋根の中央に、武田菱《たけだびし》が彫りこまれていた。

主殿にある遠侍《とおさぶらい》で杜吉たち供の者とわかれ、智之介は今岡の背中を見て、廊下を歩き進んだ。

今岡の前には、館にやってきた客を奥に通す役目の武士がいる。きびきびとした身のこなしで、先導していた。

主殿に入ったのははじめてだ。思った以上に暗い。武田の神が宿っているのを強く感じさせる荘厳さに満ちている。

さほど歩くことなく、武士の足がとまった。智之介たちも立ちどまった。

右手に巨大な板戸がある。はじめて見る大きさで、やはりここはちがうな、と智之介は圧倒されかけた。

武士が声をかけると、大板戸がなかからあけられた。

いくつかのろうそくが燃えているために廊下よりは明るいが、やはり薄暗いことに変わりなかった。

智之介と今岡は通された。ここが対面所であろうことは、説明されなくても解せた。

いよいよだ、と智之介の胸はさらに高鳴ってきた。

智之介たちが正座してから間を置くことなく勝頼はあらわれた。智之介たちは平伏した。

勝頼は機嫌よく今岡と時候の話などをしていたが、いざ今岡が差しだした文を読みはじめると、顔をしかめた。

「なんだ、これは」

きつい口調でいう。

今岡が説明し、智之介を紹介する。

勝頼は隆之進が殺されたことを知っていたようだが、今岡の説明を信じた様子は微塵《みじん》もなかった。

山県昌景、馬場信春、内藤昌秀、土屋昌次、真田信綱、三枝守友など、十一人の重臣の名が記された文に、結局のところ、勝頼はなんの関心も示さなかった。五人の名の下に引かれた線についても、なにもいわなかった。

このようなたわけた話を持ってきおって、といいたげな表情で、智之介をちらりと一瞥しただけだった。視線の強さで、智之介はそう覚った。

その直後、勝頼は席を立った。智之介と今岡はその場に取り残される格好になった。智之介は、一度も勝頼の顔を見ることはなかった。

躑躅ヶ崎館を出てすぐに、今岡は今日の不首尾を詫《わ》びた。気にしておりませぬ、といったが、智之介のなかに鉛をしこまれたような重い気分は残った。


あの日から半月近くが経過した。

そのあいだ起きたことといえば、噂が甲府の町のなかを霧のようにゆっくりと流れたことだ。

噂は、多くの重臣が徳川、織田に内通しており、それを勝頼が猜疑《さいぎ》の目で見ているというものだった。

勝頼は噂を打ち消すことに躍起になり、余は皆を信じておるといえばいうほど、噂は大きなものになっていった。霧ではなく、今はすでに甲府を覆い尽くす雲となっていた。

しかし、その噂のために、長篠城攻めを敬遠していたといわれる重臣たちは逆に自らの潔白を明らかにするために、勝頼に次々に忠誠を誓った。

一丸でこたびの戦に臨む。家中にはその感じが強く出てきた。

雨降って地固まるではないが、智之介にはあまりにうまくいきすぎた感がある。

隆之進の死など、まさかすべてを勝頼公が仕掛けたのではあるまいな。

そんな疑いを智之介が抱くほど、勝頼に都合よくことは運んだ。

しかし対面したときの勝頼の顔。わずかに見えただけだが、いかにも心外そうだった。

あの表情に嘘はないだろう。

とにかく、と智之介は床から起きあがって思った。これで、長篠城をめぐる戦いはうまくいくのではないか。

のこのこと長篠へと援軍にやってくる織田信長軍や、徳川勢の横腹を襲い、かの軍勢をずたずたに引きちぎることも、うつつのものにできよう。

きっと勝利は我が武田のものにちがいない。

# 第五章

## 一

日が落ちようとしている。

その光景が津島智之介の目に映っているわけではないが、庭の木々や草花が鮮やかな橙色に染まり、下草に覆われているあたりにはすでに暗い影がいくつもできていることから、そうと知れた。

暮れゆく太陽を惜しむように、茎の長い花が首をのばして西の空を眺めている。屋根のあたりには風の流れがあるのか、梢が少し騒がしい。椋鳥《むくどり》らしい鳥の大群が、けたたましく鳴きかわしながら北の空へ飛んでいった。

いい季節だな。

智之介はぼんやりとそんなことを思った。暑くもなければ寒くもない。一年で、一番いい時季なのではないか。

少し眠気がある。春眠暁を覚えずというが、今日はもう三月二十日で、春というには季節は移ろいすぎている。

智之介は濡縁に寝そべり、広いとはいえない庭を眺めていた。そばに刀は置いていない。

暗がりにもし忍びでもひそんでいたら、殺られかねない。

だが、殺られはしないという思いが、油断ではなく智之介にはある。これまで何度も危機を乗り越えて、俺はたやすく討たれはせぬという確信が、がっしりと心に根を張っている。

それは、どんな大風でも倒れることのない大木のようなものだ。

伊賀者と思える者も、もう襲ってくることはないだろう。

空を見る。

先ほどよりさらに暗くなり、青かったところが減って、群青色が勢力を増している。しかしその群青色も、見る間に黒に侵されはじめている。最後まで残っていたかすかな赤みはすっかり消え、昼は完全に夜に支配の権を渡したといっていい。また夜が明けるまで、太陽は深い眠りにつくのだ。

台所からまな板を叩く音がきこえる。いい調子だ。あれは包丁さばきが達者な者だけに許されるものなのだろう。

じき夕餉だ。智之介は空腹を覚えはじめている。

今日はなにを供してくれるのだろう。

ずいぶんとのんびりとしたものだ、と自分でも思う。だが、心は決して凪いではいない。むしろ波立っている。

気にかかっているのは、やはり隆之進の残したあの文のことだ。

なにも意味がないのであれば、わざわざあそこまで手のこんだことをする必要はないだろう。

意味があるからこそ、横目付だった小杉隆之進は敵の手に落ちないように細工したのだ。

敵の手か、と智之介は思った。それならば隆之進はあれを誰の手に渡したかったのだろう。

俺ではないか。

そんな気がしてならない。

智之介は身を起こした。風が吹き渡り、裾に入りこんできた。やや冷たさを覚えさせる風で、身震いが出た。

腕組みをする。

まさか、あれは隆之進の深謀遠慮だったのではないか。

隆之進は、菜恵の小杉家に婿入りしたことで横目付になった。小杉家は代々横目付の家柄である。仮に、隆之進に横目付としての資質がないと上の者が判断すれば、その職につくことはまずなかったのだろうが、隆之進は探索の才を持ち合わせていたということなのだろう。

それも、図抜けたものといってよかったのではないか。

だからこそ一人だけ、家中でなんらかの陰謀があることを嗅ぎつけた。だが、そのために逆に殺されてしまった。

しかも、この俺の目の前で。

最期の日、隆之進は甲府の端にある牛島神社で俺が来るのを待っていた。

むろん、智之介は隆之進を呼びだしたりしてはいない。何者かが智之介の名を騙って、隆之進を誘いだしたのだ。

あれは、隆之進が俺をまだ信頼してくれていたなによりの証だろう。だからこそ、あんな深夜、人けのない神社の境内に一人、立っていたのだ。

隆之進の深謀というのは、横目付になるに当たり、噂を利用してわざと智之介とのつき合いを絶ったのではないか、ということである。

そうしておけば、隆之進は智之介のことをきらっている、と誰もが信じこむ。しかし、実際は心から信頼、信用していた。もし自分の身に万が一のことがあったとしても、智之介がきっと無念を晴らしてくれるだろう、と信じて。どうして隆之進にきらわれたのか、そのことも合わせ、智之助が力を振りしぼって探索することがわかっていたのだ。きらわれていた男がつかんだものは真実以外のなにものでもない。

そうとしか、智之介には思えなくなった。

隆之進の心がわからなかったことに、智之介はすまなさを覚えた。隆之進をこの世に呼びだし、畳に両手をそろえて詫びをいいたいくらいだ。

だが、と思った。隆之進の妻である菜恵は、兄を見殺しにしたという噂は、むしろ隆之進自身が流したのではないか、とさえいっていた。

どうして菜恵はそんなことを口にしたのだろう。

二人の夫婦仲がうまくいっていなかったのは、隆之進がおみのという女を妾にしたことなどから確かなようだが、菜恵にとってそれほど信頼できない夫に隆之進はなっていたのか。

それにしても、信頼されていないというのなら、今岡和泉守だって同じことだろう。

配下である隆之進に、まったく心を寄せられていなかったということではないか。

これは、隆之進が今岡を信用していなかったことをあらわしているのか。

まさか今岡がこたびの一件に関わっているのではないだろうか。

かもしれない。

だが、どういう形で。

今岡和泉守という男は、隆之進を殺した一味なのだろうか。

そんなことがあっていいものか。信じられない。

全幅の信頼を寄せられるだけ、隆之進は今岡との距離が縮められていなかっただけにすぎまい。

智之介はそう思おうとした。

廊下を渡ってくる足音がした。智之介は振り返り、あけ放してある部屋の板戸に目を向けた。

「殿」

やわらかくいって顔をのぞかせたのは、お絵里だった。穏やかな性格らしく、笑みを絶やさずにいるが、どこか寂しげな感じがするのはどうしてだろうか。

夜がやってきて間もない刻限というのは、誰もがそういう表情に見えるものなのか。

「今行く」

智之介は立ちあがり、廊下を先導するように進みはじめているお絵里のあとに静かにしたがった。


夕餉を終え、智之介は自室で一人、書見をはじめた。

腹が満ちて、先ほどより深い眠気がある。今日一日、なにもしなかった。そのためかもしれない。怠惰にすごした日というのは、一所懸命に動きまわった日よりずっと眠いことが多い。

ふと智之介は耳を澄ませた。

玄関のほうで人の声がしている。応対しているのは杜吉のようだ。

話し声がやんだ。

「殿」

しばらくして板戸越しに声がかかる。部屋の前に来たのは、智之介が杜吉とともに最も信頼している小平次だ。

「客か、どなただ」

智之介は先んじてたずねた。

板戸があいた。

「森岡さまにございます」

「茂兵衛か。客間に通してくれ」

「承知いたしました」

板戸を閉めて、小平次が去る。

茂兵衛がこんな刻限になんの用なのか。すでに酉の下刻をすぎている。考えられるのは、今度の戦のことだった。

ほかにあるまい。

確信した智之介は書を閉じ、すっくと立ちあがった。

なにか知らせたいことがあるのだろうか。使番をつとめていることが関係しているのか、なにしろ早耳なのだ。

智之介はすばやく身支度をととのえた。すぐにでも寝られるような身なりにしていたが、いつもの着物を身にまとう。

智之介は板戸をあけ、廊下を進みはじめた。

すぐに足をとめた。もともとせまい屋敷だが、こうして歩いてみると、それが実感される。

もっと手柄をあげねばならない。

智之介は板戸をあけた。灯し皿の上で炎が燃え、お絵里が心をこめて生けた一輪挿しの花の影が、ゆらゆらと踊るように壁で揺れている。

一瞬、それに目が奪われ、いるはずの茂兵衛の姿が見えなかった。

「どうした」

茂兵衛にいわれ、はっと智之介は我に返った。目を動かし、声のしたほうをじっと見やる。

「そこか」

視線の先に、あぐらをかいて座る茂兵衛の姿があった。ただ、どうしてか黄昏《たそがれ》どきのようにははっきりと顔が見えなかった。

「そこかって」

茂兵衛があからさまに不満げな声をだす。

茂兵衛はあきれ顔をしている。智之介に対してこんな顔ができるのは、それほど多くない。幼い頃からの知り合いだけに、遠慮がないのだ。

「まるで俺が見えていなかったような口ぶりだったぞ。智之介ほどの者がどうした。目が悪くなったのか。ようやく決まったというのに、武田きっての勇者がそんなことでは困るというものぞ」

智之介は茂兵衛の前に腰をおろした。灯し皿の炎がまた揺れる。

「それとも、俺の影が薄くなったというわけかな」

「縁起でもないことを申すな」

智之介は叱りつけるようにいった。

「茂兵衛、ようやく決まったというのは、出陣のことだな」

茂兵衛がにやりと白い歯を見せる。

「いつだ」

「四月七日だ」

あと半月強といったところだ。

「勝頼さまは、明日、触れをだされる」

「明日か」

「ほかならぬおぬしだから、先に伝えに来たんだ」

「すまぬ」

「そんな言葉はいらぬ」

ほんの半日、知ることがはやくなるだけだが、こうして足を運んでくれた友の気遣いには、感謝の思いしかなかった。

「しかし、おぬしに話したことが知れたら、俺の首が飛ぶかもしれんな。——智之介、いわずもがなだろうが、他言は無用ぞ」

「承知しておる」

「おぬしの家臣にもだ」

「当然だ」

茂兵衛が座り直す。

「ところで、城下を妙な噂が流れたな。智之介、存じているか」

「ああ」

茂兵衛が瞬きのない目で凝視してきた。智之介は黙って見返した。

「あの噂に、おぬしは関係しているのか」

智之介はしばらく口を閉じていた。

「茂兵衛」

落ち着いた声音をだした。

「飲むか」

「うむ、いただこう」

智之介はお絵里に酒の支度をさせた。

すぐに二本の鶴首徳利と二つの盃がもたらされた。肴は梅干しだった。

「こんなものしかなくて、申しわけなく存じます」

お絵里がすまなそうにいう。かまわぬ、と智之介が告げる前に、茂兵衛が梅干しを見て表情を輝かせた。

「これはいいな」

「なにがいい」

「智之介、知らぬか」

智之介は無言で先をうながした。お絵里も興味深げな目を向けている。

「梅干しといえば、上杉謙信公ではないか」

「そうだった。謙信公は梅干しを肴に、大の好物である酒を飲むという話をきいたことがあるな」

「というわけであるから――」

茂兵衛がお絵里に笑いかける。

「お絵里どの、梅干しというのは、我らにとってむしろよいことにござる。なにしろ、かの謙信公にあやかれるのだから」

「そうおっしゃっていただけると、ほっといたします」

お絵里が胸をなでおろす。

いい雰囲気ではないか、と智之介は思った。この二人なら似合いのような気がする。お絵里の気持ちが自分に向いているのは知っているが、智之介にはお絵里を妻にする気はない。いずれお絵里にきいて、茂兵衛に縁談を持っていってみようか。

お絵里には酷なことだろうが、この先ずっと嫁ぐことなく、この屋敷にいるわけにもいかない。それでは、当主としての役割を果たせない。女中を他家に嫁がせることも当主の大事な役目なのだ。

それに、茂兵衛ほどの男は、家中にそうそういるわけではない。

智之介は、お絵里を下がらせた。茂兵衛が少し残念そうにしているのが、ほほえましかった。

智之介は鶴首徳利を持ちあげ、茂兵衛の盃に酒を注いだ。

「すまぬ」

茂兵衛がすぐに注ぎ返す。二人は盃を掲げ合った。

飲み干す。

「染み渡るな」

茂兵衛がしみじみという。

「まったくだ」

酸っぱさのなかにほのかな甘みがあり、燗《かん》をしていないのにほんのりとしたあたたかさが感じられる。それが体の隅々まで染みこむような思いにさせてくれるのだろう。

つた。

「先ほどの件だ」

茂兵衛が話を戻す。

「うむ」

智之介は盃を膳に置いた。すでに茂兵衛には話すつもりになっている。この男は信頼できる。智之介はなにがあったのか、そして起きたのか、これまでの経過を包み隠すことなくすべて語った。

「そういうことだったか」

きき終えて、茂兵衛が瞠目《どうもく》する。

「しかし智之介がいうように、勝頼公は関係ないな。あの噂のおかげで家中はまとまったが、それだけのためなら、なにも隆之進どのを殺すまでのことはない。噂を流すだけで十分だったのではないのか」

そのことには、智之介もすでに思い当たっていた。

だが甲府の町を流れた噂は、実際に隆之進の文についても触れていた。いったい誰がそこまで知ることができるというのか。

今岡和泉守が故意に流したのではないか。

あの男が、武田家中を一つにまとめるために、すべてを仕組んだのでないか。

智之介は、そんな気がしてきた。家中を一丸にするという目的のためなら、隆之進やもう一人の横目付を犠牲にすることくらい、あの男なら平然と行わないか。

「どうした、智之介」

茂兵衛が心配そうに声をかけてきた。

「急に険しい顔つきになったぞ」

智之介は笑みを浮かべた。

「なんでもない」

「なんでもないという顔ではなかったぞ」

「そうかな」

智之介はつるりと頬をなでた。

「まあ、よかろう」

茂兵衛も、智之介に合わせるように破顔した。

「智之介、こたびの戦、手柄をあげる最高の機会だな」

「ああ、まったくだ」

「智之介」

茂兵衛が表情をまじめなものに戻した。

「勝頼公の筋書き通り、長篠にのこのことやってくる織田、徳川の横腹を衝けるなら、我らの勝ちは動かぬ。おぬしなら、信長、家康、どちらかの首を取れるかもしれぬぞ」

取れれば最高だろう。しかし、そんなにうまくいくものではない、という気持ちが智之介にはある。

「智之介、取れ。取ってみせろ。俺は、おぬし以外、それができる者はほかにおらぬと思っている」

「茂兵衛、酔ったのか」

「馬鹿を申すな。俺はこれしきの酒で酔うような男でない」

確かにこの男は酒に強い。斗酒すら飲み干せるのではないか。

「俺は本気でいっている。二人を討てるのは、おぬししかおらぬ」

茂兵衛が顔を突きだしてきた。目が充血していた。やはり酔っているのではないか。

「智之介、約束しろ。必ず二人のうちどちらかを討つと」

無理だとは思ったが、出陣の日が決まって智之介のなかにも熱に浮かされた気分がある。

「承知した」

力強くいった。

「よくぞ申した」

こぼれんばかりの笑みを浮かべ、満足そうに茂兵衛が盃をあけた。

二

出陣まで半月といえば長く感じられないでもないが、実際に戦の支度をはじめてしまえば、あっという間にすぎていってしまうだろう。

どういう戦になるのだろうか。

勝頼が思い描かれている戦に、果たしてなるだろうか。

まず長篠城を囲む。武田勢がときをかけて攻めるのは、まちがいない。

徳川勢一手だけで長篠城を救えはしないことを、徳川家康は知っている。だから、必ず織田信長に援軍を依頼する。

果たして信長がやってくるかどうか。

やってくる、と智之介は思っている。なにしろ信長は三河野田城、遠江高天神城と続けざまに見捨てているからだ。もし今度同じことをしたら、徳川家康が同盟を破棄するのではないか、と恐れているはずなのだ。

信長は必ず長篠に姿をあらわす。

そこを勝頼は討つ。岐阜からやってくる大軍を、信長が今川義元の軍勢を桶狭間で打ち破ったように、急襲して潰走《かいそう》させるのだ。

そのときこそ、茂兵衛が半分本気でいったように、智之介に織田信長や徳川家康の首を取る機会がめぐってくるかもしれない。

しかし気がかりもある。

信長ほどの武将が、なんの策もめぐらせることなく、長篠の地にのこのことやってくるかということだ。

長くのびた隊列を横から襲いかかられたらおしまいということは、信長もよくわかっているはずなのだ。

なにか信長には策があるのではないか。

智之介は寝ござに横になった。考えごとをするときは、このほうが楽だ。

だが、なにも思いつかない。

俺には信長ほどの頭もないのだな。

それも当たり前だろう。向こうは今、日本一の大大名である。

板戸の外の廊下を静かにやってくる足音がした。

智之介は目覚め、手が自然に刀にのびたが、足音の主がお絵里であるのがわかって、すぐさま起きあがった。

「朝餉ができたか」

廊下のお絵里に声をかける。

「はい」

「今行く」

「承知いたしました」

足音が遠ざかってゆく。

智之介は身なりをととのえ、腰に刀を帯びて板戸をあけた。

鳥の声が耳に飛びこんでくる。清澄な朝の大気を胸一杯に吸いこんだ。いつの間にか眠りこんだおかげで、体は軽い。

お絵里の心尽くしの朝餉を存分に食べ、自室に引きあげた。書見をしていると、家臣の小平次がやってきた。

「殿、三河の長篠城攻め、四月七日に決まりましたぞ」

小平次の顔には、くっきりと赤みが差している。

「先ほど、土屋さまから使いがまいりました」

土屋昌次のことだ。智之介は今、土屋家の寄騎になっている。

「うむ、了解した」

智之介は、戦支度をただちにはじめるように小平次に命じた。

「承知いたしました」

小平次は去っていった。廊下を行く足音にも、気負いぶりがはっきりとあらわれているようだった。

小平次と入れちがうように、杜吉があらわれた。

「客人でございます」

「どなただ」

「浅村さまの娘御の佐予さまにございます」

尻が浮きかけた。

「まことか。一人でおいでか」

「お供の方と一緒にございます」

「お二人を客間に通してくれ」

「承知いたしました」

小平次と同じ言葉を口にして、杜吉が板戸を閉めた。

智之介は客間に移った。気持ちを落ち着けて佐予を待つ。

しかし、本当にこんなにはやく会えるとは思わなかった。

「佐予さま、お連れいたしました」

杜吉の声がし、板戸が横に滑る。

「失礼いたします」

やわらかな声が響き、智之介の胸はきゅんと締めつけられるようになった。

息を静かに吐いて、動悸を静めようとしたが、うまくいかなかった。

佐予がしずしずとあらわれた。背後に供の者である若い女が続く。

「突然お邪魔いたしまして、まことに申しわけなく存じます」

智之介の前に控えめに正座して佐予が畳に両手をそろえる。

「とんでもない。それがしは、うれしくてならぬ」

「まことにございますか」

「まこと」

二人のあいだに沈黙がおりた。智之介はなにか話そうとするが、うまく言葉が出てこない。

佐予には、二人のあいだの静寂を楽しんでいるような風情がある。

こういうときは、女のほうが余裕があるものだ。焦るのは、いつも男と定まっている。

「ついに決まりましたね」

佐予が静かに口をひらいた。

「長篠城攻めにござるな」

佐予が瞬きのない目で見つめてきた。

「むずかしい戦になりましょうね」

「おそらく」

佐予の目に、悲しみの色がたたえられたように見えた。

気づいたように目の色を平静なものに戻した。

じっと智之介を見る。

「どうかご無事でお戻りくださいますよう」

佐予の目から一粒の涙がこぼれ落ちた。

「必ず」

智之介は心の底から告げた。きっと帰ってくるという思いが、胸に杭《くい》となって力強く打ちつけられた。

「津島さまの無事なお姿を夢見て、私はこれからの日々をすごします」

佐予は去っていった。

門のところで、智之介は見送った。

一度、角で佐予が振り返った。目が合った。

佐予がほほえんだ。

智之介の胸に明るい灯がともった。

三

平坦だな。

はじめて長篠城を目の当たりにして、智之介は思った。

武田勢の主力が布陣している場所からは、ややあがってはいるが、傾斜はさしたるものではない。

長篠城に籠もっているのは奥平貞昌以下五百ばかりらしい。そのうち貞昌の家臣は二百五十名ばかり、残りは徳川家康の援軍のようだ。

もっとも、援軍といっても、家康から長篠城に派遣されたのは徳川一門の松平親俊《まつだいらちかとし》と松平景忠《かげただ》の二名だ。

この二人は軍監といっていいはずだ。城主の持つ軍勢と同じ数を送りこんだところに、家康の狡猾《こうかつ》さがのぞいているような気がしてならない。

もし多すぎる人数を送りこめば、城主側から城を乗っ取る気かと不穏な空気が立ちこめかねないし、少なすぎる軍勢では城兵たちににらみがきかず、寝返りを誘うおそれが出てくる。同じ数なら城兵たちには押さえがきくし、城主に対し、城を支配下に置く気はないことを明言することにもなる。

城の北側には、奥平家の家臣が平時に住まっていた屋敷が連なっていた。しかし、今はもうなにもない。攻城の邪魔になるから、武田軍が焼き払ったのだ。そのために、視界はよくきく。長篠城は、はっきりと眺められた。

城の南側は、寒狭川《かんさ》（豊川上流）、三輪川（現・宇連川《うれ》）という二つの川が鏃《やじり》のような形をつくって合流し、自然の堀をなしている。合流している場所を扇の要《かなめ》と見立てると、まさに扇子を広げたような地形の上に城は築かれている。

二本の川自体、それほどの幅はないが、両岸の崖が切り立っており、そちらから攻める場合はさすがに苦戦を覚悟しなければならないだろう。

なにしろ崖の高さは、優に十五、六丈はあり、たやすくよじのぼることはできそうにないからだ。

だが、智之介たちがいる北側から城に寄せてゆくのは、そうむずかしいことではないように思える。

城の守りは、智之介から見える範囲では、土塁に塀、柵しかない。もっと城に近づけば、堀も見えてくるにちがいなかった。

耳に入ってきたところによると、城には空堀だけでなく、水堀も備えられているとのことだ。

寒狭川の水を引き入れて、つくりあげたものという。

しかし、それでも城自体、ひじょうに小さい。本丸のほかにせまい曲輪が五つばかりあるだけの城だ。

ただ、北側から攻めるにしても、戌亥《いぬい》の方角は険しい谷になっており、そちらから攻め寄せるのはやはりむずかしい。

もっとも、この城は織田信長を引き寄せるためのおとりにすぎない。

武田勝頼はたっぷりとときをかけ、慎重に攻めてゆくはずだ。

智之介が事前に思っていた以上に堅城であるのは意外だったが、それでも武田勢が本気で攻めかかれば、落とすのにたいした時間は要さないだろう。

勝頼は、信長が来援するまでどのくらいと踏んでいるのか。

生前の信玄が同じように信長を引っ張りだすために三河の野田城を囲んだときは、およそ二ヶ月をかけた。だが信長は動かず、野田城は武田軍の手に落ちた。

今回は、まずまちがいなく信長はあらわれる。

それはいつなのか。

信長も長篠城が小城で、そう長く保《も》たないことは知っているだろう。だから、急いでやってくるのではないか。

今日は五月八日。これまでの信長のゆっくりとした動きからして、一月後くらいだろうか。いや、今回はずっとはやいかもしれない。

しかし、どんなにはやく見積もったとしても、今月末ではないか。となると、今からおよそ二十日後。

今、信長は摂津国にいるという噂が陣中を流れている。

摂津というのがどこに位置しているのか、智之介にはよくわからないが、畿内《きない》というから、相当遠いのは紛れもないだろう。

信長が二十日で軍勢をととのえて、ここまでやってくるのは無理かもしれない。となると、自分たちは相当の長滞陣を強いられることになる。

野陣を張って待つのは楽ではないが、信長がやってくるのを楽しみにするしかない。信長と相まみえるのを、智之介は望んでいる。智之介だけではない。ここにいる武田勢全員の思いだろう。

摂津から、信長はどのくらいの兵を率いてくるのか。

大軍であるのは紛れもない。勝頼は一万五千と呼号している軍勢を引き連れてここまでやってきた。実際のところは、一万いるかどうかだ。

あまりに大軍だと、長篠城救援に赴いてくる信長勢の横腹を衝くのに、動きが鈍くなってしまうからだろう。

尾張桶狭間で信長が今川義元を討ったように、獲物の頭を切って落とすのに大軍は必要ない。長篠城の押さえに、二千人ばかりは必要だろう。あと、長篠城の付城《つけじろ》の久間山砦《ひさまやまとりで》、中山砦、鳶《とび》ケ《が》巣山《すやま》砦、姥ヶ懐《うばがふところ》砦、君《きみ》が臥床《ふしど》砦という五つの砦《とりで》に、千人は配しておかねばなるまい。

となると、勝頼が自由に動かせるのは七千ほどということになる。

この七千は精鋭中の精鋭だ。なにしろ武将だけは名だたる者ほとんどすべてをこの地に連れてきたのだから。

智之介が寄騎として軍勢に加わっている土屋昌次をはじめ、山県昌景と馬場信春という武田家の柱石の二将、さらに上野からも内藤昌秀、小幡憲重《おばたのりしげ》、安中景繁《あんなかかげしげ》、和田業繁《わだなりしげ》らが馳せ参じ、信州からも真田信綱、真田昌輝《まさてる》、望月信雅《もちづきのぶまさ》などがやってきている。駿河からも土屋貞綱《さだつな》が姿を見せている。

むろん、甲斐国内からも山県昌景とともに両職《りょうしき》をつとめる原昌胤、小山田信茂、三枝守友、河《か》西満秀《さいみつひで》、甘利信康《あまりのぶやす》、横田康景《よこたやすかげ》などそうそうたる者たちが軍勢を率いてきた。一門衆の穴山信君、逍遥軒信綱《しょうようけんしんこう》（武田信廉《のぶかど》）、典厩信豊《てんきゅうのぶとよ》（武田信豊）も顔をそろえている。

これだけの武将が一堂に集まるのは、滅多にないことだ。勝頼の、この一戦に懸ける思いがひしひしと伝わってくる。

むろん、智之介が見つけだした十一名の武将の名が記された文のことが噂として流れたことが最も大きく、参陣を望む武将がひじょうに多くなったのは事実だ。誰もがこの一戦で、身の潔白を明らかにしたいと願っているのである。

対する信長はどうだろう。武田勢に負けじと、やはり名のある武将を数多く連れてくるのだろう。

上方の兵は弱いといわれており、実際、三方原に来ていた織田勢三千の援軍はろくに戦うことなく武田勢の前に砕け散っている。だが、あのとき織田信長が援軍にだしたのは平手汎秀などたいしたことのない武将ばかりだ。

今回は力の入れ方がちがうだろう。

それに加えて徳川家康の軍勢がいる。こちらはどのくらいか。

少なく見ても、五千は従えてくるのではないか。

織田、徳川勢は二万五千から三万のあいだか。

だが、横腹を急襲するとなれば、軍勢の数は関係ない。

桶狭間でも、信長は三千の軍で二万五千の今川軍を打ち破り、義元の首級《しるし》をあげたではないか。

今回、それと同じことを武田軍がしてのければいいのだ。

気がかりは、やはり信長が勝頼の意図に気づいていないはずがないということだ。

信長来たるの報に接すれば、勝頼は陣を払い、軍勢を動かす。狙いはただ一つ、信長の首だ。

そのことを熟知しているはずの信長が、なにも策を講じないはずがない。

それについては、聡明な勝頼もわかっているはずだ。信長がどんな策を講じようとも、打ち破る自信があるのかもしれない。

どういう戦いの形になるにしろ、智之介の考えなど及ばぬところで行われるのはまちがいない。

やはり今は、そのときを楽しみに待つしか道はないのだろう。

智之介が属する土屋昌次勢は、天神山という小高い山を陣としている。ここにはほかの武将も陣張りしており、総勢で二千名ばかりがいた。

長篠城には、おびただしい旌旗《せいき》がひるがえっているが、それには籠城軍の気がこめられているようだ。ぴりっと張り詰めたものが感じられる。

籠城している者たちの士気は旺盛なのではないか。

三河攻略の糸口をつかむために本気で落としに来たということを信長に知らせなければならないから、城は何度か力押しすることになるのだろう。

それはいつか。

今日かもしれない。

まだなにも智之介たちには伝わってこないが、長篠城の追手《おうて》門の近くに布陣している軍勢に動きがあるのが、はっきりと眺められるのだ。

「はじまるぞ」

土屋昌次勢で、同じ寄騎の田中彦兵衛《たなかひこべえ》が智之介の横に来ていった。智之介が一つ下という歳の近さもあり、彦兵衛とは戦のたびによく話をする仲だ。槍の名手でもあり、戦では必ず二つか三つの首級をあげる。

彦兵衛が背伸びをするようにして、長篠城へと目を向ける。

「四半時もあるまい」

智之介に視線を転じてきた。

「あの軍勢の動きを見れば、おぬしもとうにわかっていただろう」

「攻め手は」

彦兵衛がにやりとした。

「それもわかっているのではないか」

智之介はあらためて長篠城を眺めた。

城に最も近い位置にいるのは、岩代《いわしろ》という地に陣を張った内藤昌秀らの二千名である。

「では、上州勢が」

「そういうことだ」

智之介たちがいる天神山のうしろに、医王寺という小さな寺がある。そこを勝頼は本陣としていた。

もし敵に攻められた場合、医王寺ではあまりに心許ないということで、背後の医王寺山を陣城《じんじろ》にする普請がすでにはじまっていた。

大がかりな普請で、智之介が伝えきいたところでは、主曲輪、西曲輪、東曲輪の三つにわかれた上に、深い空堀が掘られ、土塁が盛りあげられているとのことだ。

医王寺山の頂からは長篠城を一望できるらしく、指揮を執るのには最高の場所といっていいようだ。

本陣と岩代に布陣する上州勢のあいだを、風に母衣をふくらませた使番が蹄《ひづめ》の音も高らかにしきりに行きかう。

智之介は、友垣の森岡茂兵衛がいないものかと目をこらしたが、見つからなかった。

やがて、本陣を出た一騎を最後に、行きかう使番はいなくなった。

「いよいよだぞ」

静まり返った雰囲気に気圧されたわけではあるまいが、彦兵衛が声をひそめていった。

智之介はうなずいた。喉がからからになっている。背後に控えている杜吉や小平次たちも同じ心持ちだろう。

これからはじまる戦が、武田家の命運を決するものになるのは疑いようがなかった。

智之介は胸の動悸が激しくなってきたのを感じた。

岩代をじっと見おろす。

今、まさにはじまる。

直感で思った。

岩代のほうから、大波が寄せたような鬨《とき》の声と喊声があがった。

同時に五百名ほどと思える軍勢が追手門に向かって、動きはじめた。

# 四

味方を鼓舞するための攻め太鼓は急調子ではなく、静かにゆっくりと打たれているが、寄せ手の背を押すに足るだけの重さと迫力があり、見守る智之介の腹にずんと響いてくる。

息苦しさを覚えてならない。汗がじっとりと首筋と背中にわいている。

じっと動かずに眺めているだけというのは、かなりつらい。

戦いに加わったほうが楽だろうか。いや、そんなことはあるまい。

確かに、戦いがはじまってしまえばなにも考えずにひたすら槍をしごき、刀を振るえばいいが、そこに至るまでの気の張り詰め方は尋常ではない。逃げだしたくなるのを、必死に心で抑えつけることになる。

今、長篠城に寄せようとしている味方は、もどしそうな心持ちではないか。実際に吐いている者がいるかもしれない。できることならさっとうしろ向きになり、陣に帰りたくてならないのではないか。

智之介は背後を見た。緊張しきった顔の杜吉がそこにいた。

大丈夫か、と目顔で問いかけると、平気ですというように無言で深いうなずきを返してきた。

智之介は寄せ手に視線を戻した。

寄せ手は、鉄砲玉よけの竹束《たけたば》を押し動かす足軽衆を先頭にしている。

竹束は縦に切り割った青竹に油を塗り、それを一抱えできる程度の太さに束にしたものだ。

竹束は四つが一組としてまとめられ、車輪のついた木組に載せられて盾の形をなしている。車輪のおかげで、前後に自在に動かせるようになっている。

長篠城の追手門に向けて、慎重に押されている竹束はおびただしい数だ。優に五十以上はある。

竹束の陰に、鉄砲足軽や弓衆といった飛び道具を手にしている者たちが身をひそめている。

ふつうの盾は矢なら防げるが、鉄砲玉は突き貫けてしまう。青竹を集めた竹束なら、鉄砲玉のほとんどが弾き飛ばされ、ときにめりこむものがあったとしても、貫通することはまずない。

この竹束を考案したのは、この戦場にも姿を見せている甘利信康に寄騎として従っている米倉《よねくら》重継《しげつぐ》である、と智之介はきいたことがある。

米倉重継も甘利信康について、ここ長篠にやってきているはずだ。

竹束に身をひそめた鉄砲足軽や弓衆のあとに続くのは、梯子《はしご》を持つ足軽衆だ。こちらは盾に身を隠している。

おそらく鉄砲が威力を発揮する一町以内には、たやすく近づく気はないのだろう。前を行く鉄砲足軽や弓衆が城方の鉄砲や弓などの飛び道具を黙らせてから、近寄る気でいるのではないか。

梯子は長篠城の一重の土塁を越えるのに用いられるのだろう。

柵が設けられた土塁の上で城方の武者が、しきりに動いている。鉄砲や弓を手にしている者を、背後から指揮する者たちだ。

城の鉄砲足軽や弓衆は低い姿勢を保って寄せ手に狙いをつけ、すでにいつでも放てる体勢を取っているにちがいない。

梯子を持つ足軽衆のうしろには、槍隊が控えている。

その背後に武者の群れがいるが、ほんの数名を除いてすでにほとんどの者が下馬している。

数十頭の乗馬はすでに一団にまとめられてうしろに下げられ、岩代の陣の近くにたむろしていた。戦がはじまったことを解しているのか、草を食むようなことはせず、顔をあげ、あるじの様子をひたすらじっと見ている。

戦の際、下馬して戦うのは当然のことにすぎない。戦闘がはじまってからいつまでも馬上にいては鉄砲のいい的になるし、乱戦になったとき下から突きあげられる槍をよけることはまずできない。

馬上で両手をつかう槍を振ること自体ひじょうにむずかしいし、下手をすれば振り落とされてしまう。そんなことになって地面に叩きつけられたら、それだけで敵の好餌《こうじ》になってしまう。槍ではなく刀を手に戦ったとしても、刀では槍の長さに対抗できない。

武士が馬上で戦ったのは、いつ頃までか。智之介は詳しくは知らないが、鎌倉に幕府がひらかれていた頃までさかのぼらなければならないのではないか、となんとなく思っている。

智之介は唾をのみこんだ。喉が相変わらずからからで、水を飲みたかったが、腰の竹筒に手をのばしている場合ではなかった。

寄せ手は攻め太鼓に合わせるように、ゆっくりと城に近づいてゆく。牛の歩みにも似ていたが、いつしかかなり接近していた。もはや城までの距離は一町もない。この距離でまともに鉄砲玉が命中すれば、鎧はあっさりと突き破られる。

だが寄せ手だけでなく、城方も沈黙を守っている。武田勢の攻め太鼓の音だけがあたりを支配し、城方は押し寄せてくる武田勢の迫力に気圧され、鉄砲や矢を放つのを失念してしまっているのではないか、と思えるような静けさだ。

寄せ手はなおも近づいてゆく。

城が指呼の間に見えているというのは、どんな心持ちだろう。

城攻めといえば、智之介は遠江の高天神城を思いだす。あのときは、まさに九死に一生を得た、といっていいほどの目に遭った。城方の逆襲をまともに受けたのだ。討ち死にし、首のないむくろをさらしていても決しておかしくはない、ひどい戦いだった。

あの寄せ手たちには、いったいどんな運命が待っているのか。勝頼から、本気で攻めずともよい、という命がくだっているのかもしれない。

それでも先鋒というのは、気持ちのよいものではあるまい。一番槍の栄光を手に入れる機会はあるが、その分、命を失う度合もひじょうに高い。

なんといっても、命あっての物種なのだ。命があればこそ、恩賞を受けたとき、なにものにも代えがたい喜びを感じることができる。

しかし、命を賭《と》する危険を冒さない限り、手柄をあげるのは至難の業だ。人が滅多にできないことをしなければ、誇れるような恩賞を得ることはできない。

智之介がそんなことを思っているあいだにも、寄せ手は確実に長篠城の追手門との距離を詰めていた。

互いの距離が半町を切るのを待っていたかのように、いきなり天地を揺るがすような轟音《ごうおん》がとどろいた。ほぼ同時に鞭打つような音も次々にきこえてきた。

智之介は体が浮いたような感じを覚えた。岩代の陣に集められている馬たちがいななき、棹立《だ》ちになった。智之介の愛馬の雪風もわずかに色めき立った。

城方が鉄砲をいっせいに放ったのだ。土塁が白と灰の入りまじった煙に一瞬でのみこまれ、まったく見えなくなった。煙はもうもうとして、まるで城が激しい炎に包まれているかのようだ。

智之介は目をみはり、寄せ手がどうなったか、注視した。

寄せ手の足は、鉄砲が放たれたときはさすがにとまったものの、なにごともなかったかのようにまたも前に進みはじめた。竹束の威力は絶大のようで、負傷した者すらいないように見えた。鞭打つような音は、竹束が鉄砲玉を弾き飛ばした音だった。

しかし、と智之介は思った。城方は考えていた以上の鉄砲を用意している。

武田勢も五百挺ばかりをここ長篠の地に持ってきているときいているが、あの煙のあがり方では、城方はきっと追手門側だけでも五十挺を超える数を所持しているのではないか。

「すごいな」

横で田中彦兵衛が肩を揺すり、うなるようにいう。

「まったく」

智之介は同意した。

「智之介、城方のあの鉄砲、どれだけあると見た」

智之介は間髪容れずに答えた。

「ふむ、五十挺あまりか。だが、それだけではあるまい」

智之介はうなずいた。彦兵衛がなにをいいたいか、承知している。

「追手門だけでなく、搦手《からめて》側にもかなりの数を割り当ててあるだろう」

その間にもさらに寄せ手は前進を続け、追手門との距離はわずか十二、三間ばかりまでになった。

またも城方が鉄砲を放ってきた。土塁と柵が再び煙に消された。

煙が風にさらわれるのを待って、寄せ手の鉄砲足軽が鉄砲を構え、号令とともに放ちはじめた。

寄せ手の姿が、煙に取りこまれるように消えた。

群がる鳥が一気に飛び立つような鋭い音が立ち、おびただしい矢が煙の漂う空を突き抜けて城から飛んできた。

弧を描いて飛来した矢の群れは、まだ消え去らずにいた煙のなかにあやまたず突っこんでゆく。断末魔の悲鳴がきこえてきた。煙が風に乗ってようやく去ると、十数名の足軽が竹束の陰で横たわっているのが見えた。足軽たちの背中に矢が突き立っている。負傷した者も少なくないようだ。

智之介は悔しさに唇を嚙み締めた。味方の死を目の当たりにするのは、どんなに戦の経験を積み重ねても慣れない。一刻もはやく城に乗りこみ、仇を討ってやりたい。しかし、ここは我慢するしかない。

寄せ手の弓衆も矢を放ちはじめた。土塁の柵の向こう側に吸いこまれてゆく。

智之介は耳を澄ませた。だが、城方から悲鳴はまったくきこえてこなかった。一本も当たらなかったとは思えないから、悲鳴がきこえなかったのは、風向きも関係しているにちがいない。

味方の鉄砲足軽が鉄砲を撃とうとして竹束の隙間から鉄砲を突きだし、狙いを定める。

次の瞬間、鉄砲の音がとどろき、一筋の白い煙が土塁の上であがった。

鉄砲を構えた味方の足軽が頭を殴られたように首を大きく揺らし、ずるずると崩れ落ちるのが目に入った。城方の鉄砲放ちの狙い澄ました一撃を受けたのだ。

その鉄砲放ちの腕がいいこともあるのだろうが、距離が近いこともあって、味方の鉄砲足軽は眉間を撃たれたようだ。おそらく頭は半分近くが吹き飛ばされ、顔はぐしゃぐしゃにされたにちがいない。母親が見ても、せがれとわからないくらい、むごたらしい死骸と化しているはずだ。

それから四半時ほどのあいだ、飛び道具の応酬となった。

寄せ手と城方は鉄砲を撃ち、矢を放つことだけにひたすら終始した。

寄せ手の鉄砲や弓矢がどれだけ敵を倒しているのか、よくわからなかったが、敵が放つ鉄砲の音が少しずつ減っていることと、空を越えてくる矢の数が少なくなっていることから、敵にいくばくかの損害を与えているのはまちがいない。

むろん、寄せ手も死者や負傷者をだしている。傷を負った者が味方の肩を借り、あるいは戸板に乗せられて次々に岩代の陣に運びこまれている。

当然のことながら、負傷者を運ぶ者の動きは鈍くなる。それらを狙って鉄砲や矢が放たれることも少なくない。

それを見て、卑怯な、と声をあげても仕方ないことだ。とにかく敵の数を減らすこと。それこそが味方の損害を小さくする最も手っ取り早い手立てなのだから。

戦いが美しさをともなっていたのは、きっと鎌倉の頃までだろう。今は、歯をぎりと嚙み締め、味方が死んでゆくのを黙って見ているしか、道はないのだ。

その後、半時ほどで法螺貝が鳴り、寄せ手に引きあげが命じられた。

寄せ手は攻撃をはじめたときと同じように、しずしずと動きだした。

城に対して背中を見せることなく、竹束を引いている。

城からは盛んに鉄砲が撃ちかけられ、矢もかなりの数が飛来した。

矢のために数名の死者が出たのが、智之介にはわかった。

落ち着いて死者を収容しつつ味方は決して急ぐことなく引いてゆく。粛々として動いていた。

そのあたりはいかにも鍛え抜かれた武田勢だと、智之介は誇らしかった。

同時に、追手門に動きがないか、探るようにじっと見た。

追手門の背後に軍勢が満ちているような気配が感じられた。今にも門がひらかれ、城兵が突出してくるのではないか、という思いが脳裏をよぎる。

その敵勢の動きを見透かしたかのように、岩代から別の一隊が出て前に進み、追手門から一町ほどのところに布陣した。兵数は二百ばかり。

弓矢を主力とする部隊で、指揮を執る武者の号令のもと、盾の陰から矢をいっせいに放った。数え切れないほどの矢が一つのかたまりと化して、追手門の向こう側に降り注ぐ。そのさまは圧巻だった。土砂降りの雨のように、ざあっと激しい音を立てている。

二百人の弓隊はさらに二度、矢を放った。

そのたびに板に刺さる音、木や鉄に弾かれるような音、木を突き破るような音、かすかな悲鳴などが風に乗るようにして伝わってきた。

追手門はひらかれず、城兵は飛びだしてこなかった。

寄せ手はその間に悠々と岩代に帰り、まるで戦いなどなかったかのような雰囲気を漂わせて、再び最初の陣形に戻った。

援護の弓隊はそれを見届けてから引きあげを開始した。

ここでも城兵が打って出るようなことなく、引きあげは静かに行われた。

見事なものだ、と智之介は感じ入った。さすがに我が武田勢の進退はすばらしい。水際立った動きといってよかった。

「やるものよな」

彦兵衛がすっかり感心したという表情でいった。

智之介はうなずいてみせた。

彦兵衛が、医王寺の本陣のほうを振り返る。

「今日はこれで、しまいだろうな」

「おそらく」

「城兵の士気がどのくらいのものか、戸を叩いてみたというところか」

「それでどう思った」

智之介は彦兵衛にきいた。

「城方の士気は相当のものだろう。城を力攻めで落とすとなれば、かなりの損害を覚悟しなければならぬだろうな」

彦兵衛が小さく笑う。

「しかし、長篠城は所詮、おとりにすぎぬ。織田信長が来ぬとわかれば本気で落としにかかるだろうが、それまではゆったりと攻めるだろうさ」

智之介は感服したという思いで、彦兵衛を見た。

「なんだ、その顔は」

彦兵衛が軽くにらむ。

「わしがお屋形の狙いをわかっていなかったとでも思っていたのか」

「いや」

彦兵衛が頬をゆるめる。

「少し考えれば、わかることだ。織田勢との決戦は亡き法性院さまの時代からの念願だからな。お屋形さまはどうすれば信長を引きずりだすことができるか、そればかりをお考えになっていたはずだ」

「うむ」

「法性院さまが三河野田城を囲み、信長をお誘いになったが、信長は野田城を見捨てた。法性院さま亡きあと、お屋形は遠江の高天神城を陥れられた。そのときも信長は援軍をよこさなかった。さすがに三度目はあるまいということで、信長を誘うための道具としてお屋形が選ばれたのが――」

彦兵衛が顎をしゃくる。

「あの城よ」

視線を動かし、智之介を見つめる。

「果たして長篠城を落とすおつもりでいるのかどうかお心は計れぬが、これからどういう手立てを取られるのか、お屋形のお手並み拝見といったところだな」

## 五

翌五月九日は戦いは行われず、平穏にすぎていくように智之介には感じられた。

しかし昼を半時ばかりすぎたとき、一町ほどの距離まで城に近づいた武田方の鉄砲隊が、竹束の陰から長篠城に向かって激しく撃ちかけはじめた。

ずらりとそろった鉄砲隊はかなりの数だった。鉄砲足軽は、三百人近くはいるのではないか。

その多数の鉄砲から、次々に玉が撃ちだされるさまは壮観だった。鉄砲がとどろかせる腹をえぐるような重い音は宙を駆けのぼり、空を覆う厚くて低い雲に当たって、わんわんと地上にはね返ってきている。

「すさまじいな」

鉄砲隊の攻撃を陣から見守る智之介はつぶやいた。実際に頭を激しく殴られたかのように耳ががんがん鳴り、今にもめまいを起こすのではないかと思うほどだ。

おびただしい鉄砲から発せられる硝煙は霧となって、風下にゆっくりと流れてゆく。風は北側から吹いており、長篠城は白と灰色の混じった霧にすっぽりと包みこまれた。

風の向きとは関係なく、硝煙のにおいが強く漂いはじめた。鼻をつくばかりでなく、穴の奥のほうにも入りこんでくる。目にもしみ、かすかに涙がにじんだ。

鉄砲の音のものすごさと硝煙のにおいには、愛馬の雪風もさすがに不安そうに鼻を鳴らしたり、軽くいななないたりした。だが、智之介がやさしく首をなでさすってやると、落ち着きを取り戻した。

しかし、これは雪風だからこそこの程度ですんでいるのであって、他の武士たちが連れてきている馬のほとんどは、激しいいななきを繰り返したり、棹立ちになったり、走りだしそうになったりした。

鉄砲隊の発砲はなかなか終わらない。足軽たちは竹束の陰で玉ごめを終えるや鉄砲を構え、城に向かって放つ。それが延々と繰り返されてゆく。

轟音は、長篠の天地に響き続けた。

城方は射すくめられているかのように、まったく応じてこない。塀の向こうに敵兵の姿は一つもない。ただ、亀のようにひたすら縮こまっているように見えた。

「殿」

陣から身を乗りだすようにして智之介が飽かずに鉄砲隊の銃撃を眺めていると、背後から声をかけてきた者がいた。

「なんだ、杜吉」

振り返らずに智之介は問うた。

「すごいですね」

感嘆の思いを隠すことなくいって、智之介に最も忠実な郎党が横に出てきた。真剣な目を、硝煙の霧の向こうに見え隠れしている長篠城に向けている。

「お屋形さまは、いったいこの地にどれだけの鉄砲を持ってこられたのでしょう」

それか、と智之介はいった。

「杜吉、おぬしも噂はきいたであろう」

「はい、五百挺と」

「その通りだ。だが、もしかすると、もっとあるかもしれぬ」

「もっと、とおっしゃいますと」

「千挺近くだな」

「そんなに」

杜吉がのけぞってもおかしくないような表情を見せる。

智之介は、変わらず撃ち続けている鉄砲隊を見やった。

「杜吉。あの小さな城が、織田信長をおびきだすためのおとりであることは、前に話したな」

「はい、覚えております」

「そのおとりにすぎぬ小城に向かって、三百人もの鉄砲足軽が間断なく玉を浴びせかけている。あの鉄砲隊は、この地にやってきてこの戦いを見つめているはずの織田の間者に見せつけるものであろう。あれだけの鉄砲を用いることで、お屋形は本気で長篠城を落とすつもりでいることを、織田信長に伝えようとしているのだ」

智之介は言葉を切り、軽く唇をなめた。まわりに陣している軍勢も、智之介と同じように味方の鉄砲隊の勇姿をじっと見ている。織田の間者もどこかにひそみ、鉄砲隊の様子を観察しているにちがいない。

鉄砲の音の間隙《かんげき》を縫うように智之介は続けた。

「間者に本気であることを見せつけなければならぬが、鉄砲隊の全貌を見せるわけにはいくまい」

「はい、それはわかりますが、この地に持ってきているのが五百挺だとすれば、あの鉄砲隊は全貌ではありませぬ」

「だが、五百挺という数は、すでに間者も知っているであろう」

「きっとそうでしょう」

「間者に、我が軍の正確な鉄砲の数を教えるわけにはいかぬ。おそらく五百挺という数は、敵方に伝わることを想定してのものであろう」

「それでは、千挺という根拠は」

「うむ。五百挺という数が敵に伝わってもよいとお屋形が考えておられるのならば、その倍ほどは用意しているのではないか、と思ったまでだ」

杜吉が背後に視線を向ける。その方向には、勝頼の本陣が置かれた医王寺のこんもりとした森がある。

「残りの鉄砲隊はどこにいるのでしょう」

「この長篠の地にやってくるにあたり、部将たちから引き抜いたときいているが、残りの鉄砲足軽がどこに隠されているのか、たぶん部将たちも知るまい」

「その鉄砲隊は、織田信長がこの地にやってくるとき、どこからかあらわれて、いっせいに敵勢に放ちかけるというわけですね」

「そういうことになろう」

智之介は空を見あげた。

「気がかりは、なんといっても雲行きだな。織田信長の本軍が来たところを見計らってお屋形は陣を払い、襲いかかるつもりでおられるはずだが、雨が降っては鉄砲はつかえぬ。せっかく隠したところで、意味がなくなってしまう」

「信長がゆっくり来るといいですね」

杜吉の言葉に、智之介は微笑した。

「来ぬうちに梅雨が明ければいいと思っているのか」

「はい。梅雨が明けてしまえば、かんかん照りでしょう。そうなれば、鉄砲隊は最大の威力を発揮できます」

智之介は笑みを消した。

「しかし、こたびは信長がそこまでゆっくりするとはさすがに思えぬ。もし信長の援軍がなかなか姿を見せぬとあれば、あの程度の小城、我が武田軍は一気にもみ潰しにかかろう。そうなれば、信長の援軍が間に合わぬのは高天神城に続いて二度目、徳川家康は今度こそ信長を見限るのではないか」

「そうさせぬために、信長は急ぎやってくるということですね」

「そういうことだ」

智之介はいまだに放ち続けている鉄砲隊を再び見やった。轟音は天地を揺るがし続けている。杜吉も智之介にならって視線を向ける。

「しかし、いつまで撃ち続けるのでしょう。玉薬は高価なものであるときいています」

「焔硝《えんしょう》は南蛮から入ってくるものに頼っているし、堺《さかい》という町がそのほとんどを独占して扱っているともきいている。その堺を押さえているのが、なによりも信長だ」

「堺ですか。上方にあるらしいのは存じていますが、いったいどこにあるのですか」

智之介は杜吉を見た。ただ間をつなぐためにきいたわけではないのは、興味津々な目の輝きからわかった。

「物知りの杜吉でも知らぬか。俺も正直なところ、よくは知らぬのだが、河内とも摂津とも和泉《いずみ》ともいわれているそうだ」

「そのいずれなのか、はっきりしないのですか」

うむ、と智之介は顎を引いた。

「堺という町の名がそのあたりの事情をあらわしているらしいな」

ああ、と杜吉が声をあげた。

「その三国の境にあるのですね」

智之介は話をもとに戻した。

「お屋形の命で、鉄砲隊があれだけ惜しげもなく焔硝をつかっているということは、焔硝の蓄えはかなりのものなのだろうな。ふむ、お屋形はどこからそれだけの量を手に入れられているのだろうか」

「殿もご存じではありませぬか」

「うむ、きいたことがないな。駿河には、江尻や用宗《もちむね》をはじめ湊がいくつかあるが、そこに南蛮船がやってきているのかもしれぬ」

「ほう、南蛮船とじかに取引を行っているのですか」

「そういうことかもしれぬ。亡き法性院さまが駿河を我がものにされて海を眺められたとき、なんとおっしゃったか、杜吉も知っているであろう」

「はい。我、駿河を得たり、とおっしゃったと」

「法性院さまは、もともと南蛮との交易を夢見られていたともきく。駿河に侵攻し、広大な海を目の当たりにされたとき、その夢がうつつのものになるとの思いから、その言葉が自然と口をついて出たのではないか。法性院さまの遺志を継いで、お屋形が南蛮と盛んに交易を行っておられるとしても、なんら不思議はない」

「なるほど」

杜吉が深い相づちを打つ。

「でしたら、焔硝の量は、十分すぎるほどと考えてよろしいのですね」

「だといいな」

智之介は、おっ、と声を漏らした。ようやく鉄砲隊が撃つのをやめたのだ。耳を聾《ろう》する鉄砲の音がやみ、長篠の地を静寂が支配した。一切の音がしなくなったような錯覚にとらわれる。城方は相変わらず沈黙を守り、一筋の矢さえ飛来しない。

そんななかでも鉄砲隊は油断せず、竹束の陰に身をひそませて後退しだした。それを援護するために槍や弓、鉄砲を所持した五百名ばかりの一隊が前に出て、城方がいつ打って出てきてもすぐさま応じられるように、警戒をはじめた。

しかし、その部隊の出番はなかった。追手門がひらかれることはないまま、三百名の鉄砲足軽は無事に陣に戻ったからだ。

鉄砲隊の帰陣とときを同じくするように、風が一際強く吹き渡りはじめた。それまであたりに滞っていた硝煙が押しだされるように一気に動きはじめた。

おおっ。

武田軍から鬨の声のように、どよめきが起きた。

智之介も嘆声を漏らしていた。杜吉も同じだった。

長篠城の木塀に、おびただしい玉の跡がはっきりと残っているのが遠目にも見えたのだ。塀はぼろぼろになっており、指で押してやれば、あっさりと崩れてしまうのではないかと思えた。

自軍の鉄砲隊のすさまじい威力を目の当たりにして、智之介は胸が震えた。

これならば、本当にいつでも落とせる。

智之介は確信を抱いた。やはりこの城はおとりでしかない。


翌五月十二日も、昨日と同じように午後から三百ばかりの鉄砲隊が前に出て、竹束の陰から鉄砲を放ちはじめた。

今日も、城から一町ばかりの距離からの激しい射撃だった。

厚く黒い梅雨の雲は空を覆い尽くし、太陽がどの位置にあるのか、まったくわからない。あたりは夕方のような薄暗さに包まれ、今にも雨が降りだしそうだが、いまだに一粒たりとも落ちてこない。

風もほとんどなく、不思議な天気だったが、雨が降らないのは、鉄砲隊にはありがたいことこの上ないだろう。

鉄砲隊は今日も焔硝を惜しげもなくつかっている。昨日の玉の跡がおびただしく残っている塀は、またも銃撃の嵐にさらされることになった。

塀の向こう側にいる城兵にはまず当たらないだろうが、玉が間断なく城の塀に当たっている音をきくのは、いやなものだろう。

半時ばかり味方の鉄砲隊の銃撃が続き、城がもうもうたる煙に隠されたとき、いきなり鬨の声があがった。

硝煙の霧を突き破るように城兵が打って出てきた。

追手門がひらいているのが、智之介の目にかすかに映った。

打って出てきた城兵の数ははっきりとわからないが、優に二百人は超えているように感じられた。武田の鉄砲隊に向かって一目散に駆けてゆく。騎馬は一騎もおらず、いずれも徒歩《かち》だ。

鉄砲隊はあわてることなく、的を突進してくる城兵に移した。同時に鉄砲隊を援護するための部隊が岩代の陣から走り出た。昨日、後退する鉄砲隊を援護するために一時出てきた部隊のようだ。

こちらも騎馬はおらず、すべてが徒歩の者ばかりだ。馬は後方にまとめ置かれている。

鉄砲隊が激しく射撃する。敵方は鎧を貫かれ、ばたばたと倒れる。しかし足はとまらない。

一町の距離はあっという間に縮まり、あとたった十間ばかりを残すだけになっている。しかし鉄砲隊にはそこから逃げだすような気配は微塵も感じられない。

冷静に敵兵を狙い、鉄砲を放ち続けている。

五十名以上が血しぶきをあげて地面に倒れたが、敵兵にも引きあげる気などまったくないようだ。

敵兵が竹束の陰に入りこもうとする。だがその前に援護の部隊が立ちはだかり、敵勢と戦いはじめた。

いきなり乱戦になった。槍で胴を貫かれる者、槍で兜を叩かれて昏倒《こんとう》する者、足払いをかけられて馬乗りになられる者、馬乗りになったものの逆に引っ繰り返されて首を取られる者、首を取ろうと馬乗りになってうしろから槍に突かれる者、両足をばたばたさせながら首を切られてゆく者、組み合って地を転げまわる者、取った首を高々と掲げる者、首を腰に結わえようとしたところを襲いかかられる者、二本の槍を背中と腹に受けて地に倒れこむ者。

智之介が見守るなか、次々に命の火が消えてゆく。戦というのは常にそういうものだが、ここで魂を散らせていく者というのは、いったいなんのために生まれてきたのか。

もっとも、あの姿は明日、自分が見舞われる運命かもしれない。おのれがなんのために生まれてきたのか、いまだに智之介のなかで答えは出ていない。

戦で死んでゆく者には、生まれた意味などないのかもしれなかった。

いつしか硝煙のにおいに代わって、血なまぐささが戦場に満ちはじめていた。

はじめは互角に見えたが、数の上でまさっている武田勢が押しはじめた。

城方は兵をまとめ、やがて引きだした。それを武田勢が追いかける。

しかし敵勢はいまだに隊の形を崩しておらず、武田軍は手こずっている。

武田勢をあしらいつつ敵勢は追手門に吸いこまれてゆく。付け入りを狙ったわけではあるまいが、武田勢はやや長篠城に近づきすぎた。

危ないっ。

智之介は心で叫んだ。

塀の狭間《はざま》から煙があがったのが見えるや、鉄砲の音が智之介の耳を激しく打った。

城を間近にして、武田勢が風にあおられた紙の人形のように次々に倒れてゆく。血が激しく噴きだしているのがはっきりと見える瞬間もあった。

本陣から、引きあげの法螺貝が鳴った。それをきいた途端、武田勢は攻撃をやめ、引きあげを開始した。武田勢は死んだ者や負傷した者を見捨てるような真似をせず、肩を貸したり、地面を引きずったりしてゆく。そこを狙い撃ちにされた者も多かった。

それでもほとんどの者が帰陣に成功した。死傷者は三十名以上にのぼったようだが、敵にはもっと大きな損害を与えた。

しかし、とまた智之介は暗澹《あんたん》として思った。おとりとなる城での戦いで死んでゆくことに、いったいなんの意味があるのだろう。

六

武田勢が帰陣に成功して戦いは終わったかに思えたが、智之介たちから見えない場所からすぐさま喊声がきこえてきた。

多数の鉄砲の音や矢が放たれる音も、耳に届いている。

「どこでしょう」

杜吉が顔をあげる。

「城の向こう側のようだな」

「川が流れているほうですね」

長篠城の南側には寒狭川、東側には三輪川という二本の川が流れ、それが合流して三角の地形を作りだしているが、喊声や鉄砲の音はそちらからきこえてくる。

かなりの鉄砲が集められているようで、激しい射撃の音だった。少なくとも五十挺以上の鉄砲が玉を次々に放っている。

「お味方は、川越しに攻めかけているのでしょうか」

「どうやらそうらしい」

寒狭川と三輪川の合流しているところは渡合《どあい》と呼ばれているが、その断崖上には長篠城の南門がある。

味方はその南門に向かって攻撃を仕掛けているように、智之介には感じられた。これは、これまでの幾多の戦場を経験した勘が教えてくれる。

「では、こちらの追手門と示し合わせての攻撃ということでしょうか」

そういうことだな、と腕組みをして智之介はいった。

「二日にわたってのこちらからの鉄砲によるすさまじい攻撃は、渡合から南門を攻撃することを秘匿するため、という目的があったのだろう。猛烈な射撃によって城方の関心は追手門のほうに向けられ、峻険《しゅんけん》な地勢に守られている南門には、たいした注意が向かなくなる」

「なるほど」

杜吉が相づちを打つ。

「南門を攻撃するためにお屋形さまは、三百挺の鉄砲を二日にわたってあれだけ激しく撃たせたのでございますか」

杜吉がいいながら、首をひねる。

「ここまでやるということは、お屋形さまは本気で長篠の城を落とそうとお考えになっているのではありませぬか」

智之介はほほえんだ。

「それこそがお屋形の狙いだな」

「つまり、敵の間者もそういうふうに考えるということですか」

智之介は深く顎を引いた。

「もっとも、織田信長が援軍をよこさぬ場合のこともお考えになっているにちがいなかろう」

「もし織田勢が姿をあらわさなかったとき、長篠城を落城させずに甲斐に軍勢を戻すことはないということですね」

「そういうことだ」

智之介は喊声に耳を傾けた。やや静まりつつあるように思えた。

「お味方は引きあげをはじめたのでございましょうか」

耳を澄ませて杜吉がいった。

「押し返されたのでしょうか」

「押し返されたということではあるまい。もともと飛び道具以外は、つかっておらぬのではないかな」

「寄せ手は、川に入ってはおらぬということでございましょうか」

「おそらく南門への攻撃も鉄砲が主だったはずだ。寒狭川と三輪川の断崖を軍勢がよじのぼっていくとなれば、相当の犠牲を覚悟しなければならぬ」

「はい」

「お屋形としては、本気で長篠城を落城に追いこむつもりなのを間者に見せる必要があるとは申せ、織田信長と徳川家康どのの来着前は極力、犠牲は避け、戦力を温存したいはずだ」

すぐに戦いの音はまったくきこえなくなった。

梅雨どきで昼間が長い時季だが、さすがに夕闇の気配が迫ってきている。厚い雲は取れず、どこに太陽があるのかわからないままだが、西の空の雲が薄くなっているところに、橙色がかすかに見えている。雲という綿に柿の色がわずかに染みついたような景色だ。

穏やかな風が出てきて、あたりに残った焔硝の霧をゆっくりと払ってゆく。鼻を衝くにおいが去り、血なまぐささも徐々に消えてゆく。

これまでねぐらでじっと息をひそめていたらしい鳥たちが餌を求めているのか、鳴きかわしながら飛びまわりはじめた。木々も穏やかな風が心地よいのか、ゆったりと枝を揺らせている。

梅雨どきで水量を増している寒狭川と三輪川の流れの音が耳に届きはじめた。

蒸し暑さが弱まり、さわやかさが感じられはじめた。

戦が本当に行われていたのか、と思えるほどののどかさだ。

「今日も終わりですね」

じわじわと暗さを増してゆく空を眺めて、杜吉がぽつりとつぶやく。

「どうした。ずいぶんと物悲しそうではないか。秋ならともかく、今は梅雨の真っ最中だぞ」

「はて、どうしてでございましょうか」

杜吉が不思議そうな顔をする。

「こうして戦場から眺める梅雨どきの景色など、それがしにとってもはや珍しくもないのに、なぜか涙がにじみそうになってしまいました」

「杜吉、まさか里心がついたわけではなかろうな」

智之介は冗談めかしていった。しかし、杜吉は真顔を崩さない。

「それはありませぬ」

「それをきいて安心した」

夜は無数の腕をあたりにのばしはじめていた。夕闇が迫り、近くにいる配下たちの顔が見分けがたくなってきている。いつしか杜吉の顔も見づらくなっていた。

背後で雪風が軽いいななきをあげた。

杜吉がなだめる。

「雪風は腹が減ったようです」

智之介は、甲冑の上から腹に触れた。

「俺も空いた。杜吉もであろう」

すでに配下の者たちが炊さんをはじめていた。飯が炊けるにおいが漂っている。智之介が属する土屋勢だけでなく、ほかの部隊も飯の支度をしていた。

「飯にするか」

夕闇のなか、杜吉が笑顔で答える。すぐに笑みを消し、表情を引き締めた。

「どうした」

杜吉が、闇にすっぽりと包まれ、今は建物や塀などの影だけしか見えなくなっている城に視線を投げた。

「兵糧はどのくらい用意されているのでしょう」

「あの城は天正元年（一五七三）九月に徳川どのが奪い返したが、いずれ我が武田軍の攻撃にさらされることはわかっていたはずだ。こたびの攻撃がはじまるおよそ一年八ヶ月前のことだ。その間、相当の兵糧が運びこまれただろう。優に三月は保つだけの量を蓄えているのではないかな」

「そんなに」

「そのくらいなければ、我が武田勢相手に籠城しようとは考えまい」

杜吉が顎を引いた。そのまま智之介に顔を寄せ、ひそやかな声でささやいた。

「今宵、夜襲をかけるなどということはありませぬか」

「あるかもしれぬ」

智之介は、すっかり暗くなった長篠の地を眺めた。焔硝のにおいも血なまぐささもだいぶ薄れている。首を転じて味方の陣を眺めると、暗さのなかにぽつりぽつりと篝火《かがりび》が燃えており、どこか幻を見ているような錯覚に智之介はとらわれた。

「この地に布陣して以来、味方はこれまで一度も夜襲はかけておらぬ」

智之介も声を低めていった。

「今日、あれだけの攻撃を仕掛けたあとだ、城方も今日の武田勢の攻撃はあれでしまいと考えて油断しているかもしれぬゆえ、夜襲というのは有効な手立てとなるにちがいない」

「我らが夜襲の手に選ばれるということは考えられますか」

「むろん」

その答えに満足したように、杜吉が腕をさする。

「もし夜襲がまともに決まってしまい、落城ということにはなりませぬか」

智之介は小さく笑った。

「そのあたりのさじ加減は、お屋形がよくおわかりであろう。杜吉、我らが案ずることではない」

「承知いたしました」

杜吉が軽く頭を下げる。そのとき雪風がまたもいななき、いきなり杜吉の鎧の袖に嚙みついた。

杜吉が、わっ、と声をあげた。

「杜吉、はやく飼い葉をやらぬと、嚙み殺されるぞ」

「では、今すぐ」

首をすくめるような仕草をして杜吉が、雪風のそばに置いてある飼い葉桶《おけ》を手にした。今は空だが、飼い葉は近くに用意してある。雪風の腹はすぐに満たされるはずだった。

「殿」

小平次に呼ばれた。

「飯の支度ができましたぞ」

「では皆でいただこう」

智之介は今一度、長篠城を見つめてから、配下の者たちが待つ場所に早足で歩いていった。

翌十三日は、戦いは起きず、なにごともなくすぎていった。鉄砲の音もなく、喊声もきこえず、静かなものだった。

長篠の地に来て、はじめて戦いがなかった日だった。

一日中、雨が降り、鉄砲がつかえないというのが、戦いが起きなかった大きな理由かもしれなかった。

十四日も雨が降っていた。梅雨寒《つゆざむ》といえる冷たい雨で、智之介たちは肌寒さをこらえて、陣中から長篠城を見つめていた。

この日もなにごともないままに、すぎてゆくように感じられた。しとしとと降り続いた雨が夕方になってあがり、大気からは冷たさがやや払われて、陣中にはほっとした空気が流れた。

夕食を終え、智之介がそろそろ寝ようかと思っているとき、同じ土屋昌次勢の寄騎である田中彦兵衛がやってきた。大徳利をたずさえている。

智之介の横に来て、ござの上にどすんと腰をおろした。

「飲むか」

大徳利を軽々と掲げていう。

「いいのか」

「いいに決まっておる」

「しかし、酒は許しが出ぬと飲めぬぞ」

「酒だと」

彦兵衛が大徳利を掲げたまま揺らす。

「中身は水よ。気分だけでも酒を飲みたかった」

「それならば、つき合おう」

智之介は杜吉に椀を二つ持ってこさせ、一つを彦兵衛に渡した。

「では、いただくか」

彦兵衛が大徳利を傾け、中身を椀に豪快に注いだ。椀から水があふれる。

「本物でもこういうことをしてみたいのう。いつもこぼれぬように、そろそろと注いでいるからの」

彦兵衛が椀に口を近づける。一気に飲み干した。

「うむ、こうして飲むと、ただの水もけっこういける」

智之介も試してみた。

「俺にはいつもと変わらぬ」

「智之介、おぬしはどうしていつもいつもそんなにまじめくさっているのだ。水でも酔おうと思えば酔えるぞ」

「おぬしはそのような真似ができるのか」

「できるに決まっておる。すでに酔いはじめている。酔わねば、戦などできるものではないぞ」

それは確かかもしれない。

不意に彦兵衛が声を小さくした。

「これは秘密だが、今夜、夜襲をかけるぞ」

「まことか」

「まことよ。俺はそれをおぬしに伝えに来たのだ」

「いつだ」

「子の刻よ」

真夜中だ。

智之介は空を見あげた。雨は夕方にあがったままだが、空は曇っており、星の瞬きは見えない。夜襲を仕掛けるのなら、格好の日かもしれなかった。

「手は誰かな」

「我が土屋勢のみよ」

「ほう」

「手柄を立てるよい機会ぞ」

「どこに仕掛ける」

「瓢丸《ふくべまる》だ」

智之介は、頭に長篠城の縄張の図を思い浮かべた。

「三輪川沿いの曲輪だな」

「そうだ。あの曲輪は、川沿いに塀をめぐらしてあるだけだ。土塁さえ設けられておらぬ。あの曲輪を取ることでいきなり落城につながるようなことにはならぬが、長篠城を落城させようというお屋形のお気持ちはきっと敵方の間者に通じようぞ」

「よい目くらましになるということだな。集合はいつだ」

「子の刻の一時前よ。土屋さまの陣の前に、四名を連れてこい」

「承知した」

「それから、土屋勢だけで攻撃するといったが、実を申すと金掘衆《かなほり》が加わることになっている」

金の採掘が盛んな武田家が誇る精鋭の者たちだ。坑道を掘るばかりでなく、地勢を読むのにも長けているために水脈を切るなど、城攻めにも、とてつもない威力を発揮する。

「瓢丸は塀をめぐらしてあるのみといったが、その塀を引き倒す役目を、金掘衆は与えられている」

「わかった」

「では、これでな。俺はこれから一眠りするつもりだ」

にっと笑い、彦兵衛は大徳利をたずさえて帰っていった。

智之介は、杜吉と小平次に夜襲のことを告げた。

二人ともうれしげな顔になった。

智之介は皆に睡眠を取るように命じ、自身もござの上に横になった。

すぐに眠りにつけるかと思ったが、昂ぶる気持ちがそうさせなかった。

それでも少しは眠ったようだ。

# 七

「殿」

揺り起こされた。

見ると、闇のなかにうっすらと小平次の顔が見えた。

「刻限にござる」

智之介はすばやく起きあがった。

皆を集め、杜吉と小平次以外に二人の者を選んだ。二人ともすばしこさがあり、夜目が利く。

「では、行くぞ」

智之介は先頭に立って、土屋昌次の陣に向かって歩きはじめた。

智之介が寄騎として預けられている土屋昌次の軍勢は、総勢で二千ばかりだが、ここ長篠の地にやってきているのは、およそ五百である。昌次が選んだ精鋭ぞろいといっていい。長篠城に夜襲を仕掛けるために陣中に集まった人数は、智之介が見たところ、二百ばかりだった。

それに加え、先ほど田中彦兵衛がいっていた通り、百人ほどの金掘衆が陣の端のほうにかたまっていた。誰もが口をかたく閉じ、ひっそりと夜に溶けこむように立っている。身動きのしやすい胴丸をつけている者がほとんどだ。

金掘衆が近くにいることにようやく気づいた杜吉が、おっ、と声なき声をあげた。確かに、いわれなければそこにいるのがわからないような静寂の靄を漂わせ、そのしじまのなかで自分たちだけの世界をつくりあげていた。

杜吉ばかりでなく、小平次も目をみはっている。まるで化け物を目にしているかのような思いが見えていた。

智之介も、金掘衆は、どこかこの世の者でないような空気を身にまとっているような気がしてならない。

いずれも、一目でそれとわかる目をしていた。陣中はあえて二つの篝火だけに明かりが抑えられているらしく、ほの暗い闇の幕があたり一帯を覆っているというのに、誰もが猫の目のようにぎらぎらしたものを瞳に宿していた。一人残らず夜目が利くのは紛れもなかった。

暗い坑道にいることが多いのだ、それも当たり前のことにすぎないのだろう。

この者たちは攻城だけでなく、野戦でも大いなる力を発揮する。いきなり遭遇して合戦になる場合はともかく、戦場になる場所で対峙した場合、互いに防御のための陣を築くのは珍しくはない。

今度の長篠城をめぐる戦いでも、武田勢の織田信長や徳川家康に対する急襲がかなわず、もし着陣を許した場合、必ず金掘衆の出番がやってくる。

長篠城の西側には狭い平原があり、その向こう側は小高い丘陵になっている。織田、徳川軍はおそらくその丘陵に陣するものと、智之介はにらんでいる。そこに敵勢は陣城のような堅固なものを築くにちがいなかった。

陣城は、攻略するのにひじょうに難儀なものだ。城を攻めるのと同様の力を必要とする。

敵が丘陵地に着陣した際、武田勢が長篠の地を引きあげるかというと、まずそのようなことにはならないだろう。なにしろ、織田信長と戦うのは今は亡き武田信玄以来の宿願だからだ。

そのことが骨身に沁みている勝頼をはじめ重臣たちが、千載一遇の機会を逃すわけがなかった。そのとき力になるのが金掘衆である。柵を引き倒し、土塁を崩し、堀を埋める。軍勢が陣城内の敵勢を突き崩すために、敵前でそのような危険に満ちた荒仕事をこなすのが金掘衆だ。まさに命知らずの者たちといってよかった。命を託すに足る者たちであるのは、疑いようがない。

「智之介」

横合いから呼びかけられた。

見ると、鎧兜《よろいかぶと》に身をかためた武者が近づいてくるところだった。声で誰なのかすぐにわかったが、全身から発せられるただならない気配が彦兵衛であることを智之介にはっきりと伝えてきた。

さすがに戦場往来の強者《つわもの》だ。淡い明るさをあたりににじみださせるように篝火が燃え、ときおり薪がはぜるなか、なにか光背のようなものをじんわりとだしている。

彦兵衛は面頬をつけている。両目には金掘衆と似たようなぎらりとした光が浮いており、智之介は闇夜を我が物顔に動きまわる獣を目の当たりにしている気分だった。もういつでも戦いに入れる態勢を取っている。四名の配下をしたがえていた。

　そばまで来て歩みをとめた彦兵衛が、ほう、と吐息を漏らした。智之介を見る目に畏敬《いけい》のようなものが見えている。

「どうした」

　智之介はすかさずきいた。

「いや、さすがだなと思ってな」

「なんのことだ」

「いや、おぬし、獣のような面構えをしておるな」

　智之介はまだ面頬をつけていない。

「おぬしが俺などに気圧されるはずがなかろう。むしろおぬしを見て、俺がまったく同じことを感じたくらいだ」

　彦兵衛が面頬を取り、自分の体を隅々まで見る仕草をした。

「別に獣のようには見えぬがな」

　顔をあげた彦兵衛が智之介をしみじみと見直す。

「智之介も顔だけを見れば、優男そのものといっていいのだが、それがこうして戦場にやってくると人が変わる。まるで人とは思えぬ勇猛さをみせるからの。おぬしを見るたび、つくづく人の不思議さを思うぞ」

「相変わらず大袈裟なもののいいだな」

「大袈裟などではないさ。おぬしを見れば誰だって思う。杜吉や小平次も同じことを考えているさ。なあ」

　彦兵衛が二人に同意を求める。

「まことにおっしゃる通りにござる」

　小平次が彦兵衛に真剣な視線を当てていった。杜吉は深いうなずきを見せた。

「見ろ」

　彦兵衛がにこやかに笑う。

　智之介は、戦いに臨むときはできるだけ自分というものを殺すようにしている。そうしないと、怖くて足が出ていかないからだ。ここにいるのは自分ではない、誰か別の者の体を借りているだけだと心の底から思いこまないと、人を殺すために刀を振るったり、槍を突きだしたりするなど、できはしない。

　その前に、敵中に突っこんでいくこと自体、やれるはずがなかった。風を切る音を残して鉄砲玉が体や兜をかすめ、兜の大立物《おおだてもの》や鎧の袖に矢が当たる。次の瞬間、死が訪れるかもしれないとき、ここにいるのは自分ではないと思わない限り、体が自在に動かないのだ。ほかの者はちがうのかもしれないが、自分はそうしないと、武者としての存分の働きがかなわない。

　自分の弱さからくる偽りの勇猛さにすぎないのがわかっているから、ほめられても面映ゆいだけだ。

　むしろ、家督を継ぐために兄を殺したと、あしざまに風聞されていたときのほうがよかったような気がしないでもない。横目付だった小杉隆之進の死の真相を調べてゆき、十一人の重臣の名が記された一枚の紙を手に入れたあたりから、風聞は消えてなくなった。

　それにしても、と智之介は今さらながら思った。隆之進を殺したのは、いったい誰だったのだろう。なんのために殺したのか。

やはり武田を一つにまとめるために、弄された策のなかで命を縮められたのか。

勝頼は見向きもしなかったものの、武田から寝返る者を明示したと思えるあの一枚の紙があったがために、こうして織田、徳川勢は、見た目は一枚岩のようにここ長篠の地に参陣できたのだ。長篠城をおとりにして武田勢を引き寄せ、一気に打ち破るという目的に一丸となっている。

智之介の脳裏には、一つの顔が浮かんでいる。

やはりあの男がすべてを仕組んだのではないか。

智之介は、その思いを払拭《ふっしょく》することができない。

なんといっても、あの男はお屋形さま命だからだ。

勝頼のためならどんな手段をとることも、いとわぬだろう。

今岡の策のために、隆之進は死んだのだろうか。

もしそうなら、今岡を許すことは決してできない。この手で殺すしかない。

「おい、智之介」

声が頭に入りこんできた。

「どうかしたか」

智之介は声の主に目を向けた。心配そうに彦兵衛が見つめている。

「なんでもない」

「なんでもないことはなかろう。今にもうなり声をあげそうな怖い顔をしていたぞ」

智之介は頬を軽くなで、それから面頬をつけた。

「なにを考えていた」

「たいしたことではない」

彦兵衛がじっと見る。凪いだ海を思わせる穏やかな瞳をしていた。横で杜吉と小平次が心配そうな眼差しをしている。

「いいたくないのなら、これ以上はきかぬ」

「すまぬ」

智之介は心から口にした。

「気を悪くしたか」

「そんなことはない。誰だって話したくないことはある。それに気づかず、立ち入ろうとしたわしが悪い」

いい男だな、と智之介は思った。

「彦兵衛、ききたいことがある」

「なにかな」

智之介は声をひそめた。

「夜襲は土屋勢一手で行うとのことだが、これだけなのか」

「ああ、そのようだ」

「金掘衆を入れて三百ほどだが、本当にやれるのか」

「やれるのではないか」

声を落としてはいるが、彦兵衛の顔は気楽そのものだ。夜のとばりに隠されて、うっすらとさえ見えない長篠城の方向に目を向ける。

「あの城は、たった五百人で守っているにすぎぬ。そのうち瓢丸にどの程度の人数を割いているかはっきりせぬが、たいした数ではあるまい。こちらに三百もいれば、まず十分だろう。それに――」

智之介は彦兵衛の言葉を待った。

「大人数では、夜襲を覚られかねぬ。このくらいの人数なら、動きを感づかれることはまずあるまい」

「その通りだな」

智之介は相づちを打った。

「だが、それでは本当にお屋形は長篠城を落とすおつもりなのではないか、と思えるぞ。まさかこの夜襲、土屋さまの独断ではあるまい」

答えはわかっていたが、智之介はあえてたずねた。

「むろんお屋形の命に応じたものであるのは明らかだ」

彦兵衛が明快に答える。

「もし織田、徳川勢がやってこないときのことをお屋形はお考えになっているのだ。ここまでやってきて、この城を落とさずに甲斐に帰るわけにはいくまい。なんのための出陣かということになる」

つと彦兵衛が目をあげた。

「そろそろのようだぞ」

面頬をつけ直す。目がきらりと光を宿した。また獣に戻ったのだ。

集合の号令がひそやかにかけられた。智之介たちはずらりと列をつくった。誰もが目をぎらつかせている。

智之介たちの前には土屋昌次がいる。今、幔幕《まんまく》を抜けてきたところだ。

眉が濃く、目は柔和だが、鋭さも秘めている。小さめの口の脇には、立派なひげが横にのびている。しっかりと剃《そ》られた月代《さかやき》が、篝火を浴びて鈍い光を帯びていた。三十二とは思えぬ老成した雰囲気を、身にたたえている。

「今より長篠城の瓢丸に向かう」

低い声だが、はっきりと耳に届いた。さすがに戦場往来の侍大将だけのことはある。

謀反を起こそうとして、とらえられた信玄の嫡男義信が寺に幽閉されたのち、家中のほとんどの武将をまとめて、信玄への忠誠を誓う起請文《きしようもん》をださせるなどしたのは土屋昌次だった。そういうこともあり、信玄の信頼は抜群に厚かった。

それゆえ、信玄が死去したとき、殉死を願ったという噂すら広まった。

本当のところはわからない。智之介は昌次にきいたことはない。きける立場でもなかった。

彦兵衛にそのことを以前、問うたことがある。彦兵衛は、あれは噂にすぎぬだろう、といったものだ。理由としては、法性院さまにもっと寵愛《ちようあい》を受けた者はいくらでもいるが、誰一人としてそうしなかったから、というものだった。

殉死というのは響きはいいが、新しい主君に対して不忠になる。土屋さまほどの方がそのようなことをするはずがない、と断じた。

智之介も同感だった。土屋昌次は勝頼を見捨てて死を選ぶような人ではない。それは確信に近い。

智之介は畏敬の念を持って、あるじを見つめた。

ちらりと昌次が目を向けてきた。智之介を見て笑みを浮かべたような気がした。

「では、まいるぞ」

おごそかな口調で昌次がいった。

土屋勢は静かに動きだした。昌次を含めた全員が徒歩だ。松明一つも灯されていない。完全に動きを秘匿する意図が強く感じられた。

月はなく、あたりには明るさはまったくない。湿り気があるのか、大気は橙色のようなくすんだ色合いを見せていた。

瓢丸は長篠城の丑寅《うしとら》の方角に位置している。出城とまではいわないものの、城から突出している感は否めない。

この曲輪を落とすことで、長篠城攻略の足がかりにする算段だろう。

長篠城が近づくにつれ、智之介は落ち着かなくなってきた。動悸が激しくなり、足が震えそうになる。

いつものことにすぎない。恥ずべきことではなかった。

長篠城が眼前に迫ってきた。黒々としたものが立ちはだかる。夜の暗さを通して見ると、城の醸しだす迫力というものが体を圧してくるような気がした。

搦手門が見えてきた。土塁が盛りあがっている。その上に柵があった。

多数の旗本に守られた昌次が、無言で手を振ったのが見えた。

それを機に、背後にいた金掘衆がひそやかに動きだし、搦手門から横にのびている柵に沿って進んでゆく。

三輪川のほうに出た。智之介たちも続いた。

こちらには柵があるのみで、土塁がなかった。川と柵のあいだはせまく、断崖が迫っているが、人が動けないほどではない。城でいう武者走り以上の幅はある。

金掘衆が、先端に鹿の角をつけた縄を投げはじめた。それが柵の上に引っかかる。

一気に引き倒そうとした。

だが、その前に物音に気づいた城兵が柵に縄をくくりつけて、城内からも引きはじめた。

鹿の角ははずれ、うまくいかなかった。城内から鉄砲が撃たれはじめた。

血しぶきをあげて、金掘衆がばたばたと倒れる。しかし縄を投げるのをやめようとしない。

土屋勢から鉄砲が放たれだした。赤い火が稲妻のように一瞬の光を見せる。

敵兵に当たっているのか、智之介には見えなかった。

金掘衆はすでに二十人近い者を失っているにもかかわらず、働きをやめようとしない。

ついに一つの柵を引きずり倒した。

「行けっ」

昌次が鋭い声を発した。

智之介は杜吉と小平次、そして二人の雑兵に目を向けた。

「俺から離れるな」

智之介は手槍を手にしている。

「行くぞ」

もう心は自分のものではなくなっている。

すでに前を彦兵衛らしい武者が走っていた。金掘衆が多大の犠牲をだして倒した柵の隙間を走り抜ける。

おびただしい光がきらめく。腹に響く音がそのあとに続いた。鉄砲玉が身をかすめてゆく。胃が恐怖できりりと痛む。

足をとめたくなる。だが、そんな真似は決してしない。

瓢丸に飛びこむと、得物《えもの》を手にした城兵が待ち構えていた。

彦兵衛が一人の武者に槍を突きだした。ものの見事に胸に当たった。突き抜けはしなかったが、衝撃で武者は体勢を崩した。そこに彦兵衛が槍をしごく。今度は喉を狙っていた。武者は喉を貫いた槍を抜こうとあがいた。彦兵衛が槍を引くと、前のめりに倒れた。

「危ない」

智之介は声をだすや、槍をのばした。横から彦兵衛を狙った敵がいた。智之介の槍は敵の槍をはねあげていた。

がら空きになった胴に智之介は槍を突き入れた。鎧を突き破る手応えが伝わる。足蹴《あしげ》にしてすでに息のない体を穂先から離した。

土屋勢は次から次へと瓢丸に侵入してくる。敵は小勢だった。

それでも抵抗し続けたが、死者が徐々に増えてくるにしたがい、引きはじめた。

巴曲輪《ともえぐるわ》につながる門をあけ、そこに入りこんでゆく。

付け入るのはたやすそうに思えたが、昌次の、そこまでという命があった。

智之介たちは城門が閉まってゆくのを立ちどまって眺めていた。

昌次の命は賢明だった。もし敵兵を追って巴曲輪に入りこんでいたら、包囲されて殲滅《せんめつ》されていたかもしれない。

「まずはやったな」

そばに寄ってきた彦兵衛が笑いかけてきた。

「ああ」

「助かった。かたじけない」

「いや、俺が手だしをせずとも、おぬしなら大丈夫だったさ」

「それでも礼はいっておく」

智之介はうなずき、背後を見た。

杜吉と小平次に怪我はなく、二人の雑兵も無傷だった。

さすがにほっとする。

「我らはこのままここに居続けるのか」

智之介は彦兵衛にたずねた。

「そういうことになろう」

彦兵衛が城門に目を向ける。

「そいつは巴門《ともえもん》というそうだが、逆襲してくるかもしれぬ。油断はできんぞ」

しかし、戦いがほんの四半時ほどですんだことに、智之介は安堵の思いで一杯だ。

だが、これからも戦いは続く。

気を引き締めねばならぬ。

空を見た。雲の切れ間からぼんやりとした月が顔をのぞかせていた。

八

竹束の陰から、智之介は空を仰ぎ見た。

月はすでに没したのか、また雲に隠れたのか、姿は見えなくなっている。星の瞬きもまったくない。空を厚い雲が覆っているようだ。いつ降りだしてもおかしくはない。大気は湿り気を帯び、北の山のほうはすでに降っているのか、どこからか雨のにおいがしている。蛙の鳴き声がすさまじい。いったい何匹いるのだろう。おびただしい数の蛙は疲れも見せず、このまま夜を徹して鳴き通すつもりでいるのか。

智之介は面頬をはずした。頬に流れ落ちてきた汗を手の甲でぬぐう。瓢丸を落としてから、どのくらいたったのだろう。

竹束の陰で身をかがめ直して、智之介はふとそんなことを思った。もう二時《ふたとき》は経過したのではないかと思えるが、まだそんなにすぎていないかもしれない。じっとしてときをやりすごすのは、つらいものがある。

蛙の鳴き声をすり抜けるように、下から水音がきこえてくる。梅雨どきということもあり、水かさがだいぶ増して、水勢は激しいようだ。長篠城の東側を流れる三輪川の流れである。

勝頼としては、三輪川に筏《いかだ》を浮かべて岸から兵が渡れる浮橋をつくりたかったようだが、水の勢いの前に断念したようだ。

仕方なかろう。それに、浮橋をつくったところで城の東側の断崖を攻めのぼるのは容易なことではない。いたずらに死傷者を増やすだけだ。

智之介は面頬をつけ直した。水音にはどこか母親の童歌《わらべうた》を思わせるような心地よい響きがあり、眠りを誘われる。慣れてしまえば、蛙の鳴き声も似たようなものだ。だが、ここにはうとうとしているような士卒は一人もいない。誰もが巴門へ厳しい視線を投げている。

不意に、佐予の顔が脳裏に浮かんできた。今、どうしているのだろう。いとおしさが募ってきた。この手で抱き締められたら、どんなに幸せだろう。はやくその瞬間がやってこぬものか、と智之介は心から望んだ。

つかの間、なぜ俺はこんなところにいるのだろう、という思いにとらわれた。どうしてか、ここにいるのがまちがいなのではないかと感じた。

こんなことははじめてだった。

薪のはぜる音が耳に届いた。智之介は我に返った。

おなごに心を奪われて、武士の本分たる戦から逃げだしたいなど、どうかしている。

智之介は佐予のことを無理に心から押しだした。大丈夫だ、と心中でうなずく。もう逃げたいなどという気持ちはどこにもない。

瓢丸には、侵入者に備えて篝火がいくつも燃えている。その向こうに、がっちりとした巴門がうっすらと見えていた。

瓢丸と巴門のあいだには、幅二尺ほどの一本の土橋がかかっている。長さは四間ばかり。土橋の両側には、深さ一丈は優にありそうな空堀がうがたれている。空堀の幅は三間を超えていた。

空堀の向こう側は、長篠城の巴曲輪になっている。三の丸と呼んでも差し支えない位置に当たる。

巴曲輪は瓢丸より一丈ばかり高い場所にあり、がっちりとした板塀が智之介たちを威圧するように連なり、塀の前には柵がぎっちりと設けられていた。

塀の背後には、何本もの幟《のぼり》が立てられている。ほんのりと見えている幟には、煙のように立ちのぼる精気が感じられた。これは、瓢丸を落とされても、城兵の戦意がなおも盛んであるのをあらわしているのだろう。

瓢丸を我がものにしたあと、すぐさま運びこまれた竹束の陰で、智之介たちはひたすらじっとしていた。なかなかときがたたないのも、当然だった。

近くで、ぴしゃりと肌を打つ音がきこえてきた。それを合図としたように、次々に同じ音が伝わってきた。

智之介もそうだが、ここにいる者すべてが蚊に悩まされている。手のひらなど露出しているところだけでなく、よくわかるな、と思うほど巧みに鎧や兜の隙間を狙ってくる。

兜に入りこまれて首筋を刺され、面頬にも侵入されて頬も何度かやられた。まったくしつこかった。追い払っても、いつの間にかそばに寄ってきている。

今も耳障りな羽音がしている。智之介は追い払おうとした。だが、その前に手のひらをぱちんと打ち合わせる音が響いた。

兜越しだが、耳がじんとした。静寂が戻った。羽音はやんでいる。

「いかがです」

うしろに座っている杜吉が自慢げに、左の手のひらをひらいてみせる。暗さのなか、ぽつんと血のにじみが見えた。蚊はひとたまりもなく潰れていた。

「すまぬ」

「どういたしまして」

「殿は、刀槍《とうそう》を手にしての戦いは無敵なのに、蚊を殺すのはおっそろしく下手ですからな」

こういったのは小平次だ。

「これから蚊の退治は、杜吉におまかせになったほうがよろしいでしょう」

「杜吉がいいのなら、俺はかまわんぞ」

杜吉がにこりとする。

「それがしにおまかせあれば、蚊はもはや一匹たりとも近づけませぬ」

「頼もしいな」

杜吉が頭を下げたとき、智之介の兜を叩く音がした。

「降ってきたな」

小平次が空を見あげる。

「あまり強い降りにならぬとよいのですが。体が冷えますからな」

その通りだ。梅雨寒という言葉がある通り、夏の時季だというのに寒さを覚えることがときにある。風邪を引くのだけは、なにがあっても避けたかった。

「明るくなってきましたな」

智之介は、兜の眉庇《まびさし》をあげた。小平次のいうように、東の空が白んできている。だが、太陽は姿を見せそうになかった。空には、湖をびっしりと覆う氷のように雲が厚く広がっていた。

さらに明るくなってくるとともに、墨が抜けるように雲からは黒さが取れ、代わって灰色が目立つようになってきた。

重く垂れこめた雲は、跳躍すれば手が届きそうなほど低い。そこから、間断なく雨が落ちてくる。さほど激しい降りではないが、地面はすでに黒ずみだしていた。じきに、そこかしこに水たまりができるのだろう。

雨の到来と同時に、地面から血なまぐささが立ちのぼりはじめていた。おびただしい血をこの地は吸っている。それが、この雨のために逆に吐きだされていた。

瓢丸をめぐる戦いで、味方には二十人ほどの犠牲があった。討ち取った敵の首は三十ばかりだった。五百人といわれる城兵の三十人だ。敵にとっては、決して少なくない損害だろう。味方の死骸は、すでに瓢丸から運びだされた。土屋勢の陣の背後に当たる地に、陣僧の読経とともに埋葬されたはずだ。

敵方の首のない死骸は、瓢丸の隅にまとめて横たえられている。まだにおってはいないが、この時季のことだ、いずれ強烈な臭気を発するにちがいない。

死骸を敵に返してやりたかった。そうすれば、荼毘《だび》に付すか、城内のどこかに埋めるはずだ。死んでしまえば敵も味方もないのだから、智之介としては敵の死骸も埋葬してやりたいが、今はまださらし者のようにしておくしかなかった。

仮に長篠城が落ちて戦が終われば、すぐにでも埋めることになろうが、短時日のうちにこの城が落ちることはあり得ない。落城は、織田信長が来ないのがはっきりしてからだ。

いつしか、深い霧が晴れたかのようにあたりは明るくなっていた。もう蛙の声はきこえなくなっている。

三輪川の水音だけが、耳に心地よく届く。あれだけ飛びまわっていた蚊もいなくなっていた。風はまったくない。低く垂れこめた雲にかたく栓をされたかのように、そよとも動かずにいる。蒸し暑さが徐々に体を包みはじめた。

雨は降り続いている。長雨になりそうだ。いかにも五月雨《さみだれ》にふさわしい降りだった。汗を流したい。三輪川の流れで体を洗えたら、どんなに気持ちがいいだろう。

雨に濡れたばかりではなく、徹夜をしたせいで顔や体はべとつき、口のなかはねばねばしている。腹は減っているはずだが、ほとんど食い気はなかった。

「殿、朝飯はどうなりますか」

小平次がささやき声できいてきた。

「腹が空いているのか」

「いえ、あまり」

智之介は、杜吉とそのうしろに控えている二人の雑兵に目をやった。みんな疲れた顔をしているが、腹が減ってたまらないという顔ではない。

「腹が減っては戦ができぬのは確かだが、ここでは無理だな」

「では、帰陣してからということになりますか。そのほうがゆっくり食べられてありがたいですな」

「だが小平次、ゆっくり食べるなど、戦陣でしたことはあるまい」

「まことに。たいていは立ったまま食べておりますからな」

いつ敵襲があるかわからず、いつ出陣の命がくだるかわからない。それに、満腹するまで食べることはなかった。腹を一杯にしてしまうと、動きが鈍くなるし、疲れやすくもなる。

土屋衆のほかの者たちも、当然のことながら朝飯の用意はしていない。

杜吉が首をのばし、つと背後を見た。

「援軍が来たようです」

智之介も視線を投げた。搦手門がひらき、軍勢が列をなして入ってきた。旗印から、智之介が属している土屋昌次勢だ。板や太い棒を持ったり、担いだりしている者たちがうしろに続いている。

「あれで、いったいなにをしようというのでござろうか」

小平次がぽつりとつぶやく。

「太いのは、柱ではないでしょうか」

杜吉が、近づいてくる軍勢を見つめつついった。

「俺もそう思う」

智之介は同意した。

「なんのための柱でしょうかな」

「小平次、もうわかっているだろう」

はい、とうなずいて小平次が杜吉に視線を転じた。

「杜吉、わかるか」

「井楼《せいろう》でしょうか」

小平次がうれしそうにほほえんだ。

ふつう、井楼は動かせるように下に車輪がついているものが多いが、およそ二間半の高さがあるために長篠城の搦手門をくぐることができない。そのために、ばらして持ってきたのだろう。

縦柱は四本ある。これに横柱を『井』の字のように組んでゆく。あとは床として板を三層に組めば、できあがりとなる。床が二層のものもあるが、瓢丸から長篠城内を見おろすためには、巴曲輪の塀よりも高い三層のものが必要だろう。

新たにやってきた軍勢は、優に五百人はいた。鉄砲隊がかなり加わっている。五十人ばかりだ。

軍勢は、搦手門から十間ばかり入ったところで足をとめた。そこで二十人ばかりの兵が出て、井楼の組み立てをはじめた。

手際はすばらしい。

もののの半時ばかりで、井楼はできあがった。屋根もつけられた。

一番上の床板に、五人の武者がのぼっていった。鉄砲玉よけの竹束や盾が、綱で引っぱりあげられる。それらがしっかりと床に据えつけられた。

ふと見ると、土屋昌次も井楼にあがろうとしていた。危なすぎます、とそばの者たちがとめている。

当然だろう。井楼は、これから巴曲輪のそばまで動かされる。城内の鉄砲足軽の狙い撃ちに遭うのは確実だ。

いくら竹束や盾があるといっても、昌次に当たってしまうかもしれない。織田、徳川勢との決戦を前に、戦上手で知られる昌次に傷一つ負ってもらっては困る。

昌次は、そばの者たちの必死の懇願と説得に折れたようだ。少し残念そうにしていたが、静かに井楼から離れた。

家臣たちは安堵の色を隠せない。智之介も胸をなでおろした。

五人の武者を乗せて、井楼が押されはじめた。

塀の間際まで来て動きをとめたとき、待っていたかのように城内から鉄砲が放たれはじめた。長篠城にいるすべての鉄砲足軽が狙っているのではないかと思えるほどの猛烈さだ。しとしとと降り続ける雨などおかまいなしに、間断なく鉄砲は鳴り続ける。白と灰が混じった煙が、もうもうと城内からあがりだした。雲に吸いこまれたように、すぐに煙の先端は見えなくなってゆく。

鉄砲の玉は、横殴りの雨のように井楼に浴びせられた。竹束や盾、柱、横柱に当たり、竹や木の破片が葉っぱのように散ってゆく。

城内からは矢も飛んできた。それが井楼の屋根や柱に突き刺さる。矢は、井楼を越えて智之介たちがいるところまで飛来した。智之介たちは竹束に身を隠し直した。

　井楼の上にいる武者たちは、竹束の陰にうずくまっているしか手立てがなかった。しゃがみこみ、頭をひたすら下げて、嵐がすぎるのを待つのみだった。

　しかし、敵方の鉄砲や矢はまったく衰えず、むしろ激しさを増してきた。井楼の竹束に弾かれた鉄砲玉が智之介たちのそばに落ちて、湿った土をはねあげる。

　どん、と腹に一際響く音がとどろいた。なんだ、と思う間もなく、井楼がぐらりと揺らいだ。弾き飛んだ木っ端《こっぱ》が花吹雪のように宙に舞った。

「なんだ、あれは」

　杜吉が呆然とつぶやく。

「どうやら大筒のようだな」

　智之介は杜吉にいった。井楼を見あげる。

「しかしあの五人、このままではまずいぞ。はやくおりられればよいが」

　射すくめられて、五人の武者は相変わらず動けずにいる。

「大筒でございますか」

　杜吉が井楼に視線を当てたまままたずねる。

「そうだ。俺もじかに目にしたことはないが、家康どのが持っているとの噂を耳にしたことがある」

「では、家康どのはこの城に大筒を貸したのでしょうか」

「貸したのではなく、奥平貞昌どのに与えたのかもしれんぞ」

「大筒というと、どれほどの大きさのものでございましょう」

これは小平次がきいてきた。城内から間断なく鉄砲の音が続き、声が知らず大きくなっている。

智之介も声を励まして答えた。

「大筒自体の大きさはよく知らぬが、玉の重さは一貫ばかりあるということだ」

「一貫にござるか」

「大きさはこのくらいだろう」

智之介は手で、小さな握り飯ほどの形をつくった。

「ふつうの鉄砲玉は六匁《もんめ》ばかりだから、どれだけ大きいかわかるだろう」

だが、今は五人の武者のことが気がかりだった。だが、今、自分がしてやれることはなにもなかった。ただ見ているだけというのは、地団駄を踏みたくなるほどに悔しかった。

「はやく引け。井楼を動かせ」

昌次の声がした。その前から多くの兵が蟻《あり》のように井楼に取りつき、この場から移そうとしていた。兵たちは前からは引っぱり、うしろからは押そうとしているが、ぬかるんだ土に轍《わだち》ができ、そこに車輪がどっぷりと浸かってしまって、井楼はただ左右にかしぐだけだった。

「行くぞ」

智之介たちも駆けつけ、井楼を押した。だが車輪が泥に沈みこむばかりで、井楼は重しでもつけられたかのように動こうとしない。

そのとき、また大筒が放たれた。こりかためられた大気が耳のなかに入りこみ、頭を押さえこまれたような感じがあった。一瞬、目の前が真っ白になった。

次の玉を放つまで、かなりのときがかかるようだが、さすがに威力は相当のものだ。雷に打たれたかのような音が響き渡り、強い衝撃が智之介の腕に伝わってきた。井楼が大きく揺れ、傾く。

木の破片がばらばらと降ってくる。驚いて見あげた兵たちの動きがとまる。

不意に、頭上で血しぶきがあがったのが見えた。首のあたりから血を噴きださせて、一人の武者が床に力なく横たわった。

やられてしまった。

智之介は目をみはった。竹束や盾が猛烈な射撃を受けて、ぼろぼろにされつつあり、用をなさなくなってきているのだろう。

一人が殺されたのを目の当たりにして、ここにいては死するのみ、と覚ったか、残りの四人が動きはじめた。横柱を伝って下におりようとしている。

まずい。

案の定、狙い撃ちに遭った。三人があっという間に撃たれ、身を投げたかのように地面に落ちてきた。どすと鈍い音を立てて、体を地面にめりこませる。

最後の一人は自ら飛び降りようとしたが、その前に声をあげて背筋をそらせた。横柱につかまり、体勢を立て直そうとしたが、さらに数発の鉄砲玉を受け、血しぶきとともに床の上に倒れこんだ。それきり体がかたまったかのように動かなかった。

不意に鉄砲の音がやんだ。城内から歓声があがった。

唇を嚙んで、智之介は井楼を見あげた。柱はへし折られ、屋根は吹き飛ばされ、床板には無数の穴があき、竹束はささくれ立ち、矢が突き立った盾はひび割れる寸前だった。井楼は、嵐をまともに受けた廃屋のようなありさまだ。

まず、地面に落ちた三人の死骸が収容された。それから地面に大量の筵を引き、ようやく井楼が動きはじめた。鉄砲に狙い撃ちされるおそれがない搦手門近くまで持ってゆき、そこで数人の兵が一番上にあがっていった。死者は綱でおろされた。

そこまで見届けて智之介は巴門に視線をぶつけた。

この仇は必ず討ってやる。

昌次の身になにもなかったことが、唯一、喜ぶべきことだった。

## 九

喊声がわき起こった。

智之介は目をあけた。瓢丸を新たな軍勢にまかせ、天神山の陣に引き下がって智之介たちは鎧を着用したまま、わずかばかりの睡眠をとっていた。うとうととしただけで、熟睡とはほど遠かったが、そこに味方のものと思える声がきこえてきたのだ。

大気を琴の弦のように震わせて、鉄砲の音もしている。互いに激しく撃ち合っているようだ。

智之介は鎧を鳴らして立ちあがった。いつしか雨はあがっていた。もっとも、隙間なく空にびっしりと詰まっている厚い雲は長篠の上を去っていない。どんよりと重く垂れこめたままだ。いつ再び雨が降りだしても不思議はなかった。

「また渡合ではありませぬか」

そばにいる杜吉が、旌旗がひるがえる長篠城を見つめている。気持ちとしては、城越しに寒狭川と三輪川の合流地を瞳に映しているのだろう。

「そのようだな」

殿、と杜吉が声を低くして呼びかけてきた。

「やはりお屋形さまは、本気でこの城を落とすおつもりではありませぬか」

「しかし、俺たちがそう思うくらいだから、敵方の間者も同じように感じているにちがいない」

「やはり敵の目をくらませるために、攻撃をしているのでございますか」

智之介は長篠城を見やった。一番高い位置にある本丸には、望楼が建っている。数名の武者がいた。

智之介は腕組みをして、続けた。

「織田信長が家康どのとともにもうじき援軍としてやってくるのは、まずまちがいない。その際、我らにとって最もよい形は、もはやおとりの意味をなさなくなった長篠城を落とし、返す刀で織田、徳川勢を急襲、信長の首を取ることだ」

「なるほど。後顧の憂いとならぬようにしておくのですね」

「そうだ。だから、あの城を落城寸前まで追いつめておくことこそが肝要である、とお屋形はお考えになっているのだろう」

杜吉が感服したというように頭を下げた。

「よくわかり申した」

渡合をめぐる戦いは、さほど長引くことなく終わったようだ。喊声が途絶え、鉄砲の音もしなくなった。あたりには静寂の幕が引かれた。

雨が降ってきた。激しい降りだ。頭上を見ると、灰色の雲は黒さを増している。邪悪な感じがその色にはあった。なんとなく不吉なものを智之介は覚えた。

「殿、これを」

小平次が蓑を持ってきてくれた。

「すまぬ」

智之介は着こんだ。それを見て、小平次や杜吉たちも蓑を着用した。雑兵たちにも着るようにいった。

翌五月十五日の早朝、智之介たちは再び長篠城を攻めた。瓢丸から一気に巴曲輪に向けて寄せていったのである。

土屋勢一手だけでなく、武田随一の名将として名のある山県昌景の軍勢が加わった。その数はおよそ三百。山県昌景自ら指揮をとった。

城方の抵抗は、さすがに激しかった。この曲輪を落とされては、残すは帯曲輪《おびぐるわ》と呼ばれる細くてせまい二の丸と本丸だけになってしまうからだ。

弾正曲輪《だんじょうぐるわ》というものが城の西側にあるが、ここは瓢丸側から攻める分には関係ない。巴曲輪さえ占拠してしまえば、城は裸同然になるといってよかった。

およそ一時かかったが、巴曲輪は武田軍の手に落ちた。

互いに、かなりの死傷者が出た。味方は、百に近い死者をだした。負傷者に至ってはその倍はいる。そのほとんどが、押しあけられた門のなかに飛びこみ、あるいは柵を引き倒して塀を乗り越え、巴曲輪に突入しようとしたときにやられたものだ。鉄砲の玉を受けた者が特に多い。

門をくぐった智之介も、兜のすぐ横を大気を切り裂いて飛び去り、鎧をかすめるようにしてゆく鉄砲玉の音を幾度となくきいた。そのたびに肝が冷えたが、自分には決して当たらぬと信じて前に走った。

実際に当たらなかった。自分の運のよさに感謝するしかなかった。

幸いにも、配下にも死者は一人も出なかった。五人が負傷したが、ふくらはぎの肉を鉄砲の玉に削られた者が最も重く、ほかはいずれも軽傷で命には別状のないものだった。

敵は、武田勢の半分ほどの死者をだした。負傷した者たちを担ぎあげるようにして、城兵たちは帯曲輪に逃げこんでいった。巴曲輪を守備していた城兵は二百ばかりと思えたが、智之介たち武田勢はその五倍近い兵力を擁していた。

寡勢ながらも城兵はしばらくのあいだ必死の抵抗を続けていたが、くらべものにならない兵力差の前に、ついに突き崩されたのである。

巴曲輪に乗りこんでからの山県昌景の指揮はさすがだった。まさに掌《たなごころ》の上で軍勢を動かしていた。指揮されている山県勢の進退、駆け引きも鮮やかだった。敵の弱いところを的確に衝き、敵勢を徐々に切り崩していった。いつの間にか敵は巴曲輪の隅に追いつめられていた。

あとは、空堀にかけられた板橋を走り渡って、帯曲輪に逃げこむことしかできなかった。

巴曲輪には、一人の城兵も残らなかった。すべての士卒が帯曲輪に去ったのち、城から板橋に向けて数本の火矢が打ちかけられた。激しい炎と煙をあげた板橋はあっけなく燃え尽き、ばらばらの板きれと化して空堀に落ちていった。

自然に武田勢から歓声がわき起こった。智之介もほっとした気持ちは隠せない。

犠牲は少なくなかったが、とにかく巴曲輪は落とした。これで井楼にいた五人の武者の仇を取ったとまではとても思えなかったが、一つの区切りがついたような気がした。

ついに長篠城は、帯曲輪と本丸を残すのみになった。勝頼の目論見通り、いつでも落とせる態勢を智之介たちはつくりあげたのである。

「智之介」

智之介たちが巴曲輪に運びこまれた竹束の陰に身をひそめたとき、呼びかけてきた者があった。

「おう、彦兵衛どの」

智之介は喜色をあらわにした。

「生きていたか」

「死んだと思っていたのか」

彦兵衛が会釈するように頭を下げ、智之介の横にすっと入りこんだ。鎧には、かなり血がついている。返り血のようだ。智之介も似たようなものだった。

「おぬしは殺されても死なぬような男だ」

智之介が敬意をこめていうと、彦兵衛がにっと笑った。

「そうであったら、どんなにいいかと思うな」

「確かにな」

「それにしても蒸すな」

彦兵衛が兜を脱いだ。

「ふう、すっきりした」

汗がひげ面一杯に貼りついている。風はほとんどない。今も雲は空を覆い尽くしたままだ。雨は落ちていないが、降りだしそうなのに変わりはなかった。

「おぬしも取ったらどうだ」

「そうするか」

智之介は彦兵衛の言にしたがった。兜を取ると、風の通りがはっきりと感じられた。

「気持ちよいいな」

「そうだろう」

彦兵衛が座り直し、背筋を伸ばした。

「智之介、城攻めはとりあえず今日までだろう。お屋形が当初の目的を達したのは、おぬしもわかっているはずだ」

「うむ。となると次に我らがすべきことはなんだ」

「じっと休んで英気を養っていればいい」

「それでよいのか」

「お屋形がなされるべきことは、織田信長の動きを知ることだ。これが最も重要になってこようが、これについては俺たちではどうしようもない」

「忍びの者か」

「ああ、今頃必死になって、織田勢や徳川勢の動きを探っていることだろう」

忍びの者か、と智之介は思った。おみのという娘の住む村に行こうとしたとき、襲ってきた者どもが思いだされる。

「どうした」

彦兵衛が顔をのぞきこむようにしている。

「いや、ちょっと考えごとをしていただけだ。ところで彦兵衛どの、今、織田信長はどのあたりにいると思う」

「とうに岐阜は発ったのではないかな。今頃は岡崎城あたりにいるのではないか」

「岡崎か。近いな」

「ああ。あと三日ほどでやってくるかもしれぬ」

「では、城兵をここまで押しこめたのはちょうどよかったということになるか」

「ああ、そういうことになるな」

彦兵衛が息をつく。さすがに疲れているようだ。

「ところで智之介、きいたか」

彦兵衛がまじめな顔つきになる。どうやらこれをいいたくて、やってきたようだ。

「俺たちがこの曲輪に攻めかかっている頃、あの山から狼煙《のろし》があがったそうだ」

彦兵衛が指さす。

長篠から一里もないあたりに、牛の背のようななだらかな稜線を持つ山が、こんもりと見えている。緑が濃く茂っていた。霧がわいて、横に流れている。

「あの山は雁峰《がんぽう》山というんだそうだ」

「狼煙をあげたのが誰なのか、わかっているのか」

「いや。ただし、我が武田勢じゃないのだけは確かだ。あの山はここからよく見えるな。ということは、城兵の目にもはっきりと映っている」

「城兵になにかを知らせようとしたわけか」

「そういうことだろう」

「なにを伝えようとしたのかな」

彦兵衛が眉根を寄せて首を振る。

「わからん。ただ、考えられることが一つだけある」

「なんだ」

「わからんか、智之介」

彦兵衛が思わせぶりにする。

智之介は少し考えただけで、ひらめくものがあった。

「まさか、この城を抜けだした者があったというのか」

彦兵衛が智之介の肩を叩く。鎧の袖が湿った音を立てた。

「さすがだな。察しがいい」

「無事に武田勢の陣をすり抜けたことを、城兵に知らせるための狼煙だというのだな。しかし、この厳重な包囲を抜けられるものなのか。それに、なにが目的で城を出た。どこから出ていった」

「そんなにいっぺんにいうな。抜け出たのは、やはり信長の援軍がやってきているか、確かめることが第一の目的だろう。その上で、長篠城があと数日も保たぬほどまで追いつめられていることを伝え、一刻もはやい援軍を要請する気でいるのではないのか」

「では、そやつは岡崎に走ったのか」

「多分な。どこを抜けていったかは正直、よくわからんが、弾正曲輪をくだって流れに身をつけたのではないか」

「寒狭川を泳いでいったというのか」

「そうだ。別に流れに鳴子《なるこ》や網がはりめぐらされているわけでもなし、抜けるのはさほどむずかしいことではなかろう」

「だが、水練のひじょうに巧みな者だったのはまちがいあるまい」

「それはそうだな」

ふむう、とうなって智之介は腕を組んだ。

「その者はきっと城に帰ってこような」

彦兵衛が深いうなずきを見せる。

「ああ、まちがいなくな。信長のことを城主に復命しなければならぬゆえ」

「ここから岡崎まで十里あまりか」

「そうだ。必死に走れば一日で着こう。今頃、息づかいも荒く走っているかもしれぬ」

「戻りは明日か」

「おそらくな」

「確実にとらえられるだろうな」

彦兵衛が智之介をじっと見る。

「かわいそうだと思っている顔だぞ」

「少し哀れではある。せっかく二十里以上も走り抜いたにもかかわらず、その任を全うできぬというのは」


翌十六日の昼すぎ、智之介たちがほかの部隊と入れ替わり、天神山の陣に戻って休息していると、彦兵衛がやってきた。

城を抜け出た男のことであると直感した智之介は、そばに座るようにいった。

今日もしとしとと雨が降り続き、蓑を着こんだ彦兵衛は濡れていた。ちと寒いな、といって身を震わせる。

智之介は、乾いた布を与えた。

「おう、助かる」

彦兵衛が顔や首筋をふく。かたじけない、と布を返してきた。

「つかまったのか」

智之介は布を手にしてたずねた。

彦兵衛が大きく顎を引いた。

「先ほど怪しい者がとらえられたという話が伝わってきた」

「誰がとらえた。場所は」

「穴山信君さまの手の者らしい。とらえたのは、長篠城の西に広がる有海原というところらしい」

「とらえられた者はどうしている」

「穴山さまの陣に留め置かれているようだ。尋問されているのだろう」

「その者はどうなるのだろう」

彦兵衛が、ふっと小さく笑う。

「敵を心配してやるなど、智之介も人がいいな」

まあな、と智之介は応じた。

「その男、信長の援軍が来ていることを、確かめることができたのだろうか」

「確かめたからこそ、戻ってきたのだろう」

「それを、城の者に伝えたかろうな」

「ああ、今頃、身もだえしているのではないか」

「男をどうするかは、お屋形のご判断にかかっているのか。やはり殺すのかな」

「殺すのには惜しい気がするな」

「お屋形が召し抱えるということはないか」

「無理だろうな。その者は城内の者と深くつながっているのが、よくわかるぞ。城の者の喜ぶ顔だけを思い描いて、駆け戻ってきたにちがいない」

彦兵衛がすっくと立ちあがった。鎧が小さく鳴る。

「またなにかわかったら、伝えに来る」

「頼む」

智之介は、自分の持ち場に戻ってゆく彦兵衛を見送った。


夕刻、相変わらず降ったりやんだりの雨のなか、夕餉の支度にとりかかりはじめたとき、長篠城から大波が打つような声があがった。城兵の悲嘆が混じったような声に、智之介にはきこえた。

「どうしたのでございましょう」

杜吉が背伸びをするようにして、長篠城を眺める。

「なにかあったのでござろうか」

小平次も、気がかりの色を瞳に浮かべて城を見つめている。

つかまった男になにかあったのではあるまいか。

智之介はそんな思いを抱いた。

「彦兵衛どのがなにが起きたか、きっと教えてくれよう。飯にしよう」

皆で立ったまま夕餉を食した。いつもと同じで、玄米の飯と塩汁が献立だった。

夕餉が終わる頃には、雨はひどくなった。暗さも増してきた。闇の色に染められつつある雲は厚く垂れこめたままで、このところ久しくお日さまを拝んでおらぬな、と智之介はちらりと思った。

智之介たちは木陰を選んで火を焚き、そのそばで横になった。小平次が三人の雑兵を率いて、見張りに立つ。

陣のなかは梢を叩く雨の音しかしない。蛙の声もきこえない。

はやくもいびきをかきはじめた者がいる。杜吉だった。

杜吉はこういうところが存外に図太い。降りしきる雨のなか、大気がひどく冷えていてもへっちゃらで寝られる。

「智之介」

小さく呼ぶ声が、左のほうからした。

「彦兵衛どのか」

「おう、そこか」

人影が、右側で燃えている篝火の明かりに浮かびあがる。

智之介は上体を起こし、蓑を着こんだ彦兵衛を迎えた。

「ふう、ひどい雨だ」

彦兵衛が隣に座りこむ。両手を焚き火に突きだした。

「こりゃいい、あたたかいな」

「そうだろう」

智之介は彦兵衛に乾いた布を貸した。

「おう、またすまんな」

彦兵衛が顔をていねいにふく。

「篠突《しのつ》く雨というのは、こういうのをいうのだな」

地面に激しく叩きつけられた雨粒が、次々にはねあがっている。土に穴をうがちそうな勢いだ。

「男はどうなった」

智之介はさっそくきいた。いつしか杜吉も起きあがり、彦兵衛に真剣な視線を当てている。

「殺されたぞ。磔にされたんだ」

智之介は眉根を寄せた。

どういうことがあったか、彦兵衛が説明してくれた。

男は鳥居《とりい》強右衛門《すねえもん》といい、長篠城主の奥平貞昌の家臣とのことだ。

「強右衛門に興味を持たれたお屋形は、お会いになったそうだ。それで、命は助けてやるからその代わりに、信長は来ぬ、と城兵に向かって叫ぶようにいえ、とおっしゃったのだそうだ」

「しかし、使者に選ばれたほどの勇者がそのような誘いに乗らぬのは、お屋形ならおわかりだと思うが」

「しかし強右衛門は、命を助けてもらえるのなら、と受けたのだそうだ」

「まことか」

「ああ。それで弾正曲輪の前に引きだされたそうだ。だが、強右衛門が実際に城兵に向かっていった言葉は次の通りだ」

信長は岡崎におり、信忠《のぶただ》は八幡《やわた》まで来ている。織田の先鋒は一宮《いちのみや》、本野《ほんの》ヶ原《がはら》にやってきている。家康、信康も野田に陣を移している、だからがんばって持ちこたえれば、きっと助かる。

「その言葉をいい終わったのち、強右衛門は磔にされたんだ」

それが、夕刻にあがった城兵たちのどよめきだったのだろう。

智之介はじっと彦兵衛を見た。

「お屋形の狙いはそれだったのか」

「気づいていたか。俺もそう思う」

彦兵衛が同意してみせる。

「あの、なにがでございましょう」

智之介は杜吉に視線を転じた。

「お屋形は、どういう形で織田勢、徳川勢が進んでいるか、確かめたかったんだろう」

「しかし、その手のことは、忍びや間者が調べているのではございませぬか」

「調べているだろう。だが、手のうちにある忍びどもからの知らせと、強右衛門の言を照らし合わせると、確実に正しいものが浮かびあがってくると思わぬか」

「ああ、まことその通りにございます」

杜吉が感嘆の表情になる。

さすがにお屋形は知恵者だな、と智之介は思った。だが、これに限っては知恵が勝ちすぎたきらいがあるのではないか。

強右衛門を殺す必要はなかったのではあるまいか。強右衛門から知りたいことを引きだしたという狙いを覚らせないために、殺した。それはわからないでもないが、それでも生かしておいたほうがよかった。

城方は確実に息を吹き返しただろう。これまで以上に奮戦するにちがいない。もう足音がきこえてもおかしくないほど、織田勢、徳川勢は近づいてきている。

信長がやってくるまでに目の前の城を落とせないと、まずいことにならないか。

勝頼は、あとひともみで長篠城を落とせると踏んでいるのだろう。

だが、その見込みがはずれたら、いったいどうなるか。城兵の予期せぬ奮闘に遭えば、落ちる城もすぐには落ちない。その力を勝頼は城兵に与えてしまったのではないか。

しかし、それでも、ここまではお屋形の思惑通りにことは運んでいる。あとはいつこの陣を払い、信長軍の横腹に向けて突っこんでゆくか。

そのときのことを考えたら、武者震いが出てきた。

やってやるぞ、という熱い思いが智之介の全身を満たしはじめている。

## 十

雨が降り続いている。

しとしとと体にじっとりとしみてくる降り方だ。ときおり夕立のように激しくなるが、長続きはせず、四半時ばかりでまた音のしない降りに戻ってしまう。

いつになったら晴れるのか。

智之介は木陰から身を乗りだして、空を眺めた。

灰色の厚い雲が、折り重なるように垂れこめている。空は果てしないのに、どこかで区切りをされているように雲には行き場がなく、押し合いへし合いしていた。

じき五月十七日も終わろうとしている。西側の雲がわずかに薄くなったか、陽射しらしい明るさが抜けてきて、大きく傾いた太陽がそこにあるのを教えている。

今日、味方にはまったく動きがなかった。長篠城を攻めることもなく、陣を払う気配もなかった。

織田信長率いる本軍がどこにいるのか、わからなくなってしまったのだろうか。

礫にされた鳥居強右衛門の言から、おととい信長は岡崎にいたことがわかっている。それは勝頼の忍びや間者たちもとうに調べあげていたことだろうから、格別、新しい知らせではなかったはずだが、その後の信長が自らの動きを秘匿するというのは、十分にあり得ることだ。

織田信長は、勝頼の考えをとうに読んでいるにちがいないのだから。勝頼が一万という、さほど多くない人数を引き連れて長篠にやってきているのは、とっくに信長に伝わっているだろう。

勝頼は、桶狭間の合戦で信長がしてのけた戦いぶりを再現しようとしている。

信長は、二万五千という大軍を率いた今川義元の油断を衝く形で首級をあげ、大勝利を我がものとした。

今回、信長はおそらく二万以上の大軍を連れてくるだろう。徳川家康の軍を加えれば、三万に及ばんとする軍勢だ。

まともに戦えば、いくら精強といっても、武田勢に勝ち目はない。

勝ちを得るために勝頼が選んだのが、奇襲という策である。だが、義元の油断が今の信長にあるはずがなかった。

やはり勝頼は、織田信長の位置を見失ってしまったのではないか。

正しくいえば、勝頼ではなく忍びや間者ということになるが、もうすぐそこまで信長本軍が迫ってきているはずなのに、こうしてがんじがらめにされたように動こうとしないというのは、それ以外、考えようがなかった。

動きたくても動けないというところか。

ただ、今日の明け方、勝頼の本陣がある医王寺あたりで、馬がいななくようなざわめきが感じられたが、あれはなんだったのだろうか。

まさか、勝頼の身になにかあったのではないだろうか。

亡き信玄が三河に攻めこみ、信長本軍をおびきだそうとして野田城を囲んだとき、信玄が鉄砲で狙撃され、怪我を負ったのではないか、という噂が流れたことがある。

野田城を囲んだきり、あまりに信玄が動かず、士卒の前にも一切姿を見せようとしなかったことから流れた噂である。

今回の勝頼も、ここしばらく智之介たちの前に出てこない。

城兵がさほど難儀することなく長篠城を抜けられるのは、磔にされた鳥居強右衛門が明らかにしている。

勝頼さえ殺してしまえば、この窮状をなんとかできると考えた城兵が医王寺の本陣に忍びこみ、勝頼を鉄砲で狙い撃ちにしたということは考えられないだろうか。

だが、今日は、鉄砲は敵味方とも放っておらず、どこからも音はきこえてこなかった。

別に鉄砲でなくてもよい。間近にまで忍び寄り、勝頼を刺し殺そうとした。殺せないまでも、傷を負わせたというようなことはないだろうか。

そのようなことはあるまい。

智之介は即座に結論づけた。一軍の総大将を闇討ちできるのなら、とうに忍びの者がしてのけている。

総大将を闇討ちにしたという事例をきいたことがないのは、その事実が闇に葬られたからとも考えられるが、やはり大将を殺すこと自体、ひじょうにむずかしいことがその大きな理由だろう。

総大将の闇討ちなど、できることではないのだ。よく鍛錬された忍びができぬことを、長篠城の城兵にやれるわけがなかった。

さまざまな事情に通じている彦兵衛なら、本陣のざわめきがなんであったのか、教えてくれるのだろうが、今日は姿をあらわさなかった。

暗さが増してきたなか、完全に夜のとばりがおりる前に、智之介は杜吉や小平次など配下のすべてを集め、夕餉をつくらせた。湿った薪のせいで、盛んに煙が出た。

「まるで狼煙のようですな」

白くあがってゆく煙を見つめて、小平次がのんびりとした口調でいった。

飯はすぐに炊きあがった。今宵も、玄米飯に塩汁である。

米だけは常に腹一杯食べられるだけに、戦に出ることを喜ぶ百姓兵も多い。

それに、戦に出れば、分捕りもできる。武田軍のような敵を圧倒できるだけの力を持つ軍勢が攻め寄せれば、そのあたりに住む百姓たちはあわてふためいて、着の身着のまま城に籠もるか、山野に逃げ散ってしまう。

そのために、家々はどこも空き家になる。そこで、家財などが雑兵たちには分捕り放題になるのだ。

戦をくぐり抜けて無事に故郷に戻ることができれば、それを売ることもできる。貴重な金が手に入ることになるのである。

やがて日が暮れた。夜の到来を待っていたかのように、蛙が盛大に鳴きはじめた。

雨もあがった。南から湿った風が流れこんでくる。

蒸し暑さをともなった風だが、梅雨寒に震えていた体には、むしろありがたかった。

智之介たちは夕餉をとった木陰で、そのまま横になった。雨が降っていないのは、うれしかった。天の気遣いにも感じられた。体を冷やさずにすむ。

ただ、油断して風邪を引くのだけは避けたかった。火はおこした。

昨日、小平次が見張りに出たから、今宵は杜吉の番だ。三人の雑兵を連れ、持ち場に去っていった。

智之介はござの上に横になった。寒くないのはやはりいい。焚き火のおかげで、さらに体はあたたまっている。

今宵は熟睡できるかもしれない。山野で横になり、眠るのには慣れているとはいえ、やはりぐっすり眠るというのは、得がたいことだ。

いつも眠りは浅く、かすかな物音をきくと、ぴくりと体が動き、目をさっとあけて、あたりの気配をうかがう癖がついている。

今夜は、それをせずにすむかもしれぬという期待がある。それでなくとも、疲れがたまっていた。

だが、いくらあたたかかろうが、ここが戦場であることに変わりはない。心が安まる暇があるはずがなかった。

「智之介、どこだ」

ひそめた声が闇を通してきこえてきた。

智之介は上体を起こした。

「ここだ」

暗闇を動く人影に声を発した。

「うむ、昨日と同じ場所だな」

そこかしこに灯る篝火の明るさをわずかに浴びて、彦兵衛がやってきた。今日も家臣を連れておらず、ただ一人だ。

どっこらしょ、といって智之介の横に座りこむ。鎧がかすかに鳴った。

「なんだ、なにかいいたいことがあるのか。顔をじっと見おって」

「いいたいことというより、ききたいことだな」

智之介がいうと、彦兵衛が納得したような顔になった。声をひそめる。

「智之介、俺が来るのを待っていた顔だな。明け方、本陣のほうで起きたざわめきのことか」

「さすがだな」

「ほめられるほどのことではない。あれは、誰もが不審に感じたはずよ」

「いったいなんだったんだ」

彦兵衛が、そばにいる小平次たちに視線を投げた。

「すまぬな、おまえらにはきかせられぬ」

彦兵衛が智之介に目を戻す。きまじめな顔をしていた。智之介はうなずいた。

「小平次、悪いが、皆を連れてしばらくよそに行っててくれ」

「承知いたしました」

一緒に話をききたいだろうが、別に不満そうにするわけでもなく小平次がすっくと立って、雑兵たちをまとめた。

「では、しばらくそのあたりを見まわってまいります」

「頼む」

智之介も立ちあがって、歩きだした小平次たちを見送った。

「感心なものよ」

地面に座りこんだままの彦兵衛が、闇に溶けこもうとしている小平次たちを見ている。

「分をわきまえているのさ」

「そういう者が多いと、軍勢は強いぞ」

「俺もそう思う。役割をわかっている者が多ければ多いほど、軍勢はよりまとまってゆくゆえな」

「智之介、おぬしのしつけがいいんだろう」

「まあ、そういうことだ」

彦兵衛が目を丸くする。

「おぬしは謙遜という言葉を知らぬのか」

「おぬし相手に謙遜したところで、なんの益があろう」

智之介はすぐに表情を引き締めた。

「彦兵衛どの、話してくれ」

承知した、と彦兵衛が答えた。

「実はあれには、俺も加わっていたんだ」

智之介は彦兵衛をじっと見た。

「どういうことだ」

「今日、お屋形は大物見を自ら敢行されたのよ」

「なんだと」

智之介は腰を浮かせかけた。

「ずっと雨が降り続けていただろう。あれを隠れ蓑にしてな」

「お屋形は、信長の位置を探りに行かれたのか」

こんな無謀としか思えないことをする大将は、日本広しといえども勝頼くらいのものだろう。

いや、もう一人いる。越後の虎、上杉謙信だ。

勝頼は父の信玄というより、謙信を目指しているように感じられる。戦い方として、信玄より謙信のほうが性に合っているのではないか。

彦兵衛が深く顎を引く。

「大物見といったが、どれほどの人数を引き連れていった」

「およそ五百といったところだ」

「少ないな」

「ああ、もし敵の大軍に包囲されたら、皆殺しにされても不思議はなかった」

「重臣の反対はなかったのか」

「あっただろう。だが、お屋形は押し切ったようだ」

ないがしろにされた重臣たちは、きっと不満を感じたにちがいない。

「お屋形は、あわよくば信長の首級をあげるつもりでいらしたのか」

「その通りだろう。色気がなければ、自ら大物見に出向くなど、なされるはずがない」

いくら勇猛な武将とはいえ、そこまでやるとなると、一軍の大将ではなくなってしまうのではないか。やはり勝頼は焦っているのではないだろうか。

「おぬしも加わっていたといったな」

智之介はあらためて問いを発した。

「ああ、俺が物見を得意にしていることは知っているだろう」

物見には得手、不得手というものがあり、同じ場所で同じ兵を率いても、物見をうまくやれる者とやれない者がいる。

彦兵衛には敵を探知する力があるのか、物見にひじょうに長けていた。これまでも、戦いの前に敵の動きをいちはやく察知しては、土屋昌次に報告するということを何度もしてきている。

それが味方の勝利につながったことは、一度や二度ではない。

「おぬしは力を買われたというわけだな」

「不満か」

「どうして俺が不満に思わなければならぬ」

「おぬしが大物見の一員に選ばれなかったことだ」

「今こうしておぬしにいわれれば、行きたかったとしかいいようがない。だが、物見は俺の得手とするところではないし、選ばれなかったのは仕方ないことだ」

言葉を切り、智之介は汗がしたたってきた顎をなでた。手のひらがじっとりと湿り気を帯びる。

「それでどうだった。信長を見つけることはできたのか」

彦兵衛が無念そうに顔をしかめた。鼻の下を指先でかく。

「信長は、完全にお屋形の意図を読んでいるな。岡崎城を出たところまでは、わかっているんだ。だが、その先は忍びの者や間者たちも目をくらまされたように、見失ってしまったらしい」

「ほかの織田勢や徳川勢も見当たらぬのか」

「いや、おびただしい軍勢がいた。こちらにゆっくりと向かっている」

「そのなかに、信長率いる軍勢は紛れこんでいるというのか」

「おそらくな」

悔しそうに彦兵衛が唇を噛む。

「敵は、二千や三千という軍勢にまとまってそれぞれ街道を動いている。仮に我らに奇襲を受けても、その軍勢が殲滅されるのみ、と腹をくくっているようだ。そのあたりの覚悟の仕方、決断のつけ方というのは、上方の軍勢とはいえ、なかなかたいしたものよ」

「もし信長本軍を見つけだせれば、討つのはたやすそうだな」

「人数が少ないからな。だが、無理だ。あれは見つからぬ」

彦兵衛があきらめたようにいう。

「それに、もし奇襲された場合、その軍勢だけが殲滅されればいい、との覚悟が敵にはあるといったが、互いのつなぎは密に取っている。もし我らがこれと目星をつけて襲ったとしても、前後の軍勢がすぐさま応じられるだけの態勢にある。だから、仮に信長のいる軍勢を見つけたとしても、討ち取るのは至難の業であろう」

彦兵衛が頬をふくらませ、音をさせて大きく息を吐いた。

「なにより、信長軍には油断がない。桶狭間の戦いで今川義元の軍勢を打ち破ったことを、よき教えにしている」

「俺もそうだろうと思っていた」

「それに、織田勢は信長の性格を映じてか、規律を大事にする軍勢ときいていたが、確かにその通りだ。上方の兵は弱いというが、今日、目の当たりにした限りでは、智之介、決してそんなことはないぞ。やつらは信長に鍛えられている。相当やるぞ」

「そのことは、はなから覚悟している」

「智之介らしいな。――本当にこれから先、必ずむずかしい戦いになってこよう」

彦兵衛が視線を落とした。小さな石をつまみあげ、目の高さに掲げた。

「この程度の軽い武将なら、相手としては楽だろうが、残念ながら、どっしりと根が生えた岩のごとき武将だ」

もし信長がそういう武将でなければ、京にのぼってからの短時日で、上方を席巻することなど、決してできなかっただろう。

彦兵衛が小石をひょいと投げた。水たまりに落ち、水音があがった。

近くで眠っていた雑兵の何人かがはっとしたように首をあげて、あたりを油断なく見まわした。なにもないことを知ると、首を落とし、また眠りはじめた。

「すまぬことをしたな」

彦兵衛が苦笑を浮かべていった。

「もう石を投げるのはよそう」

「それで彦兵衛どの、これからどうなるんだ」

智之介が真剣に問うと、彦兵衛が笑みを引っこめた。

「お屋形の出方か」

「そうだ。信長の本軍を急襲し、首級をあげることがむずかしくなった今、どうされるのだろう」

智之介はごくりと息をのんだ。

「正面切って、合戦に及ぼうとされるか」

「うむ、考えられぬではない」

「まことか」

「川中島での上杉謙信公のような戦いをされるのではなかろうか」

もう十一年の歳月が流れたが、あの戦のことを、智之介は昨日のこと以上に鮮明に覚えている。

なにしろ、あの戦いが初陣だったのだ。

川中島での上杉勢の戦いぶりは、すさまじかった。武田勢は、さんざんに押しまくられた。信玄が指揮して、あれだけ武田勢が押されたというのは、ほかに砥石《といし》城の村上義清《むらかみよしきよ》くらいだろう。平地の合戦においては、上杉謙信しかいない。

それくらい上杉謙信に率いられた越後勢というのは剽悍で、勇猛だった。まさに戦の神に率いられていた。

「つまり信長の本陣に、我が軍は全力を傾けるということだな」

彦兵衛の言を解して、智之介はいった。

「それしか、三万以上の敵を打ち破る方策はあるまい」

「引くことは」

「織田勢と戦うことは我が武田家の悲願だったとはいえ、戦機は去ったと見た重臣たちは引きたがっているかもしれぬ」

「だが、お屋形はそうは見ておらぬということか」

「お屋形は、諏訪家の血を引いておられるだけに、戦の神がついているとお考えになっている節がある。戦に関しては決して負けぬという確信があるのだろう。実際、一度も負けておらぬ」

「だが彦兵衛どの、その考えは危険だぞ。神がついているとなれば、どんな無謀も平気でやれる」

だから、五百名での大物見も思い切ってやることができたのか。

「危険であるのは智之介にいわれぬでもわかっておるが、俺にお屋形をとめることはできぬからな」

智之介は話の方向をやや変える。

「織田方の先鋒は、明日にも長篠のそばの草原に着陣するのではないか」

「敵は大軍だ。着陣するとしたら、あの原しかあるまいな」

「お屋形は、着陣したばかりで織田勢の陣形がととのわぬところを、襲うおつもりだろうか」

彦兵衛が首をひねる。

「そのことも、きっと信長は読んでいるであろうな」

「となると、どうなる」

「信長は、あの原にはあらわれぬということよ」

「ならば、どこに向かう」

「それは俺にもわからぬ」

彦兵衛が顎のひげを払うようになでた。

「しかし智之介、信長は盤石の備えをして、こちらにやってきたことが、ひしひしと感じ取れるな」

まったくその通りだと思う。

「繰り返しになってしまうが、その信長に率いられた織田勢を打ち破るのは、至難の業としかいいようがない。あるいは――」

そこで気づいたように、彦兵衛が言葉をとめた。

打ち負かされるのは、武田ではないか、と続けたかったのだろう。

「とにかく智之介、我らは下知にしたがうしか道はない。それしかないのだ」

自分にいいきかせるようにいって、彦兵衛が立ちあがった。

「長居してしまったな。小平次たちはさぞ迷惑だっただろう」

智之介はまわりを見たが、まだ小平次たちは戻ってきていない。

「しかし智之介、こうしていろいろと話をするのは悪くない」

「ああ、本当だな」

「こんなにいろいろと下っ端の者が頭をめぐらせている軍勢など、ほかにないのではないか。我が武田軍の強さの秘密はこういうところにあると思うが、どうだ」

「そうかもしれぬ」

「では智之介、またな」

「うむ、また」

真っ黒な空からまた雨が落ちてきた。強い降りではないが、雨粒は冷たかった。

「濡れぬうちに帰れるかな」

「蓑を貸すぞ」

「いい。すぐそこだ」

彦兵衛が木陰を飛びだしていった。闇の波にのみこまれ、姿はあっという間に見えなくなった。

智之介は静かに腰をおろした。

もしや負け戦か。

考えまいとするが、いやな予感を振り払うことはできない。

小平次が、彦兵衛が帰るのを待っていたかのように、配下たちとともに戻ってきた。

再び立ちあがった智之介は、なにもなかったように明るい笑顔をつくった。

「待たせたな」

小平次たちにうなずきかけて出迎えた。

# 第六章

## 一

深い霧が草原を包んでいる。

霧は黒々とし、いまだに夜の衣をまとっている。それがゆったりと吹く風にあおられ、右から左に流れてゆく。

先ほどまで霧は闇に隠され、肌に当たる冷たさがそうであると感じさせていただけだ。

天正三年（一五七五）の五月二十一日の夜が明けようとしている。

空はいまだに暗いが、夜の幕が一枚ずつはがれてゆくように、徐々に色が変わりつつある。もはや黒ではなく、群青色に近くなっていた。星もゆっくりと数を減らしつつあった。蛙の鳴き声も潮が引くように、きこえなくなってゆく。

雲はほとんどなく、どうやら梅雨の中休みになりそうだ。この分なら、昼間は陽射しが草原を焼くにちがいなかった。

智之介たちは昨日二十日、せまいこの草原の東側に布陣した。草原といっても、青草が生えているのは智之介たちの陣近くだけで、あとはほとんどが田だ。とうに田植えは終わっており、苗は青々と育ちはじめている。

草原というより、両側を丘陵にはさまれた谷地田《やちだ》といったほうがいいかもしれない。別に自分で選んだわけでもないのに、この地を戦場とすることに智之介はすまなさを覚えている。百姓衆のせっかくの苦労が水の泡になろうとしているのだ。

長く降り続いた雨のせいで、田はどろどろになっているだろう。泥田では戦いにくいだけでなく、前に進むだけでも難儀するにちがいなかった。

三日前の十八日に織田、徳川勢がこの草原の反対側に着陣している。距離はせいぜい八町しかない。

勝頼は、織田信長の喉笛《のどぶえ》を掻っ切る戦い方は選ばなかった。というより、信長がどこにいるか、つかむことができず、選べなかったというほうが正しいのかもしれない。

この草原の向かいに陣している織田、徳川勢は三万に及ばんとする大軍だ。武田軍は七千を切る程度でしかない。

しかも味方は、結局は長篠城を落とせなかった。それがために、長篠城に押さえの兵を千人、鳶ヶ巣山砦など長篠城の付城にも五百の兵を残さざるを得なかった。

昨日、この草原に移ってくる前、勝頼の本陣があった医王寺では軍議が行われた。

戦が勝頼の考えた通りに進まなかったことで、甲斐へ引きあげという空気になりかけたが、織田信長と相まみえるという、念願を果たせるこの機を逃したくない勝頼が、是が非でも決戦したいのだが、と重臣たちに諮《はか》った。

智之介のあるじである土屋昌次をはじめとして重臣のほとんどが、引きあげといいたかったはずだが、誰一人としてその言葉を口にする者はいなかった。

どうしてそういう雰囲気になったのか、智之介に話をしてくれた彦兵衛にもわからなかったそうだ。

だが、智之介にはなんとなく見当がついた。智之介の友垣で、横目付の一人だった小杉隆之進が、脇差のなかに隠していた十一人の重臣の名が記された、一枚の紙片がきいたのではないだろうか。

あの紙片がなにを意味するものなのか、隆之進が殺されてからだいぶたった今、知りようがないが、やはり裏切りのおそれがある重臣の名が列挙されていたのは、まちがいないのではないか。

紙片のことは大きな噂となって甲府の町を駆けめぐったが、そのことが重臣たちの心に微妙な動きを呼び、引きあげを口にしにくい空気を育《はぐく》んだのではないだろうか。

「殿」

斜めうしろから杜吉が呼びかけてきた。押し殺した低い声だ。

「今日は戦になるのですね」

昂ぶっているのだろうが、杜吉は平静な顔をしている。闘志をうちに秘めていた。

「まずな」

「いつはじまりましょう」

「じきだ」

智之介は背後を振り返った。長篠城の方角が白々としている。あと四半時もしないうちに太陽が山にかかるだろう。

「おそらく夜が明けると同時に、我らは敵陣めがけて突っこむことになろう」

「我らから仕掛けるのでございますね」

「お屋形の性格からして、待つ戦はするまいな」

「あの、殿」

これは小平次だ。こちらもささやくような口調である。

「敵陣の様子があまりわかっていないというのは、まことにござるか」

智之介はうなずいた。

「十八日に着陣して以降、織田、徳川勢はまったく動かぬ。長篠城を救いに来たはずなのに、城を囲んでいる我らを攻撃しようとする意図すら感じられぬ。いったいなにしに来たものか」

智之介は、霧の先にある敵陣に目を向けた。だが、なにも見えない。ときおりきこえる馬のいななきは、味方のものだろう。

織田、徳川勢は連吾《れんご》川という幅三間ほどの流れの向こう側の丘陵に陣を張っている。

「我が本陣では、大軍を擁しているのに敵が仕掛けてこぬのは、我らを恐れ、すくんでいるから、という見方もあったようだが、敵陣の様子をまずは探るのがよかろうということで、物見をだしたそうだ」

「しかし、なにもつかめなかったということにございますな」

「そうだ。敵は数多くの兵をだして、警戒を厳にしているそうだ。柵をずらりと並べ立てているのだけはわかったそうだが」

柵のことは尺木ともいうが、野陣の際、尺木をめぐらすことは、当たり前のことにすぎない。

「尺木の向こうで、なにかが行われているようなことはないのでござるか」

「小平次は、敵にはなんらかの策があるといいたいのか」

「はっ。長篠城を助けるために遠路はるばるやってきた大軍が、城から一里近くも離れた場所にとどまったきりで動かず、さらに、物見を寄せつけぬ厳重な警戒をしているとなると、なにかあるのではないかと考えぬほうが不思議にござる」

小平次があたりを見まわす。まだ人の顔は見分けがたいが、暗さは先ほどより薄らいでいる。

小平次が智之介に顔を向け、押し殺した声できいてきた。

「それなのに、こちらはなんの策もなく突っこむのでござるか」

自分の思っていたことをずばりいわれて、智之介は渋い顔をした。

「上の方々も、きっとなんらかの策を考えておられよう」

小平次が苦笑する。

「それは殿の希望ではござらぬのか」

「そういうな、小平次」

智之介はたしなめた。

「不平、不満はあるだろうが、一人一人の黙々とした働きが、これまで武田軍の強さを支えてきた。俺としては、こたびもそうであることを願うばかりだ」

鳥のさえずりが、そこかしこからきこえてきた。頭上をじゃれ合うようにして何羽もの鳥が飛びまわっている。

東の山の端に太陽がのぼり、陽が射しこんできた。

青い空が見えている。雲はちぎれたようなものがいくつか浮かんでいるが、陽射しをさえぎるようなものはなかった。

同時に、霧が大気に吸いあげられるように晴れてきた。

深い位置にわだかまっている霧は、かすかに吹く風に押されて川のように流れている。

対岸に当たる場所に、数多くの旌旗がひるがえっていた。

だが、思ったほどではない。あれで本当に三万もの軍勢がいるのか。せいぜい一万程度ではないか。三万という数は偽りにすぎないのか。

顔を転じて視線を左に流す。

智之介の属する土屋昌次勢は、勝頼の陣を中心に南北にのびている武田勢の右翼に位置している。

土屋勢より外側に陣しているのは、最右翼の馬場信春の軍勢七百しかいない。それがために、自軍の配置を眺めることができた。こちらは、かなりの数の旗旗が風になびいて揺れている。

織田、徳川勢に劣る数ではない。勝頼のもとには、敵はたいした人数ではないという報が入っているのか。

それゆえ、決戦を強くいい張ることができたのか。

しかも、武田勢はいつものように落ち着いている。静寂が陣を支配していた。しわぶきすらきこえてこない。誰も身動き一つせず、敵陣を凝視している。

信玄以来、戦うことをひたすら宿願としていた織田信長勢を目の当たりにしても、変に昂ぶったりしていない。

この落ち着きぶりならば、いつもの戦い方ができるだろう。じわじわと押し包むように水をしみこませ、十分にしみ渡って土がもろくなったところで、一気に土塁を突き崩す。武田勢の敵に対する戦は、信玄以来、こんな形が続いている。

しかし妙だ。

敵勢の旌旗の群れを見つめて、智之介は顔をしかめた。

たった五百の城兵が籠もる城を助けるためとはいえ、織田信長、徳川家康の二人が顔をそろえて、一万の軍勢ということがあり得るだろうか。

罠ではないのか。

雌雄を決したいのは、本当は織田信長なのではないのか。

あの旌旗の少なさは、勝頼を決戦に引きこむための策ではないのか。丘陵のなかには、もっと多くの兵が声をひそめてうずくまっているのではないか。

旌旗をつかっての策は、実際の戦でよく用いられる。

ただし、それは少ない兵を多く見せかけることがほとんどだ。山中におびただしい数の旌旗を立てるなどすれば、敵を追い払うなり、自分の望む進路へと変えさせるといった効果が得られる。

その逆というのは、智之介はこれまできいたことがなかった。

果たしてどうなのか。信長はそういう策を用い、勝頼を戦の場に引きずりだそうというのか。

敵陣の旌旗の少なさは、物見によって事前に勝頼に報告されていたはずだ。それが信長の策であるかもしれぬことを見破れぬほど、勝頼は愚将ではない。

重臣たちも同じだろう。いくら十一人の名が記された紙片があったからといって、そのことを勝頼に言上する者が一人もいなかったはずがない。

それにしても、あの陣のどこに信長がいるのか。彦兵衛なら知っているかもしれなかったが、この草原に移ってきてから会っていない。

本陣から放たれた使番たちが、味方の陣内を行き来しはじめた。勝頼の命を諸将に伝えているのだ。

そのなかに、智之介の数少ない友垣の一人である森岡茂兵衛もいるはずだが、確かめることはできなかった。

ついにはじまる。

背筋に緊張が走り、震えが出そうになる。足が自分のものでなくなったようで、地面を踏み締めている気がしない。力が入らず、どこかふわふわしている。地に足がついていないという感じを、智之介は久しぶりに味わった。

背後に目をやった。杜吉や小平次も顔がこわばっていた。目がつりあがり、唇が青くなっている。鉛の棒でものまされたように、体もかたくなっている。

ただ、瞳は澄んでいる。これからはじまろうとする戦いに、恐れを抱いてはいない。それは背後に控えている雑兵たちも同じだ。

だが、この戦いで死者が一人も出ないということはあり得ない。必ず誰か死ぬ。それが杜吉や小平次であっても不思議はない。もちろん、智之介自身が死ぬことも、十分すぎるほど考えられた。

土屋昌次の言葉が伝えられた。

「上方勢といっても侮ることなく、いつものように落ち着いて戦い抜くこと。自分の力を発揮することを考えればよい。味方のために命を捨てる覚悟があれば、必ずや生きてまた会うことができる。我が命にしたがい、整然とした進退を心がければ、勝ちはきっと我が武田家のものとなる」

こんな意味のことだった。

「いつ我らは寄せるのでしょうか」

小平次が耳元にささやいてきた。

「わからぬ」

武田勢は、大将の命にしたがっておのおの武将が麾下の軍勢を率いて敵勢に攻め寄せてゆくというやり方を取っている。

たいていその場合、先陣を切るのは、長篠城の巴曲輪攻めでともに戦った山県昌景の軍勢だ。山県勢は、土屋勢とは逆側の最左翼に位置している。対峙している敵が織田勢なのか、徳川勢なのか、ここからでは見通せない。とにかく馬場信春と並んで、味方のなかでは最も頼りになる武将であるのは、紛れもなかった。

「さほど待たされることはあるまい」

智之介が小平次にいった直後、背後で喊声がわきおこった。

なんだ、と智之介は顔をあげた。

喊声は続いている。どうやら長篠城のほうからきこえてきていた。

なにごとだ。なにが起きた。

陣中をざわめきが走り抜ける。

遠くで煙があがりはじめた。

「あれは鳶ヶ巣山砦ではござらぬか」

小平次が朝陽に手をかざしていった。

「敵に襲われたのか」

「朝駆けでしょう。しかも不意を打たれて、もう落ちる寸前ではありませぬか」

確かに小平次のいう通りだ。砦のなかから煙があがるということは、敵勢に乗りこまれた証といえる。それにもともと鳶ヶ巣山砦に割かれた兵は少ない。

鳶ヶ巣山砦の守将は信玄の異母弟である河窪信実《かわくぼのぶざね》だが、牢人《ろうにん》組を主に三百程度の兵しか率いていない。襲ってきた敵勢がどのくらいか知る由もないが、ひとたまりもなかったのではあるまいか。

「これで退路は断たれましたぞ」

小平次が智之介にいった。

「どのみち突っこむしかないことはわかっていたではないか」

「さようでしたな」

小平次が余裕の笑みを見せる。

「それに、鳶ヶ巣山砦を襲った軍勢は相当の兵でござろう。正面の敵が減ったと、お屋形さまはお考えになったのではござらぬか」

小平次が口を閉じた次の瞬間、本陣の押し太鼓が続けざまに叩かれ、霧の晴れあがった草原の大気を激しく震わせた。

二

智之介の位置からはあまりよく見えないが、押し太鼓に合わせて、草原の最も南に位置している山県昌景勢が動きだしたはずだ。その数、八百。

「殿」

小平次が鋭い声で呼びかけて、すっと腕を前へとのばす。目をみはっていた。

「あれは柵にござるな」

うむ、と智之介は顎を引いた。

これまで敵陣の様子はひるがえる旌旗くらいしか目に入らなかったが、霧が晴れたために草原の向こう側が、すっきりと下のほうまで眺められる。

織田、徳川勢の陣の北から南まで、連吾川のすぐ西側にぎっしりと尺木が並べ立てられていた。

ただし、士卒の姿はほとんど視野に入ってきていない。

柵が設けられているとは伝えられていたが、あそこまで大がかりなものであるとは、思っていなかった。

織田信長という武将の、底知れない器量を感じさせる。

「しかも一重の柵ではありませぬぞ」

「三重ではありませぬか」

目が特によい杜吉がいった。

「うむ、どうやらそのようだ」

「あれをこしらえていたために、やつらはこの三日、動かなかったということにござろうか」

小平次が問いを重ねる。

智之介は柵を見据えた。

押し太鼓が烈しく打たれ続けている。これまでに数え切れないほどこの音はきいてきたが、軍勢を後押しする力強さは、信玄亡きあとも変わりはない。耳にぎゅうぎゅうと、風のかたまりが押しこまれてゆく。音の一つ一つに、腹を突きあげるような迫力があった。

智之介は口をひらいた。押し太鼓にかき消されぬように声を励ます。

「いくらおびただしい尺木と申しても、あれのために三日もかかったとは思えぬな」

「尺木のほかにも、なにかあると殿はお考えか」

「なにかあるからこそ、敵はこちらの物見を寄せつけなかったのであろう」

智之介は顔を動かし、小平次を見つめた。

「敵陣になにかあると先に申したのは、おぬしのほうだぞ」

「確かに」

小平次の瞳は険しさを増している。

「あれはまさしく陣城でござろう」

眉根を寄せ、むずかしい顔をする。

「城に攻めかかるのには十倍の兵力が必要といわれ申すが、こちらのほうが敵より少なくなってしまっており申す。殿、これはちとまずうござるぞ」

「うむ」

智之介は深く顎を引き、うしろを振り返った。鳶ヶ巣山砦からは、相変わらず煙が吐かれ続けている。

自然に顔がゆがんだ。

「あの砦が落ちたのが、とにかく痛い」

「確かに、鳶ヶ巣山砦が敵の手に渡ったことで、挟み撃ちにされるおそれが出てまいりましたからな。今は織田、徳川勢に突っこみ、信長か家康の首を取るしか、勝利の道はありませぬ」

小平次がぎゅっと唇を引き結ぶ。

「だが殿、目の前の陣城を攻略するにはやはり兵が足りませぬ。堂々めぐりにござるな」

戦う前から負け戦が決まったような気分に、陥りそうだ。うつむきたくなる。

冗談ではない。勝敗はときの運よ。やってみねばわからぬ。

智之介は昂然《こうぜん》と顔をあげた。

だが、すぐさま気持ちがしぼみそうになる。こんなことは、はじめてだ。智之介は、織田信長の術中にものの見事にはまったおのれをどうしようもなく感じている。

はまったのは自分ではなく、武田軍やそれを率いる勝頼なのだが、敵の術策に気づかなかった迂闊さに智之介は腹が煮えてならなかった。おのれの愚かさが浮き彫りになった気分だ。

だが、俺たちが負けるわけがない。

もう一度、智之介は気持ちを立て直した。

これまでずっと勝ち続けてきたのだ。この戦も同じに決まっている。

「小平次、まさか我らが敗れると思うておるのではあるまいな」

小平次がむきになって首を振る。

「滅相もない。敵の術中にすっぽりと落ちこんだといっても、我らがそうたやすくやられるはずがありませぬ」

「その通りだ。俺たちは決して負けぬ」

その声に影響されたのか、杜吉が燃えるような視線を敵陣に投げている。敵勢の意図を必死に探ろうとしているのが、目の光からわかった。

「あれが小平次どのが申すように陣城というのなら、あの柵の前には、空堀がうがたれていることになりましょうか」

杜吉が智之介と小平次に、交互に目を向けてきた。

「そう考えるほうが自然だろうな」

「杜吉、空堀だけではあるまいぞ」

小平次が陣太鼓の音に負けじと声を張りあげる。

「土塁にござるな」

勘よく杜吉が答える。

小平次がうなずいてみせる。

「堀をうがって出た土を、そのままうしろに盛りあげる。これは陣を張る際、当たり前のことにすぎぬ。あの尺木の背後に土塁が設けられているのは、まずまちがいなかろう」

「敵の兵の姿が見えぬのは、土塁に隠れているゆえでござろうか」

「そういうことだろう」

「しかし小平次どの、隠れているだけでは戦になりませぬ」

「杜吉、隠れて戦にする手立てがないわけではない」

小平次が諭すような口調でいう。

「飛び道具でござるな」

「長篠城をめぐる戦いでも、お味方は鉄砲に悩まされた。こたびも同様だろう」

杜吉が苦い顔をする。

智之介の脳裏に、粉々にされた井楼がよみがえった。無残に撃ち殺された五人の武者の姿も。

「敵は鉄砲を構えて待っているのか」

杜吉がつぶやいた。押し太鼓は相変わらず叩き続けられているが、杜吉の声は智之介の耳にしっかりと吸いこまれた。

「殿、山県勢にはそれらを打ち破る工夫があるのでございましょうか」

「山県さまは名うての戦上手。我らにこうして見えているることが見えぬような愚将ではない。工夫はあろう」

　智之介は最左翼を進みはじめているはずの山県勢が見えぬか、と目を凝らした。谷底のような地形のせいで、いまだに霧がもぐりこむようによどんでいるところもあり、はっきりと確かめることはできなかった。だが、多数の旌旗が、霧を裂くように動いているのが目に入ってきた。だいぶ敵陣に近づいているが、様子がおかしく感じられた。

「殿、山県勢の進みがずいぶんと遅うござらぬか」

　小平次が眉をひそめている。

「俺もそれは感じていた」

　智之介は首を傾け、眼下を見おろした。

「泥田のせいだな」

「ああ、さようにござったな」

　小平次が身を乗りだして、下の様子を眺める。

「それがし、雨が降り続いたことを失念してござった。泥田を行くのには相当の時間がかかり申そう」

「それに体の力も奪われよう」

「竹束を前に押しだすようにまわして運ぶのには、最も難儀でござるな」

「たいそうきつかろう。背負うこともできまいし」

「連吾川も増水しておりましょうな」

　幅三間ほどの流れだと教えられているが、ここからでは一筋の流れが陽射しを弾いている光景しか見えない。

だが小平次のいう通り、三間の流れは四、五間ばかりに広がっているにちがいなかった。渡河するのにも板橋を架けるなりしなければならない。

その際に、力を発揮するのが長篠城の戦いでも活躍した金掘衆だ。連吾川を渡ったあと、空堀に橋を渡す役も担っている。その背後にある三重の柵を引き倒すのも、金掘衆の役目である。

「渡りはじめましたぞ」

小平次が声をあげた。やや強くなった風に残らず霧は吹き流され、視界は完全に利くようになった。

金掘衆が板橋を架け、その上を次々に蟻のような武者や兵が渡ってゆくのが眺められる。日の光をはね返す無数の槍のきらめきが、一筋の流れのように前へ前へと動いてゆく。連吾川から新たな川ができたかのようだ。

敵の柵との距離は、もう半町もないのではないか。押し太鼓がさらに急調子に打たれる。その音に押されるように、山県勢は歩を運んでゆく。

智之介たちの位置からは見えないが、きっと泥田に足を取られ、這うように進んでいるにちがいなかった。盾や竹束もどろんこになっているだろう。

山県勢の正面の敵陣のなかで、一筋の白い煙がぽつりと立ったのが、智之介の瞳に映った。それを合図にして、ほかからも煙が次々にあがった。煙は横に大きな広がりを見せ、一気に白い帯となった。

一発の鉄砲の音が届いたと思ったら、それがいきなり山野を震わせる轟音と化して響いてきた。それは強烈な一陣の風となり、頭を押さえつけるような衝撃をともなって武田陣を襲った。

智之介は知らず顔を下げていた。後方に集められた馬がいななきをほとばしらせる。

「今のは」

ようやく面をあげた小平次が問う。

すさまじい数の鉄砲がいっせいに放たれたのだ。おそらく、優に五百挺を超える数の鉄砲だ。あれが敵の鉄砲はすべてではない。この戦場に、織田信長はいったいどれだけの数を持ちこんだのか。

この一戦に懸ける気持ちが如実にあらわれている。

味方から悲痛などよめきがあがった。誰もが驚きを隠せずにいる。

あれだけまとまった数の鉄砲の音を耳にしたのは、智之介だけでなく、誰にとってもはじめてだろう。

やはりこの戦は常と変わるものになる。

「山県勢はどうした」

智之介はかかとをあげ、南の方角を見つめた。近くの武者も兵も山県勢のことを気にして、そちらに顔を向けているために、見えにくい。

雲がわき起こったように敵陣が白と灰色の煙にもうもうと包まれている。旌旗の上のほうが煙から突き出ているだけで、柵はかき消されてしまっている。

横に流れはじめた煙に加え、遠く離れているためにはっきりと見ることはできないが、味方はかなりの兵が倒れている。どうやら金掘衆だ。長熊手《ながくまで》や長鎌《ながかま》を柵に引っかけて引き倒そうとしたのだ。最も危険な役目を担うだけに、相変わらず死傷の度合は高い。

連吾川を渡った山県勢は、竹束や盾の陰に身をひそめているようだ。そのなかで、鉄砲衆が撃ち返している。しかし敵勢にくらべたら、数は少なく、まばらだ。矢も放たれているようだが、煙のせいでほとんど見えない。

硝煙のにおいが漂ってきた。顔をしかめたくなる強烈な臭気だ。これだけ濃いのは、これまで嗅いだことがなかった。

おっ、と小平次が声をあげた。智之介も注視した。

金掘衆らしい者がまたも前に出てきて、長熊手や長鎌を用いて、柵を引き倒そうと試みはじめた。

またも敵陣から轟音が発せられた。とどろき渡った音は一瞬で草原を走り抜け、背後の山に当たってはね返ってきた。頭をわしづかみにされたような衝撃があった。

頭を振ってしゃんとすると、山県勢の前面に煙が立ちこめ、またも敵陣がまったく見えなくなっていた。

あれだけの鉄砲を受けてしまっては、金掘衆は一人残らず倒されてしまったのではないだろうか。

少ないながらも、山県勢の鉄砲隊は必死に撃ち返している。

竹束の陰に隠れていた武者や兵たちが、このままで埒があかぬとばかりに飛びだし、泥田のなかを敵陣めがけて突っこんでゆく。敵が放った鉄砲の煙を隠れ蓑にするつもりのようだ。

敵がまたも鉄砲を放った。今度はいっせいにというわけでなく、山県勢の突進に気づいた鉄砲放ちがおのおの撃ちはじめたという感じだ。

敵が柵のあいだから出て、山県勢を迎え撃つ。

乱戦になった。互いの鉄砲が黙っている。

乱戦になれば、山県勢の優位は動かない。相手が誰なのか、はっきりしないが、旌旗からするとどうやら徳川勢らしい。

「あれは大久保忠佐《おおくぼただすけ》勢ではないでしょうか」

「戦上手だな」

「はっ。勇猛で知られた武将にござる。三方原の合戦にも出ておりましょう」

見ているうちに山県勢が大久保勢を押し、たまらず大久保勢は柵のなかに下がった。それを追って山県勢が付け入ろうとする。

だが、鉄砲を撃ちかけられて多くの士卒が倒れた。付け入りはその時点で断念しなければならなかった。

山県勢の別の一隊が左に走ってゆくのが、智之介の瞳に映りこんだ。

「あれは——」

杜吉が目を凝らす。

「どうやら柵が切れたところを目指しているようにございます」

「うまくいき申そうか」

小平次の声には、危ぶみの思いが含まれている。

敵陣から鉄砲が、その一隊に向かって撃ちかけられる。風にあおられた土人形のように、武者や兵がばたばたと倒れる。

それでも、鉄砲の玉を避けることができた者たちが、柵のないところに列をなして入りこもうとしていた。

やれっ。奥深く入ってゆけ。

智之介は念じた。それができれば、敵の背後に出ることができ、敵は相当混乱することになろう。

そのあいだに別の部隊が正面から攻めかかれば、戦況は俄然《がぜん》有利になる。

だが、柵を迂回しようとした一隊は、徳川勢に押し返された。

「敵も必死にござる」

小平次が無念そうに口にした。

「味方の数が敵に比して、少なすぎるな」

「はい。惜しいことにござる。数のちがいで、押しやられたように」

山県勢の相手をしている大久保勢は、二千近い兵を擁しているようだ。

それでも山県勢は再び態勢をととのえ、敵陣に突っこもうとした。

しかし、正面の敵からだけでなく、横合いからも放たれた鉄砲の玉を浴びて、またも多くの死傷者をだした。

これまでで一番の轟音が響き渡り、智之介は顔をうしろに持っていかれるような衝撃を受けた。

後方の馬がまたも激しくいなないた。轡取りたちが必死に押さえている。下手すれば狂奔しそうなほどのおびえ方だ。

だが、今は馬よりも山県勢だ。今ので、いっぺんに百人以上の死傷者をだしたのではないか。

負傷した者を仲間が自陣に運ぼうとしている。だが、煙が晴れると同時に、そこも狙い撃ちにされた。

悲鳴こそきこえないが、断末魔の声をあげるような姿勢でどろどろの地面に次から次へと倒れてゆく姿には、哀れ以外の言葉はなかった。

敵勢によるなぶり殺しにしか見えない。

智之介は唇を嚙んでいた。だが、痛みは感じなかった。血の味がしはじめた。

さすがの猛勇さ、精強さを誇る山県勢もたまらず引きはじめた。

ああ。味方からため息が漏れる。

敵陣から数百の大久保勢が飛びだしてきて、山県勢の背後に食らいついた。山県勢はいなしつつ、退却してゆく。

大久保勢も深追いはしなかった。まだ戦いははじまったばかりで、武田軍の先鋒を打ち破ったにすぎない。

それでも、敵の士気があがったのは疑いようがない。三方原でもすばらしい軍功をあげた山県勢を撃破したというのは、大いなる自信につながるだろう。

槍を突きあげつつ、陣に引きあげてゆく大久保兵の姿が、実際に認められた。

士気があがった軍勢は勢いがちがう。それはほかの軍にも伝播《でんぱ》し、敵はますます強くなる。

対してこちらはどうか。あれだけの鉄砲の威力を見せつけられては、意気消沈せざるを得ない。

山県勢は、今の戦いで三百近い死傷者をだしたのではないか。

山県昌景も無傷でいられたものか。まさか殺られてしまったというようなことはないだろうか。

今、もし勝頼がこの煙と焔硝のにおいで覆い尽くされた戦場を離れる決断をするのなら、損害は山県勢だけですまされる。

だが、勝頼はそんな命を決してくだすまい。山県勢が受けた損害以上のものを、敵に強いなければ我慢ならない性格だ。

あの陣城に向かって、武田軍は攻撃を繰り返すことになろう。陣城内の敵を追い散らし、織田信長の首を取るまで引きあげの命はくだされない。

とにかく、と智之介は思った。これから、これまで経験したことのない厳しい戦いが待ち構えている。

そのことだけは肝に銘じておかねばならなかった。

三

押し太鼓が叩かれ続けている。

先ほどよりも確実に強くなっている。それは、智之介の勘ちがいでもなんでもない。山県勢の後退を目の当たりにした勝頼の命によるものだろう。

「次が出てゆき申す」

横に控える小平次が、左側をじっと眺めていった。

小平次のいう通り、黒々とした鎧を身にまとった軍勢が、武田勢の前に設けられた尺木を縫って前に進みはじめた。鬨の声をあげてはいるが、士気はさしてあがっていないとの思いを智之介は抱いた。

「あれは——」

智之介は旗印から誰の軍勢かわかったが、あえて口にした。

「逍遥軒信綱さまにござる」

武田信玄の弟で名を信廉といい、兄が死去したのち剃髪《ていはつ》して、逍遥軒信綱と号した。歳は四十四。

率いる兵は六百ほどか。一族の重鎮といえども、驚くような兵力を擁しているわけではない。

武田陣のほぼ中央南寄りに位置している軍勢である。

山県勢の壊滅同様の敗軍ぶりを、智之介たちよりもっと近くで見たはずの信廉がどんな采配を振るうか、見ものではあったが、正直、智之介は信廉にはほとんど期待できないものを感じている。

信玄に顔がそっくりで、影武者をつとめてきたが、戦ぶりは偉大な兄とは似ても似つかない。これまで、手柄や戦功をあげたという話は一度も耳にしたことがなかった。

戦において常に本陣の守りについていたということもあるが、それは信玄が戦の才を買っていなかったあらわれではあるまいか。戦では、手堅さだけの男という感じがある。

だから、今回も、勝頼の本陣を守る役目を与えられたものと智之介は考えていた。信廉が陣を出て、敵に向かってゆくのを見るのは、こたびが初めてだろう。

緒戦といっていい段階で信廉が出てゆくなど、驚きでしかない。

信廉は武人より、絵師として名を知られた男だ。父信虎や母大井氏を描いた絵は信廉の特筆すべき才をあらわしているときいたことがあり、ほかにも数多くの絵をものしているが、智之介は残念ながらそれらを目にしたことは一度もない。

いつか、目にする機会がめぐってくるだろうか。

そんなことを、智之介はぼんやりと考えた。

我に返る。

戦の真っ最中というのに、どうかしている。

どうにも集中できない。いま自分が臨んでいる戦いに、のめりこめないというのか、どうにもならない尻の据わりの悪さを覚えていた。こんなことははじめてだ。

智之介は、信廉の軍勢にあらためて視線を向けた。

信廉勢は距離が近いこともあり、先ほどの山県勢よりもずっとよく見えた。

雑兵が中腰になって、おびただしい竹束を担いでいる。雑兵たちがはねあげる泥まで眺められる。

盾を背負った足軽のあとを、鉄砲を大事に抱いた兵がついてゆく。誰もが重い足取りに見えるのは、やはり泥濘《でいねい》がこたえているのだろう。

鉄砲の火縄には、すでに火がつけられているようだ。雨があがったのは鉄砲放ちにとっては幸いだっただろうが、それは敵にとっても同じだろう。

むしろ、鉄砲の数をそろえている敵にとって、雨がやんだのは僥倖《ぎょうこう》以外のなにものでもないのではないか。

智之介は息を詰めて、信廉の軍勢が進んでゆくのを見守った。

相変わらず士気の高さはさほど感じられないが、落ち着いてはいる。あれだけ大量の鉄砲を見せつけられて、恐怖はあるのだろうが、少なくともそのそぶりはまったく見えていない。信廉勢は浮き足立ってはいなかった。

これならやれるだろうか。

一瞬、期待が胸のうちでわいたが、信廉勢の正面に位置している敵が織田勢で、しかも大将である信長が陣している近くであるのが知れて、昂ぶった気持ちは一瞬にしてしぼんだ。

敵陣のなかで、最も厚く鉄砲放ちが配されている場所にちがいないのだ。そこに、たかだか六百にすぎない軍勢が挑もうとしている。

いったい、どうしてそんな無茶な真似をするのか。

勝頼の焦り以外、考えられない。

背後の鳶ヶ巣山砦を落とされ、挟み撃ちの危険と隣り合わせの今、信長の首を取るしか勝利の道はない。

それゆえ、信長のほぼ正面に陣している信廉に突撃の命がくだったのだろう。

いちばん前を行く者たちは、金掘衆が架けた板橋を渡り、すでに連吾川を越えようとしている。

竹束も渡され、その背後に身を隠して信廉勢は進んでゆく。

敵陣の鉄砲が火を噴いた。白い煙が帯になって横に広がってゆく。敵陣が煙のなかにすっぽりと隠れた。轟音が草原を走り抜ける。

智之介たちは自然に頭を下げ、音をやりすごした。後方の馬たちも慣れたのか、いななきはきこえてこない。

またも硝煙のにおいが漂ってきた。頭がくらくらしそうなほどに濃い。

首を振ってしゃんとした智之介は、信廉勢を注視した。

やられていないか。

竹束や盾の陰にほとんどの兵が隠れ、徐々に前進してゆく。信廉勢からも鉄砲が放たれ、敵陣の土塁の土をはねあげる。

敵勢は激しく鉄砲を放っている。鉄砲の力だけで信廉勢を阻もうとしている。だが、泥田のなか、信廉勢は確実に距離を縮めている。

「やりますな」

小平次が感心していう。

「うむ、落ち着いたものだ」

信廉という武将を見誤っていたのかもしれない。やはり信玄の影武者を長くつとめていたのは、無駄ではなかったということなのか。

信玄の仕草や振る舞いに似せているうちに、考え方が似てきても、なんら不思議はないだろう。

信廉勢の鉄砲放ちは五十人ほどだ。竹束や盾の陰から立ちあがっては撃っているが、果たして敵陣に対して効果をあげているものか。

見ているうちに、だんだんと鉄砲を放つ間隔が長くなってきている。そして、放つ者の数も少なくなっている。

敵の鉄砲の餌食《えじき》にされた者もいるようが、泥田を進んでいるために、鉄砲の筒のなかに泥が入りこんでしまっているのではないか。鉄砲はそこまで汚れてしまっては、ばらばらにして水で洗わなければならない。そうしないと、もう玉を放つことはできないのだ。

今や信廉勢の鉄砲放ちで、まともに撃てているのは二十人にも満たない。

対して敵の鉄砲は疲れを知らない。鉄砲は連続で二十発を放つことはできない。そこまでいく前に、玉薬の残りかすが詰まり、撃てなくなってしまうのだ。しかし、敵の鉄砲は間断なく炎と煙を噴きあげている。どういう手立てを取っているのか。

あの切れ目なく撃ってくるのも、信長の工夫なのだろうか。

もともと信長という武将は、大戦となると待ちの戦をするような気がする。敵に攻め寄せさせて、それを迎え撃つという方法を取るのだ。

それが見事にはまったのが、駿遠三、三国の太守今川義元を討ち取った桶狭間の戦いだろう。

桶狭間では、大高城《おおだか》、鳴海城という今川方の城を五つの付城で包囲した。両城を救うために大軍を催して尾張に攻め寄せてきた今川義元を引きつけるだけ引きつけて戦機を待ち、そののち打って出て鮮やかに義元の首級をあげてみせた。

こたびの戦いは、桶狭間のそれとは異なるが、敵を待ち受けるという点ではまったく同じである。

智之介がそんなことを考えているうちにも、信廉勢は敵陣に近づいてゆく。もう距離は二十間もない。

敵の鉄砲はさらに激しくなっており、濃い煙はもうもうと立ちこめている。敵からは今、信廉勢の姿は見えないのではないか。

激しい鉄砲の玉を受けて、ほとんどの盾はささくれ立ち、今にも砕けそうなものが多かった。竹束も、たがの役目をしている竹の輪が弾き飛ばされて、竹がばらばらに散ってしまったものがいくつもある。

だが、今は好機だろう。敵の目からまったく見えないときは、そうあるものではない。風が吹き渡って厚い雲のように覆った煙が一掃されてしまえば、尺木までたどりつくのは至難の業だ。今しかない。

智之介は拳を握り締めた。

行くんだ、突っこめ。

その声が届いたように、信廉勢の武者や兵が次々に竹束や盾の陰から飛びだし、敵の柵に近づいてゆく。

ただ、泥に足を取られて、見ていてその動きはもどかしいほどだ。実際に走っている信廉勢の武者や兵たちのほうがじれったくてならないだろう。

しかし、織田勢も信廉勢が視野から消えたためもあるのか、鉄砲を今ほとんど放っていない。

おびただしい矢が煙を越えて、鳥のように飛来しているだけにすぎない。それが盾や竹束に突き立ってゆく。泥田にもめりこんでゆく。味方で矢にやられる者が、一人でもいるようには見えない。

今、この戦場では、武田陣で打たれる攻め太鼓の音しかきこえない。ときおり間を置いて発せられる鉄砲の音は、味方のものだ。白い煙が砂でも投げつけたように、竹束の陰からあがる。

盾を飛びだした一隊が投げ熊手を投じるのが見えた。三十人はいるだろうか。

あれはまたも金掘衆だ。濃い煙のためにはっきりしないが、敵陣までの距離は十五間ほどしかないだろう。

投げ熊手は、船の碇《いかり》のような鉄製の四本の足が組み合わされた形をし、縄がくくりつけられるように鉄の環《わ》がついている。ぶんぶんと振りまわして、目標に向かって投げる。距離は、十五間なら十分に届く。

金掘衆が投じた投げ熊手が敵の柵に巻きついたのが見えた。投げ熊手の碇の部分は柵の横木にがっちりと食いこんでいる。

金掘衆が力を合わせて、柵の引き倒しにかかった。

よし、やれ。

智之介の拳にも力が入ったが、すぐにまずい、と思った。

敵の柵が見えるということは、煙が晴れたことを意味する。

柵を引き倒そうとしている金掘衆の姿は丸見えだろう。

案の定、このときを待ち兼ねたように数え切れない鉄砲が火を噴いた。一瞬にして白い煙が横に広がり、敵陣が見えなくなった。

耳を聾する音が轟《とどろ》き渡り、智之介はわずかに顔を伏せた。音は、またも背後の山に当たってはね返ってきた。

顔をあげた智之介は金掘衆を見つめた。生きている者は一人もいないようだ。三十人の一隊は、顔を地面に埋めこむように倒れ伏している。首を飛ばされ、手足をもがれるように失ったはずだ。あるいは、息のある者もいるかもしれないが、命の火が消えるまでほんのわずかな間でしかあるまい。

煙が覆っている隙を衝き、金掘衆でない者たちが投げ熊手に取りつき、縄を引きはじめた。

だが風が流れ、煙が横に漂いだした。さらに新たな風が吹き、煙が草原から押しだされはじめた。

またも轟音が鳴り響き、目に見えない大太刀に薙ぎ払われたように武者や兵がばたばたと倒れていった。

激しく血しぶきが散った。

もうもうと煙が立ちこめたところで、別の兵たちが投げ熊手の縄を手にした。引こうとしたところで、敵陣で赤い閃光《せんこう》がいくつもきらめいた。

すぐさま轟音が鳴り渡り、信廉勢の兵たちが薙ぎ倒された。

煙は晴れていなかったが、武田勢がなにをしようとしているか、敵にはお見通しのようだ。

それでも、死骸をかき分けるように投げ熊手の縄に近づき、兵たちは飽くことなく柵を引き倒そうとする。

そのさまは、さすがに死を恐れぬ武田の者たちというべきものだった。

だが、投げ熊手の縄を引っぱろうとして、次々に鉄砲の餌食にされる様子は、見ていてやはりたまらない光景だった。

敵の鉄砲が鳴るたび、数十という命が一瞬にして消え、黄泉《よみ》の国に向かって旅立つ。これまで信廉勢はどれだけの武者や兵を失っただろうか。

六百のうち、すでに二百以上は討ち死したのではあるまいか。傷を負った者は三百以上だろう。無傷の者は、もう百もいないかもしれなかった。

大将の逍遥軒信綱も、果たして無事なのかどうか。おそらく馬上で指揮をとっているはずだ。騎馬は、鉄砲にとって最も的にしやすい。

結局、信廉勢も引きあげをはじめた。

味方から再び吐息が漏れる。

息も絶え絶えの信廉勢と入れ替わって連吾川を大挙して渡っていったのは、赤で軍装を統一している軍勢だった。

西上野からやってきた者たちである。小幡上総介信貞《かずさのすけのぶさだ》が主将として率いている軍勢だ。小幡勢も中央に陣している隊である。

こちらは元気がいい。士気も旺盛だ。

小幡勢は剽悍で知られている。これまで武田家の戦の多くに出陣し、幾度も手柄を立てている。もともと小幡勢は、武田陣営でも屈指の兵力を誇る。今回の長篠城攻めでも、信貞は千五百もの兵を率いてきた。

智之介たちの期待は、自然に大きなものになっている。

上野衆なら敵陣を突破してくれるのではないか。突破できないまでも、この戦をよい方向に変化させるきっかけをつくってくれるのではないか。

小幡勢も山県勢や信廉勢と同じように、武者や兵は徒歩で敵に向かってゆく。竹束や盾を雑兵たちが担いでいる。ずぶずぶと足が泥田に沈む。信廉勢のあとだけに、さらにやわらかくなってしまっている泥を無理に進んでいるようだ。

信廉勢が運んでいった竹束や盾が、おびただしい死骸とともに連吾川の向こう岸にそのまま残されている。無数の鉄砲の玉を受け続けたために、ぼろぼろになっているものばかりだが、それでも身隠しにするにはもってこいだろう。

「うまくすれば、足場ができ申すぞ」

小平次が、やや明るさをにじませた声を発した。

「うまくいくとよいが」

智之介はじっと見た。

敵は陣から姿をあらわさず、鉄砲のみによる応対を繰り返している。

信廉勢が残していった竹束や盾の陰にもぐりこんだ小幡勢は、しきりに鉄砲を放っている。鉄砲も相当の数を備えていた。

鉄砲隊の射撃に守られつつ、竹束や盾をさらに前に進めた。

敵は小幡勢の鉄砲を黙らせようとしているのか、さらに多くの玉を放ってきた。

もうもうと大火事のように煙が噴きあがってゆく。

その煙を隠れ蓑に、五間ほどまで織田陣に近づいた小幡勢は、投げ熊手で柵を引き倒そうと試みた。

だが、少しでも竹束の陰から体を見せると、必ず撃ち殺されるという運命が待っていた。間断なく撃ち続けられる鉄砲から放たれる玉は、まさに雨あられといってよく、小幡勢の姿は煙のために見えていないはずなのに、武田勢がそこに迫ってきていることを愚直に信じて、鉄砲をこれまで以上に激しく撃ちかけてきているのだ。

鉄砲の数が増したことからみて、新手が追加されたのは明らかだった。

武田勢も鉄砲には早くから注目し、弘治元年（一五五五）に信玄は川中島そばの旭山城《あさひやまじょう》に三百挺もの鉄砲を送りこんでいる。

勝頼も父信玄同様、鉄砲を軽視してはいない。長篠城攻めに多くの鉄砲を用いたことがその証である。

だが、これだけの数の鉄砲を一つの戦場でつかおうと考えたことはあるまい。飛び道具は今や戦における最も主要な得物といってよいが、ここまで徹底して用いようとしているのは、織田信長という武将がはじめてなのではないか。

それとも、自分たちが知らなかっただけで、上方の軍勢というものは、これが当たり前なのだろうか。

小幡勢は信廉勢が敵の柵に引っかけた投げ熊手を竹束の陰から引っぱり、柵を倒そうとした。だが、この試みもうまくいかなかった。あまりにおびただしい鉄砲の玉を受けて、柵に絡んでいた縄が次々に切れてしまったからである。

小幡勢は竹束や盾の陰に隠れつつ、さらに進んでいった。

敵の柵との距離はもう二間もない。敵の鉄砲は切れ目なく炎を噴きあげている。もうもうたる煙も途切れることはない。

智之介には、小幡勢の先鋒の者たちがどうなっているか、見えなくなっている。

柵の前にうがたれている空堀に入りこんだかもしれない。

だが、ぬかるみになってしまっているはずの空堀を這いあがるのは、さぞむずかしいだろう。空堀にも板橋を架けなければならないが、すでに多くの者を失ってしまっている金掘衆にそこまでのことが果たしてできるものなのか。

きこえてくるのは、敵が撃ちかけている鉄砲の音だけだ。ときおり断末魔の悲鳴も耳に飛びこんでくる。濃い玉薬のにおいには、ようやく慣れつつあった。

どのくらいときがたったものか。

不意に目の前の草原が陰った。雲が太陽を隠している。

あたりが薄暗くなったのを合図にして、小幡勢が退却をはじめていた。

多くの負傷者が運ばれている。そこを敵に狙い撃たれ、もんどり打って泥田のなかに倒れてゆく。

柵を出た敵勢がおり、小幡勢の背後に食らいつこうとしていた。

小幡勢は鉄砲を放って、敵勢を次々に打ち倒していた。そのさまは、小気味よいほどだった。

連吾川を渡った小幡勢は、多くの死傷者をだしながらも、なんとか武田陣まで戻ることができた。連吾川を越してまで、敵は襲いかかってこなかった。

またも激しく攻め太鼓が打たれはじめた。

「また左翼にござるか」

杜吉のいう通り、先鋒をつとめた山県昌景の隊がいるほうから、軍勢が進みはじめていた。

「あれは――」

小平次が目を凝らす。智之介もそちらに目を向けた。玉薬の煙がひどくしみ、見えにくい。

「典厩さまの手勢のように」

典厩信豊。勝頼の従弟《いとこ》に当たる。父は川中島の戦いで討ち死を遂げた典厩信繁《のぶしげ》である。こちらは黒で具足の色をまとめている。兵力は信廉勢よりやや多い七百ほどだ。

狙いは山県昌景と同じで、柵のないところのようだ。敵の最右翼に向かって軍勢は足を進めている。

しかし激しく鉄砲を撃ちかけられ、足をすくませたようにとまってしまった。

しばらく竹束や盾の陰ですべての武者や兵がうずくまっていたが、意を決したように再び前に進みはじめた。

敵の鉄砲はさらに数を増した。竹束や盾だけでは防ぎきれなくなっている様子で、典厩勢の兵たちがばたばたと倒れていくのが、遠望された。

典厩勢がたまらず引きはじめた。そこに、またも徳川家の大久保勢が討ちかかってきた。

大久保勢は戦意が旺盛だ。あれだけの勇猛さだから、柵のない場所をまかされたのだろう。

典厩勢もおびただしい死骸を連吾川の対岸に残して、自陣に戻ってきた。七百のうち、半数近くが死傷したのではあるまいか。

ふと、右手の軍勢が動きだしたのが、智之介の目に入った。

「馬場さまにござる」

馬場美濃守信春。歳は六十一。山県昌景と並び、武田を支える二つ柱の一本である。先々代の信虎の代から武田家に仕え、信玄の初陣である海ノ口城攻めで武功をあげて、信玄の信頼を得た。以降、信玄の寵愛は深く、重用し続けられた。

城づくりの名手でもあり、馬場が縄張を手がけた城は数多い。

七百の馬場勢と同時に、真田勢も陣を出てゆく。真田家は信州の豪族で、先方衆だが、馬場信春と同様、信玄の信頼が厚く、譜代のような扱いを受けていた。この地にやってきたのは、信綱、昌輝の兄弟である。勇猛果敢な兄弟として、内外に知られていた。兵数は六百ばかり。

馬場勢はまさに、満を持して、という感じだ。信春ならきっとやってくれる、という勝頼の大きな期待がかたまりとなって自陣に満ちあふれている。

それだけに、もし馬場信春でもうまくいかなかった際の、武田軍の落胆は計り知れないものになるだろう。

信春も、そのことは熟知しているにちがいなかった。

竹束と盾を鉄砲玉よけに、馬場勢と真田勢は身を低くして徐々に進んでゆく。

馬場勢が向かっているのは、織田の武将である佐久間信盛の陣である。

次はきっと自分たちの出番であることを、智之介は覚った。

じっとりと手のひらが湿っている。背筋にも汗がべったりと浮いていた。

早くそのときがきてくれないか、と思うが、永久にきてほしくないという思いもあった。

複雑な感情が心のうちで交錯している。

恐れることはない。俺たちならやれる。あの鉄砲の下をかいくぐり、必ず敵陣に入りこんでみせる。そして、敵を蹴散らしてやるのだ。

智之介はその瞬間を、一刻も早く手にしたくてならなかった。

## 四

馬場信春勢の正面に位置している敵勢は、佐久間信盛勢である。

佐久間勢にまっすぐ向かっていた馬場勢が方向を右にずらした。

——あれは。

智之介は観望した。最左翼の山県昌景と同様、敵陣の尺木や空堀が切れているところに馬場勢は攻撃を仕掛けようとしていた。

敵陣は北側の小高い丘にぶつかって切れている。丘の高さは五丈ばかり、北に向かってなだらかな稜線を見せている。木々は伐《き》り取られ、頂上のほうにわずかに残っているにすぎない。伐採された木々は、敵陣の尺木につかわれたのだろう。

馬場勢はその丘を目指していた。丘を占拠し、そこから敵陣の裏にまわりこもうという意図だ。馬場勢と連携して、真田勢が佐久間勢を正面から攻め立てようとしていた。佐久間勢を丘に向かわせず、陣に釘づけにしようとしている。

またも敵陣の鉄砲が火を吐いた。一瞬で敵陣が真っ白に染まる。轟音が草原を駆け抜ける。

智之介たちの間近だけに、強烈だった。すさまじい風が吹き荒れ、顔を伏せても、兜がぐいっと持ちあげられるような感触があった。

鉄砲の玉が竹束や盾に当たって弾かれる音が、耳をつんざく。

悲鳴が、硝煙のにおいを突き抜けてくる。今の射撃で、どれだけの命が奪われたものか。

それでも決してひるむことなく、真田勢は竹束や盾を前にだし、その陰にひそんでじりじりと進んでいる。それは、右側を行く馬場勢も同じだった。

鉄砲が間断なく撃ちかけられる。

智之介の足元で、土がかすかにはねあがった。杜吉がそれに気づき、しゃがみこんで土を探った。

杜吉が手にしたのは、ひしゃげた玉だった。竹束の上に当たって、弾け飛んだのだろう。

「こんなものに大勢、やられているのか」

悔しそうに杜吉がいった。

「くそっ」

地面に叩きつけた。

それを横目に入れて、殿、と小平次が呼びかけてきた。

「馬場さまの軍が丘にたどりつきまするぞ」

智之介はうなずいた。もう、あと半町もないところまで近づいている。

ただ、智之介にはいやな予感がある。あの丘を狙われることは、織田信長も予測しているはずだ。

敵陣では盛んに鉄砲が火を噴き、数多くの矢も放たれている。

だが、剽悍な馬場勢はそれらをものともせず、竹束や盾の陰に隠れて、着実に丘に迫っている。

真田勢は佐久間勢に果敢に挑んでいた。竹束や盾の陰を飛びだしては、投げ熊手を投じ、尺木を引き倒そうとしている。

だが、すさまじい鉄砲の前に次々に死傷者をだしている。首がもがれ、手足が飛んでゆく。血しぶきが戦場をはねまわっている。

足元は、赤いぬかるみと化しているのではあるまいか。

それでも、真田勢は愚直に攻撃を繰り返すことしか考えていない。味方の屍《しかばね》を乗り越えて、次々に敵陣に迫ってゆく。馬場勢が血路をひらくための犠牲を買って出ているとしか、思えなかった。

真田勢は、多くが地面に倒れ伏している。攻撃を開始したとき馬上にいたのは十数騎にすぎず、あとはすべての騎馬武者が下馬して戦いはじめていた。だが、波間に漂う木片のように見えていた騎馬武者たちは、今や数をぐっと減らしていた。

——まさか。

信綱、昌輝兄弟はやられてしまったのではないだろうか。

馬上で指揮をとるのは侍大将として当然のこととはいえ、やはり鉄砲の格好の目標となる。自分が鉄砲放ちでも真っ先に狙う。

真田勢からも鉄砲が放たれている。数は少ないが、いい腕をしているようだ。鉄砲が撃たれるたびに、真田勢は敵陣に着実に近づいている。

それはつまり、敵の鉄砲を黙らせているということだろう。

敵陣がどうなっているか、ここからではよくわからないが、城のように土塁に鉄砲狭間がうがたれているのではないだろうか。

真田の鉄砲放ちは、それを正確に撃ち抜いているにちがいなかった。

ついに、敵陣まで五間ほどに竹束や盾が迫った。

一方、馬場勢は、横から撃ちかけられる鉄砲をものともせず、丘の麓《ふもと》に到達しようとしていた。多くの兵や武者が竹束や盾の陰を出て、走りだしている。横からの玉を受けてもんどり打って倒れる者も少なくないが、麓に取りつき、さらに斜面を駆けあがろうとしている者のほうがはるかに多い。

——行ける。

智之介が思ったそのとき、丘の頂上にわずかに残っている木々から、いきなりおびただしい閃光が発せられた。

白と灰色の混じった煙が、木々を一瞬で包みこむ。

大勢の者がごろごろと斜面を転げ落ちてゆくのが、視野に入った最後だった。

智之介は目を凝らした。小平次と杜吉も同じようにしている。

風が流れ、丘を覆った煙を払ってゆく。中腹から麓にかけて、馬場勢の死骸で埋まっていた。

動く者は一人もいない。

たった一度の射撃で、五十人を超える死者が出たのではないか。

それでも猛将に率いられた馬場勢は、すくんだり、気後れしたりする様子を見せなかった。味方の死骸を踏み越えて、丘を駆けあがろうとしている。

だが、またも容赦ない射撃を浴びせられ、多くの死傷者をだした。

馬場勢からも鉄砲が放たれているが、真田勢ほどの威力は示せていない。木々に身をひそめた敵勢の鉄砲は、ほかの陣と同じように間断なく火を噴いている。

たまらず、右手にまわりこめ、という命が出たのか、馬場勢の一手が丘の北側に向かった。敵勢のいない方角から駆けあがり、丘を我がものとするつもりのようだ。

だが、またもおびただしい鉄砲が放たれた。馬場勢がまわりこもうと試みた丘の北側からだ。

今まで黙っていた敵の鉄砲がいっせいに火を噴いたのである。

「あそこにあれだけの鉄砲を配しているのか」

小平次のつぶやきが、切れ間のない鉄砲の音をくぐり抜けるようにして智之介の耳に届く。

馬場勢は、またもおびただしい死傷者をだした。

七百の兵力のうち、これまでに半数近くを失ってしまったのではないか。

だが、それでも馬場勢の戦意は、まったく衰えを見せない。丘を駆けあがろうという意志は旺盛で、実際に鉄砲の玉をかいくぐって斜面をよじのぼり、頂上の木々のなかに姿を消した者がかなりの数にのぼった。

刀槍の戦いになれば、武田勢のものといってよい。これで、あの丘は馬場勢が支配下に置くことができるかもしれない。

だが、木々に入っていった馬場勢はその後どうなったのか、判然としなかった。

木々からは、これまでと変わることなく敵の鉄砲が火を吐き続けている。

突き進んでいった馬場勢は、敵中に取りこまれ、殲滅されてしまったのか。

あの木々のなかには鉄砲放ちだけでなく、それを守る兵も少なからず配置されているのだ。

いや、少なからず、という程度ではあるまい。

相当の兵をあそこに割いていたのは、もはや疑いようがない。

織田信長は、馬場信春にあの丘が狙われることを知っていた。

——だが、それだけではない。

智之介は慄然《りつぜん》として気づいた。

信長は、あの丘にはなから馬場信春勢を引きつける気でいたのではないか。

最左翼の山県昌景に対する大久保勢の前に尺木が設けられていないのも、同じ理由だろう。

山県昌景と馬場信春。信長は、武田家の柱石である二人に最初から目をつけていたのだ。

この二人が率いる軍勢を完膚なきまでに打ち破ってしまえば、武田勢全体の士気は、両断された垂れ幕のようにすとんと落ちることを見越していたのだ。

実際、山県勢はもう二度と立ちあがれなくなるほどの損害を受けた。

今、馬場勢も同じような状況に陥りつつある。

馬場勢は丘をあきらめ、真田勢に合流しようとしていた。

真田勢が尺木をついに引き倒したのだ。それを目の当たりにした馬場信春は、そこに兵力を集中しようと考えたのだろう。

真田勢は空堀に入りこみ、さらによじのぼった。ついに、尺木があったところを次々に通りすぎてゆく。

だが、鉄砲玉を浴び、血を噴きあげて倒れてゆく者の姿ばかりが目立つ。

敵の鉄砲はまったく衰えを見せない。

馬場勢も真田勢の右手に位置し、佐久間勢を攻め立てはじめた。

だが、今度は丘からの猛烈な射撃を受け、またもやおびただしい死傷者をだすことになった。

何度も繰り返し見てきた光景を、智之介は再び目に焼きつけることになった。

「殿」

横から呼ばれた。小平次が厳しい眼差しを向けている。

「出番にござる」

智之介は背後を振り返った。そこには土屋昌次がいる。

そばに控えていた使番が散りはじめた。

馬上の昌次の采配が振られた。耳を潰さんとしているような鉄砲のなか、采配の振られる音がはっきりと智之介の耳に飛びこんできた。

「行くぞ」

智之介は小平次、杜吉に声をかけた。血が沸いている。

智之介は槍をぎゅっと握り締めた。押し太鼓が叩かれる。

土屋勢は前に進みはじめた。

すぐに勢いがつき、斜面を駆けおりる。泥田に足がついた。

前を行く者があげる泥のはねが面頬につく。目にも飛びこんでくる。ぬぐっている暇などない。

泥に足が取られ、思っていた以上に動きにくい。

この泥田では動きが取りにくいという理由から、土屋昌次は兵たちに竹束は持たせていない。盾だけが運ばれていた。

前方では、真田勢と馬場勢が変わらず死闘を演じていた。味方の死骸を乗り越え乗り越えして、敵陣に迫ろうとする。

だが、敵の鉄砲に撃ちすくめられて、近づけずにいた。

土屋勢が前に出たのと同時に、ほかの部隊も突進をはじめていた。

智之介の目に映ったのは、左翼に位置していた内藤昌秀勢に原昌胤勢だった。勝頼は総勢での攻撃に打って出たのだ。

これは賭けだった。だが、背後にも敵を受けた状況では、大将としては目の前の敵を打ち破るしか手立てがない。

敵陣に肉迫する前に味方がなすすべもなく鉄砲に撃ち倒されるのを目の当たりにしても、信長めがけて突っこむしか、勝頼が打てる手はないのだった。

土屋勢が連吾川の直前まで近づいたところで、正面の敵の鉄砲が続けざまに撃ちかけてきた。いっぺんに五百挺の鉄砲が放たれたのではないかと思えるほどの煙が立ちあがり、その直後に閃光がきらめいた。

陣で身もだえして眺めているのと、こうして実際に鉄砲玉の雨に身をさらすのとでは、あまりにちがった。鳥の大群が飛び立ち、まっすぐぶつかってくるようだった。兜をかぶっているのに、まるで耳元をかすめるかのようなうなりをあげて、鉄砲玉が通りすぎてゆく。

太陽が十も顔をのぞかせたような熱気に、体中が包まれた。梅雨どきの蒸し暑さが遠のき、火あぶりに処せられているような息苦しさに顔がくるまれた。

盾が波に翻弄されているかのように、上下左右に揺さぶられる。板が削られて木片がはねとび、宙に舞う。盾は、今にもばらばらになりそうだ。

実際に盾が真っ二つにされ、そこにひそんでいた者たちがばたばたと折り重なって倒れてゆく。飛び散った血しぶきが面頬をかぶる智之介の顔にかかり、目にしみた。

まだ自分が生きているのが不思議なくらいだ。

硝煙が陣にいたときとはくらべものにならないくらいに濃く、目がちりちりとしてあけにくい。涙がにじみ出てくる。鼻の奥がつんと痛む。

それでも、智之介は前にひたすら突き進んでゆく。足をとめることは決してない。

両側に杜吉と小平次がいる。そばを離れようとしない。いざとなれば、自分が玉よけになろうとしていた。

前後にいる智之介の配下たちは、盾の陰になっているにもかかわらず、次から次へと鉄砲の餌食になってゆく。

おのれの配下だけではない。ほかの武者や兵たちも血しぶきを噴きあげては、地面に倒れこんでゆく。

もんどり打って地に伏せる者もあれば、両手をあげて背中から仰向けに倒れる者もいる。顔を張られたように横倒しに崩れ落ちてゆく者もいる。

どこが運の分かれ目なのか。同じように盾の陰にひそんで泥田をじりじりと進んでゆくのに、自分にはいまだに玉は当たらない。

しかし、いずれきっと当たる。それは、次の瞬間かもしれない。

智之介は歯を食いしばった。

俺には当たらぬ。

そんなことを思っても、今にも玉が体を貫くかもしれない。敵陣までもう二十間もない。この距離なら、鉄砲玉にとって鎧など紙も同然だ。

佐予の顔が脳裏に浮かんだ。心配そうにしている。

大丈夫だ。

智之介はいいきかせた。

次に菜恵の顔が出てきた。今はどうしているのか。

小杉隆之進の顔が次に続いた。せつなそうな表情だ。

すまぬ、と智之介は謝った。俺はおぬしの妻を盗んだ。

隆之進のあとは今岡和泉守だった。

なぜあの男が出てくるのか。やつは今なにをしているのか。この戦場には来ていないはずだ。

今岡はものいいたげだ。

どうした。

智之介は心で声をかけた。この期《ご》に及んでいったいなにをいいたい。

いきなり頭が揺れた。玉が兜の大立物に当たったようだ。くらっとする。

しかししゃんとして智之介はなおも進んだ。背後をちらりと見る。

風にあおられる硝煙のなか、土屋昌次の姿がうっすらと見えた。

智之介たちと同じように、下馬している。泥田に這いつくばるようにして進んでいた。

智之介はその姿に力づけられ、勇気づけられた。

これなら敵陣を破れる。

それにしても、すさまじい風音だ。豪雨のように降り注ぐ鉄砲の玉というのが、これだけの音を発しているとは。しかも、すごい熱を持っている。それが兜の脇を通りすぎてゆくだけで、頬をすぱりとやられたような感じを受ける。もし指先が玉に触れたら、ちぎれてしまうだろう。

土屋勢も激しく射撃している。真田勢と同様に腕のいい鉄砲放ちをそろえているようで、敵陣の狭間に、ものの見事に玉が吸いこまれてゆく。

一つの鉄砲狭間がしばらく黙りこんだところで、たいした変わりはないが、敵の鉄砲放ちが一人死んだと思うそれだけで、元気づけられる。

智之介たちはひたすら前に進んだ。

盾の陰から投げ熊手がいくつも投じられ、柵に絡みついた。智之介は縄に飛びつき、金掘衆に力を貸した。杜吉や小平次も智之介のうしろについた。腕に力をこめ、縄を思い切り引く。

なかなか引き倒せない。尺木は相当深く埋めこまれている。

敵の鉄砲の勢いはまったく減じていない。今にも撃たれそうな気がした。

だが、ここで負けてはいられない。当たるなら当たれ。さらに腕に力をこめる。

気づくと、そばに土屋昌次も来て、力を貸していた。

木が悲鳴のような音をあげ、柵が一気に引き倒された。

「行くぞっ、智之介」

土屋昌次が声をかけてきた。手槍を手にしている。

はっ、と答え、智之介は昌次の前に出た。眼前で光がきらめき、すさまじい煙が立ちのぼる。

土塁にしつらえられた鉄砲狭間がもうもうたる煙のなか、薄ぼんやりと見える。どの狭間も自分を狙っているような心持ちになる。だが、まだ玉は当たらない。杜吉も小平次も無事だ。

このままずっと当たるな。

智之介は怒鳴るような気持ちで祈った。

他勢はどうなっているのか。真田勢や馬場勢は敵陣を突破したのか。

左翼の内藤昌秀勢、原昌胤勢はどうなったのか。

敵陣のどこからも、途切れることなく鉄砲が放たれていることから、味方が必死に前に進もうとしているのは確かだろう。

だが、ここまで来るのに、いったいどれだけの武者や兵を失ったものか。

この戦場にやってきた兵力はおよそ七千。そのうちの二千以上が、すでにあの世に魂を預けたのではないか。

智之介は空堀に滑りこんだ。一気に底まで到達する。

逆茂木《さかもぎ》が設けてあった。これは棘がある木が用いられているから、厄介だ。

先に行った者たちの死骸が、逆茂木の上に折り重なっていた。

すまぬ。

心で手を合わせて智之介は味方の死骸を踏み、逆茂木を乗り越えた。

雨を含んで滑る土を右手で握り締めるようにして、空堀をのぼった。

昌次が横にいた。まわりに大勢の旗本がいる。

「智之介、のぼるのが下手ぞ」

目を細めて、柔和に笑いかけてきた。

ほぼ同時に空堀を出た。

その向こう側にも尺木があり、土塁が設けられていた。おびただしい狭間が目に入る。鉄砲の筒がかすかに見えた。

それがいきなり火を吐いた。

鎧を突き破る音がした。

やられた。

智之介は目を閉じた。だが、どこにも痛みはない。

どさりと重い物が倒れる音がした。はっとして見ると、かたわらで土屋昌次が倒れていた。昌次の身代わりを買って出た数人の旗本が折り重なるように横になっている。いずれも鎧からおびただしい血をあふれださせている。

昌次たちがこれだけの玉を浴びたのに、どうして自分には当たらなかったのか。

生き残った昌次の家臣たちが、殿、といって駆け寄る。そこを鉄砲で狙い撃たれ、次々に空堀へ転げ落ちてゆく。

智之介はしゃがみこみ、昌次を抱き起こした。

息はまだあった。目が動き、智之介をとらえる。

「智之介、無駄死にするな。生きろ」

それだけをいって昌次が目をつむった。ごぼっと血を吐いた。それが唇を伝ってゆく。体から力がすっと抜けた。

姿勢を低くして昌次の家臣が一人、姿を見せた。

「殿の御首をいただきます」

合掌してから脇差を引き抜き、ためらうことなく昌次の首を掻き切った。

「失礼いたす」

智之介にいって首を小脇に抱え、味方陣に向かって駆けだす。

「殿」

小平次がそばにいた。智之介を空堀の下に引きずりおろす。杜吉も手を貸していた。

「引きあげましょう」

小平次が進言する。

「しかし」

「我が土屋勢は壊滅しましたぞ。生き残っているのは、百人もおりませぬ。おそらく山県昌景さま、馬場信春さま、真田信綱さまなどお歴々も、もはや生きていらっしゃいますまい」

小平次が、かすんでいる自陣に指先を向ける。

「あれをご覧なされ」

智之介は見つめた。目にしたのは、信じられない光景だった。旌旗の群れが左に向かって走りだしている。

「あれは――」

「穴山信君さまの勢にござろう」

小平次が吐き捨てる。

「負け戦と見て、この地をいちはやく離れようとしており申す」

「穴山さまが」

武田信玄の姉を母とし、信玄の娘を妻としている男。それが味方を見捨てて戦場を離脱しようとしている。

「これで総崩れは決まり申したな。織田、徳川勢は陣を出て、今にも襲いかかってきましょう」

小平次が他人事のようにいった。

「今頃、お屋形さまも落ちはじめているのでござらぬか」

お屋形までもか。

確かに、そうなってまで、この地で命を散らす必要はあるまい。

智之介の決断は早かった。

「よし、戻ろう。小平次、兵を集めろ」

悲しげに小平次が首を振る。

全身がこわばる。智之介は目を伏せ、しかし一瞬ののちには、前方をにらみ据えた。

「よし、行くぞ。二人とも決して離れるな」

智之介は鉄砲玉が夕立のように降り注ぐなか、空堀を抜けだした。

目指すは甲府だ。

どれだけ距離があるのか。

どれほどあろうと、必ず帰り着いてやる。

智之介は心の底に杭を打ちつけるように誓った。

## 五

鳥の群れのように空を横切った矢が、降り注ぐ。

背中に突き立ちそうになるが、智之介はかろうじてかわした。

背後の道に足軽が次々にあらわれ、鉄砲を構える。続けざまに放ってきた。轟音が山側の崖にぶつかり、はね返ってくる。

鉄砲の玉は、不思議なくらい体をすり抜けていった。

智之介は走った。走りに走った。うしろについている杜吉と小平次も足をかくように動かしている。

三人とも汗みどろだった。血もだいぶ流しているが、いずれもかすり傷だ。

智之介はとうに兜は捨てている。できれば鎧も脱ぎたい。そうしないと追いつかれそうだ。

連吾川の柵際から命からがら下がり、愛馬の雪風を捜したが、どこかに行ってしまっていた。逃げるのに必死の誰かに連れ去られたにちがいなかった。

地団駄を踏みたかったが、そんなことをしても仕方がない。

これで、はっきりしたことは一つだった。自らの足で甲府を目指すしかなくなったということだ。

戦は、敵に追撃されるときが最も危ない。敵の足は羽でもついているかのように軽く、坂道をくだるような勢いで追いすがってくる。

対してこちらは疲労困憊し、いたるところに鉛のかたまりをつけているかのような体の重さである。くだり坂ですら、のぼり坂を行くも同然だ。

こんな調子では、敵にたやすく追いつかれてしまう。

まわりでは鉄砲に撃たれ、槍に頭を打ち据えられ、刀に体を貫かれる者が続出した。つまずいて転び、そのまま馬乗りになられて、生きたまま首を切られる者も多かった。そこかしこで絶叫がこだましていた。

智之介は耳をふさいだ。だからといって、絶叫や悲鳴がきこえなくなることはなかった。なにしろそれらは、頭のなかで鳴り響いているのだから。

はっとして智之介は目をあけた。

見慣れた天井が飛びこんでくる。大きな目玉のようなものが二つ、見つめている。

ふっと小さく息をついて、智之介は見つめ返した。

——よく生きていたものよ。

目玉に向かって語りかける。今でも五体無事なのが、信じられない。

あれだけの矢玉をくぐり抜け、こうして生きている。

まわりでは、ばたばたと仲間たちが倒れてゆき、次々に命をはかなくしていた。あるじだった土屋昌次ですら命を失った。

それなのに、自分は生きている。

どうしてなのか、さっぱりわけがわからない。

幸いなことに、杜吉と小平次の二人も生きて帰ってきた。二人とも小さな傷は無数に負っていたが、命に別状があるようなものではなかった。

それは智之介も同じだった。いったい三人合わせて、どれだけの傷を負ったものなのか。数えてはいないが、百ではすまないのではあるまいか。

ほかの配下たちはすべて死んだ。智之介は父や母など家人のもとを訪ねて、あるだけの金を渡してきた。あとは悔やみと詫びを口にする以外、できることはなかった。

遺髪や遺品を渡すどころか、どういうふうに配下たちが散っていったのか、智之介はほとんど見ていなかった。一人として遺骸を目にしていない。

それゆえ、父や母に配下たちの死にざまを伝えることができなかった。それは心から恥ずべきことだった。自分のことしか考えず、まわりにはまったく目がいっていなかったのである。

配下たちを死なせておいて、おめおめと帰ってきた、と思われるのはたまらなかったが、配下の家人たちは、非難の言葉を口にしなかった。

ありがたかったが、いってもらったほうが家人たちの気持ちも少しはすっきりするのではないか、と思えた。

長篠の戦いから戻ってきて、すでに半月ほどが経過している。

討ち死した武田家の重臣は、驚くべき数にのぼった。

山県昌景、馬場信春という柱石をはじめ、土屋昌次、安中景繁、河西満秀、三枝守友、真田昌輝、真田信綱、土屋貞綱、内藤昌秀、原昌胤、望月信雅、横田康景、甘利信康、和田業繁という面々だ。いずれも最低でも三十騎持ちの侍大将で、ほとんどが百騎持ち以上という大身である。

一門衆のなかでは、鳶ヶ巣山砦を守備していた河窪信実も討ち死にしている。

これだけの重臣たちを一気に失ったというのは、ほかの大名家では例がないのではなかろうか。

十五年前、同じく織田信長を相手に尾張桶狭間の地で戦った駿河の今川家は大将の義元を失うという大敗を喫し、多くのすぐれた重臣を失ったというが、こたびの武田家ほどではなかったのではあるまいか。

　その今川家は義元の嫡男氏真《うじざね》が跡を継いだが、武田信玄に本拠の駿府を追われて身を寄せていた遠州掛川城も、永禄十二年（一五六九）一月に、徳川家康によって落城させられた。氏真は奥方の実家である相模北条家に逃れていった。

　ここに戦国大名の今川家は滅亡したが、桶狭間の戦いからわずか八年八ヶ月のことにすぎなかった。

　まさか我が武田家もそうなるのではあるまいか。

　武田信玄が死んだのが、元亀四年（一五七三）の四月十二日。今からまだ二年前のことにすぎない。

　武田家にとってこたびの長篠の戦いは、今川氏の桶狭間の戦いに当たることになるのか。

　となれば、あと八年から九年のあいだで武田家は滅亡することになるのだろうか。天正という年号がこのまま続くと仮定して、天正十一年（一五八三）か翌十二年に滅亡の年がめぐってくることになる。

　むろん、そんな単純なものではないだろうが、武田家はあとたったそれだけしか保たないのかもしれぬと思うと、暗澹たる気持ちにならざるを得ない。

　しかし、そのことを考えるのはやめた。いまいろいろと頭をめぐらせたところで、なにもいいことはない。

　それよりも、まずは配下を集めなければならない。このままでは戦に出ることはかなわない。

　いきなり十二人の若者を、というのはむずかしい。

　それにしても長篠の地において、武田家ではいったいどれだけの死人が出たのか。

まだ正確なところはわからないようだ。

戦場にいた七千のうち、戻ってきたのはいったいどのくらいなのか。半分は戻ってこられたのか。

勝頼ですら、数騎の馬廻《うままわ》りに囲まれてようやく甲府に帰り着いたときく。

長篠での敗報をいちはやくきいた留守居の跡部《あとべ》勝資《かつすけ》は諏訪まで出て、勝頼を出迎えたそうだ。

着物と鎧兜の替えを勝頼に与え、武田の棟梁としてふさわしい格好をさせたようだ。

勝頼は勝資の厚意によって、甲府へ見苦しくない姿で帰ってくることができた。

それがどうしてか、噂では信州の海津《かいづ》城の城代である春日虎綱がわざわざ伊奈《いな》まで駆けつけて、勝頼の身なりをととのえさせたということになった。

それをきいて、智之介は唖然とせざるを得なかった。

海津城の春日虎綱に与えられている使命は上杉謙信への押さえである。

その使命を放棄して、わざわざ伊奈まで駆けつけるはずがなかった。

誰が流すのか知らないが、噂などくだらないものだ。

廊下を渡る忍びやかな足音がした。あまり音が立たないように、気を遣っている。

板戸の前で足音がとまる。殿、と静かに呼びかけてきた。

「どうした、お絵里」

智之介は起きあがり、声をかけた。

お絵里はこの屋敷の唯一の女中である。智之介、杜吉、小平次の三人以外、すべて死んだときいたとき、床に崩れ落ち、号泣した。だいぶ落ち着いてきたとはいうものの、悲しみはまだ癒えてはいないだろう。人の死が珍しくない時代とはいえ、これぱかりはときがたつのを待つしかない。

板戸があく。やや憔悴した感じの白い顔がそこにあった。やつれはいまだに隠せないが、それでもだいぶましになった。

「お客さまにございます」

田中彦兵衛とのことだ。あのひどい戦から生きて帰ってきたことは知っている。ただ、これまで一度も会っていなかった。

「客間に通してくれ。それから酒の支度を頼む」

承知いたしましたと答えて、お絵里が板戸を閉めた。足音が静かに遠ざかってゆく。

智之介は立ちあがり、廊下に出た。客間は玄関の近くだ。

式台からあがってきた彦兵衛とちょうどかち合った。

半間ほどの距離を置いて、彦兵衛がじろじろ見ている。一つうなずくと一歩踏みだしてきて、智之介の肩を強く叩いた。

「うむ、傷だらけだが、たいしたことはないようだな」

「おぬしこそ俺以上に傷だらけではないか」

「しかし、おぬし同様、重い傷など一つもない」

「さすがに悪運が強い」

「おぬしもな」

智之介は板戸を横に滑らせた。屋敷で唯一、畳が敷いてある部屋だ。

彦兵衛が刀を右側に起き、あぐらをかいた。智之介はその向かいに腰をおろした。

「よくぞ生きて帰った」

智之介は万感の思いをこめて、彦兵衛にいった。

「おぬしもよく……」

彦兵衛はそれ以上、言葉が続かなかった。脳裏をさまざまな思いがめぐっていることは、容易に想像がつく。

濡縁に数羽の雀が遊びに来たようで、鳴き騒いでいる。

雀が飛び立ったか、不意に静寂が訪れた。

それを待っていたかのように、彦兵衛が顔をあげた。

「ひどかったな」

ぽつりとつぶやいた。

「ああ」

「俺のところでは、俺以外で無事に帰ってきたのはたったの五人だ。こんなことは、初めてだ」

おぬしのところはどうだという顔をするので、智之介は伝えた。

「そうか、おぬしを入れて全部で三人か。俺のところよりひどかったか」

お絵里が酒を持ってきた。二人の前に膳を置き、その上に盃をのせた。瓢《ふくべ》を傾け、どうぞ、と彦兵衛の盃に注ぐ。

「や、これはすまぬ」

彦兵衛が頭を下げて受ける。すぐに智之介の盃も一杯になった。

二人は盃を掲げ合った。

「うまい」

一気に干して、太い吐息を漏らした彦兵衛が目を細める。

「久しぶりの酒よ」

「俺もだ」

長篠から帰って、これまで一度も口にしなかった。する気もなかった。

肴は梅干しに味噌である。

お絵里が彦兵衛の盃を満たす。彦兵衛がそれも一息にあけた。

「もうここはよい」

智之介はお絵里にいった。

はい、といってお絵里が畳に両手をそろえる。それから部屋を出た。板戸が音もなく閉まってゆく。

智之介は彦兵衛の盃に酒を注いだ。会釈をした彦兵衛が盃を持ちあげ、智之介を凝視した。

「もっと早くおぬしの顔を見たかったんだが、いろいろとあってな、なかなか足を運べなんだ」

「それは俺も同じよ。いろいろとあった。彦兵衛どののことは気にかかっていた。むろん、おぬしのことだから、大丈夫だという確信はあった」

智之介のもう一人の大事な友である森岡茂兵衛も、無事であるのがわかっている。

甲府の町はここしばらく線香のにおいが絶えることはなかったが、ようやく最近になって、だいぶ薄れてきた。

彦兵衛が盃をあけ、膳に戻した。箸を取りあげ、梅干しをつまんだ。

「うむ、いい塩梅《あんばい》だ。飯が食べたくなる」

「持ってこさせようか」

彦兵衛が微笑する。

「いや、いい。朝餉を食べて、まだたいしてたってはおらぬ。いってみただけだ」

朝餉を食べて間もないのは、智之介も同じだ。杜吉と小平次と一緒に食べた。お絵里がいつものように給仕してくれたが、櫃《ひつ》が一つで足りてしまうことに、また悲しみがよみがえったようだ。

「ところで、智之介、きいたか」

智之介は小さく笑った。

「おぬしより早耳ということはないゆえ、おぬしにきかされぬ以上、まず俺の耳に入ることはない」

「例のお方のことよ」

誰のことだ。考えたのは一瞬にすぎなかった。

「穴山さまか」

いま甲府で噂になっているのは、一足早く長篠の戦場を離脱し、敗戦を決定づけた一門衆の穴山信君に関することだ。

厳しい仕置きをするべきだという声が家中から多くあがり、武田勝頼からは容赦のない咎《とが》めが与えられるのではないか、と噂されていた。

容赦のない仕置き。その意味するところは切腹だった。これは海津城の城代春日虎綱も強く勝頼にいってきたという。

「俺は驚いたぞ。いや、俺だけではなかろう。耳にした者は、すべて啞然となったにちがいない」

彦兵衛がほかに誰もいないのに、声をひそめる。

「なにしろ仕置きと呼べるようなものではなかったゆえな」

智之介は黙って耳を傾けた。

「穴山さまは、駿河一国をまかされることになった」

「なんと。では、山県さまが治めていた国をいただいたのか」

「そういうことだ。甲府にいるより、駿河にいたほうが家中の風当たりがずっとやわらぐからだろう」

「どうしてそんな甘い処置になった」

「お屋形はお気を遣われたのだ。ここで穴山さまを切腹させるといっても、穴山さまが果たしてしたがうかどうか。家中には一門衆の穴山さまに同心する者も多く、下手をすれば、御家は真っ二つに割れるおそれがある」

彦兵衛が酒をすすった。

「真っ二つならともかく、お屋形の敗戦の責を問う者たちがいっせいに穴山さまの側につかぬとも限らぬ。お屋形に厳しい処断をくだすだけのお覚悟はござるまい」

それに、と続けた。

「今は穴山さまのことだけにかかりあっているお暇はなかろう」

彦兵衛がなにをいいたいのか、智之介は察した。

「軍をどう立て直すかだな」

「なにしろ歴戦の強者を失いすぎた。かの地で討ち死した者がいったいどのくらいにのぼるのか」

早耳の彦兵衛も、このことについてはまだ知らないのだ。

「このままにしておいては、他国の侮りを招く。穴山さまのことより、当面の問題はそちらだな」

「お屋形はどうするおつもりかな」

「父を失った家の嫡男に家督を円滑に継がせ、嫡男も失った家には弟に継がせ、弟のない家には養子を取らせ、というようなことをさっさとしていかぬと、軍の形ができぬ。幸い、若い者は数多く残っている。人数に関しては、長篠の前とさして変わらぬのではないかと思う」

人数に関してはか、と智之介は思った。軍の中身としては、おそらくこれまでとくらべものにならない。

彦兵衛がゆらりと立ちあがった。

「厠か」

「いや、帰る」

「もうか」

彦兵衛が自分の肩をとんとんと叩く。

「もう歳かな。戦の疲れが、まだ完全には取れておらぬ。酒もきいた。帰って寝ようと思う」

智之介は門で彦兵衛を見送った。ではまたな、と彦兵衛が手をひらひらと振って道を歩きだす。風まかせのようなふらふらとした歩き方だ。

大丈夫か、と智之介は危ぶんだが、彦兵衛はあれしきの酒でどうこうなるような男ではない。どうこうなるなら、長篠でくたばっていただろう。

智之介は客間に戻った。お絵里が片づけをはじめていた。

「あっ、もっとお飲みになりますか」

智之介はほほえんだ。

「いや、もういい」

自室に引っこんだ。ごろりと横たわる。疲れがまだ完全に取れていないのは、彦兵衛だけではない。

目を閉じる。酔いがまわっているのか、頭がぐらぐらしている。

土屋昌次の死にざまが脳裏に浮かんだ。何発もの玉を受けて、鎧から血が泉のように噴きだしていた。

山県昌景の死にざまも伝わってきた。やはり敵の柵への突進を繰り返した際、馬上にいたところを鉄砲で撃たれたのだという。

馬場信春は、隊の八割以上を失ったときもまだかすり傷一つ負わず、生きていたそうだ。勝頼の旗が北に向かって動いてゆくのを見て、敵の手が及ばないようにしんがりの役を受け持ち、敵勢に包みこまれて討ち死にしたとのことだ。

いったいどうしてこうなったのか。

考えてみれば、小杉隆之進の脇差に隠されていた紙片に記されていた十一人の重臣の名。そのうちのほとんどが討ち死にした。

長篠の合戦に至るまで、勝頼の旗のもとに家中がまとまろうとする気配はなかった。あの紙片に裏切りを画している者たちの名が記されているとの噂が出たとき、はじめて家中はまとまりを見せた。

それで武田家は一丸となって、長篠に出陣した。

その結果が二度と立ちあがれないような大敗だった。

智之介の脳裏に一つの怜悧《れいり》な顔が浮かんだ。

やはりすべては、お屋形命のあの男が仕組んだことではなかったのか。酔いが手伝っているのか、どうしてもただしたくてならなくなった。

智之介は勢いよく立ちあがった。酔っていない。

庭に出た。厩を見る。一頭の馬がいる。だが、愛馬の雪風ではない。つい二日前、買い求めたものだ。このまま馬なしでいるわけにはいかない。

雪風が戻ってきてくれるのではないかと思って、買うのをずっとためらっていたが、さすがに思い切らないわけにはいかなかった。

出かける、というと、杜吉がいつものように供についた。

——いるだろうか。

門はかたく閉じられている。夏の陽射しを浴びているというのに、どこか冷たい。いかにも、家中の者の非違を正すことを役目としている横目付らしい。

智之介は訪いを入れた。門番をつとめている年寄りがくぐり戸の斜め上についている小窓から顔をのぞかせた。

智之介は名乗ってからいった。

「今岡どのはご在宅か」

「殿にどのようなご用事でございますか」

しわがれた声できいてきた。

「長篠の話をしにまいった」

門番がはっとする。

「殿にうかがってまいります。少々お待ちくだされ」

小窓が閉じられ、よたよたとした足音がだんだんと遠くなってゆく。

一陣の風が吹き渡り、もうもうと土埃をあげた直後、きびきびした足音がきこえ、くぐり戸が勢いよくひらいた。鋭い目が智之介を射る。

「生きていたか」

今岡がじっと見る。

「話がある面《つら》だな。入れ」

玄関先に杜吉を残して、智之介は客間に通された。清潔な部屋だ。畳が敷かれていた。八畳間で、風の通りがよく、広々としている。

「飲んでいるのか」

対座した途端、いわれた。

「少しだけ」

「恥じることはない。飲めるようになったのはいいことだ」

今岡が見つめてくる。瞬きのない目が、変わらず明敏さを伝えている。

「それで用事はなんだ。長篠の戦のことを話したいわけではなかろう」

智之介は深くうなずいた。

「例の紙片にござる」

「うむ、十一人の重臣の名が記されていた紙のことだな」

智之介は息を吸いこみ、腹に力をこめた。

「あれは、今岡どのの策略では」

思い切っていった。

今岡があっけに取られる。

咳払いを一つし、それで顔色が平静に戻った。

「お屋形さまに忠誠を貫かぬ家中の面々を一つにまとめるために、このわしがあんな手のこんだことをしたというのか」

あきれたというように、今岡が首を何度も振る。

「おぬしは頭のめぐりのよい男と思うていたが、見損なっていたようだ」

今岡が瞳に光を宿した。

「家中をお屋形さまのもとに一つにまとめるために、わしが小杉隆之進を殺したというのか」

智之介は詰まった。さすがにそこまでするような男には見えない。だが、勝頼のためなら、配下を殺すことも厭《いと》わないのではないか。

「わしは冷酷な男だが、そこまではせぬ」

いいきった。

「では、あれは誰の仕業だと」

今岡が不思議そうに智之介を見る。

「まだわからぬのか」

いわれて智之介は考えた。だが、答えは見えてこない。

仕方ないとばかりに今岡が腕組みをし、そっと口にした。

「織田信長よ」

なんと。うまく言葉が頭に入らなかった。

「むろんわしにも確信はない。証拠などなに一つ残っていないのだから。だが、長篠の結果を見ると、そうだったとしか思えぬ」

「つまり、ばらばらの家中をまとめ、武田軍が総勢で長篠の地にやってくるように仕向けた」

智之介は息苦しかった。

「総勢というより、選りすぐりの精鋭をやってこさせようとしていたのだろうが。その狙いがあったからこそ、信長は長篠まで大軍を率いてやってきた」

今岡が続ける。

「それだけ信長は武田を恐れていた。いつか完璧に叩き潰す日を夢見ていたにちがいない。むろん家康も信長に力を貸したとは思うが」

智之介は、伊賀者らしい忍びに狙われたことを思いだした。伊賀者を飼っているといえば、徳川家だが、あれは家康が差し向けた者どもだったのか。

「我らはうまうまと信長の策に、はまりこんだというわけよ。長篠の地は泥濘だったそうだが、まさに我らはそういう状況に陥り、信長の思い通りになったというわけだ」

今岡が冷笑を漏らす。

「しかし、戦いはこれからぞ。わしはこの武田家がきっと立ち直ることを信じておる」

どうだろうか、と智之介は思った。八年後に武田家は果たしてあるだろうか。

智之介は今岡のもとを辞した。

そうか、すべては織田信長が仕組んだことだったのか。隆之進はおそらく上から垂らされた餅に食いつき、そして命を失ったのだろう。むろん、自分も踊らされた。隆之進の友ということで、故に見こまれたのだろう。

認めたくないが、勝頼とは武将としての格がちがう。二枚も三枚も上手だ。

すべて計算していた信長。勝頼が織田家との決戦を望む気持ちをうまく利用したのだ。勝頼は信長を引きずりだしたと思っていたのだろうが、信長に引きずられたにすぎない。

長篠のあの結果も、納得というものだ。

武士はあるじを選ばなければならない。そうでなければ、これからも配下を大勢死なせることになる。

智之介は、杜吉とともに屋敷への帰途についた。陽射しは強く、道には逃げ水が見える。家々の屋根には、陽炎《かげろう》がゆらゆらと立ちのぼっている。

甲府に暮らす人たちの表情にさしたる変わりはない。長篠で一敗地にまみれたといっても、きっと再起できることを信じている。

智之介も信じたい。だが、果たしてうまくいくだろうか。

勝頼が屋形では、きっとまた負けよう。

だからといって、あっさりと見限るのも、どうかと思う。

今はしばらく様子を見るしかあるまい。

屋敷の前にやってきた。

「おや」

前を歩いていた杜吉が不思議そうな声をだす。

「おっ」

智之介は声を発した。

屋敷の前に一頭の馬がいるのだ。轡を持つ者はいない。

智之介は走りだしていた。杜吉がついてくる。

「雪風っ」

智之介が叫ぶと、馬がこちらに駆け寄ってきた。

体当たりをしそうになって、足をとめた。

甘えて鼻面を押しつけてくる。

「よく帰ってきた」

智之介は頭をなでてやった。杜吉は長い首をしっかりと抱いている。

騒ぎをききつけて屋敷内から小平次もやってきた。うしろにお絵里もいる。

「雪風、帰ってきたのか」

小平次が胴に抱きつく。お絵里は泣きだしていた。

雪風は辛苦を重ねたような顔をしている。毛もぼろぼろだ。

だが、これはまた一緒に暮らしはじめれば、すぐもとに戻るだろう。

「雪風、腹が減っているだろう。たんと食べろ」

杜吉が飼い葉の用意をしに行く。涙をぬぐっている。

それを追うように智之介たちは門をくぐろうとした。

道の角に人影が立っているのに、智之介は気づいた。

心のなかでずっと思い描いていた人がそこにいた。

いつものように供を一人、連れている。ゆっくりと近づいてきた。

「ご無事でなによりでございました」

瞳を潤ませて頭を下げる。

「佐予どののおかげだ」

智之介は心から口にした。

やはり俺はこの地を離れることはできぬ。この娘を妻にし、子をなして武田家を守っていかねばならぬ。

その思いを強くした。

佐予がまぶしそうに智之介を見る。

「なにかご決意されたお顔をされています」

うむ、と智之介はいった。

菜恵はどうしているのだろう、という思いがちらりと脳裏をよぎった。きっと息災にしているにちがいない。はっきりと別離を告げなければならない。そうすればいつかまた笑顔で会える日もやってこよう。

こつん、と頭を叩かれた。振り向くと、雪風の鼻面があった。

いつまで外にいるんだ、と文句をいっている。

「わかった、さあ、なかに入ろう」

雪風にいってから、智之介は佐予に向き直った。唾をのみ、つっかえることのないように落ち着いてたずねる。

「今日、お父上はご在宅かな」

この作品は「星星峡」（平成十九年四月号〜平成二十一年十月号）に連載されたものを加筆・修正したものです。

〈著者紹介〉
鈴木英治　1960年静岡県生まれ。99年、第一回角川春樹小説賞特別賞を「駿府に吹く風」(刊行に際して『義元謀殺』と改題)で受賞。著書に『宵待の月』(小社刊)、「父子十手捕物日記」「口入屋用心棒」「手習重兵衛」シリーズなど多数。

GENTOSHA

忍び音
2010年5月25日　第1刷発行

著　者　鈴木英治
発行者　見城 徹

発行所　株式会社 幻冬舎
〒151-0051 東京都渋谷区千駄ヶ谷4-9-7

電話:03(5411)6211(編集)
03(5411)6222(営業)
振替:00120-8-767643
印刷・製本所:中央精版印刷株式会社

検印廃止


ISBN978-4-344-01831-0 C0093
幻冬舎ホームページアドレス　http://www.gentosha.co.jp/

この本に関するご意見・ご感想をメールでお寄せいただく場合は、
comment@gentosha.co.jpまで。